KB041360

히틀러의 음식을 먹는 여자들

히틀러의 음식을 먹는 여자들

로셀라 포스토리노
김지우 옮김

Le
assaggiatrici
Rosella
Postorino

인간은 자신이 다른 이들과
별다를 것 없는 인간임을
완전히 망각해야만 살 수 있다.

베르톨트 브레히트,
〈서푼짜리 오페라〉

차례 ——————————

작가 노트   9

1부   11

2부   133

3부   375

옮긴이의 말   411

2014년 9월의 어느 날, 나는 신문에서 마고 뷜크Margot Wölk와 관련된 짧은 기사를 읽었다. 그녀는 히틀러의 음식을 시식하던 여자들 중 살아 있는 유일한 생존자였다. 뷜크 여사는 평생 자신이 겪은 일에 대해 함구하다가 아흔여섯이 되어서야 사람들에게 진실을 알리기로 결심했다. 기사를 읽자마자 나는 뷜프 여사와 그녀가 겪었던 일에 대해서 조사해야겠다는 충동을 느꼈다. 나는 뷜크 여사에게 인터뷰를 요청하는 편지를 보낼 생각으로 그녀의 집 주소를 수소문했다. 하지만 몇 달 후 여사의 베를린 집 주소를 알아냈을 때, 나는 그녀가 얼마 전 사망했다는 소식을 접했다. 그녀가 세상을 떠나는 바람에 사람들에게 그녀의 이야기를 들려줄 기회는 영영 사라져버렸다. 하지만 대신 나는 대체 왜 그 이야기가 그토록 나를 사로잡았는지에 대해 곰곰이 생각했고 그 결과 이 소설을 쓰게 됐다.

소설 26장에 나오는 아돌프 히틀러의 학생시절 일화는 크리스타 슈뢰더Christa Schroeder의 《그는 나의 상관이었다: 아돌프 히틀러 비서의 비망록He was my chief: The Memoirs of Adolf Hitler's Secretary》에서 인용한 것이다. 원래 선생님이 학생기록부에 쓴 문장은 '히틀러는 햇빛을 가지고 노는 말썽꾸러기다Hitler ist ein Boesewicht, er spiegelt mit dem Sonnenlicht'인데 운율을 맞추기 위해 직역하지 않고 '히틀러는 거울을 가지고 사람을 괴롭히는 말썽꾸러기래요'라고 번역했다.

역사 고증을 도와준 톰마소 스페케르Tommaso Speccher에게 감사의 마음을 전한다.

또 기술 자문을 도와준 일라리아 산토리엘로Illaria Santoriello, 밈모 숨마Mimmo Summa, 프란체스코 담만도Francesco D'Ammando, 베네데토 파리나Benedetto Farina에게도 고마움을 표하고 싶다.

비키 사틀로Vicky Satlow의 도움이 없었다면 이 소설은 출간되지 못했을 것이다. 이 책을 그녀에게 바친다. 집필 초부터 나를 도와준 돌 블런크Dorle Blunck와 시모나 나시Simona Nasi에게도 이 책을 바친다. 마지막으로 지금까지 내 모든 작품을 읽어주었지만 이번만은 제시간 안에 끝내지 못한 세베리노 체사리Severino Cesari에게도 이 책을 바친다.

1부

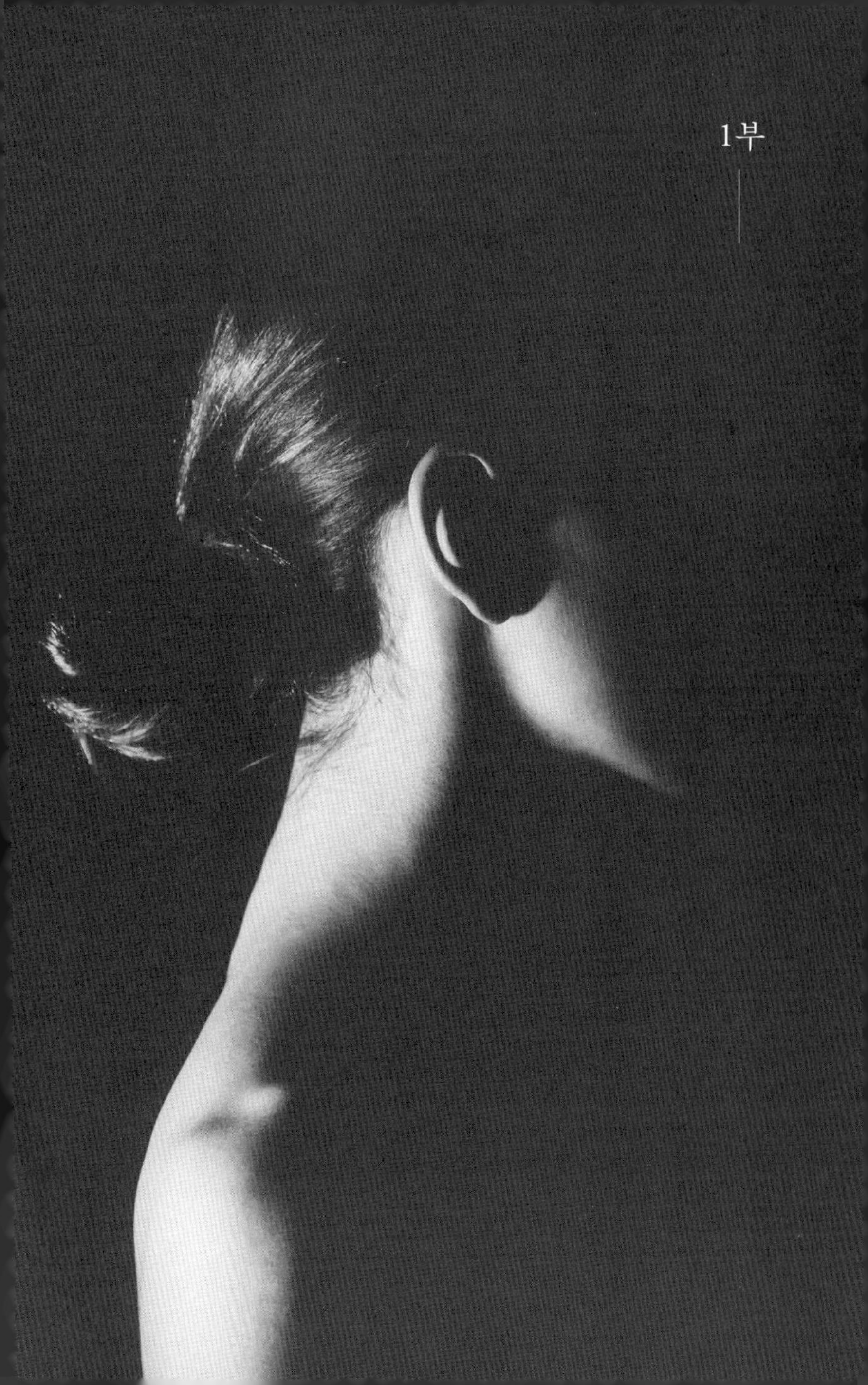

1

우리는 한 명씩 차례대로 들어갔다. 몇 시간 동안 복도에 서서 기다리느라 앉고 싶은 마음이 간절했다. 우리가 들어간 곳은 하얀 벽으로 둘러싸인 커다란 방이었다. 방 한가운데 기다란 원목 식탁이 있었고 식탁에는 이미 우리를 위한 상차림이 준비되어 있었다. 그들은 우리에게 앉으라는 신호를 보냈다.

나는 자리에 앉아 두 손을 배 위에 포갠 채 가만히 있었다. 내 앞에는 하얀 도자기 그릇이 놓여 있었다. 나는 허기를 느꼈다.

다른 여자들도 각자 조용히 자리를 잡았다. 나까지 모두 열 명이었다. 머리를 동그랗게 말아 올리고 긴장한 듯 등을 꼿꼿이 세운 채 앉아 있는 여자들도 있었고 주변을 두리번거리는 여자들도 있었다. 내 맞은편에 앉은 앳된 소녀는 손끝의 굳은살을 물어뜯어 앞니로 잘근잘근 씹고 있었다. 안면 홍조기가 있는 소녀는 볼이 발그스레했다. 그녀도 허기를 느꼈다.

이제 겨우 오전 11시밖에 안 됐는데 우리는 모두 배가 고팠다. 시골 공기 때문도, 버스 여행 때문도 아니었다. 배 속에 구멍이라도 뚫린 것처럼 밀려오는 허기는 두려움 때문이었다. 우리는 이미 지난 수년 동안 허기와 두려움에 익숙해져 있었다. 음식 냄새가 솔솔 풍기는 접시가 코앞에 놓이자 관자놀이에서 심장이 박동하는 것처럼 머리가 울리고 입에 침이 고였다. 나는 안면 홍조가 있는 소녀를 쳐다보았다. 그녀도 나와 같은 욕구를 느끼고 있었다.

내 앞에는 버터로 볶아 맛을 낸 줄기콩 요리가 놓였다. 결혼식 이후 버터를 입에 댄 적이 없었다. 구운 파프리카 향이 코를 자극했다. 음식이 넘칠 정도로 가득 담긴 접시에서 도저히 눈을 뗄 수 없었다. 맞은편 소녀의 접시에는 완두콩과 쌀로 만든 요리가 놓였다.

"먹어!" 방 한구석에서 목소리가 들려왔다. 권유보다는 강하고, 명령보다는 부드러운 어조였다. 우리들 시선에 담긴 욕구를 읽어낸 듯했다. 우리는 입을 살짝 벌렸다. 호흡이 빨라졌다. 다들 망설이고 있었다. 아무도 우리에게 맛있게 먹으라고 하지 않았으니 그대로 일어나, 고맙지만 오늘 아침 집에서 키우는 닭들이 관대하게도 달걀을 많이 낳았다고, 오늘은 달걀 하나면 충분하니 차린 음식을 먹지 않겠다고 말해도 될 것 같았다.

나는 다시 한 번 식사에 초대받은 사람들의 머릿수를 세어보았다. 나까지 꼭 열 명이었다. 적어도 최후의 만찬은 아닌 것이다.

"먹으라니까!" 구석에서 다시 한 번 명령 소리가 들려왔다. 그 말이 채 끝나기도 전에 나는 이미 줄기콩 하나를 흡입하고 있었

14

다. 머리 꼭대기부터 손끝, 발끝까지 피가 한꺼번에 확 돌더니 심장박동이 느려지는 것이 느껴졌다. '주께서 내 원수의 목전에서 내게 상을 차려주시고⋯⋯.' 성경 구절을 되새기는데 파프리카가 다디달게 느껴졌다. 주께서 내게 식탁보도 없는 원목식탁에 상을 차려주셨다. 열 명의 여인들을 위해 아헨 지방에서 만든 도자기 그릇 열 개를 식탁 위에 올려주셨다. 행여나 베일이라도 쓰고 있었다면 침묵의 서약을 한 수도원 수녀들처럼 보였겠지.

처음에는 다들 음식을 조금씩 입속에 집어넣었다. 어쩌다 초대받은 그 사람의 점심 식탁에 차려진 음식을 억지로 삼키지 않아도 되는 권리가 우리에게 있는 것처럼, 음식을 거부할 수 있는 선택권이 있는 것처럼. 이 음식은 애당초 우리를 위해 만든 것이 아니었다. 우리는 순전히 우연히 이 음식을 먹게 된 거다. 음식은 식도를 따라 미끄러져 배 속에 뚫린 구멍 속으로 떨어졌다. 음식물로 채우면 채울수록 구멍은 점점 더 커졌고 구멍이 커질수록 포크를 쥔 손에 힘이 들어갔다. 디저트로 나온 아펠슈트루델(여러 겹의 페이스트리 안에 사과와 건포도를 채운 디저트)이 너무나 맛있어서 갑자기 눈에 눈물이 고였다. 너무 맛있어서 파이를 점점 더 큰 조각으로 잘라서 입속에 욱여넣고 쉴 새 없이 씹어 삼켰다. 그러다가 목이 메는 바람에 내 원수들이 보는 앞에서 고개를 뒤로 젖히고 숨을 가다듬었다.

어머니는 음식을 먹는 행위를 죽음에 대항하는 것이라 했다. 어머니는 히틀러가 등장하기 전에 그런 말을 했다. 당시 나는 베를린 브라운슈타인스트라세 10번가에 있는 초등학교에 다니고 있었다. 그때만 해도 히틀러는 없었다. 어머니는 교복 앞치마 끈으로 리본을 묶어준 뒤 내게 책가방을 건네면서 점심 먹다가 음식이 목에 걸리지 않도록 조심하라고 일러주곤 했다. 집에서 나는 도통 입을 다물지 않았다. 가끔은 입에 음식을 잔뜩 넣은 채 이야기를 할 때도 있었다. 어머니는 내가 너무 수다스럽다고 했다. 나는 지나치게 비극적인 어머니의 말투와 걸핏하면 죽을지도 모른다고 위협하는 훈육 방식이 우스꽝스럽게 느껴져 숨이 가쁘도록 웃곤 했다. 어머니는 생존을 위한 모든 행위는 결국 인간을 죽음의 위험에 노출시킨다고 생각했다. 어머니는 삶은 위험한 것이며 세상 어디에나 위험이 도사리고 있다고 생각했다.

식사가 끝난 후 나치 친위대원 둘이 식탁으로 다가오자 내 왼쪽에 앉아 있던 여자가 자리에서 일어났다.

"앉아! 제자리에 앉아!"

여자는 누가 떠민 것도 아닌데 쓰러지듯이 주저앉았다. 머리핀이 헐거워지는 바람에 양 갈래로 땋은 머리 한 쪽이 가볍게 흔들렸다.

"자리에서 일어나는 것은 허용되지 않는다! 다음 지시가 있을 때까지 입 다물고 앉아 있어라! 음식에 문제가 있었다면 독이 체내에 빠르게 퍼질 것이다!"

나치 친위대원은 우리를 한 명씩 응시하며 반응을 관찰했다. 우리는 숨조차 제대로 쉴 수 없었다. 친위대원은 다시 한 번 방금 전에 자리에서 일어났던 여자를 향해 말했다. 던들 드레스 차림의 여자는 아마도 친위대원들에게 존경을 표하기 위해 자리에서 일어났을 거다. "한 시간만 기다리면 되니 걱정할 필요 없다." 그가 말했다. "한 시간 후면 다들 자유의 몸이 될 거다."

"죽은 목숨이 될 수도 있겠지만." 그의 동료가 덧붙였다.

순간 가슴이 오그라드는 것 같았다. 안면 홍조가 있는 소녀가 손바닥으로 얼굴을 가리고 숨죽여 울었다.

"그만해!" 소녀 옆에 앉아 있던 갈색 머리 여자가 쏘아붙였다. 하지만 그때는 이미 다른 여자들도 모두 울고 있었다. 여자들은 배부른 악어처럼 눈물을 흘려댔다. 어쩌면 그것도 소화과정의 일환일지도 모른다.

"이름이 뭐죠?" 나는 낮은 목소리로 물었다. 홍조 띤 소녀는 내가 자기한테 말을 거는지도 몰랐다. 내가 손을 뻗어 그녀의 팔목을 건드리자 그녀는 흠칫하며 멍한 표정으로 나를 바라보았다. 모세혈관이 죄다 터져 있었다. "이름이 뭐지?" 내가 다시 묻자 소녀는 허락 없이 말하는 게 불안한지 고개를 들고 구석을 쳐다봤다. 하지만 친위대원들은 딴짓을 하고 있었다. 정오가 다 돼서 배가 고팠거나 소녀에게 아예 관심이 없는 듯했다. "레니, 레니 빈터." 소녀는 우물거렸다. 질문처럼 들렸지만 실은 자기 이름을 말한 것이었다. "나는 로자야, 레니." 내가 말했다. "조금만 참으면 모두 집에 돌아가게 될 거야."

레니는 갓 소녀티를 벗은 아가씨였다. 젖살이 빠지지 않은 통통한 손가락 관절만 봐도 알 수 있었다. 레니는 한 번도 남자 손을 탄 적이 없는 여자의 얼굴을 하고 있었다. 추수를 마친 후 지친 나머지 나른함에 취해 헛간에서 남자들에게 몸을 허락한 적이 한 번도 없는 얼굴이었다.

1938년 동생 프란츠가 독일을 떠난 후 그레고어는 나를 자기 부모님에게 인사시키기 위해서 이곳 그로스-파르치까지 데려왔다. "당신은 우리 부모님의 마음을 사로잡을 거야." 그레고어는 자기가 정복한 베를린 출신 비서를 자랑스러워하며 말했다. 나는 영화처럼 내 상사와 약혼한 거다.

사이드카를 타고 다니는 독일 동부 여행은 즐거웠다. 그 왜 '동쪽을 향해 우리는 말을 타고 나가노라'라는 노래 가사도 있지 않은가. 당시에는 그 노래가 4월 20일뿐만 아니라 평상시에도 스피커에서 흘러나왔다. 하루하루가 히틀러의 생일 같았다.

그때 나는 생전 처음 배를 타고 남자와 여행을 떠났다. 그레고어의 어머니 헤르타는 나를 자기 아들 방에 묵게 하고 아들은 다락방으로 올려보냈다. 부모님이 잠자리에 들고 난 후 그레고어는 방문을 열고 침대 속으로 파고들었다. "안 돼." 내가 속삭였다. "여기선 안 돼." "그러면 헛간으로 와." 순간 내 두 눈이 촉촉해졌다. "안 돼. 그러다가 어머님이 아시면 어쩌려고."

그때까지만 해도 그와 잠자리를 함께하기 전이었다. 나는 성경험이 한 번도 없었다.

그레고어는 내 입술을 부드럽게 쓰다듬었다. 손가락으로 입술선을 훑다가 서서히 힘을 주었다. 그러고는 이가 보이게 입술을 벌리고 손가락 두 개를 입속에 집어넣었다. 혀 위로 바싹 마른 그레고어의 손가락이 느껴졌다. 마음만 먹으면 입을 꽉 다물어 그의 손가락을 깨물 수도 있었다. 하지만 그레고어는 내가 자기를 물 거라고는 꿈에도 생각하지 못했다. 그는 언제나 나를 믿었다.

그날 밤 도저히 참지 못하고 계단을 올라가 다락방 문을 연 것은 나였다. 그레고어는 잠들어 있었다. 우리 둘의 숨결을 섞고 싶은 마음에 내 벌린 입술을 그의 입술에 갖다 대자 그가 잠에서 깼다. "잠잘 때 내게서 어떤 냄새가 나는지 궁금했어?" 그가 미소를 지었다. 나는 그의 입안에 손가락 한 개, 두 개 그리고 세 개를 밀어 넣었다. 그레고어의 입이 옆으로 벌어지면서 그의 침이 내 손가락을 적셨다. 이것이 바로 사랑이라고 나는 생각했다. 사랑이란 물지 않는 입이다. 혹은 주인에게 대드는 개처럼 상대방을 배신하고 물어뜯을 가능성이기도 하다.

베를린으로 돌아오는 길에 그레고어가 내 뒷목을 움켜잡았을 때, 나는 빨간색 원석으로 만든 목걸이를 걸고 있었다. 우리는 그레고어 집 헛간에서 사랑을 나누지 않았다. 우리는 창 없는 선실에서 처음 사랑을 나눴다.

"나가야겠어." 레니가 속삭였다. 그녀의 속삭임을 들은 사람은 나밖에 없었다.

레니 옆자리에는 광대뼈가 튀어나오고 머리에 윤기가 흐르는 갈색 머리 여자가 앉아 있었다. 눈빛이 서늘해 보였다.

"쉬잇!" 나는 레니의 손목을 쓰다듬으면서 속삭였다. 이번에는 레니도 흠칫하지 않았다. "20분만 참아. 이제 얼마 안 남았어."

"나갈래." 레니가 고집을 피웠다.

갈색 머리 여자가 레니를 째려보았다. "조용히 하지 못해?" 그녀가 레니를 밀쳤다.

"이게 무슨 짓이야?" 내가 거의 고함을 지르다시피 외쳤다.

"무슨 일이야?" 나치 친위대원들이 내 쪽을 쳐다보며 물었다.

순간 모든 여자들의 시선이 나를 향했다.

"제발." 레니가 말했다.

친위대원 한 명이 내 앞으로 다가왔다. 그는 레니의 팔을 손바닥으로 찰싹 때리더니 그녀에게 귓속말을 했다. 뭐라고 했는지 듣지는 못했지만 그 순간 레니의 얼굴이 심하게 일그러졌다.

"어디가 안 좋은가?" 다른 친위대원이 물었다.

던들 드레스 차림의 여자가 또다시 벌떡 일어나 외쳤다. "독을 먹은 거야!"

레니가 구역질을 하자 다른 여자들도 일제히 일어났다. 친위대원은 레니가 바닥에 먹은 것을 게워내기 전에 아슬아슬하게 몸을 피했다.

친위대원은 급히 뛰쳐나가 주방장을 불러내 이것저것 꼬치꼬치 캐묻기 시작했다. 총통이 옳았다. 영국 놈들은 총통을 독살하려고 한다. 여자들은 서로 껴안거나 벽에 기댄 채 울었다. 갈색 머리 여자는 두 팔을 허리에 대고 왔다 갔다 하면서 코로 이상한 소리를 냈다. 나는 레니에게 다가가 그녀의 이마를 받쳐주었다.

여자들은 모두 손으로 배를 감싸고 있었다. 경련이 일어서가 아니었다. 포만감이 익숙지 않아서였다.

그들은 우리를 한 시간도 더 넘게 가둬뒀다. 신문지와 젖은 천으로 바닥을 닦아냈지만 그래도 시큼한 악취가 났다. 레니는 죽지 않았다. 나중에는 더 이상 몸을 떨지 않고 식탁에 엎드려 한쪽 뺨을 팔에 베고 내 손을 잡은 채 아이처럼 잠이 들었다. 배에 가스가 차고 속이 부글거렸지만 지친 나머지 불안함도 잊고 말았다. 그레고어는 군에 자원입대했다.

그는 나치는 아니었다. 우리는 둘 다 나치를 추종하지 않았다. 어렸을 때 나는 하얀 셔츠 칼라 아래 까만 스카프를 매는 것이 싫어서 독일소녀동맹에 가맹하기 싫었다. 나는 모범적인 독일 시민이 아니었다.

측정할 수 없는 아득한 시간이 흘러 음식물이 완전히 소화돼 경계태세가 해소되자 친위대원들은 레니를 깨웠다. 그들은 우리를 일렬로 세운 뒤 버스에 태워 집으로 돌려보냈다. 더 이상 속이 부글거리지 않았다. 위가 음식을 받아들인 것이다. 내 몸은 총통의 음식을 흡수했다. 이제 총통의 음식은 피를 타고 내 몸속에서 순환하고 있었다. 히틀러는 무사했고 나는 또다시 배가 고팠다.

2

그날, 하얀 벽으로 둘러싸인 식당에서 나는 히틀러의 시식가가 되었다.

내 나이 스물여섯이 되던 1943년 가을에 일어난 일이다. 나는

50시간의 여행 끝에 베를린에서 700킬로미터 떨어진 동프로이센에 도착했다. 그레고어의 고향이었지만 정작 그레고어는 그곳에 없었다. 나는 일주일 전 전쟁을 피해 그로스-파르치로 왔다.

그들은 전날 아무런 예고도 없이 시부모님 집에 들이닥쳐서 로자 자우어를 찾는다고 말했다. 그때 나는 마침 뒤뜰에 있느라 그들이 오는 소리를 듣지 못했다. 지프차가 집 앞에 주차하는 소리는 못 들었지만 암탉들이 서로를 밀치며 닭장 안으로 도망치는 광경은 봤다.

"누가 너를 찾는구나." 시어머니 헤르타가 말했다.

"누가요?"

헤르타는 아무 말 없이 등을 돌렸다. 나는 차르트를 불렀지만 녀석은 나타나지 않았다. 차르트는 사교적인 고양이라 아침이면 집을 나가 온 동네를 누비고 다녔다. 이곳에 온 지 얼마 안 돼서 아는 사람도 없는데 대체 누가 나를 찾아온 걸까 생각하며 헤르타의 뒤를 따랐다. 세상에, 설마 그레고어가 돌아온 건가? "그레고어가 돌아온 건가요?" 내가 물었을 때 헤르타는 이미 부엌에 들어서고 있었다. 헤르타는 현관문을 등진 채 빛을 가렸다. 시아버지 요제프도 일어나 있었다. 요제프는 한 손을 탁자에 올려놓은 채 구부정한 자세로 서 있었다.

"하일 히틀러(히틀러 만세)!" 두 개의 어두운 형상이 나를 향해 오른팔을 번쩍 들어 올렸다.

문턱을 넘으며 나도 팔을 올렸다. 부엌에는 회녹색 제복 차림의 남자 둘이 있었다. 두 남자의 얼굴 위로 희미한 그늘이 드리웠다. 둘 중 한 명이 말했다. "로자 자우어인가?"

나는 고개를 끄덕였다.

"총통께서 당신을 필요로 하시오!"

한 번도 본 적 없는 총통에게 내가 필요하다니.

헤르타가 앞치마에 손을 닦았다. 나치 친위대원은 나를 바라보며 말을 이었다. 그의 시선은 오직 내게 고정되어 있었다. 그는 나를 뜯어보며 내 상품 가치를 평가하고 있었다. 굶주림에 시달려서 조금 허약해지고, 야간 공습경보 때문에 잠을 설치고, 사랑하는 이들과 가진 것을 모두 잃었지만 나는 건강하고 튼튼한 육체를 가진 노동자였다. 내 얼굴은 아직 동그스름했고 금발의 머리숱도 무성했다. 그렇다. 나는 딱 봐도 전쟁에 길들여진 순수 아리아 혈통〔히틀러는 순수 아리아 혈통의 우수성을 강조함〕의 젊은 여인이었다. 100퍼센트 순수 국산품이니 그들 입장에서는 남는 장사임이 틀림없었다.

친위대원이 현관문을 향해 걸음을 옮겼다.

"뭐라도 좀 드시겠어요?" 헤르타가 눈치 없이 뒤늦게 물었다. 시골 사람들은 중요한 손님을 어떻게 대접해야 하는지 모른다. 요제프도 허리를 꼿꼿이 세웠다.

"내일 아침 8시 정각에 올 테니 준비하고 있으시오." 그때까지 말없이 입을 다물고 있던 대원이 한 마디 덧붙이더니 자기 동료 뒤를 따라 나갔다.

체면치레를 하고 있는 것이 아니라면 도토리 열매를 볶아서 만든 커피 따위는 먹고 싶지 않은 것이 분명했다. 창고에 그레고어가 돌아올 날을 위해서 아껴둔 와인이 한 병 정도는 있을 것 같았지만 친위대원들은 헤르타의 초대를 하찮게 여겼다. 게다가 솔직히 너무 늦게 권하기도 했다. 아니면 친위대원들은 그저 좋지 않은 습관이 들까 봐 거절한 걸 수도 있다. 포기하는 데 익숙해지도록 육체를 단련하기 위해서. 악습은 사람을 나약하게 만드는 법이니까. 하지만 이 둘은 의지력이 강했다. 그들은 팔을 들어 올리며 '하일 히틀러'를 외쳤다. 두 사람의 손끝이 나를 향하고 있었다.

친위대원들을 태운 차가 출발하는 소리에 나는 창가로 갔다. 자갈길 위로 난 자동차 바퀴 자국이 나를 죽음의 길로 인도하는 표시처럼 보였다. 나는 이 창문에서 저 창문으로 옮겨 다니며 온 집 안을 돌아다녔다. 공기가 필요했다. 출구를 찾아야 했다. 헤르타와 요제프가 그런 내 뒤를 쫓아다녔다. 부탁이니 내게 생각할 시간을 주세요. 숨 좀 쉬게 해주세요.

친위대원들 말에 따르면 그들에게 내 이름을 준 것은 마을 시장이었다. 시골 마을의 시장은 모르는 사람이 없다. 온 지 얼마 되지 않는 외지인까지 다 안다.

"방법을 찾아야 해." 요제프가 턱수염에서 해결방안을 짜낼 기세로 수염을 꽉 움켜쥐며 말했다.

히틀러를 위해 일하고 그를 위해 목숨을 바치는 것은 모든 독일인의 의무였다. 하지만 요제프는 내가 총이나 폭탄이 아니라 독이 든 음식을 먹다 죽을 수 있다는 사실을 받아들이지 못했다. 아무도 알아주지 않는 조용한 죽음이었다. 영웅이 아니라 개 같은 죽음이었다. 하지만 어차피 여자에게 영웅적인 죽음은 어울리지 않는다.

"이곳을 떠나야겠어요."

나는 유리창에 얼굴을 댔다. 깊게 심호흡을 하려 했지만 그때마다 쇄골이 죄어드는 것 같았다. 나는 다른 창문 앞으로 자리를 옮겨서 다시 심호흡을 해보았다. 하지만 이번에는 갈비뼈가 아파서 제대로 숨을 쉴 수 없었다.

"어떻게든 잘 살아보려고 여기까지 왔는데 독살이나 당하게 생겼네요." 나는 비통하게 웃었다. 시부모가 내 이름을 친위대에게 넘긴 것도 아닌데 원망스러운 마음을 감출 수 없었다.

"숨어라." 요제프가 말했다. "어디든 숨어 있어."

"숲으로 가렴." 헤르타가 말했다.

"숲속 어디로요? 거기서 배고픔과 추위에 떨다 죽으라고요?"

"먹을 것은 우리가 가져다주마."

"당연하지." 요제프도 가세했다. "설마 우리가 너를 버리겠니."

"친위대가 저를 찾으면요?"

헤르타가 남편을 바라보았다. "저들이 얘를 찾을까요?"

"좋아하지는 않겠지." 요제프는 객관성을 잃지 않았다.

나는 소속 군대조차 없는 탈영병이었다. 정말이지 웃기는 신세가 되고 말았다.

"베를린으로 돌아가는 건 어떠냐." 요제프가 말했다.

"그래. 집으로 돌아가면 되잖니." 헤르타도 맞장구를 쳤다. "그곳까지 너를 쫓아가지는 못할 거야."

"잊으셨어요? 이제 저는 베를린에 돌아갈 곳이 없어요. 어쩔 수 없는 상황이 아니었으면 애당초 여기 오지도 않았을 거라고요!"

순간 헤르타의 표정이 딱딱하게 굳었다. 서로 잘 알지 못하는 사이에서 지켜야 할 선을 순간 내가 무너뜨린 듯했다.

"죄송해요. 그런 뜻이 아니었어요."

"괜찮다." 헤르타가 내 말을 싹둑 잘랐다.

무례한 내 행동 때문에 도리어 우리 사이에 신뢰가 쌓인 것 같았다. 그 순간 헤르타에게 매달려 나를 데리고 있어달라고, 나를 보살펴달라고 말하고 싶을 정도로 그녀가 가깝게 느껴졌다.

"요제프, 헤르타는요?" 내가 물었다. "그들이 왔을 때 제가 없어서 두 분께 화풀이라도 하면 어떡해요?"

"그건 우리가 알아서 하마." 헤르타는 내 말에 이렇게 답하고 자리를 떴다.

"그래, 이제 어쩔 셈이냐?" 턱수염에서 해답이 나올 리가 없다는 사실을 깨달은 요제프가 수염에서 손을 떼고 물었다.

나는 아무도 남아 있지 않은 고향에서 죽느니 타지에서 죽는 편이 낫다고 생각했다.

시식가가 된 이튿날 새벽, 나는 침대에서 일어났다. 수탉이 울자, 개구리들은 졸음을 못 이겨 쓰러진듯 일제히 울음을 멈췄다. 밤을 하얗게 지새울 때는 몰랐는데 그제야 나 자신이 철저히 혼자라는 사실이 사무치게 와닿았다. 눈가에 내려앉은 검은 다크서클을 보고서야 나는 유리창에 비친 형상이 다름 아닌 내 얼굴이라는 것을 깨달았다. 눈가에 파인 거뭇한 고랑은 전쟁 때문에 생긴 것도, 잠을 제대로 못 자서 생긴 것도 아니었다. 그것은 원래부터 내 얼굴에 있었다. 책 좀 그만 읽어라. 네 얼굴을 좀 봐. 어머니는 이렇게 말하곤 했다. 철분이 부족해서 그런 건 아닐까요, 의사 선생님? 아버지가 의사에게 묻곤 했다. 동생은 실크같이 부드러운 느낌 때문에 잠이 잘 온다면서 내 이마에 자기 이마를 갖다 대고 비비곤 했다. 창문에 비친 내 모습에서 나는 어린 시절과 똑같은 다크서클을 보았고 그것이 일종의 징조임을 직감했다.

나는 차르트를 찾아 밖으로 나갔다. 차르트는 암탉들이 자기 책임하에 있는 것처럼 닭장 옆에 몸을 동그랗게 말고 누워서 졸고 있었다. 숙녀들만 내버려두는 것은 예의에 어긋나는 행동이다. 구식 신사인 차르트는 그 사실을 알고 있었다. 그런 차르트와 달리 그레고어는 나만 혼자 남겨둔 채 떠나버렸다. 훌륭한 남편보다는 훌륭한 독일인이 되기를 택한 것이다.

처음 데이트를 신청했을 때 그레고어는 내게 대성당 근처에 있는 카페에서 만나자고 했다. 그는 첫 데이트부터 지각을 했다. 우리는 야외 탁자에 자리를 잡았다. 햇살이 밝은데도 공기가 조금 쌀쌀했다. 소녀 시절부터 꿈꿔왔던 사랑이 드디어 내게 찾아온 그 순간, 나는 새들의 지저귐에서 익숙한 멜로디를 찾고, 날아가는 새들의 움직임에서 오직 나만을 위한 안무를 찾는 데 정신이 팔려 있었다. 그때 새 한 마리가 무리에서 떨어져 나왔다. 녀석은 홀로 당당하게 다이빙이라도 할 기세로 슈프레 강을 향해 빠르게 하강했다가 날개를 쫙 펼쳐서 수면을 살짝 스친 후 바로 다시

비상했다. 일시적인 도피욕일 뿐이었다. 무분별한 행동이었다. 무언가에 취한 듯 희열에 사로잡혀 저지른 충동적 행동이었다. 나 역시 그런 희열에 사로잡혀 종아리가 욱신거렸다. 내 상사이기도 한 젊은 엔지니어와 카페에 마주 앉았을 때 나는 희열을 느꼈다. 이제 막 행복이 시작된 것이다.

그때 나는 사과 파이를 주문만 해놓고 손도 대지 않고 있었다. 먹기 싫어요? 잘 모르겠어요. 그레고어가 파이를 보며 묻자 내가 웃으며 말했다. 나는 파이를 먹으라는 의미로 그레고어 앞으로 접시를 밀어주었다. 그가 파이를 한입 베어 물었다. 평소 습관대로 음식을 허겁지겁 씹어 삼키는 모습을 보자 나까지 덩달아 입맛이 돌아 파이를 한입 잘라 먹었다. 그 후로 나는 쉬지 않고 파이를 입안에 집어넣었다. 정신을 차려보니 우리는 의미 없는 수다를 떨면서 한 접시에 담은 음식을 나눠 먹고 있었다. 파이를 먹으면서 우리는 상대방을 바라보지 않았다. 지나치게 친밀한 행위처럼 느껴졌기 때문이다. 그러다가 서로의 포크가 부딪히는 순간 우리는 동작을 멈추고 고개를 들었다. 새들이 머리 위에서 원을 그리며 날아다니는 동안 우리는 한참 동안 서로를 응시했다. 어쩌면 새들은 원을 그리면서 날아다녔던 것이 아니라 나뭇가지나 난간이나 가로등 같은 데 앉아서 쉬고 있던 걸지도 모른다. 부리를 아래로 향한 채 강물로 뛰어들어 다시는 솟아오르지 않았을지도 모른다. 그 순간 실제로 무슨 일이 일어났는지 누가 알겠는가. 그레고어가 일부러 자기 포크로 내 포크를 막는 순간 흡사 그가 내 몸을 만지는 것처럼 느껴졌다.

헤르타는 평소보다 늦게 달걀을 가지러 왔다. 아마 그녀도 나처럼 밤을 꼬박 새웠을 것이다. 그래서 아침에 일어나기가 힘들었을 것이다. 그때 나는 차르트를 발 위에 올려놓은 채 녹슨 철제 의자에 꼼짝하지 않고 앉아 있었다. 헤르타는 아침 식사를 준비하는 것도 잊고 내 곁에 앉았다.

순간 끼익하는 소리와 함께 문이 열렸다. "벌써 온 거야?" 헤르타가 물었다.

요제프는 문간에 기댄 채 고개를 가로저었다.

"달걀을 가지러 가려고." 요제프가 검지로 마당을 가리키며 말했다. 차르트가 비틀거리며 요제프를 뒤따라갔다. 녀석의 온기가 아쉬웠다.

찬란했던 새벽 햇빛은 파도처럼 바스라지고 어느새 아침 하늘이 창백하고 핏기 없는 민낯을 드러냈다. 암탉들이 꼬꼬댁거리고 새들이 짹짹거리고 벌들은 윙윙 소리를 내며 햇살의 둥근 테두리를 따라 돌고 있었다. 그러다 버스 브레이크 소리에 모든 소리가 파묻혀버렸다.

"일어나라, 로자 자우어!" 친위대원이 고함을 지르는 소리가 들렸다.

헤르타와 나는 동시에 벌떡 일어섰다. 요제프도 달걀을 든 채 집으로 돌아왔다. 손에 힘을 너무 세게 주는 바람에 들고 있던 달걀 하나가 깨져서 손가락 사이로 반짝이는 오렌지색 강물이 끈적하게 흘러내리는 것도 모르고 있었다. 나는 무의식적으로 달걀 흐르는 모습을 바라봤다. 달걀은 요제프의 손에서 떨어져 나와 소리 없이 흙 속에 스며들 터였다.

"서둘러라, 로자 자우어!" 친위대원들이 재촉했다.

헤르타가 등을 살짝 밀자 나는 그제야 몸을 움직였다.

나는 가고 싶지 않았다. 그레고어가 돌아오기를 기다리고 싶었다. 전쟁이 끝날 거라고 믿고 싶었다. 뭐라도 먹고 싶었다.

버스에 올라 재빨리 주변을 훑어본 후 다른 여자들에게서 떨어진 좌석 중에서 가장 가까이 있는 빈자리에 앉았다. 버스 안에는 여자 넷이 있었는데 그중 둘은 같이 앉아 있었고 나머지 둘은 각자 따로 앉아 있었다. 여자들의 이름은 기억나지 않았다. 이름을 알고 있는 여자는 레니뿐이었는데 아직 그녀의 모습은 보이지 않았다.

아무도 내 인사에 대답하지 않았다. 나는 빗방울 자국으로 얼룩진 차창 너머로 헤르타와 요제프를 바라보았다. 둘은 현관 앞에 서 있었다. 헤르타는 관절병을 앓는데도 팔을 흔들고 있었고 요제프는 여전히 깨진 달걀을 들고 있었다. 나는 차가 커브를 틀어 시야에서 집이 완전히 사라질 때까지, 맨땅 위로 자라난 쥐오줌풀꽃 덤불과 이끼가 껴서 새까매진 지붕 타일과 분홍색 회반죽을 바른 외벽을 바라보았다. 이제부터는 매일 아침 마지막이 될지도 모른다는 심정으로 그 집을 바라보게 될 것이다. 그러다가 정말로 그 광경을 다시 못 보게 되겠지.

라스텐부르크(지금의 폴란드 켕트신) 총통 본부는 그로스-파르치에서 3킬로미터 떨어진 곳에 위치했다. 그곳은 숲속에 숨겨져 있어서 항공 판별이 불가능했다. 요제프 말에 따르면 인부들이 본부를 짓기 시작했을 때 인근 주민들은 분주히 오가는 트럭과 화물차를 보며 대체 무슨 일이 일어나고 있는지 의아해했다고 한다. 소련군 비행기는 벙커의 위치를 파악하는 데 실패했지만 우리는 히틀러가 그곳에 있다는 사실을 알고 있었다. 그곳에서 멀지 않은 곳에서 히틀러가 먹고, 자고 있다는 사실을 알고 있었다. 아마도 여름이면 그 역시 침대에 누워 숙면을 방해하는 모기를 잡기 위해 몸을 뒤척일 것이다. 그 역시 간지럼이 생산하는 모순적인 욕망을 이기지 못하고 모기에 물려 빨갛게 부푼 살을 긁어 댈 것이다. 사람들은 모기에 물려 피부가 군도처럼 울퉁불퉁해지는 것을 싫어하지만, 그곳을 긁는 순간의 쾌감이 너무나 강렬해서 내심 그 부위가 완전히 낫지 않기를 바란다.

사람들은 그곳을 볼프스샨체, 즉 늑대소굴(2차 세계대전 당시 히틀러의 개인 동부전선 지휘본부)이라 불렀다. 늑대는 히틀러의 별명이었다. 나는 빨간 모자를 쓴 소녀처럼 무방비 상태로 늑대 배 속에 들어가게 된 것이다. 사냥꾼 무리가 군단을 이루어 히틀러를 찾아 헤매고 있었다. 그들은 히틀러를 손에 넣기 위해서라면 나 따위는 기꺼이 희생시킬 것이었다.

3

크라우젠도르프에 도착한 후 우리는 군대 병영으로 사용되고 있는 학교의 빨간 벽돌건물 앞에서 내려 한 줄로 정렬해 걸었다. 친위대원들은 암소처럼 유순하게 현관에 들어선 우리를 복도에 세워놓고 몸을 수색했다. 친위대원들의 손길이 허리와 겨드랑이에 머무는 것이 끔찍했지만 그저 숨을 참을 수밖에 없었다.

친위대원들이 출석을 불렀고 우리는 대답했다. 그제야 나는 레니를 밀친 갈색 머리 여자의 이름이 엘프리데 쿤이라는 사실을 알게 됐다.

친위대원들은 우리를 둘씩 짝지어 알코올 냄새가 진동하는 방에 들여보냈다. 나머지는 자기 차례가 올 때까지 밖에서 기다려야 했다. 학생들이 쓰던 책상에 팔꿈치를 올리자 하얀 가운을 입은 남자가 지혈밴드로 내 팔을 꽉 조이더니 검지와 중지로 찰싹 때렸다. 채혈을 함으로써 인간 모르모트의 지위를 공식적으로 인정받게 된 것이다. 첫날이 일종의 환영식이자 리허설이었다면 지금 이 순간부터 공식적인 시식가로서의 활동이 시작된 셈이다.

주삿바늘이 혈관을 찌르는 순간 나는 시선을 다른 곳으로 돌렸다. 내 옆에는 엘프리데가 있었다. 그녀는 주사기가 자신의 피를 빨아올리며 점점 더 짙은 색상의 피로 차오르는 광경을 홀린 듯 바라보고 있었다. 원래 나는 내 피를 못 쳐다본다. 그 진하디진한 액체가 내 몸으로부터 나왔다는 사실을 인식할 때마다 현기증이 났기 때문이다. 그래서 나는 주사기 대신 엘프리데를 바라보았다. 데카르트좌표처럼 흔들림 없는 그녀의 자세와 무심한 표정을 바라보았다. 엘프리데는 분명 미인이었지만 아직은 그녀의 아름다움이 와닿지 않았다. 내게는 그녀가 풀리지 않은 수학 문제처럼 느껴졌다.

문득 정신을 차려보니 엘프리데가 심술궂은 표정으로 나를 정면으로 응시하고 있었다. 엘프리데는 산소가 모자란 듯 콧구멍을 한껏 부풀렸고 나는 숨을 쉬기 위해 입을 벌렸다. 나는 아무 말도 하지 않았다.

"여기를 꼭 누르세요." 가운을 입은 사내가 솜으로 팔을 누르며 말했다.

엘프리데의 지혈밴드가 탁 하는 소리와 함께 풀리고 의자가 바닥에 쏠리는 소리가 들리자 나도 자리에서 일어났다.

식당에서 나는 다른 여자들이 자리에 앉을 때까지 기다렸다. 대부분 전날 앉았던 자리에 그대로 앉았다. 레니 앞자리가 비어 있었는데 그날 이후 그곳은 내 지정석이 됐다.

과일과 우유로 아침 식사를 마친 후 점심 식사가 제공됐다. 내 앞에는 아스파라거스 파이가 담긴 접시가 놓였다. 얼마 후 나는 그룹별로 각기 다른 음식을 먹게 하는 것도 검증 과정을 강화하기 위한 방법의 일환임을 깨달았다.

나는 익숙하지 않은 환경을 관찰할 때처럼 식당을 둘러보았다. 창문에는 쇠창살이 달려 있었고 경비병들이 안뜰로 이어진 출구를 삼엄하게 감시하고 있었다. 벽에는 액자 하나 걸려 있지 않았다. 처음 등교한 날 어머니가 나만 홀로 교실에 남겨둔 채 떠나버렸을 때, 나는 어머니가 모르는 새 내게 안 좋은 일이 일어날 수도 있다는 생각으로 슬픔에 잠겼다. 나를 둘러싼 세상이 위험하

게 느껴져서가 아니었다. 어머니가 무력하다는 사실이 새삼 와
닿아 마음이 울컥했던 거다. 나는 어머니가 모르는 나의 삶을 받
아들일 수 없었다. 일부러 감춘 것은 아니었지만 내게 어머니가
모르는 일이 일어나는 것 자체가 어머니에 대한 배신 행위처럼
느껴졌다. 나는 교실에 앉아 벽에 생긴 금이나 거미줄처럼 나만
의 은밀한 것이 될 수 있는 요소를 찾았다. 한없이 크게만 보이던
교실을 두리번거리다 걸레받이가 떨어져 나가서 비어 있는 공간
을 발견하는 순간 나는 겨우 안정을 되찾았다.

하지만 크라우젠도르프 병영 식당의 걸레받이는 멀쩡했고 나
는 그레고어 없이 홀몸이었다. 친위대원들의 군홧발 소리가 일정
한 속도로 음식물을 씹어 삼키기를 강요하며 어쩌면 찾아올지도
모르는 죽음의 카운트다운을 세고 있었다. 독은 쓰디쓸 거라고
생각했는데 아스파라거스 맛은 끝내줬다. 음식을 삼킬 때마다
심장이 멎는 것 같았다.

엘프리데도 아스파라거스를 먹으며 나를 관찰하고 있었다. 나
는 불안감을 가라앉히기 위해 물을 연거푸 들이마셨다. 엘프리데
가 내게 관심을 보이는 것은 내 옷차림 때문일 수도 있었다. 헤르
타 말이 옳았다. 내 체크무늬 옷은 이곳에 어울리지 않았다. 난
사무실에 출근하는 것도 아니고 베를린에서 일하는 것도 아니었
다. 헤르타는 내게 도시 사람 티를 내지 말라고 했다. 그렇지 않
으면 모두들 나를 고깝게 볼 거라고 했다. 엘프리데가 나를 고깝
게 보는 것 같지는 않았다. 아니, 어쩌면 그럴지도 모른다. 하지만
그날 나는 제일 낡고 편한 옷을 입고 있었다. 하도 자주 입어서

그레고어가 유니폼이라고 부르던 옷이었다. 그 옷을 입으면 옷이 내 몸에 잘 맞는지 걱정하거나, 내게 행운을 가져다줄지 특별히 신경 쓸 필요가 없었다. 그 옷은 내 방패였다. 지금도 대놓고 탐색하는 엘프리데의 시선에서 나를 보호해주고 있었다. 그녀가 어찌나 집요하게 옷을 쳐다보던지 체크무늬 패턴이 견디다 못해 천에서 뛰쳐나가버릴 것 같았다. 옷단이 풀어지고 신발 끈이 풀리고 이마 위로 파도처럼 흘러내린 머리카락의 볼륨감마저 죽는 것 같았다. 나는 방광이 터질 정도로 연거푸 물을 마셔댔다.

점심 식사 시간이 끝나기 전에 자리에서 일어나서는 안 되는 분위기였는데 방광이 아파왔다. 부덴가세에서 살던 시절 한밤중에 공습경보가 울려서 어머니와 함께 다른 입주민들이 있는 지하실에 대피했을 때도 그랬다. 지금은 그때처럼 방구석에 양동이가 있는 것도 아닌데 도저히 소변을 참을 수 없었다. 나는 생각할 겨를도 없이 손을 들고 화장실에 가고 싶다고 했다. 친위대원들은 화장실에 가도 좋다고 허락해주었다. 키가 매우 크고 발이 거대한 사내가 나를 복도로 데리고 나오는 순간 엘프리데의 목소리가 들렸다. "저도 가고 싶어요."

화장실에는 칸막이 네 개와 세면대 두 개가 있었다. 바닥 타일이 오래돼서 틈새에 시꺼멓게 때가 껴 있었다. 친위대원이 복도에서 보초를 서고 있는 동안 엘프리데와 나는 함께 화장실에 들어갔다. 나는 바로 변기가 있는 칸으로 직행했다. 그런데 다른 칸막이 문이 닫히는 소리도, 물줄기 흐르는 소리도 들리지 않았다. 갑자기 증발해버린 것이 아니라면 엘프리데는 내가 소변 누는 소리를 듣고 있는 거였다. 정적 속에 내 오줌 소리만 들리자 민망했다. 밖으로 나가려는데 엘프리데가 신발 끝으로 문을 막았다. 그녀는 내 어깨를 세게 누르며 나를 벽으로 밀어붙였다. 타일에서 소독약 냄새가 났다. 그녀는 다정하게 느껴질 정도로 얼굴을 바짝 갖다 댔다.

"원하는 게 뭐야?" 엘프리데가 물었다.

"나 말이야?"

"채혈할 때 왜 그렇게 나를 쳐다봤지?"

나는 어떻게든 그녀의 손아귀에서 빠져나가려 했지만 소용없었다.

"네 일이나 신경 써. 여기에서는 각자 자기 일에만 신경 쓰는 게 좋아."

"내 피를 보기가 힘들어서 그런 거야."

"남의 피를 보는 건 괜찮고?"

나무에 금속이 요란하게 부딪히는 소리에 우리는 둘 다 흠칫 놀랐다. 엘프리데가 뒤로 물러섰다.

"무슨 짓들이야?" 친위대원이 밖에서 묻고는 화장실로 들어왔다. 벽 타일이 차갑고 축축했다. 등에서 땀이 나서 그런 걸 수도 있었다.

"둘이서 비밀 이야기라도 나누나 보지?" 친위대원은 뱀 대가리를 뭉개기 딱 좋아 보이는 거대한 군화를 신고 있었다.

"현기증이 났어요. 아까 채혈을 해서 그런 것 같아요." 내가 팔꿈치 안쪽에 생긴 빨간 점을 가리켜 보이며 우물거렸다. "이 사람이 저를 도와준 거고요. 지금은 괜찮아졌어요."

경비병은 한 번만 더 엉큼한 짓을 하다 걸리면 혼쭐내겠다고 경고했다. 아니, 다음번에는 자기도 재미를 좀 봐야겠다고 했다. 그러더니 어이없게도 웃음을 터뜨렸다.

키다리 친위대원의 감시하에 우리는 식당으로 돌아왔다. 그는 잘못 짚었다. 나와 엘프리데 사이에 흐른 것은 친밀한 감정이 아니었다. 그것은 두려움이었다. 우리는 지금 막 세상에 태어난 신생아처럼 알 수 없는 두려움에 사로잡혀 타인과 주변 환경을 가늠하고 있었다.

그날 저녁 자우어가家의 화장실에서 나는 내 오줌에 배어 나오는 아스파라거스 냄새를 맡으며 엘프리데를 생각했다. 아마 엘프리데도 변기에 앉아서 나와 같은 냄새를 맡고 있을 터였다. 히틀러도 볼프스샨체의 벙커에서 나와 같은 냄새를 맡고 있을 터였다. 그날 저녁 히틀러의 오줌과 내 오줌에서는 같은 냄새가 났다.

4

나는 1차 세계대전이 끝나기 11개월 전인 1917년 12월 27일에 태어났다. 뒤늦은 크리스마스 선물이었던 셈이다. 어머니는 내가 썰매 안 이불에 꽁꽁 싸여 있어서 산타클로스가 나를 까맣게 잊고 있다가 아기 우는 소리를 듣고 마지못해 베를린으로 다시 돌아온 거라고 했다. 이제 막 일을 끝마치고 휴가가 시작될 참이었는데 예기치 못한 배달 건 때문에 짜증이 났을 거라고 했다. "그래도 산타클로스가 너를 발견해서 다행이지 뭐냐." 아버지가 말했다. "너는 그해 우리의 유일한 선물이었거든."

내 아버지는 철도원이었고 어머니는 재봉사였다. 덕분에 우리집 거실 바닥에는 항상 온갖 색상의 실뭉치가 흩어져 있었다. 어머니는 실을 바늘구멍에 쉽게 넣기 위해 실 끝에 침을 묻혔고 나는 그런 어머니를 따라 몰래 실을 빨았다. 어린 시절 나는 실이 혀에 닿는 느낌을 즐겼다. 실이 퉁퉁 불어서 작은 덩어리가 되면 나는 유혹을 이기지 못하고 실뭉치를 꼴깍 삼켜버렸다. 실뭉치를 먹으면 정말 죽는지 궁금해서 참을 수가 없었기 때문이다. 그리고는 임박한 죽음의 징조를 예측하며 시간을 보냈다. 하지만 나는 죽지 않았고 이내 모든 것을 잊어버렸다. 나는 그 비밀을 혼자서만 간직하고 있다가 밤이 되면 이제야말로 운명의 시간이 올 거라고 상상을 했다. 죽음과의 놀이는 그렇게 아주 어린 시절부터 시작됐지만 누구에게도 그 사실을 말한 적은 없었다.

저녁이면 아버지는 라디오를 듣고 어머니는 바닥에 떨어진 실밥을 치운 뒤 좋아하는 신문 연재소설을 읽고 싶은 마음에 들떠서 《도이체 알게마이네 차이퉁》을 펼쳐 들었다. 내 유년시절은 그렇게 흘러갔다. 내 유년시절은 부덴가세 거리가 내다보이는 김 서린 창문이었다. 남들보다 빨리 외운 구구단 표였다. 처음에는 커서 헐렁거리다가 나중에는 작아서 꽉 끼게 된 신발을 신고 걷던 등굣길이었다. 손톱으로 참수시킨 개미들이었다. 아버지와 어머니가 설교대에 올라 성경 구절을 읽던 일요일이었다. 그때 어머니는 〈시편〉을, 아버지는 〈고린도전서〉를 읽었고 나는 예배당 의자에 앉아서 한편으로는 자랑스러워하면서도 한편으로는 지루해하며 부모님의 낭독에 귀를 기울였다. 내 유년시절은 입속에 감추어놓은 1페니히 동전이었다. 동전의 짭짜름하고 톡 쏘는 맛에 기분이 좋아져서 나는 눈을 감고 혀로 동전을 목구멍으로 밀어 넣었다. 밀면 밀수록 동전은 당장이라도 목 아래로 미끄러져 내려갈 듯 아슬아슬하게 균형을 잡았다. 나는 동전을 목 안으로 최대한 밀다가 갑자기 뱉어버렸다. 내 유년시절은 베개 아래 쌓아둔 책들이자 아버지와 함께 부르던 전래동요이자 광장에서 하던 술래잡기 놀이이자 크리스마스에 먹는 슈톨렌 케이크이자 동물원 소풍이었다. 남동생 프란츠의 요람에 얼굴을 들이밀고 그 애의 조그만 손을 이빨로 꽉 물었던 날도 내 유년시절의 일부였다. 그때 동생은 빽빽대며 울음을 터뜨렸지만 원래 갓난아이들은 잠에서 깨면 그렇게 울었기 때문에 아무도 내가 한 짓을 눈치채지 못했다.

내 유년시절은 비밀과 잘못으로 가득했다. 나는 내 비밀을 지키는 데만 열중해서 다른 사람들 일에는 관심이 없었다. 우유 가격이 수백 마르크에서 나중에는 수백만 마르크까지 폭등하는 동안에도 나는 우리 부모님이 대체 어디서 우유를 구해오는지 한번도 궁금해하지 않았다. 부모님이 경찰 몰래 식료품 가게를 습격해서 먹을 것을 구해오는 건 아닌지 걱정해본 적도 없었다. 몇년이 지난 후에도 마찬가지였다. 나는 우리 부모님도 베르사유조약[1차 세계대전 후의 연합국과 독일 사이의 조약. 이 조약으로 인해 독일은 해외 식민지를 모두 잃었을 뿐 아니라 국방력에 제약을 받고 연합국에 엄청난 액수의 배상금을 지급하게 된다)을 치욕스럽게 생각하는지, 다른 사람들처럼 미국을 증오하는지, 아버지도 참전했던 그 전쟁 때문에 독일이 전범국 취급 받는 것을 부당하게 생각하지는 않는지 궁금해하지 않았다. 1차 세계대전 당시 아버지는 프랑스 군인과 함께 구덩이 속에서 하룻밤을 꼬박 지새운 적이 있었다고 했다. 그때 아버지는 결국 시체 옆에서 깜빡 잠이 들었었다.

온 독일이 상처투성이던 그 시절, 아버지는 직장에서 돌아와 유노 담배를 태우며 라디오에 귀를 기울였고 어머니는 입술을 쏙 집어넣고 실 끝을 빨았다. 그럴 때 어머니의 코가 거북이 코처럼 보여서 나는 웃음을 터뜨리곤 했다. 내 동생 프란츠는 팔꿈치를 구부려 손을 귓가에 올린 채 요람 속에 누워 꾸벅꾸벅 졸았다. 앙증맞은 손가락은 보드라운 손바닥 안에 숨겨져 있었다.

그러는 동안 나는 일말의 가책도 없이 내 방에 틀어박혀서 내가 저지른 잘못과 숨겨야 할 비밀을 하나하나 장부에 적어내려갔다.

5

"무슨 소린지 하나도 모르겠어." 레니가 투덜댔다. 우리는 식탁 앞에 앉아 있었다. 저녁 식사를 마친 후라 식탁 위는 깨끗했다. 접시 대신 경비병들이 나눠준 연필과 책이 놓여 있었다. "어려운 단어가 너무 많아."

"예를 들면 어떤 단어?"

"알리마, 아니, 아니지. 아밀라…… 잠깐 기다려봐." 레니는 책
장을 뒤지더니 말했다. "타액 아밀라아제. 그리고 또 있어. 그러
니까 뭐라더라…… 펩시…… 음…… 펩시노겐 같은 단어 말이
야."

처음 크라우젠도르프에 끌려온 날로부터 일주일이 지난 후 식
당에 찾아온 주방장은 우리에게 식품영양학 관련 서적을 나눠주
며 읽어보라고 했다. 그는 우리가 맡은 임무가 엄중하다면서 그
에 합당한 자격을 갖춰야 한다고 했다. 그는 자기를 오토 귄터라
고 소개했다. 하지만 우리는 친위대원들이 그를 크뤼멜, 그러니
까 '부스러기'라고 부른다는 사실을 알고 있었다. 아마도 작고 깡
마른 체구 때문에 그렇게 불리는 것 같았다. 매일 아침 우리가 병
영에 도착할 때면 그는 이미 주방보조들과 함께 아침 식사 준비
에 한창이었다. 우리는 그가 준비한 음식을 바로 먹었지만 히틀
러는 전선 소식을 보고받은 후 오전 10시경이 되어서야 아침 식
사를 했다. 우리는 11시쯤에 히틀러가 점심에 먹을 음식을 먹었
다. 식사를 마치고 대기 시간이 지나면 친위대원들은 우리를 일
단 집으로 바래다주었다가 오후 5시에 히틀러의 저녁 식사 음식
을 먹이기 위해 다시 데리러 왔다.

크뤼멜이 책을 가져온 날 여자들 중 한 명은 책장을 들춰 보고
는 투덜거리며 어깨를 으쓱해 보였다. 까만 치마 아래 드러난 날
씬한 발목에 비해 어깨가 지나치게 넓고 각져 보이는 여자였다.

그녀의 이름은 아우구스티네였다. 아우구스티네와는 달리 레니는 떨어질 게 뻔한 시험 일정을 통보받은 사람처럼 얼굴이 창백해졌다. 하지만 내게는 책이 위안이 됐다. 인간의 소화과정을 외우는 것이 유용해서도, 사람들에게 잘 보이고 싶어서도 아니었다. 내게 책에 나온 도표와 표는 오락거리나 마찬가지였다. 예전처럼 지적 욕구가 생겨나면 잠깐의 착각이겠지만 내 정신이 아직은 멀쩡한 것처럼 느껴졌기 때문이다.

"읽어봤자 절대 이해 못 할 거야." 레니가 말했다. "저들이 책에 나온 내용을 물어볼까?"

"군인들이 선생님처럼 교편을 잡고 점수를 매기기라도 하겠어? 그럴 리 없잖아." 내가 미소를 지어 보였다.

하지만 레니는 내 미소를 되받아주지 않았다. "다음번 채혈 때 의사가 질문을 할 수도 있잖아! 일부러 꼬인 문제를 낼지도 몰라."

"그러면 재밌겠다."

"그게 뭐가 재밌어?"

"이렇게 공부하다 보면 히틀러의 창자를 염탐하는 것 같거든." 나는 뜬금없이 명랑한 어투로 말했다. "대충 계산을 해보면 언제 히틀러의 괄약근이 열릴지도 추측할 수 있을 것 같아."

"더러워."

더러운 게 아니라 인간적인 거다. 아돌프 히틀러 역시 음식을 소화하는 인간 아닌가.

"그래, 교수님께서는 강의를 마치셨나요? 그냥 여쭤보는 거예요. 그래야 박수라도 쳐드리죠." 아우구스티네가 말했다. 까만 치마를 입고 각진 어깨를 가진 여자 말이다. 경비병들은 우리를 조용히 시키려고 하지 않았다. 한때 교실이었던 식당의 원래 분위기를 되살리고자 하는 주방장의 의도를 존중하기 위해서였다.

"미안해." 내가 고개를 숙이며 말했다. "기분 나쁘게 하려던 건 아니었어."

"네가 도시에서 공부를 했다는 건 모두 다 알고 있어."

"재가 무슨 공부를 했던 그게 무슨 상관인데?" 울라가 끼어들었다. "그래봤자 지금은 우리랑 똑같이 여기서 음식을 먹고 있잖아. 적당량의 독으로 간을 맞춘 맛있는 음식 말이야." 울라는 그러더니 혼자 키득거렸다.

날씬한 허리에 봉긋하게 솟아오른 가슴. 친위대원들은 울라를 보고 탐스럽다고 했다. 울라는 잡지에서 오려낸 배우들의 사진을 붙여놓은 공책을 가지고 다녔는데 이따금씩 사진을 하나하나 짚어보면서 공책을 넘기곤 했다. 그녀는 권투 선수 막스 슈멜링과 결혼한 아니 온드라의 도자기처럼 매끈한 두 뺨과 일제 베르너의 보드랍고 도톰한 입술을 가리켜 보였다. 일제 베르너는 라디오 방송에서 입술을 동그랗게 오므리고 〈슬플 때는 노래를 불러요〉의 후렴구를 휘파람으로 불었다. 노래 가사처럼 노래를 부르면 슬픔과 외로움에서 벗어날 수 있다. 독일 군인들에게도 그 사실을 알려주어야 한다. 하지만 울라가 가장 좋아하는 배우는 차라 레안더였다. 울라는 차라 레안더가 갈매기 날개 모양으로 눈썹을 그리고 곱실거리는 애교머리를 얼굴에 드리운 채 출연한 영화 〈하바네라〉(푸에르토리코 남자와 결혼한 스웨덴 여인 역을 연기한 차라 레안더의 1937년도 작품)를 좋아했다.

"병영에 그렇게 우아하게 차려입고 오다니. 참 잘하는 짓이야." 울라가 말했다. 그날 나는 어머니가 만들어준 프렌치 칼라에 퍼 프소매가 달린 와인색 원피스를 입고 있었다. "죽더라도 예쁜 옷 을 입고 죽어야지. 그러면 수의를 마련할 필요도 없잖아."

"왜 그렇게 끔찍한 이야기만 해?" 레니가 항의했다.

헤르타 말이 옳았다. 그 여자들은 내 외모가 눈에 거슬렸던 거 다. 둘째 날, 내 체크무늬 옷을 뚫어져라 바라보던 엘프리데만 그 런 것이 아니었다. 그때 엘프리데는 연필을 담배꽁초처럼 입에 물고 벽에 등을 기댄 채 책을 읽고 있었다. 앉아 있는 것 자체가 힘겨워 보였다. 당장이라도 자리를 박차고 일어나 식당 밖으로 뛰쳐나갈 것 같았다.

"이 옷, 마음에 들어?"

울라는 잠시 망설이다가 대답했다. "너무 정숙해 보이기는 하지 만 거의 파리 스타일이야. 괴벨스의 마누라가 억지로 입히려 드는 던들 스커트보다는 낫지." 울라가 갑자기 목소리를 낮췄다. "쟤가 입고 있는 옷 말이야." 울라가 내 옆에 앉은 여자를 눈짓으로 가리 키며 말했다. 첫날 점심 식사를 마칠 즈음에 자리에서 벌떡 일어 났던 여자였다. 게르트루데는 울라의 말을 듣지 못했다.

"바보 같은 소리." 아우구스티네가 손바닥으로 식탁을 내리치 고 튕기듯 일어나 자리를 떴다. 그녀는 자신의 극적인 퇴장을 어 찌 마무리해야 할지 몰라 엘프리데 곁으로 다가갔지만 엘프리데는 책에서 눈을 떼지 않았다.

"그래서 이 옷이 마음에 들어, 안 들어?" 내가 말했다.

"마음에 들어." 울라가 마지못해 인정하는 투로 말했다.

"그렇다면 네게 이 옷을 줄게."

탁 하는 작은 소리에 고개를 들어보니 엘프리데가 여전히 연필을 입에 문 채 책을 덮고 팔짱을 끼고 있었다.

"그래서 어쩔 셈이야? 성 프란체스코처럼 다 보는 앞에서 쟤한테 옷을 벗어주려는 거야?" 엘프리데가 자기편을 들어줄 거라고 생각한 아우구스티네가 키득거리며 말했다. 하지만 엘프리데는 꼼짝도 하지 않고 무표정하게 나만 바라볼 뿐이었다.

나는 울라에게 말했다. "원하면 내일 갖다줄게. 아니, 아예 세탁까지 해서 갖다줄게."

여기저기서 웅성거리는 소리가 들렸다. 엘프리데는 벽에서 떨어져 나와 내 앞에 와서 앉았다. 그녀는 요란스레 책을 식탁 위에 던져놓더니 손가락으로 책장을 두드리며 나를 찬찬히 뜯어보았다. 아우구스티네는 엘프리데가 드디어 나에 대한 판결을 내릴 거라고 생각했는지 그녀를 따라왔지만 엘프리데는 아무 말도 하지 않았고 책장을 두드리던 손동작도 멈췄다.

"우리에게 자선을 베풀려고 베를린에서 여기까지 오셨나 봐." 아우구스티네가 부추겼다. "생물학 강의에 기독교인다운 자선까지 베풀다니. 어떻게든 자기가 우리보다 우월하다는 사실을 증명하고 싶은 거야."

"나 그 옷 갖고 싶어." 울라가 말했다.

"그럼 줄게." 내가 대답했다.

아우구스티네는 혀를 찼다. 나중에 나는 아우구스티네가 못마 땅할 때마다 그런다는 것을 알게 됐다. "말도 안 돼……."

"정렬!" 경비병들이 명령했다.

"갈 시간이다!"

여자들은 급히 자리에서 일어났다. 아우구스티네의 일인극도 재미있었지만 다들 식당을 떠나고 싶은 욕망이 더 강했다. 오늘 도 모두 무사히 집으로 돌아가게 되었다.

줄을 서러 가는데 울라가 내 팔꿈치를 건드렸다. "고마워." 그 녀는 내게 말하고는 앞으로 달려갔다.

엘프리데가 내 뒤에 와서 섰다. "여기는 여학교가 아니야, 베를 린 토박이. 병영이라고."

"네 일에나 신경 쓰시지." 말은 그렇게 했지만 되레 내가 당황 해서 뒷목이 따가웠다. "네가 가르쳐줬잖아, 안 그래?" 나는 도발 이라기보다는 변명에 가까운 말투로 덧붙였다.

이유는 알 수 없지만 나는 왠지 엘프리데의 마음을 사고 싶었 다. 그녀와 부딪히고 싶지 않았다.

"어찌됐든 애송이 말이 맞아. 특별히 독의 종류별 중독 증상에 관심 있는 것이 아니라면 이런 책이 재미있을 리가 없지. 너는 죽 을 준비를 하는 게 재미있나 봐?"

나는 아무런 대꾸도 하지 않고 걷기만 했다.

그날 저녁 나는 울라에게 줄 와인색 원피스를 빨았다. 내가 특 별히 베풀기 좋아하는 사람이거나, 울라의 호감을 얻고 싶어서 그 옷을 주려는 게 아니었다. 그 옷을 입은 울라를 보면 내 삶이 베를린에서 그로스-파르치로 완전히 옮겨왔다는 사실을 실감할 수 있을 것 같았다. 그래야 베를린에서의 삶에 대한 미련을 버릴 수 있을 것 같았다. 그 옷을 울라에게 주는 것은 일종의 포기 행위였다.

사흘 후 나는 잘 말려서 다림질한 옷을 신문지로 포장해 울라에게 내밀었다. 울라는 한 번도 식당에 그 옷을 입고 오지 않았다.

헤르타는 자기 옷 몇 벌을 내 치수에 맞게 고쳐주었다. 허리 품과 기장을 줄여주었는데 기장 수선은 내가 고집을 부려서 해준 것이었다. 내가 요즘 유행하는 기장이라고 하자 헤르타는 베를린에서나 그런 거라고 했다. 그녀는 내 어머니가 그랬던 것처럼 입에 시침 핀을 물고 있었지만 시골집 바닥에는 실밥 하나 떨어져 있지 않았다.

나는 체크무늬 원피스를 직장에 다닐 때 입던 다른 옷들과 함께 그레고어가 쓰던 옷장 속에 넣어놓았다. 구두만은 계속 신었다. 헤르타는 그렇게 높은 구두를 신고 어디를 가려는 거냐고 못마땅해했지만 구두를 신어야만 나답게 걷는 것 같았다. 전보다 걸음걸이가 많이 불안해진 듯했지만 그래도 그 구두를 신고 걸어야 원래의 내 걸음처럼 느껴졌다. 안개가 자욱하게 낀 아침이면 분노에 가까운 감정을 느끼며 체크무늬 원피스가 걸린 옷걸이를 꺼내 들 때도 있었다. 다른 여자들과 섞일 이유도, 그들과의 공통점도 없는데 왜 나는 그들의 일원이 되기 위해 애쓰는 걸까?

그렇게 생각하다가도 거울 속에 비친 다크서클이 눈에 들어오면 분노는 낙담으로 변했다. 나는 체크무늬 원피스를 다시 어두운 옷장 속에 집어넣고 옷장 문을 닫았다. 예전부터 눈가에 내린 다크서클은 일종의 경고였다. 하지만 나는 그 신호를 감지하지 못했다. 내 운명을 예견하지도, 피하지도 못했다. 나는 평생 그런 다크서클을 두려워했다. 그리고 지금 그 피로의 흔적이 다시 내 얼굴에 나타난 순간 나는 교내 합창단에서 노래를 부르고, 오후에 스케이트를 타고, 친구들에게 기하학 숙제를 베끼게 해주던 소녀는 더 이상 존재하지 않는다는 사실을 깨달았다. 자기 상사를 사로잡은 비서도 이제는 존재하지 않았다. 전쟁 때문에 갑자기 폭삭 늙어버린 여자만 남았다. 그것이 내 운명이었다.

내 운명이 격랑에 휩쓸린 것은 1943년 3월의 어느 밤이었다. 그날 밤도 공습경보가 울렸다. 경보는 늘 그랬듯 신음 소리처럼 시작해 조금씩 가속도가 붙다가 나중에는 미친 듯이 울려댔다. "일어나렴, 로자. 폭격이 시작됐어." 어머니가 침대에서 내려와 내게 말했다.

아버지가 돌아가시고 나서 나는 아버지를 대신해 어머니 곁에서 잤다. 우리는 한때 남편과의 동침에 익숙했던 성인 여자들이었다. 남편을 잃은 후에도 침대시트 아래 나와 어머니의 몸은 비슷하게 음란한 냄새를 풍겼다. 그렇지만 나는 공습경보가 울리지 않더라도 어머니가 잠에서 깼을 때 함께 있어주고 싶었다. 어쩌면 내가 혼자 잠들기 두려워서 그랬는지도 모른다. 그래서 그레고어가 군대에 자원한 후 알테메세베크에 있는 신혼집을 떠나

부모님 집으로 들어간 것일 수도 있다. 아내 노릇에 채 익숙해지기도 전에 다시 딸 노릇을 하게 된 것이다.

"서두르렴." 걸칠 옷을 찾는 내게 어머니가 말했다. 어머니는 잠옷 위에 코트를 걸친 채 슬리퍼 차림으로 계단을 내려갔다.

공습경보는 평상시와 다르지 않았다. 영원히 끝나지 않을 흐느낌 소리가 증폭되다가 11초 후에 소리가 잦아들면서 희미해졌고, 이어 또다시 시작됐다.

그날 밤까지만 해도 경보는 항상 거짓으로 끝났다. 경보가 울릴 때마다 우리는 불을 켜지 말라는 규칙을 어기고 손전등을 켜고 계단을 뛰어내려갔다. 어둠 속에서 발을 헛디디거나 우리처럼 지하실로 향하는 다른 주민들과 부딪힐 위험이 있었기 때문이다. 사람들은 이불이며 물통 따위를 챙겨서 아이들을 데리고 지하실로 갔다. 간혹 얼이 나가서 아무것도 챙기지 못하고 맨몸으로 나오는 주민들도 있었다. 지하실에 내려갈 때마다 어머니와 나는 손바닥만 한 공간을 찾아 자리를 잡고 앉았다. 머리 위로 창백하고 희미한 전구가 흔들거렸다. 사람들로 꽉 찬 지하실 바닥에서는 냉기가 올라왔고 습기가 뼛속까지 스며들었다.

부덴가세 78번지 주민들은 그렇게 옹기종기 모여서 함께 울고 기도하고 도와달라고 애원했다. 우리는 다른 사람들의 눈앞에서 양동이에 소변을 눴다. 방광이 터질 것 같은데 참는 사람도 있었다. 어린 소년이 사과를 한입 베어 물었다가 누군가에게 빼앗겼다. 소년의 사과를 빼앗은 사람은 또 다른 사람에게 사과를 빼앗기기 전에 최대한 많이 베어 물었다. 우리 모두 굶주림에 지쳐서 침묵하거나 잠을 잤다. 그러다가 새벽이 오면 모두 일그러진 얼굴로 지하실을 나섰다.

얼마 지나지 않아 새로운 날이 시작된다는 약속의 빛이 베를린 외곽 지역의 고급 건물 위로 솟아올라 푸른 회반죽을 칠한 건물을 눈부시게 비추었지만 우리는 집 안에 틀어박혀 그 빛을 보지 못했다. 당시 우리에게는 새로운 날에 대한 믿음이 없었다.

그날 밤 어머니와 팔짱을 끼고 계단을 뛰어 내려가면서 나는 공습경보 소리가 무슨 음일까 생각했다. 나는 어렸을 때부터 교내 합창단에서 노래를 했다. 선생님은 내 음감과 음색을 칭찬했다. 하지만 나는 따로 음악을 공부한 적이 없어서 악보도 읽을 줄 몰랐다. 그렇지만 머리에 갈색 손수건을 쓴 라이나흐 부인 곁에 자리를 잡고 앉아, 엄지발가락 건막류 때문에 모양이 변형된 프라이스 부인의 까만 구두와 홀러 씨 귀 밖으로 삐져나온 귀털과 슈미트 부부의 아들 안톤의 작은 앞니를 바라보면서 나는 계속 경보음 생각을 했다. 춥지 않니? 옷을 꼭 여미고 있으렴. 내가 의지할 수 있는 것은 어머니의 숨결에서 느껴지는 익숙하고 음란한 체취뿐이었지만 그 순간만큼은 기나긴 공습경보 소리가 무슨 음인지 알아내는 것이 세상에서 제일 중요하게 느껴졌다.

그러다가 전투기가 웅 하며 날아오는 소리에 모든 잡념이 사라져버렸다. 어머니는 내 손을 꽉 잡았다. 어머니의 손톱이 내 피부를 파고들었다. 세 살배기 파울리네가 일어나자 아이 엄마인 안네 랑 한스가 파울리네를 자기 쪽으로 잡아당겼다. 키가 겨우 90센티미터밖에 안 되는 아이는 고집스레 제 엄마의 손길을 뿌리쳤다.

아이는 고개를 뒤로 젖히고 천장을 바라보면서 소리가 어디서 나는지 찾기라도 하는 것처럼 전투기 궤도를 따라 고개를 움직였다.

그러다가 갑자기 천장이 진동했다. 파울리네가 쓰러지자 바닥이 파도처럼 물결쳤다. 날카로운 휘파람 소리가 모든 소리를 잠식했다. 고함 소리와 파울리네의 울음소리마저도 그 속에 파묻혔다. 순간 전등불이 나가고 엄청난 폭음과 함께 지하실 벽이 함몰됐다. 사람들 몸이 사방으로 날아올랐다. 폭발로 인한 아비규환 속에서 서로 부딪히고 고꾸라지고 미끄러지는 동안 벽에서는 석회가루가 뿜어져 나왔다.

폭격이 멈추자 터진 고막 속을 흐느낌 소리와 고함 소리가 둔탁하게 파고들었다. 누군가가 지하실 문을 열어보려 했지만 문이 열리지 않았다. 여자들이 비명을 지르는 가운데 얼마 되지 않은 남자들은 문이 열릴 때까지 발길질을 퍼부었다.

우리는 모두 눈과 귀가 멀어서, 앞을 볼 수도 소리를 들을 수도 없었다. 먼지 때문에 얼굴 윤곽이 망가져서 부모가 봐도 못 알아볼 것 같은 몰골들이었다. 사람들은 다른 말은 모조리 잊어버린 것처럼 엄마, 아빠를 외쳤다. 내 눈에는 연기밖에 보이지 않았다. 그때 파울리네의 모습이 눈에 들어왔다. 아이 이마에서 피가 흐르고 있었다. 나는 이로 치맛단을 물어뜯어 아이의 상처를 닦아주고 붕대 대신 머리를 감싸준 뒤 파울리네의 엄마와 내 어머니를 찾았지만 누가 누군지 알아볼 수 없었다.

해는 모든 사람들이 지하실 밖으로 빠져나온 후에야 떠올랐다.

우리가 있던 건물은 완전히 무너지지는 않았지만 지붕에 거대한 구멍이 나 있었다. 앞 건물은 지붕이 통째로 날아가고 없었다. 길가에 부상자와 사망자의 시신이 한 줄로 길게 줄지어 있었다. 사람들은 벽에 등을 기댄 채 숨을 쉬려 했지만 먼지 때문에 목은 타는 듯이 아팠고 코는 꽉 막혀 있었다. 손수건을 잃어버린 라이나흐 부인의 머리카락은 시꺼먼 먼지처럼 뭉쳐서 작은 혹들처럼 보였고 홀러 씨는 다리를 절었다. 그새 파울리네 이마에서 흐르던 피는 멈췄다. 나는 다친 곳 한 군데 없이 멀쩡했지만 어머니는 그날 밤 목숨을 잃었다.

6

"총통을 위해서라면 목숨도 기꺼이 바칠 수 있어." 게르트루데가 눈을 반쯤 감은 채 사뭇 엄숙하게 말했다. 게르트루데의 자매인 자비네도 고개를 끄덕였다. 움푹 들어간 턱 때문에 자비네가 게르트루데보다 언니인지 동생인지 판단이 서지 않았다. 식탁은 깨끗했다. 30분 후면 집으로 돌아갈 시간이었기 때문이다. 창틀 사이에 낀 것 같은 어두운 납빛 하늘 앞에 또 다른 시식가인 테오도라가 모습을 드러냈다.

"나도 마찬가지야." 자비네가 말했다. "총통님은 우리 친오빠같아. 우리 죽은 오빠 말이야, 게르티."

"나는 총통님이 오빠가 아니라 남편이었으면 좋겠어." 테오도라가 장난스레 말했다.

자비네는 테오도라가 총통을 모독이라도 한 것처럼 눈썹을 긁었다. 아우구스티네가 몸을 기대자 창틀이 바르르 떨렸다. "그렇게나 큰 위안을 주시는 너희들의 총통님을 소중히 여겨. 비록 우리들의 오빠와 아버지와 남편을 도살장으로 보내 그들이 몽땅 죽는다 하더라도 총통께서 대신해줄 테니 상관없지 뭐. 평생 그와 결혼을 꿈꾸면서 살 수도 있고." 아우구스티네는 엄지와 검지로 입가에 묻은 하얀 침을 닦아내며 이어 말했다. "너희들 정말이지 꼴불견인 거 알아?"

"아무도 네 말을 못 들었기를 기도하는 게 좋을걸!" 게르트루데가 발끈했다. "아니면 내가 친위대원들을 부를 테니까."

"총통님도 어떻게든 전쟁을 피하려 했는데 상황이 여의치 않았던 거야." 테오도라가 말했다.

"너희들 꼴불견 정도가 아니라 광신도로구나?" 아우구스티네가 쏘아붙였다.

그날 이후 게르트루데 일당은 '광신도들'로 불리게 된다. 아우구스티네가 입가에 묻은 게거품을 닦아내며 한 말이 그들의 별명이 된 것이다. 아우구스티네의 남편은 전쟁터에서 목숨을 잃었다. 그래서 항상 검은 옷을 입고 있는 거라고 레니가 알려줬다.

그들은 모두 같은 동네에서 자란 사이였다. 동갑내기들은 학교도 같이 다녔기 때문에 적어도 안면은 트고 지냈다. 엘프리데만 빼고. 엘프리데는 그로스-파르치 출신도, 인근 지역 출신도 아니었다. 레니는 시식가로 끌려오기 전까지 엘프리데를 한 번도 본 적이 없다고 했다. 엘프리데도 나처럼 이방인이었지만 그 때문에 괴롭힘을 당하지는 않았다. 아우구스티네마저 감히 엘프리데는 건드릴 생각을 하지 못했다. 내게 텃세를 부리는 것은 내가 베를린 출신이어서가 아니라 자신들의 일원으로 받아들여지기를 원하는 내 마음을 그들도 알고 있기 때문이었다. 그 욕구는 나를 나약하게 만들었다. 나뿐만 아니라 다른 여자들도 엘프리데에게 고향이 어디냐고 묻지 않았고 엘프리데 역시 자기가 어디서 왔는지 말해주지 않았다. 다른 사람들과 일정한 거리를 유지하려는 엘프리데의 차가운 태도는 왠지 모르게 경외심을 불러일으켰다.

나는 엘프리데도 나처럼 평온함을 찾아 시골로 도망쳐왔다가 바로 잡혀 들어온 것은 아닐까 생각했다. 우리는 어떤 기준으로 선발된 것일까? 처음 버스에 올랐을 때만 해도 열렬한 나치 추종자들이 깃발을 흔들며 군가를 부르고 있을 거라 생각했다. 하지만 얼마 지나지 않아 나는 당에 대한 충성심이 선택의 기준이 아니라는 사실을 깨달았다. 물론 '광신도들'은 예외지만. 그렇다면 가장 가난하고 절박한 상황에 처한 여자들만 추린 걸까? 먹여 살려야 할 아이가 딸린 여자들만? 실제로 여자들은 끊임없이 아이들 이야기를 했다. 나이가 어린 축에 속하는 레니와 울라 그리고 엘프리데는 예외였지만. 그들은 나처럼 딸린 아이가 없었지만 그 여자들의 약지에는 결혼반지도 없었다. 반면 나는 결혼 4년차였다.

집에 돌아오자마자 헤르타는 내게 침대시트 개는 것을 도와달라고 했다. 하루 종일 빨래를 정리하고 싶어서 어쩔 줄 몰랐던 것처럼 숨 쉴 틈도 안 주고 조급하게 굴었다. "부탁이니 저기 빨래 바구니를 좀 가져다주렴." 평상시 헤르타는 내가 돌아오면 그날은 어땠는지 묻고 어서 올라가 쉬라고 하거나 차를 끓여주곤 했다. 평소와는 다른 헤르타의 무례한 태도에 마음이 불편해졌다.

나는 빨래 바구니를 부엌으로 가져가 식탁 위에 올려놓았다. "힘내렴." 헤르타가 말했다. "서두르자꾸나."

나는 헤르타의 재촉하는 태도에 마음이 조금 상했지만 헝클어진 빨랫감 사이에서 바구니가 뒤집어지지 않게 침대시트를 조심히 꺼내려고 시트 한쪽 귀퉁이를 힘껏 잡아당겼다. 그 순간 네모난 모양의 하얀 물체가 공중으로 날아올랐다. 처음에는 손수건이라고 생각했다. 손수건이 땅바닥에 떨어져서 헤르타 기분이 상할 거라고 생각했다. 바닥에 완전히 떨어진 후에야 나는 그것이 손수건이 아니라 편지 봉투라는 사실을 깨달았다. 나는 헤르타를 바라보았다.

"드디어!" 헤르타가 웃으면서 말했다. "끝까지 못 찾을 줄 알았지 뭐니."

놀랍기도 하고 고맙기도 해서 그제야 난 헤르타를 따라 웃었다. "편지 안 줍고 뭐 하니?"

내가 편지 봉투를 주우려고 허리를 굽히자 헤르타가 속삭였다. "원한다면 네 방에서 읽으렴. 대신 빨리 읽고 와서 내 아들이 어떻게 지내는지 말해다오."

내 사랑, 로자

이제야 당신 편지에 답장을 보내. 그동안 트럭을 타고 한참을 이동했거든. 일주일이나 군복을 못 벗었어. 이곳 도로와 마을을 지날 때마다 이 나라에 남은 것이라고는 빈곤밖에 없다는 생각이 들어. 사람들은 말라 죽어가고 있는 데다 헛간 같은 집에서 살아. 볼셰비키의 천국이니 노동자들의 천국이니 하는 말은 다 헛소리야……. 내가 속한 부대는 이제야 자리를 잡았어. 아래 편지를 보낼 새 주소를 써넣었어. 자주 편지를 보내줘서 고맙고 그만큼 답장을 못 보내서 미안해. 하루 일과를 마치면 지쳐서 정신을 차릴 수가 없어. 어제는 아침 내내 참호에 쌓인 눈을 삽으로 치웠고 밤에는 네 시간 동안 보초를 섰어. 군복 아래 스웨터를 두 겹으로 입어야 했지. 보초를 서는 동안 참호는 다시 눈 속에 파묻혔고.

짚으로 만든 침낭 위에 쓰러지듯 눕자마자 나는 당신 꿈을 꿨어. 꿈속에서 당신은 알테메세베크의 신혼집에서 자고 있었어. 방이 조금 달라 보이기는 했지만 나는 그곳이 우리 신혼집이라는 것을 알 수 있었어. 이상한 점은 카펫에 개 한 마리가 있었다는 거야. 독일 셰퍼드였는데 그 녀석도 자고 있었어. 나는 개가 당신 개인지, 그 개가 대체 왜 우리 집에 있는지 궁금했지만 어쨌든 위험하니 개를 깨우지 않아야겠다고 생각했어. 나는 당신 곁에 눕고 싶었어. 그래서 개를 깨우지 않기 위해 조용히 당신을 향해 다가갔어. 하지만 놈은 깨어나서 나를 향해 으르렁대기 시작했지. 그런데도 당신은 아무 소리도 듣지 못하고 잠만 자더라. 나는 개가 당신을 물어뜯을까 봐 겁이 나서 당신을 불렀어. 그때 개가 시끄럽게 짖으면서 날뛰기 시작했고 나는 그 순간 꿈에서 깼어. 깨고 난 후에도 한참 동안 기분이 안 좋았어. 아마 당신이 긴 여행을 해야 한다는 소식을 듣고 마음이 안 좋아서 그런 꿈을 꿨던 것 같아. 그로스-파르치에 무사히 도착했다니 이제는 안심이야. 내 고향은 평온한 곳이야. 부모님께서 당신을 돌봐줄 테고.

그런 일을 겪고도 당신 혼자 베를린에 남아 있다는 생각에 괴로웠어. 3년 전 군대에 자원하기로 결정을 내리고 우리가 다투었을 때를 다시 생각해봤어. 나는 당신에게 이기주의자에 겁쟁이가 될 수는 없다고 말했지. 국가를 지키는 것은 우리 국민의 생사生死가 달린 일이라고 말이야. 나는 1차 세계대전 후에 우리가 겪은 일을 기억해. 당신은 너무 어렸을 때라 기억 못 할 거야. 하지만 나는 그 시절의 가난을 기억해. 우리 국민이 너무 순진해서 그런 수모를 겪었던 거야. 이제는 강해져야 할 때가 왔고. 그러니 나도 내 의무를 다해야겠다고 생각했어. 비록 그 때문에 당신과 멀어져야 할지라도. 하지만 지금은 내 생각이 옳았는지 잘 모르겠어.

다음 문단은 통째로 지워져 있었다. 뭐라고 썼는지 못 읽게 하려고 죽죽 그어놓은 줄들을 바라보고 있자니 마음이 불안해졌다. 어떻게든 그레고어가 뭐라고 썼는지 읽어보려 했지만 소용없었다. "하지만 지금은 내 생각이 옳았는지 잘 모르겠어"라고 그레고어는 편지에 썼다. 평소 그레고어는 위험할 수 있는 내용은 쓰지 않았다. 편지가 검열당할까 봐 두려웠기 때문이다. 그래

서 그의 편지는 쌀쌀맞게 느껴질 정도로 간략했다. 그런 그가 그
날은 꿈자리가 사나워 자제심을 잃었던 것 같다. 그래서 종이에
구멍이 날 정도로 거칠게 자기가 쓴 글을 지워버린 것이다.

그레고어는 내게 자기는 꿈을 꾸지 않는다고 했다. 그는 꿈을
계시처럼 중요하게 여기는 나를 놀리곤 했다. 그는 나를 걱정하
고 있었다. 그래서 그렇게 우울한 편지를 쓴 것이다. 잠깐이지만
나는 전장이 내가 알던 그레고어와 전혀 다른 남자를 내게 돌려
보낼지도 모른다는 생각이 들었다. 다른 사람이 되어버린 그레
고어를 감당할 수 있을까. 지금 이 순간 나는 어린 시절 그가 꿈
을 꾸던 방에 있다. 하지만 나는 어린 시절 그가 어떤 꿈을 꾸었
는지 모른다. 한때 그의 것이었던 물건들에 둘러싸여 지내면서도
그가 가깝게 느껴지지 않았다. 신혼 시절 셋방에서 같이 잘 때와
는 느낌이 달랐다. 그때 그레고어는 한쪽 팔을 쭉 펴서 내 손목을
잡은 채 모로 누워 자곤 했다. 침대에 누워 책을 읽는 습관이 있
던 나는 그의 손을 풀지 않으려고 한 손으로 책을 들고 읽곤 했
다. 그레고어는 가끔 자다가 흠칫 놀라곤 했다. 그럴 때면 그레고
어는 용수철이 달린 장치처럼 손가락으로 내 손목을 휘감았다가
스르르 놓았다. 지금 그레고어는 누구에게 매달리고 있을까?

하루는 팔에 쥐가 나서 자세를 바꿔야 했다. 나는 그를 깨우지
않으려고 천천히 그의 품에서 몸을 빼냈다. 그때 그레고어가 손
가락을 집게처럼 오므렸다. 그가 아무것도 없는 허공을 부여잡
는 순간 그에 대한 사랑에 가슴이 벅차올라 순간 울컥했다.

나도 없는 고향집에 당신이 있다고 생각하니 느낌이 묘해. 나는 감성적인 사람이 아닌데도 요즘 들어 당신이 내 방을 거닐며 오래된 가구를 만지고 어머니와 함께 잼을 만드는 광경을 생각하면 감정이 복받쳐 올라(참, 보내준 잼 고마워. 나 대신 어머니께 키스해 줘. 아버지께도 안부 전해드리고).

이제 그만 가봐야겠어. 내일 새벽 다섯 시에 일어나야 하거든. 카튜샤 로켓포(2차 세계대전 당시 사용된 소련의 트럭 이동식 다연장 로켓포로 스탈린의 오르간이라고도 불림)가 밤낮으로 발사되지만 이제는 모두들 익숙해졌어. 로자, 생사는 우연의 결과일 뿐이야. 하지만 두려워하지는 마. 이제는 소리만 들어도 총알이 가까이 떨어질지 아니면 멀리 떨어질지 구분할 수 있게 됐으니까. 게다가 러시아 사람들 미신을 들었는데 자기 여자가 정조를 지키는 한 군인은 죽지 않는대. 그러니 나는 당신밖에 믿을 사람이 없어.

그간의 긴 침묵을 용서받기 위해 일부러 길게 썼으니 속상해하지 말아줘. 다음 편지에는 요즘 어떻게 지내고 있는지 당신의 일상을 들려줘. 당신 같은 사람이 시골에서 어떻게 지내고 있을지 상상이 안 가. 하지만 시간이 흐르면 당신도 익숙해질 거야. 그곳 생활을 좋아하게 될 거야. 새로 시작했다는 일에 대해서도 들려줘. 부탁이야. 편지에 쓰는 것보다는 만나서 이야기하는 것이 낫다고 했는데 걱정해야 할 일인 거야?

마지막으로 깜짝 선물이 있어. 크리스마스에 휴가를 받았어. 열흘 동안 집에 머무를 수 있게 됐어. 처음으로 내가 자란 집에서 함께 크리스마스를 보낼 수 있게 된 거야. 어서 당신에게 키스를 해주고 싶어.

나는 침대에서 벌떡 일어나 편지를 손에 쥐고 다시 읽었다. 잘
못 읽은 것이 아니었다. 정말로 그렇게 쓰여 있었다. 그레고어가
정말로 그로스-파르치로 돌아온다!

매일 당신 사진을 꺼내 봐. 자나 깨나 주머니 속에 넣고 다니다
보니 시간이 지날수록 구겨져서 당신 뺨에 주름이 생겨버렸어.
이번에 가면 다른 사진을 줘. 지금 사진은 주름 때문에 실제보다
늙어 보이거든. 그런데 그거 알아? 당신은 늙어도 예뻐.

그레고어가

"헤르타!" 나는 편지지를 펄럭이며 방에서 뛰쳐나와 헤르타에
게 내밀었다. "여기 좀 읽어보세요!" 나는 그레고어가 휴가를 나
온다는 내용을 가리키며 말했다. 다른 부분은 보여주지 않았다.
나와 내 남편만의 이야기니까.

"그 애가 크리스마스에 집에 온다니." 헤르타가 믿기지 않는다
는 듯 말했다. 그녀는 빨리 남편에게 기쁜 소식을 들려주고 싶은
마음에 안절부절못했다.

조금 전까지의 불안감이 사라지고 행복이 다른 모든 감정을 잠
식했다. 내가 직접 그레고어를 돌봐줄 수 있다. 예전처럼 함께 잠
들 수 있다. 그렇게 되면 그레고어가 두렵지 않도록 내가 그를 꼭

꺼안아줘야지.

7

우리는 벽난로 옆에 앉아서 그레고어의 귀환을 두고 상상의 나래를 펼쳤다.

요제프는 크리스마스 점심을 위해 닭을 잡을 계획을 세웠고 나는 그날도 병영에서 밥을 먹어야 하나 생각했다. 내가 병영에 가 있는 동안 그레고어는 무엇을 할까? 부모님과 함께 시간을 보내겠지. 헤르타와 요제프가 나 없이 그레고어와 함께 시간을 보낼 거라고 생각하니 질투가 났다.

"그레고어도 엄연한 독일군이니 크라우젠도르프에 가도 되지 않을까요?"

"안 될걸?" 요제프가 말했다. "친위대원들이 못 들어가게 할 게 야."

대화는 자연스레 그레고어의 어린 시절로 흘렀다. 셋이 대화를 나누다 보면 종종 이야기가 그쪽으로 옮겨갔다. 헤르타는 그레고어가 열여섯이 될 때까지 조금 과체중이었다고 했다.

"뛰지도 않았는데 볼이 항상 발그스레해서 술을 마신 것처럼 보였지."

"실제로 한 번 술에 취한 적도 있었잖아." 요제프가 말했다.

"맞아." 헤르타가 외쳤다. "그러고 보니 그런 일도 있었지? 내 말 좀 들어보렴, 로자. 네 남편이 많아봤자 일곱 살 정도 됐을 때 일이란다. 여름에 들에서 일을 하고 돌아와 보니 그 애가 저기 저 상자에 누워 있지 않겠니?" 헤르타는 그러면서 벽 옆에 있는 나무 상자를 가리켜 보였다. "그레고어는 헤벌쭉해서 엄마가 만든 주스가 너무 맛있다고 하더구나."

"식탁을 보니 와인병이 열려 있었지." 요제프도 합세했다. "병이 거의 반은 비어 있었어. 내가 그랬지. '세상에나, 이걸 대체 왜 마신 거니?' 그러자 그 애가 이렇게 대답하더구나. '너무 목이 말라서요.'" 요제프는 이렇게 말한 후 웃음을 터뜨렸다.

헤르타도 웃다가 눈물까지 흘렸다. 관절염 때문에 기형적으로 변한 손으로 눈물을 닦는 헤르타를 보며 나는 지금까지 그녀가 그 손으로 잠에서 깬 아들을 쓰다듬었을 모든 순간을 상상했다. 그레고어가 아침을 먹는 동안 그 손으로 그의 이마에 흘러내린 머리를 쓸어 올려주는 모습을 상상했다. 하루 종일 늪지에서 전쟁놀이를 하고 놀다가 저녁이면 반바지 주머니 밖으로 덜렁거리는 새총을 꽂고 돌아온, 지친 그레고어의 더러운 몸을 그 손으로 구석구석 닦아주는 모습을 상상했다. 방구석에 틀어박힌 채 한때 자기 몸의 일부였지만 지금은 타인이 되어버린 아이의 뺨을 때리는 끔찍한 일을 저지른 후 그 손을 잘라내고 싶어 할 정도로 힘들어하는 장면을 상상했다.

"그러다가 애가 갑자기 컸어." 요제프가 말했다. "밤낮을 가리지 않고 점점 길어졌지. 나무처럼 발을 물에 담그지도 않았는데 말이야."

나는 나무가 된 그레고어를 상상했다. 크라우젠도르프 방향 도로를 따라 늘어선 커다란 포플러나무처럼 두껍고 꼿꼿한 몸통에 피목이 잔뜩 난, 연한 가지를 쭉 뻗은 나무 말이다. 그런 상상을 하니 그를 품에 안고 싶었다.

나는 달력의 날짜를 가위표로 지우면서 그레고어가 돌아올 날을 기다리기 시작했다. 가위표 하나를 그릴 때마다 내 기다림도 한 조각 줄어들었다. 그 기다림의 시간을 채우기 위해 나는 몇 가지 습관을 만들었다.

오후가 되어 다시 버스에 오르기 전, 나는 헤르타와 함께 물을 뜨러 우물에 들렀다가 돌아오는 길에는 암탉들에게 모이를 주었다. 모이를 닭장에 놓아두면 암탉 떼가 돌진해왔다. 닭들은 이따금씩 불안한 경련을 일으키기도 했다. 그중에는 무리에 못 끼는 놈이 꼭 한 마리씩 있었다. 녀석은 어찌해야 할 바를 몰라서인지 아니면 정신을 못 차려서인지 고개를 좌우로 흔들어댔는데 그때 녀석의 조막만 한 머리가 인상적이었다. 암탉은 뱃속 깊은 곳으로부터 꼬꼬댁 소리를 뱉어내면서 비집고 들어갈 틈을 찾아 헤매다 꼭 붙어 있는 다른 두 마리의 닭 틈으로 돌진해 기어코 한 마리를 밀어내고야 말았다. 녀석이 다른 닭을 밀어내는 순간 권력 구조가 재편성됐다. 모두가 배불리 먹을 만큼 모이가 넉넉했지만 암탉들은 절대로 그 사실을 믿지 않았다.

나는 암탉이 둥지에서 알을 낳는 광경을 바라보곤 했다. 암탉이 부리를 바르르 떨다가 누가 잡아채기라도 한 것처럼 모가지를 상하좌우로 홱 돌리는 모습을 홀린 듯 바라보곤 했다. 암탉들은 부리를 벌리고 목에서 쥐어짜는 신음을 뱉어내면서 동그란 에메랄드빛 눈을 크게 떴다. 나는 닭이 아파서 그러는 건 아닌지 궁금했다. 암탉도 사람처럼 출산의 고통을 선고받았는지 궁금했다. 만약 그렇다면 암탉의 원죄는 무엇일까? 어쩌면 그 신음은 승리의 외침일 수도 있다. 나는 한 번도 경험하지 못한 탄생의 기적을 암탉은 매일 경험하는 것이다.

한번은 제일 어린 암탉이 막 낳은 자기 알을 부리로 쪼는 모습을 목격한 적이 있다. 나는 헛발질로 암탉을 쫓으려 했지만 미처 말릴 새도 없이 암탉은 제 알을 먹어버렸다.

"자기 애를 먹어버렸어요." 내가 놀라서 헤르타에게 그 사실을 알리자 헤르타는 그럴 수 있다고 했다. 가끔 실수로 달걀을 깨뜨린 닭이 본능적으로 달걀 맛을 보고 맛있어서 꿀꺽 삼키기도 한다는 것이다.

식당에서 자비네는 테오도라와 자기 자매인 게르트루데에게 자신의 어린 아들이 라디오에서 히틀러의 목소리를 듣고 겁에 질린 이야기를 들려주었다. 자비네는 아이가 보조개가 팬 턱을 바르르 떨다가 울음을 터뜨렸다고 했다. 우리들의 총통님인데 대체 왜 우는 거니? 이렇게 말하며 자비네는 아이를 달래야 했다. 이상하네. 우리 총통님이 애들을 얼마나 좋아하는데. 테오도라가 말했다.

독일인은 아이들을 사랑하고 암탉은 제 새끼를 먹어치운다. 한 번도 훌륭한 독일인이었던 적이 없는 나는 가끔 암탉들이 끔찍했다. 모든 살아 있는 생명체가 끔찍하게 느껴졌다.

한번은 일요일에 요제프와 함께 숲에 장작을 주우러 간 적이 있다. 새소리가 교향곡처럼 나무 사이로 울려 퍼졌다. 우리는 통나무며 나뭇가지 따위를 한때 가축 사료를 보관하던 헛간으로 나르기 위해 손수레에 실었다. 그레고어의 조부모님은 대대로 농사를 짓고 소를 기르며 살던 사람들이었다. 하지만 요제프는 그레고어의 학비를 대기 위해 모든 것을 팔았고 그 후로 폰 밀데른하겐가의 성에서 정원사 일을 하고 있었다. 왜 그러셨어요? 아들의 물음에 요제프가 대답했다. 우리는 어차피 늙어서 생활하는 데 많은 돈이 필요 없단다. 그레고어에게는 형제가 없었다. 헤르타는 그레고어를 낳기 전에 두 아이를 출산했지만 둘 다 죽어버렸다. 그레고어는 자기 형들을 한 번도 보지 못했다. 그레고어는 요제프와 헤르타가 자기들끼리 살면서 늙어가겠다고 체념한 순간 순전히 우연에 의해 태어났다.

그레고어가 베를린으로 유학을 가겠다고 했을 때 요제프는 몹시 낙담했다. 예기치 않게 태어난 아이가 밤낮을 가리지 않고 갑자기 훌쩍 커버리더니 이제는 부모를 버리고 떠날 생각이라니.

"그때 그 애와 싸웠단다." 요제프가 내게 고백했다. "나는 화가 났어. 그 애를 이해할 수 없었단다. 그레고어에게 절대로 못 떠난다고 했어. 허락하지 않겠다고 했지."

"그래서 어떻게 됐나요?" 그레고어는 내게 그런 이야기를 해준 적이 없었다. "설마 가출한 것은 아니죠?"

"그럴 아이가 아니지 않니." 요제프는 손수레를 멈추고 얼굴을 찡그리며 등을 두드렸다.

"등이 아프세요? 이리 주세요. 제가 밀게요."

"내가 늙기는 했다만 그 정도는 아니다." 요제프는 힘주어 말하더니 다시 걷기 시작했다. "그레고어의 선생이라는 양반이 찾아왔더구나. 선생이 나랑 네 시어머니를 앉혀놓고 말하길 그 애가 뛰어나다고 했어. 공부하러 떠날 자격이 있다고 말이야. 잘 알지도 못하는 타인이 나보다 내 아들을 더 잘 알고 있다는 생각에 화가 많이 났지. 그래서 선생에게 무례하게 굴었단다. 하지만 나중에 마구간에서 헤르타랑 이야기를 나눈 다음에 정신을 차렸고 그러고 나니 내 자신이 바보처럼 느껴지더구나."

선생님이 다녀간 후에 요제프는 닭들을 제외한 나머지 가축들을 다 팔아버렸고 그레고어는 베를린으로 떠났다.

"결국 열심히 공부해서 원하는 걸 이뤘지. 좋은 직업을 얻었잖니."

순간 그레고어가 자기 사무실에서 일하는 모습이 떠올랐다. 제도기를 앞에 놓고 반듯한 자세로 의자에 앉아 종이 위로 자를 움직이면서 이따금씩 연필로 뒷목을 긁적이는 그의 모습이 눈에 선했다. 나는 그가 몰래 일하는 모습을 훔쳐보는 것이 좋았다. 나를 포함해 주변에 있는 모든 것을 완전히 잊을 정도로 일에 열중하고 있는 그의 모습이 보기 좋았다. 나랑 만나기 전에도 그는 그런 사람이었을까?

"전장으로 떠나지만 않았어도……." 요제프는 다시 걸음을 멈추고 등을 두드렸다. 과거 일을 되새기듯 아무 말 없이 앞을 바라보았다. 요제프는 자기 아들을 위해 올바른 선택을 했지만 그것만으로는 충분치 않았다.

우리는 조용히 헛간에서 장작을 정리했다. 비통한 침묵은 아니었다. 요제프와 나는 자주 그레고어 이야기를 했다. 우리가 가진 유일한 공통점이었으니까. 하지만 그레고어 이야기를 하고 나면 잠시 침묵해야 했다.

집에 돌아가자 헤르타가 우유가 다 떨어졌다고 했다. 나는 이제 길을 익혔으니 다음 날 오후에는 내가 우유를 가지러 가겠다고 했다.

퇴비 냄새 때문에, 빈 유리병을 든 여자들이 일렬로 서 있는 모습을 보기 전, 목적지에 도착했다는 사실을 알 수 있었다. 나는 우유와 맞바꿀 채소가 가득 담긴 바구니를 들고 있었다.

소들이 도움을 청하듯 음매 하고 우는 소리가 들판에 메아리쳤다. 공습경보 같았다. 그만큼 절망적으로 들렸다. 하지만 불안해하는 사람은 나뿐이었다. 다른 여자들은 아이들 손을 잡고 자기들끼리 수다를 떨거나 입을 꾹 다문 채 앞으로 걷기만 했다. 아이들이 멀리 떨어지면 엄마들은 소리쳐 아이들을 불렀다.

그때 젊은 여자 둘이 밖으로 나왔는데 얼굴이 익숙했다. 내 쪽으로 가까이 온 뒤에야 그들이 나와 같이 히틀러의 음식을 시식하는 여자들이라는 사실을 깨달았다. 머리를 남자처럼 짧게 자르고 피부가 푸석푸석해 보이는 여자 이름은 베아테였고, 이목구비가 다소 밋밋하고 커다란 가슴과 엉덩이를 갈색 코트와 폭이 넓은 치마로 꽉 조인 여자 이름은 하이케였다. 나는 무의식적으로 그들에게 인사를 하려고 팔을 들려다가 멈칫했다. 우리 임무가 기밀 사항일 수도 있으니 서로 알은체하면 안 될지도 모른다는 생각이 들었기 때문이다. 나는 그 지방 사람이 아니었고 마구간에서 그들과 마주친 것도 이번이 처음이었다. 사실 병영 식당에서도 제대로 이야기한 적이 없었으니 인사를 하지 않는 것이 나을 것 같았다. 어쩌면 인사를 해도 받아주지 않을 수도 있었다.

둘은 나를 본체만체하고 그대로 지나쳐 갔다. 지나가는데 보니 베아테의 눈이 빨갛게 충혈되어 있었다. "내 우유를 나눠줄게. 너도 다음번에 나눠주면 되잖아." 하이케가 베아테에게 하는 말이 들렸다.

그 둘의 대화를 엿듣고 나니 민망해졌다. 베아테가 우유도 못 살 형편인 건가? 아직 급여를 받지는 못했지만 친위대원들은 우리가 하는 일에 대해 대가를 받을 거라고 했다. 물론 급여가 얼마인지는 말해주지 않았지만. 두 사람을 가까이서 보고 나서도 잠시 그 둘이 정말 나와 함께 히틀러의 음식을 먹는 여자들이 맞는지 의구심이 들었다. 어떻게 나를 못 알아볼 수 있단 말인가? 나는 베아테와 하이케가 뒤돌아봐주기를 바라며 두 사람의 뒷모습을 좇았지만 그들은 끝내 돌아보지 않았다. 두 사람의 모습이 보이지 않을 정도로 멀어지자 바로 내 차례가 왔다.

집으로 돌아가는 길에 비가 내렸다. 그 바람에 머리카락이 이마에 딱 달라붙고 코트가 흠뻑 젖었다. 추워서 몸이 으슬으슬 떨렸다. 헤르타가 망토를 가져가라고 했는데 잊고 가져오지 않았다. 이렇게 도시에서나 신어야 할 신발로 걷다가는 진흙탕에 처박힐 것만 같았다. 쏟아지는 빗줄기 때문에 앞이 잘 보이지 않았다. 이러다 정말 길을 잃을 것 같아 나는 굽 있는 구두를 신은 채 뛰기 시작했다. 교회에서 멀지 않은 곳에 이르자 팔짱을 끼고 걸어가는 두 여인의 형체가 보였다. 종 모양으로 펼쳐진 치마를 보고 나는 둘 중 한 명이 하이케라는 것을 알아보았다. 어쩌면 매일 식당에 줄을 설 때마다 두 사람의 등을 하도 많이 봐서 알아본 것일 수도 있다. 두 사람의 망토를 같이 펼치면 셋 다 충분히 비를 피할 수 있을 것 같아서 하이케와 베아테를 불러봤지만 내 목소리는 천둥소리에 파묻히고 말았다. 다시 한 번 불러보았지만 둘은 뒤돌아보지 않았다. 내가 잘못 본 걸 수도 있다. 하이케와 베아테가 아니었을지도 모른다. 나는 서서히 발걸음을 멈추고 빗줄기 아래 오도카니 서 있었다.

다음 날 식당에서 나는 기침을 했다.

"이런!" 누군가가 내 오른쪽에서 말했다.

하이케였다. 우리 사이에 울라가 있는데도 하이케의 목소리를 알아들은 내가 놀라웠다.

"너도 어제 감기 걸렸나 봐?"

그녀도 어제 나를 본 거다.

"응." 내가 대답했다. "감기 걸렸어."

내가 부르는 소리를 못 들었던 걸까?

"따뜻한 우유에 꿀을 타 마셔." 베아테가 하이케에게서 내게 말을 걸어도 된다는 허락이라도 기다리고 있던 것처럼 끼어들었다. "내다 버려도 될 만큼 우유가 많으면 말이야. 꿀 넣은 우유는 만병통치약이야."

그 후로 몇 주가 흐르자 끈질긴 구애자에게 조금씩 마음을 열
듯 음식에 대한 불안감도 희미해졌다. 우리들, 히틀러의 하녀들
은 어느덧 게걸스레 음식을 먹어치우기 시작했다. 하지만 음식
을 다 먹은 뒤 포만감을 느끼는 순간 기쁨은 사라졌다. 음식이 가
득 찬 위의 무게가 심장을 억누르는 것 같아서 식사 후의 연회장
분위기는 항상 우울해졌다.

아직까지는 모두들 독을 먹고 죽을지도 모른다는 두려움에 시
달렸다.

구름이 갑자기 정오의 태양을 가리거나 황혼이 내리기 전 잠시
정신이 멍해지는 순간이 오면 두려움은 어김없이 다시 찾아왔
다. 그렇지만 우리 중 그 누구도 입안에서 밀 경단이 살살 녹는
그리스노케를주페(소고기를 우려낸 맑은 국물에 밀 경단을 넣은 수프)가
주는 위안을 감추지 못했다. 아무도 아인토프(토마토 등으로 만든 국
물에 소시지, 감자, 당근, 양파 등을 넣고 삶아서 만든 독일의 스튜)를 향한 열
망을 숨기지 못했다. 물론 돼지고기나 소고기나 하다못해 닭고
기라도 들어 있다면 더 좋았겠지만. 하지만 히틀러는 고기를 먹
지 않았다. 그는 라디오를 통해 독일 국민들에게 적어도 일주일
에 한 번은 야채 스튜를 먹으라고 권장했다. 전쟁 통인 도시에서
야채 구하기가 쉬울 줄 알았나 보다. 아니면 애당초 그런 문제에
관심이 없었을 거다. 독일인은 굶어 죽지 않으니까. 굶어 죽으면
형편없는 독일인이니까.

나는 그레고어 생각을 하면서 배를 살살 어루만졌다. 일단 배를 채우고 나면 할 수 있는 일은 아무것도 없었다. 하지만 독과의 싸움에 걸려 있는 판돈은 너무나 컸다. 그래서 포만감 때문에 면역 체계가 약해질 때마다 다리가 벌벌 떨렸다. 크리스마스까지만, 제발 크리스마스까지만 살려주세요. 나는 식도가 끝나는 지점에 몰래 십자가를 그리며 혼자 중얼거렸다. 크뤼멜이 준 책에 나온 그림처럼 내 몸 안이 회색 퍼즐로 만들어졌다고 상상해보면 식도가 대충 그 부분에서 끝날 것 같았다.

모두들 서서히 눈물 흘리는 것이 구차하다고 느끼기 시작했다. 심지어 레니마저도. 레니가 공포에 휩싸일 때마다 나는 그녀의 손을 잡아주고 안면 홍조 때문에 울긋불긋한 뺨을 쓰다듬어주었다. 엘프리데는 절대 울지 않았다. 대기 시간 동안 나는 엘프리데가 씩씩거리며 숨을 쉬는 소리에 귀를 기울였다. 딴 생각에 잠겨 있을 때 엘프리데는 눈빛이 부드러워지면서 예뻐 보였다. 베아테는 침대시트를 벅벅 문질러 빠는 것처럼 분풀이라도 하듯 음식물을 우걱우걱 씹어댔다. 베아테 앞에는 하이케가 앉아 있었다. 레니는 그 둘이 어린 시절부터 이웃사촌이었다고 했다. 왼손잡이인 하이케가 버터와 파슬리로 맛을 낸 송어를 자르느라 팔꿈치를 들어 올리다 울라의 팔과 부딪혔지만 울라는 아랑곳 않고 쉴 새 없이 입가를 핥았다. 친위대원들이 울라에게 열을 올리는 이유는 아마도 그녀가 무심히 반복하는 어린아이 같은 행동 때문일 것이다.

나는 다른 여자들의 접시에는 어떤 음식이 담겼는지 살펴봤다.

그 순간만큼은 나와 같은 음식을 받은 여자가 가까운 피붙이보다도 소중하게 느껴졌다. 나와 같은 음식을 먹는 여자의 뺨에 난 뾰루지만 봐도 울컥했다. 그날 아침 그녀가 꼼꼼하게 혹은 무심히 세수를 하는 상상만 해도, 잠자리에 들기 전 신었을 법한 울 양말에 생긴 보푸라기만 봐도 마음이 애틋해졌다. 우리 둘은 같은 운명에 처했기에 그녀의 생존이 내 생존과 똑같은 무게감으로 다가왔다.

시간이 지나면서 친위대원들도 긴장을 풀었다. 점잖게 굴 때는 점심 시간 동안 우리에게 별 신경을 쓰지 않고 자기들끼리 수다를 떨었다. 그럴 때면 조용히 하라고 우리를 위협하지도 않았다. 이따금 발정이라도 난 것처럼 흥분하곤 했는데 그럴 때면 우리를 향해 시선을 고정시킨 채 우리 몸을 해부하듯 뚫어져라 쳐다봤다. 그들은 우리가 음식을 바라보는 것과 똑같은 시선으로 우리를 바라보았다. 우리 살을 베어 물고 싶은 듯한 눈초리였다. 친위대원들은 권총집에 총을 꽂은 채 의자 사이를 돌아다녔다. 거리를 제대로 가늠하지 못해 권총이 등을 스칠 때마다 우리는 흠칫 놀랐다. 가끔은 우리 중 한 명의 등 뒤에 서서 상체를 숙이기도 했다. 보통 그 대상은 그들이 탐스럽다고 말하는 울라였다. 옷에 음식이 묻었군. 친위대원이 울라의 가슴을 손가락으로 가리키며 속삭이면 울라는 씹기를 멈췄다. 우리 모두 동작을 멈췄다.

하지만 친위대원들이 제일 좋아하는 여자는 누가 뭐래도 레니였다. 얇디얇아서 매사에 대한 망설임이 여과 없이 드러나는 투명한 피부와 그 위로 반짝이는 녹색 눈 때문이었다. 그녀는 너무나 무방비 상태처럼 보였다. 친위대원이 레니의 뺨을 꼬집으며 귀여워 죽겠다는 듯 가성으로 "왕눈이!"라고 부르면 레니는 미소를 지었다. 민망해서 그러는 게 아니었다. 레니는 보는 사람으로 하여금 애틋한 마음을 자아내게 하는 능력이 자신을 보호해주리라 믿었다. 레니는 자신의 연약함에 대한 대가를 치를 의향이 있었고 친위대원들은 이를 간파하고 있었다.

크라우젠도르프의 병영에서 우리는 매일 죽음을 마주해야 했다. 하지만 우리가 직면하는 위험은 살아 숨 쉬는 모든 인간이 일상적으로 직면하는 위험 그 이상도, 그 이하도 아니었다. '적어도 죽음에 대해서는 어머니 말이 옳았어.' 집에 온 것처럼 마음을 편하게 해주는 콜리플라워 향이 가득한 식당에 앉아 라디치오(이탈리안 치커리)를 아삭아삭 씹으며 나는 생각했다.

8

어느 날 아침 크뤼멜이 우리를 **호강**시켜주겠다고 선언했다. 그렇다. 그는 우리를 **호강**시켜주겠다고 했다. 이제 **호강**할 일 따위는 없을 거라 생각했는데 말이다. 그는 히틀러에게 깜짝 선물을 해주기 위해 만든, 오븐에서 갓 구워낸 츠비바크(살짝 구운 바삭한 비스킷)를 우리도 맛보게 해준다고 했다.

"총통께선 츠비바크라면 사족을 못 쓰거든. 1차 세계대전 때 참호에서까지 츠비바크를 만들어 먹었대."

"어련하시겠어. 전선에서 재료 찾기가 참 쉽기도 했겠네." 아우구스티네가 뇌까렸다. "총통이라면 버터와 꿀과 효모 정도는 직접 만들고도 남겠지." 다행히 친위대원들은 아우구스티네의 말을 듣지 못했고 크뤼멜은 주방보조들과 함께 이미 주방으로 사라진 후였다.

엘프리데의 코에서 코웃음 같은 소리가 새어 나왔다. 엘프리데의 웃음소리를 듣는 것이 처음이라 놀란 나머지 나까지 덩달아 웃음이 나왔다. 참아보려 했지만 엘프리데가 또다시 코에서 돼지 울음소리를 내는 바람에 나는 몸을 들썩이며 소리 죽여 웃었다. "이봐, 베를린 토박이, 어떻게 그 정도도 못 참아?" 엘프리데가 말했다. 그 순간 식당에 꺽꺽거리는 소리와 킥킥거리는 소리가 밀가루 반죽처럼 점점 부풀어 오르더니 결국 어안이 벙벙한 친위대원들 앞에서 다 함께 웃음을 터뜨리고 말았다.

"뭐가 좋다고 그렇게 배꼽이 빠져라 웃어대는 거야?" 친위대원이 권총집에 손을 갖다 대며 말했다. "대체 왜들 그래?" 군인 한 명이 주먹으로 식탁을 내리쳤다. "매운 맛을 봐야겠어?"

우리는 힘겹게 웃음을 참았다. "조용히 해!" 웃음이 어느 정도 가라앉고 나서야 키다리 친위대원이 말했다.

하지만 일은 이미 일어났다. 처음으로 모두 함께 웃은 것이다.

츠비바크는 향긋하고 바삭했다. 나는 내가 누릴 수 있는 특혜의 비정한 달콤함을 마음껏 음미했다. 크뤼멜도 만족스러워했다. 시간이 조금 더 흐른 후 나는 그가 자기 일에 만족한다는 사실을 알게 됐다. 그는 자기 일에 대한 자부심이 있었다.

크뤼멜도 나처럼 베를린 출신이었다. 크뤼멜은 기차 침대칸과 식당칸에 음식 서비스를 제공하는 '미트로파'라는 업체에서 근무하다가 1937년에 총통에게 발탁되어 총통이 전용기차를 타고 이동할 때마다 음식으로 그를 **호강**시켜주었다. 총통의 전용기차에는 저비행 전투기로부터 공격받을 경우를 대비한 경량항공기 격추포와 호텔 스위트룸에 버금가는 객차가 달렸다고 크뤼멜은 말해주었다. 히틀러는 농담으로 그 기차를 '제3제국 재상의 광란의 호텔'이라고 불렀다고 한다. 미국이 참전하기 전까지 기차 이름은 '아메리카'였다가 나중에는 '브란덴부르크'로 바뀠다고 했다. 나는 바꾼 그 이름이 덜 극적으로 느껴졌지만 군이 크뤼멜에게 그런 말을 하지는 않았다. 그러던 크뤼멜이 지금은 볼프스샨체에서 기거하면서 하루에 200인분 이상의 음식을 준비하고 우리 시식가들까지 **호강**시켜주고 있는 것이다.

우리는 허락을 받아야만 주방에 들어갈 수 있었고 그는 할 말이 있을 때만 주방에서 나왔다. 가끔 친위대원들이 그를 데리고 올 때도 있기는 했다. 한번은 하이케가 물맛이 이상하다고 한 적이 있는데 하이케가 그러자 당연히 베아테도 물맛이 이상한 것 같다고 했다. 그러자 다들 벌떡 일어서서 두통과 구토를 호소하고 불안해하면서 야단을 떨었다. 하지만 그날 나온 물은 총통이 가장 좋아하는 파킹엔이었다. '건강수水'라 불리는 물이 어떻게 해로울 수 있단 말인가.

그러던 어느 화요일 주방보조 두 명이 열이 나서 출근을 못 하자 크뤼멜이 식당으로 찾아와 내게 주방일을 도와달라고 했다. 왜 하필 나를 찾았는지는 모르겠다. 다른 여자들이 지겨워서 끝내지 못한 영양학 관련 서적을 나 혼자 제대로 읽었기 때문일 수도 있고 내가 동향 사람이어서 그랬을 수도 있다.

크뤼멜이 나를 선택하자 '광신도들'은 눈살을 찌푸렸다. 누군가 주방에 들어가야 한다면 완벽한 독일 가정주부의 표상인 자기들이어야 한다고 생각했던 것이다. 언젠가 게르트루데가 자비네에게 이런 말을 하는 걸 들은 적이 있다. 유대인이 운영하는 상점에 갔다가 납치된 젊은 여자 이야기 들었어? 아니? 어디서 일어난 일인데? 자비네가 물었지만 게르트루데는 못 들은 척 제 할 말만 했다. 가게 뒤에 지하로 연결되는 터널이 있었나 봐. 가게 주인이 다른 유대인들의 도움을 받아 지하 터널을 통해 그 여자를 시나고가(유대인 예배당)로 끌고 가서는 집단으로 강간을 했대. 자비네는 그 끔찍한 일이 자기 눈앞에서 일어나고 있는 것처럼 두 손으로 눈을 가렸다. 정말이야, 게르티? 정말이라니까. 게르트루데가 말했다. 희생 제물로 바치기 전까지 끊임없이 강간당했대. 그런 이야기는 대체 어디서 읽은 거야?《슈튀르머》(나치 주간지)? 테오도라가 물었다. 그냥 알아. 게르트루데가 말했다. 요즘 같은 세상에는 우리 같은 주부들은 맘 놓고 장도 못 본다니까? 그건 그래. 테오도라가 말했다. 그나마 유대인 상점을 폐점시켜서 다행이야.

테오도라는 이상적인 독일 현모양처 이미지를 지키기 위해서라면 뭐든 다할 태세였다. 그녀는 독일 현모양처의 대표로서 크뤼멜과의 면담을 청했다. 크뤼멜은 전쟁 전 가족이 식당을 운영해 주방에서 일한 경험이 있다면서 자기 실력을 보여주고 싶다는 테오도라의 말에 넘어갔다.

그는 우리에게 앞치마를 주고 야채 상자를 맡겼다. 내가 커다란 싱크대에서 야채를 씻으면 테오도라가 받아서 큐브 모양으로 자르거나 얇게 썰었다. 야채에 흙이 덜 씻겼거나 바닥을 온통 물바다로 만들었다고 나를 나무랄 때 빼고 첫날 테오도라는 내게 말 한마디 걸지 않았다. 그녀는 주방보조들에게 방해가 될 정도로 딱 달라붙어서 수습사원처럼 그들의 행동을 훔쳐보느라 정신이 없었다. "저리 좀 가." 테오도라 발에 걸려서 넘어질 뻔했을 때 크뤼멜이 말했다. 테오도라는 크뤼멜에게 미안하다고 사과하고 한 마디 덧붙였다. "기술은 어깨너머로 배우는 거잖아요. 주방장님처럼 수준 높은 분과 어깨를 나란히 하고 일한다는 사실이 믿기지 않아요." "어깨를 나란히 한다고? 저리 비키라니까!"

첫날 나를 무시하던 테오도라는 다음 날부터는 직업윤리상 나도 자기와 같은 조리팀의 일원임을 인정하기로 마음먹은 것 같았다. 실제로 나나 그녀나 똑같은 주방보조였으니까. 내가 솔직하게 주방 경험이 없다고 털어놓자 그녀는 나를 자기 보조 취급했다. 테오도라는 자기 부모님 식당 이야기도 들려주었다. 식탁이 열 개밖에 없는 작은 가게였다고 했다.

"하지만 정말 근사한 곳이었어. 너도 봤으면 좋았을 텐데." 부모님은 전쟁 때문에 어쩔 수 없이 가게 문을 닫았지만 테오도라는 전쟁이 끝나면 식당을 확장해서 다시 개업할 거라고 했다. 그 말

을 하는 테오도라의 눈가에 물고기 꼬리 같은 잔주름이 잡혀서
눈이 두 마리의 작은 물고기처럼 보였다. 식당을 다시 연다는 생
각에 기쁜 나머지 그녀는 흥분했다. 눈가의 물고기 지느러미가
얼마나 빨리 팔딱이던지 그러다가 눈이 얼굴에서 튀어나와 허공
을 가로질러 앞에 놓인 끓는 냄비 속으로 뛰어들 것만 같았다.

"하지만 볼셰비키 놈들이 침략해오면 다시는 식당을 못 열겠
지." 그녀가 말했다. "식당은커녕 모든 게 끝장날 거야." 물고기
지느러미가 동작을 멈추자 테오도라의 눈도 수영을 멈췄다. 그
녀의 눈이 갑자기 수천 년 된 화석처럼 굳어버렸다. 그녀는 몇 살
이나 됐을까?

"소련군이 온다고 모든 게 끝장나지 않아야 할 텐데." 내가 은
근슬쩍 말을 던졌다. "우리가 전쟁에서 이긴다는 보장이 없잖아."

"그런 생각은 하지도 마. 소련군이 이기면 모든 것이 파괴되고
우리는 노예 신세로 전락할 거야. 총통께서도 그렇게 말했잖아.
우리 군인들이 전열을 가다듬어 시베리아 툰드라를 향해 전진하
고 있다고. 너도 들었지?"

그런 소식은 금시초문이었다.

그레고어가 알테메세베크의 신혼집 거실에 놓인 중고품 가게
에서 구입한 소파에서 일어나 한숨을 내쉬며 창가로 다가가던
모습이 떠올랐다. "러시아 날씨네." 군인들끼리는 날이 안 좋을
때 그렇게 말한다고 그레고어는 내게 설명해주었다. 기후 조건
이 최악인 상황에도 공격해오는 소련군 때문에 그런 표현이 생

졌다고 했다. "러시아 놈들은 아픔도 못 느끼는 것 같아."

그때 그레고어는 휴가 중이었다. 그는 가끔가다 내게 전선에서 일어난 일을 이야기해주곤 했다. '아침 콘서트' 이야기도 그때 들었다. 새벽마다 소련 적군들이 퍼붓는 폭탄 세례를 군대에서는 그렇게 불렀다고 했다.

어느 날 저녁, 침대에 누워 그는 이런 말을 했다. "소련군들이 독일에 오면 잔악하게 굴 거야."

"왜 그렇게 생각해?"

"독일군도 소련군 포로에게는 유별나게 굴었거든. 영국군 포로나 프랑스군 포로는 적십자의 원조를 받고 오후에 공놀이를 해. 하지만 소련군 포로들은 자기들과 같은 소련군 소속이었던 군인들의 감시하에 참호를 파야 하지."

"동료 군인들이 감시를 했다고?"

"그렇다니까? 빵 한 조각, 수프 한 국자 더 주겠다는 꾐에 넘어가서 그런 짓을 하는 놈들이 있어." 그레고어가 불을 끄며 말했다. "우리가 그들에게 한 짓을 똑같이 되갚기라도 하면 정말 끔찍할 거야."

내가 잠을 자지 못하고 한참을 침대에서 몸을 뒤척이자 그레고어가 나를 안아주었다. "미안해. 그런 이야기를 들려주는 게 아닌데. 당신은 몰라도 되는데. 이런 사실을 아는 게 무슨 도움이 되겠어?"

그날 밤 나는 그레고어가 깊이 잠든 후에도 잠들지 못했다.

"그들이 무슨 짓을 하든 우리는 그런 취급을 받을 만해." 내 말에 테오도라는 성난 눈으로 나를 빤히 쳐다보다 예전처럼 다시 나를 무시하기 시작했다. 테오도라의 적대적인 행동에 우울해졌다. 원래부터 잘 통하던 사이도 아니니 특별히 우울해할 필요가 없는데도 그랬다. 사실 시식을 하는 다른 여자들 중에서도 마음을 터놓고 지낼 만한 사람은 없었다. 테오도라를 두고 새 친구가 생겨서 좋겠다며 나를 은근히 놀려대는 아우구스티네도 마찬가지였다. 내가 만든 음식도 아닌데 맛있다고 칭찬을 늘어놓는 레니도 다르지 않았다. 예기치 못하게 생긴 새로운 직업만 빼면 내게는 다른 여자들과의 공통점이 아무것도 없었다. 너는 커서 뭐가 되고 싶니? 히틀러의 시식가가 되고 싶어요.

그럼에도 불구하고 광신도인 테오도라의 적대감에 나는 마음이 불편했다. 나는 평소보다 더 주눅이 들어서 주방을 헤매고 돌아다니다가 아차 하는 새 팔목을 데고 말았다. 나는 외마디 비명을 내질렀다. 화상 부위 피부가 쪼그라드는 모습을 본 테오도라는 의도적인 침묵을 중단하고 내 팔을 잡더니 수돗물을 틀었다. "상처 위로 냉수를 흐르게 해!" 다른 주방보조들이 각자 일을 계속하는 동안, 테오도라는 행주로 상처 부위를 닦아준 뒤 감자 껍질을 벗겨서 그 위에 생감자를 한 조각 올려주었다. "이렇게 하면 염증이 가라앉을 거야." 엄마 같은 그녀의 태도에 순간 마음이 애틋해졌다.

주방 한구석에 서서 감자조각을 팔목에 대고 있는데 크뤼멜이 수프에 뭔가를 던져 넣고는 혼자서 키득거렸다. 내가 자기를 보고 있다는 사실을 깨닫고 그는 검지를 입술에 댔다. "고기를 아예 끊으면 건강에 안 좋아." 그가 말했다. "내가 준 책을 자네도 읽었지? 그런데 그 고집쟁이는 도무지 그 사실을 인정하지 않아. 그래서 몰래 수프에 돼지기름을 넣은 거야. 이 사실을 알면 화가 나서 펄펄 뛰겠지만 눈치챌 가능성은 거의 없지." 크뤼멜은 배꼽을 잡고 웃었다. "한번 살이 찐 것 같다고 생각하면 그걸로 끝이야. 내가 뭘 만들어줘도 먹지 않아."

그릇에 밀가루를 붓던 테오도라가 우리 쪽으로 다가왔다.

"정말이야. 아무것도 안 먹는다니까?" 크뤼멜이 테오도라를 바라보며 말했다. "크바르크 치즈를 곁들인 스파게티를 그렇게 좋아하는 사람이 한번 마음먹으면 입에 대지도 않아. 바이에른식 사과 파이라면 껌뻑 죽는 사람이 한번 다이어트를 시작하면 손도 안 대. 평소에는 마감 회의가 끝나고 저녁 티타임마다 매일 그 파이를 먹는데 말이야. 그렇게 독하게 다이어트를 해서 2주 만에 최고 7킬로그램까지 감량할 수 있는 사람이야."

"저녁 티타임이 뭐예요?" 히틀러의 '광신도들' 일원인 테오도라가 물었다.

"친한 사람들만 불러서 하는 저녁 회의야. 그때 총통은 차나 뜨거운 코코아를 마시지. 코코아라면 사족을 못 쓴다니까? 다른 사람들은 배가 터질 때까지 슈납스(곡식이나 감자로 만든 독하고 색이 없으며 다양한 향을 내는 술)를 들이켜지만. 총통은 다른 사람들이 술 마시는 것을 좋아하지는 않지만 그래도 눈 감아줘. 딱 한 번 전속사진사인 호프만에게만 짜증을 낸 적은 있어. 그 자식은 정말이지 술고래거든. 하지만 보통 때는 주변 사람들에게 신경을 쓰지 않고 눈을 감은 채 〈트리스탄과 이졸데〉를 들어. 죽기 전에 마지막으로 들려오는 소리가 그 음악이었으면 좋겠다는 말을 입에 달고 다닐 정도라니까?"

테오도라는 황홀경에 빠져 있었다. 손목에 붙여놓은 감자조각을 떼보니 화상 부위가 넓게 퍼져 있었다. 나는 테오도라에게 상처를 보여주고 싶었다. 그녀가 나를 야단쳐주기를 바랐다. 말썽부리지 말고 가만히 있으라면서 감자조각을 다시 상처에 붙여주기를 바랐다. 갑자기 어머니가 보고 싶었다.

하지만 광신도 테오도라는 크뤼멜의 입만 바라볼 뿐 내게는 관심도 없었다. 크뤼멜이 말하는 것을 듣고 있다 보니 그가 얼마나 히틀러를 소중히 생각하는지 알 수 있었다. 그는 나와 테오도라도 당연히 그럴 거라고 생각하고 있었다. 실제로 나는 총통에게 목숨을 바치기로 한 사람이 아닌가. 매끼 내 앞에 일렬로 나란히 놓이는 접시 열 개는 주님의 몸으로 만들어진 영성체처럼 끊임없이 히틀러의 존재를 환기시켰다. 하지만 성당과 달리 이곳에는 영생의 약속 따윈 없다. 한 달에 200마르크. 그것이 우리들의 대가였다.

며칠 전 처음으로 급여를 받았다. 친위대원들은 우리가 집으로 돌아갈 때 돈이 든 봉투를 건넸고 우리는 봉투를 주머니나 가방에 쑤셔 넣었다. 아무도 감히 버스에서 봉투 안을 확인할 생각을 못 했다. 나는 방에 들어가서 지폐를 세어보았다. 베를린에서 받던 월급보다 많은 액수였다.

나는 감자조각을 쓰레기통에 던져버렸다. "총통이 자기는 고기를 먹거나 와인을 마시면 땀이 난다기에, 그게 아니라 불안감이 심해서 땀이 나는 거라고 말해주었지." 크뤼멜은 히틀러 이야기가 나오면 말을 멈추지 못했다. "그러자 총통이 내게 말이나 황소를 생각해보라고 했어. 한바탕 뛰고 나면 혀를 입 밖으로 축 늘어뜨리는 개에 비해, 초식동물인데도 얼마나 강하고 끈기가 있냐고."

"맞아요." 테오도라가 말했다. "그렇게 생각해본 적은 없는데 정말 그러네요."

"뭐, 그 말이 옳은지는 잘 모르겠어. 어쨌든 총통은 그뿐 아니라 가축을 도축하는 것이 너무 잔인한 행위라 고기를 먹을 수 없대." 크뤼멜은 언제부턴가 테오도라만 바라보고 이야기를 하고 있었다.

나는 커다란 바구니에서 롤빵을 하나 집어 들고 부드러운 속을 껍질에서 파내기 시작했다.

"한번은 저녁 식사를 하던 도중 손님들에게 자기가 도축장에 갔을 때 이야기를 들려주기도 했어. 뜨끈한 피 웅덩이 속에서 철벅이던 장화의 느낌이 아직도 생생하다면서 말이야. 불쌍한 디트리히는 음식 접시를 밀어내버리더군. 그 친구 정말이지 감수성이 예민하다니까?"

테오도라는 진심에서 우러나오는 웃음을 터뜨렸고 나는 빵 속을 공처럼 동그랗게 빚었다. 나는 빵 덩어리들을 조물조물 빚어서 동그라미, 땋은 머리, 꽃잎 등 갖가지 모양으로 만들었다. 크 뤼멜은 음식을 낭비한다고 나를 엄하게 야단쳤다.

"주방장님께 드리려고요." 내가 말했다. "부스러기잖아요. 주방 장님처럼."

크뤼멜은 내 말을 흘려듣고 계속 수프를 젓다 테오도라에게 오 븐에 넣어둔 무가 잘 익었는지 확인해보라고 했다.

"이 세상에 낭비 아닌 것이 어디 있나요?" 나는 말을 이었다. "여기 불려온 우리들도 다 낭비되는 거예요. 이렇게 철저하게 감 시를 하는데 어떻게 그를 독살할 수 있겠어요? 말도 안 돼요."

"언제부터 네가 이 분야의 전문가였다고 그래?" 테오도라가 물 었다. "네가 군사 전략가라도 돼?"

"그만들 해." 크뤼멜이 우리에게 주의를 주었다. 티격태격하는 딸들을 나무라는 아버지 말투였다.

"그러면 우리들이 오기 전에는 어떻게 살았대?" 내가 또다시 테오도라를 도발했다. "전에는 독살당할까 봐 두렵지 않았던 건 가?"

그때 경비병이 우리를 식당으로 데려가기 위해 주방에 들어왔 고 그 바람에 빵 속으로 만든 형상들은 대리석 받침대 위에서 말 라붙게 되었다.

다음 날, 흠잡을 데 없이 손발이 딱딱 맞아떨어지는 주방보조 들과 열심히 일하는 테오도라 사이에서 배회하고 있는데 갑자기 크뤼멜이 깜짝 선물을 줬다. 그는 나와 테오도라에게만 과일과 치즈를 몰래 주며 베를린에서 출근할 때부터 들고 다니던 내 가

죽 가방에 손수 음식을 넣어주었다. "왜요?" 내가 물었다. "둘 다 충분히 받을 자격이 있어." 그가 말했다.

　나는 받은 것을 그대로 집으로 가져갔다. 크뤼멜이 준 물품의 포장지를 펼쳐본 헤르타는 눈앞의 광경을 믿지 못했다. 그날 저녁 별미를 맛볼 수 있던 건 다 내 덕분이었다. 물론 히틀러 덕분이기도 했지만.

9

　거품이 일듯 검은 치맛자락을 휘날리며 재빨리 버스 통로를 따라 달려온 아우구스티네는 레니의 머리카락을 살짝 만지고 의자 등받이에 손을 올렸다. "자리 좀 바꿔줄래? 오늘만."

　차창 밖은 이미 어두웠다. 레니는 당황스러운 눈빛으로 나를 바라보더니 자리에서 일어나 빈 좌석에 털썩 몸을 던졌다. 아우구스티네는 레니가 앉아 있던 내 옆자리에 앉더니 말했다.

　"가방이 빵빵하네."

　레니뿐만 아니라 다른 사람들 모두 우리를 쳐다봤다. 베아테와 엘프리데도 마찬가지였다. '광신도들'은 예외였다. 그들은 운전석 바로 뒤에 앉아 있었다.

　우리는 자연스럽게 두 그룹으로 나뉘었다. 물론 그렇다고 같은 그룹에 속하는 사람들끼리 특별히 애정을 느끼는 건 아니었다. 지구의 지층이 움직이는 것만큼이나 감정이 배제된 자연스러운 균열과 접근의 결과였다. 하지만 나는 눈을 깜빡일 때마다 보호 본능을 자극하는 레니에 대해서는 왠지 모를 책임감이 느껴졌다. 화장실에서 나를 밀쳤던 엘프리데에 대해서도 특별한 감정을 느꼈다. 그녀에게서는 나와 똑같은 두려움이 느껴졌다. 그녀가 그런 짓을 한 것은 그만큼 신체적인 접촉이 갈급했기 때문이었다. 타인과의 은밀한 신체적 접촉 말이다. 그렇다. 어쩌면 키다리 친위대원이 제대로 본 것일지도 모른다. 엘프리데는 믿을 만한 사람이 누구인지 알기 위해 주먹다짐부터 벌이고 보는 아이들처럼 나에게 싸움을 걸어왔던 것이다. 친위대원 때문에 싸움을 시작도 못 했으니 우리에게는 아직 해결할 일이 남은 셈이다. 그 육체적인 빚이 서로를 자석처럼 끌어당기고 있었다.

"가방 안에 뭐가 든 거 맞지? 대답해봐."

허스키한 아우구스티네의 목소리에 테오도라가 자동적으로 고개를 돌렸다.

몇 주 전에 테오도라는 총통이 감이 뛰어나고 본능을 따르는 사람이라고 했다. 그래, 맞아. 총통님은 머리가 좋아. 게르트루데가 제 친구 말과 모순인지도 모르고 입술 사이에 머리핀 두 개를 물고는 한 마디 거들었다. 사람들이 총통에게 얼마나 많은 사실을 말해주지 않고 숨기는지 알아? 게르트루데는 땋아서 올린 머리에 머리핀을 야무지게 꽂으며 말을 이었다. 총통은 지금 무슨 일이 일어나고 있는지 다 알지 못해. 그러니까 모든 것이 그분 잘못은 아니야. 그 순간 아우구스티네가 게르트루데를 향해 침 뱉는 시늉을 해 보였다.

그랬던 아우구스티네가 지금 내 곁에 다리를 꼬고 앉아 있다. 그녀의 한쪽 무릎이 뒷좌석과 앞좌석 등받이 사이에 끼인 것처럼 보였다. "며칠 전부터 주방장이 집에 가져갈 음식을 따로 챙겨주더라?"

"그래."

"좋아, 우리 몫도 챙겨줘."

우리라니? 나는 뭐라 말을 해야 할지 몰랐다. 시식가들 사이에 연대감 따위는 없었다. 우리는 물 위를 부유하며 서로 충돌하거나 나란히 흘러가거나 서로 멀어져가는 진흙덩이에 지나지 않는 존재 아니었던가.

"얌체같이 굴지 마. 주방장은 너를 좋아하니까 음식을 더 달라고 해."

"원하면 여기 있는 것을 가져가." 내가 가방을 내밀며 말했다.

"그것으로는 부족해. 우리는 우유가 필요해. 적어도 두 병은 있어야 해. 아이들 때문에 우유가 필요하거든."

시식가들의 급여는 노동자들의 평균 급여보다 높았다. 따라서 그들이 내게 이런 요구를 하는 이유는 우유가 꼭 필요하기 때문은 아니었다. 내가 왜 그러는지 물었다면 아마도 아우구스티네는 정말 필요해서라기보다는 공정성의 문제라고 대답할 것이다. 아우구스티네는 내가 왜 다른 사람들보다 더 많은 것을 받아야 하는지 되물을 것이다. 물론 나는 테오도라에게 부탁해보라고 대꾸할 수도 있었다. 하지만 아우구스티네는 테오도라가 거절할 거라는 사실을 알고 있었다. 아우구스티네는 왜 내가 자기 요구를 받아들일 거라고 생각한 걸까? 우리는 친구 사이도 아닌데. 그녀는 자신들에게 인정받고 싶어 하는 내 마음을 처음부터 알아챈 것이다. 사람들은 어떻게 친구가 되는 걸까? 동료들의 표정을 읽을 수 있게 된 뒤로, 아니 어떤 표정을 지을지 예측할 수 있게 된 뒤로는 그들의 얼굴이 처음 봤을 때와 달라 보였다.

학교나 직장처럼 하루 중 오랜 시간을 함께 보낼 수밖에 없는 곳에서는 언제나 일어나는 일이다. 억지로라도 함께 있다 보면 친구가 되는 법이다.

"좋아, 아우구스티네. 내일 한번 물어볼게."

다음 날 크뤼멜은 주방보조들이 돌아왔으니 도와주러 오지 않아도 된다고 했다. 나는 아우구스티네와 그녀를 대표로 내세운 다른 여자들에게 상황을 설명했지만 하이케와 베아테는 포기하지 않았다. 우리만 쏙 빼고 너만 추가 음식을 받는 건 옳지 않아. 우리들은 자식도 딸렸다고. 넌 아니잖아?

나는 자식이 없었다. 그레고어에게 아이 이야기를 할 때마다 그는 아직 때가 아니라고 했다. 자기가 전장으로 떠나고 나만 홀로 남는 마당에 아이까지 낳을 수는 없다고 했다. 그는 1940년에 전쟁터로 떠났다. 결혼한 지 딱 1년이 됐을 때였다. 나는 그레고어 없이, 중고품 가게에서 구입한 가구로 장식한 신혼집에 혼자 남겨졌다. 그레고어가 떠나기 전 우리는 토요일마다 그 중고품 가게를 즐겨 찾곤 했다. 꼭 살 물건이 없어도 가게 근처에 있는 빵집에서 아침 식사로 시나몬 슈네케(달팽이 모양의 빵)나 양귀비

씨를 넣은 슈트루델을 사 먹곤 했다. 우리는 빵 봉지에서 빵을 꺼내 한입씩 번갈아 베어 먹으며 산책을 했다. 그렇게 살다가 갑자기 그레고어도, 아이도 없는 잡동사니만 가득한 집에 혼자 남게 된 거다.

독일인들은 아이들을 사랑한다. 히틀러도 퍼레이드 중에 아이들의 뺨을 어루만져주고 여인들에게는 다산할 것을 권유했다. 그레고어는 훌륭한 독일 시민이 되기를 원했지만 히틀러의 말에 현혹되지는 않았다. 그는 한 생명을 세상에 내보내는 것은 결국 그에게 사망 선고를 내리는 것이나 마찬가지라고 했다. 하지만 언젠가는 전쟁도 끝날 거야. 꼭 전쟁 때문에 그러는 게 아니야. 내가 반론을 제시하자 그가 말했다. 인간은 결국 죽을 수밖에 없어. 당신은 지금 정상이 아니야. 내가 비난했다. 참전한 뒤부터 우울증 증세가 있는 것 같아. 내가 그런 말을 하면 그레고어는 화를 냈다.

하지만 이번 크리스마스에 휴가를 나오면 헤르타와 요제프의 도움을 받아 그를 설득할 수 있을지도 모른다.

임신을 하면 나는 식당 음식으로 배 속의 아이에게 영양분을 공급할 것이다. 임신한 여자는 좋은 모르모트가 아니다. 실험을 망칠 수 있다. 하지만 따로 검사를 하지 않는 이상 배가 부풀어 오르기 전까지 친위대원들은 내 임신을 눈치채지 못할 것이다.

물론 아이까지 독살당할 위험도 있다. 우리는 함께 죽거나 함께 살아남을 것이다. 밀가루처럼 고운 아이의 뼈와 보드라운 근육은 히틀러의 음식을 먹고 자랄 것이다. 아이는 내 아이이기 이

전에 제3제국의 아이가 될 것이다. 그래도 어쩔 수 없다. 원죄 없이 태어나는 사람이 어디 있겠는가.

"그럼 훔쳐." 아우구스티네가 말했다. "주방에 들어가 수다를 떨며 주방장을 산만하게 만들어. 베를린 이야기를 하든 오페라 이야기를 하든 아무 이야기라도 하다가 그가 뒤돌아볼 때 우유를 훔쳐."

"미쳤어? 난 그런 짓 못 해."

"어차피 그 사람 물건도 아니잖아. 그 사람 물건을 훔치는 게 아니라고."

"그래도 옳지 않아. 그런 취급을 받을 사람이 아니야."

"그럼 우리는, 로자? 우리는 이런 취급을 받아도 된다고 생각해?"

주방보조들이 기름때를 빼놓은 대리석 작업대가 불빛 아래 반짝였다.

"두고 봐. 언젠가는 소련군이 항복할 거야." 크뤼멜이 말했다.

그때 주방에는 우리 둘밖에 없었다. 크뤼멜이 식량조달 기차를 맞이하라고 주방보조들을 역으로 보냈기 때문이었다. 내가 그가 준 책에서 궁금한 부분이 있다고 하자 그는 다른 사람들에게 잠시 후 자기도 가겠다고 하고 혼자 주방에 남았다. 그를 붙잡아두기 위해 내가 나름대로 생각해낸 최고의 핑곗거리였다. 나는 그가 설명을 마친 후 선생 노릇에 기분이 좋아졌을 때를 틈타 우유를 두 병만 달라고 부탁할 생각이었다. 하지만 그때까지 크뤼멜이 내게 우유를 준 적은 한 번도 없었다. 그러니 무례하고 야박하게 내 부탁을 거절할 수도 있었다. 선물을 받는 것과 달라고 요구하는 것은 전혀 다른 일이다. 게다가 대체 누구 좋자고 내가 이런 일까지 해야 한단 말인가. 내겐 아이가 없다. 아이에게 젖을 준 적도 없다.

크뤼멜은 내 옆에 앉아 이야기를 늘어놓았다. 얼마 지나지 않아 그는 기분이 좋아져서 언제나처럼 수다를 멈출 생각을 하지 않았다. 그는 그해 2월까지 벌어진 재앙 같았던 스탈린그라드 전투(1942년 7월 17일부터 1943년 2월 2일까지 계속된 독일군과 소련군의 격전으로 약 200만 명의 사상자가 발생함)에서의 패배 때문에 모두들 사기가 떨어졌다고 했다.

"스탈린그라드에서 죽은 군인들은 조국의 생존을 위해 목숨을 바친 거야."

"그거야 총통 말이죠."

"나는 총통의 말을 믿어. 자네는 안 그런가?"

그의 기분을 상하게 하고 싶지 않았다. 그랬다가는 특별대우를 받을 수 없을 테니까. 나는 미적지근하게 고개를 끄덕여 보였다.

"우리는 승리할 거야." 그가 말했다. "그게 바로 정의니까."

그는 히틀러가 바르바로사 작전(1941년 독일군의 소련 침공 작전 암호명) 초기에 손에 넣은 소련 국기를 벽에 걸어놓은 채 저녁 식사를 한다고 했다. 그는 식사에 초대한 손님들 앞에서 볼셰비키 사상의 위험성에 대한 설명을 늘어놓았다. 히틀러는 다른 유럽 국가들이 볼셰비키들을 과소평가하고 있다고 했다. 소비에트 연방이 바그너의 오페라에 나오는 유령선처럼 불가해하고 어둡고 불안한 존재라는 사실을 어떻게 모를 수 있냐고 했다. 그는 최후 심판의 날까지 끈질기게 유령선을 뒤쫓아 침몰시킬 수 있는 사람은 자기처럼 완고한 사람뿐이라고 했다.

"그런 일을 할 수 있는 사람은 오직 총통뿐이지." 크뤼멜은 시계를 보면서 한 마디 덧붙였다. "이런. 그만 가봐야겠어. 더 필요한 게 있나?"

내겐 우유가 필요했다. 내 친자식이 아닌 아이들에게 먹일 우유 말이다.

"아녜요. 감사합니다. 아니, 제가 도움이 될 만한 일이 있을까요? 제게 너무 친절하게 대해주셨어요."

"그럼 부탁 하나만 하지. 깍지를 벗길 콩이 몇 킬로그램 있거든. 경비병들이 데리러 오기 전까지만이라도 수고를 좀 해주겠나? 경비병들에겐 자네가 여기 있을 거라고 일러두지."

크뤼멜은 자기 주방에 나를 혼자 내버려두려는 것이다. 식재료에 독을 넣을 수도 있는데, 크뤼멜은 내가 그럴 거라는 생각은 꿈에도 못 하는 듯했다. 그는 히틀러의 시식가이자 조리팀의 일원이며 자기처럼 베를린 출신인 나를 철석같이 믿고 있었다.

버스를 타기 위해 한 줄로 서서 가방을 가슴에 꼭 품은 채 걸어가는 동안 나는 유리병끼리 부딪히는 소리가 날 것만 같아서 병 사이에 손을 넣은 채 천천히 걸음을 옮겼다. 친위대원들의 의심을 사지 않기 위해 너무 느리게는 걷지 않으려고 애썼다. 내 뒤에는 엘프리데가 있었다. 그녀는 보통 내 뒤에 섰다. 우리는 항상 동작이 제일 느렸다. 게을러서가 아니라 적응력이 부족해서였다. 우리가 아무리 제도에 순응하려 해도 제도는 나와 엘프리데를 품기 힘겨워하는 것 같았다. 우리는 크기가 안 맞거나 호환성이 없는 재질로 만들어진 부품 같았다. 하지만 요새를 세우기 위한 재료는 한정적이니 저들도 싫든 좋든 우리에게 적응해야 했다.

엘프리데의 숨결이 뒷목을 간지럽혔다. "베를린 토박이, 함정에 빠진 거야?"

"조용히 해." 친위대원이 심드렁하게 말했다.

나는 가죽가방 안에 든 우유병을 꼭 쥐고 병이 부딪히지 않게 최대한 살살 걸었다.

"여기서는 각자 자기 일에만 신경 써야 한다는 걸 깨달은 줄 알았는데?" 내 얼굴에 와닿는 엘프리데의 숨결이 마치 고문처럼 느껴졌다.

키다리 친위대원이 유유히 내 쪽으로 다가오더니 옆에 서서 나를 빤히 바라보았다. 다른 여자들을 뒤따라 걸어가는데 그가 한쪽 팔을 잡고 끌어당기는 바람에 가방을 놓치고 말았다. 쨍그랑 부딪히는 소리가 들릴 줄 알았는데, 움직이지 않게 가방 깊숙한 곳에 유리병을 잘 넣어놓은 덕분인지 요동치지 않았다.

"또 너희 둘이야? 대체 뭘 수군대는 거야?"

엘프리데가 걸음을 멈췄다.

그는 엘프리데의 팔도 잡았다. "한 번만 더 발각되면 나도 같이 재미를 볼 거라고 하지 않았나?"

엉덩이께에서 유리병의 냉기가 느껴졌다. 친위대원이 우연히 내 가방을 스치기만 해도 우유를 훔쳤다는 사실이 발각될 터였다. 그는 내 팔을 놓고 엄지와 검지로 내 턱을 치켜올리더니 내쪽으로 고개를 숙였다. 턱이 달달 떨렸다. 나도 모르게 눈으로 엘프리데를 찾았다.

"오늘은 브로콜리 냄새가 좀 나네. 다음번을 기약해야겠어." 키다리는 뒤따라오는 자기 동료들의 관심을 받고 싶었는지 꽤 오랫동안 나를 놀려댔다. "장난친 거니까 긴장하지 마. 이렇게 즐겁게 해주는 좋은 직장이 어디 있어?" 자기 동료들이 철딱서니 없는 사춘기 소년들처럼 낄낄대기를 멈춘 후에야 그가 말했다.

물물교환은 버스 좌석 뒤에서 몰래 이루어졌다. 아우구스티네는 작은 천주머니를 챙겨왔다. 그때까지도 턱이 덜덜 떨리고 볼에는 경련이 일었다.

"잘했어. 넌 정말 친절하구나?" 그녀의 미소가 진심처럼 느껴졌다.

어떻게 친구가 되느냐고? 모든 사람을 우리와 그들로 구분하면 된다. 아우구스티네는 내게 그 말을 하고 싶었던 것이다. 선택의 여지 따위 없는 젊은 여자인 우리들은 이 상황의 희생자들이고 그들은 권력을 남용하는 적이었다. 크뤼멜은 우리 일원이 아니었다. 아우구스티네는 이 말을 하고 싶었던 거다. 크뤼멜은 나치이지만 우리는 나치가 아니다. 우리는 나치였던 적이 없다.

엘프리데만이 유일하게 내게 미소를 지어주지 않았다. 엘프리데는 창밖으로 드넓게 펼쳐진 들판과 곡물 저장고를 물끄러미 바라보고 있었다. 나는 매일 그 버스에 몸을 싣고 내 유배지인 그로스-파르치의 모퉁이가 나타날 때까지 8킬로미터를 여행했다.

10

나는 그레고어의 침대에 누워서, 침대 머리맡 협탁 위 거울 프레임 사이에 끼워놓은 그의 사진 가장자리를 바라보았다. 정확한 나이는 알 수 없지만 사진 속 그레고어는 네다섯 살 정도 되어 보였다. 어린 그레고어는 눈 올 때 신는 장화를 신고 햇빛 때문에 눈살을 찌푸리고 있었다.

잠이 오지 않았다. 그로스-파르치에 온 후로 잠을 잘 수 없었다. 잠 못 이루기는 베를린에 있을 때도 마찬가지였다. 그곳에서는 건물 주민들이 쥐새끼들과 함께 지하실에 문을 꼭 걸어 잠그고 숨어야 했다. 홀러 씨는 고양이와 참새를 다 잡아먹고 나면 쥐새끼마저 씨가 마를 판이라고 했다. 인간을 위해 희생된 그들의 업적을 기리는 위령탑 하나 없이 말이다. 다른 사람도 아닌 홀러 씨가 그런 말을 하다니. 홀러 씨는 걱정이 많은 성격이라 배탈이 자주 났다. 홀러 씨가 배설물 양동이를 사용하고 나면 참을 수 없는 악취가 났다.

그때는 모두들 여차하면 도망칠 수 있게 다들 가방을 싸놓고 살았다.

부덴가세 구역의 공습이 끝난 후 집에 올라가보니 수도관이 터져 온통 물바다였다. 물이 무릎까지 찬 상태로 나는 침대 매트리스 위에 가방을 올려놓고 옷 사이에 끼워두었던 사진 앨범을 꺼냈다. 다행히 물에 젖지는 않았다. 그다음 어머니의 짐 가방을 열고 옷에 밴 냄새를 맡아보았다. 내 체취와 너무나 비슷했다. 나만 혼자 살아남는 바람에 나는 그 냄새의 유일한 상속인이자 책임자가 되었다. 그렇게 생각하니 그 체취가 예전보다 더 음란하게 느껴졌다. 어머니의 가방에는 프란츠의 사진이 있었다. 동생이 1938년에 미국으로 떠나고 나서 몇 달 후에 보내준 사진이었다. 내 사진은 없었다. 어머니는 피난을 떠나야만 하는 처지가 되면 나와 같이 사진을 찍어야겠다고 생각했을 거다. 그런데 어머니가 죽어버렸다.

공습이 끝나고 어머니의 장례를 치른 뒤 나는 빈집을 돌아다니며 찬장을 뒤져서 가져갈 만한 것들을 챙겼다. 훔친 찻잔 세트는 어머니가 장식장에 보관하던 도자기 식기 세트와 함께 알렉산더 광장에 있는 암시장에 팔아치웠다.

안네 랑한스는 나를 자기 집에 머물게 해주었다. 우리는 어린 파울리네를 가운데 눕히고 같은 침대에서 잤다. 가끔 나는 파울리네가 내게는 없는 친딸인 것처럼 행동했다. 파울리네의 숨결은 위안이 되었다. 시간이 흐르자 어머니의 숨결보다 더 친숙하게 느껴졌다. 나는 언젠가 그레고어가 전쟁에서 돌아와 함께 우리 집 수도관을 고칠 거라고 생각하며 마음을 굳게 먹었다. 우리는 아이를 한 명, 아니 두 명은 낳을 것이다. 아이들은 입을 벌리고 조용히 숨을 쉬겠지. 파울리네처럼.

운터덴린덴로(산책로를 따라 심어져 있던 보리수나무에서 유래한 지명으로, 히틀러의 관저 등이 있던 거리)를 나란히 걸을 때 그레고어는 정말 커 보였다. 가로수로 심어놓은 보리수나무는 총통이 퍼레이드를 하는 모습을 더 잘 보이게 한다는 이유로 죄다 잘려 나가고 없었다. 내 키는 겨우 그레고어의 어깨에 닿을 정도였다. 길을 걷다가 그레고어가 내 손을 잡았을 때 그때 나는 이렇게 말했다. "상사랑 사귀는 비서 이야기는 너무 빤하지 않나요?"

"당신을 해고하면 키스해도 되나요?" 내 말에 그가 대꾸했다.

그레고어의 말에 나는 웃음을 터뜨렸다. 그는 걸음을 멈추고 상점 진열장에 몸을 기댄 채 나를 자기 품으로 조심스레 끌어당겼다. 내 웃음소리가 그의 울 스웨터 속으로 사그라졌다. 고개를 드는 순간 진열장에 걸린 히틀러 초상화가 눈에 들어왔다. 그의 머리 주변에는 노란 후광이 그려져 있었고 눈빛은 방금 막 성전에서 잡상인을 쫓아낸 것처럼 냉정해 보였다. 우리는 그가 보는 앞에서 키스를 했다. 그렇게 히틀러는 우리의 사랑을 축복해주었다.

나는 침대 머리맡 협탁 서랍을 열고 지금까지 그레고어가 내게 보내준 편지를 꺼내서 하나하나 다시 읽어내려갔다. 그의 목소리가 귓가에 들리는 듯했다. 그가 정말로 내 곁에 있는 것 같았다. 달력 위에 표시해놓은 가위표가 머지않아 그렇게 될 것이라는 사실을 상기시켜주었다.

왜 그래? 집을 떠나던 날 아침, 맥없이 문기둥에 기대어 있는 내게 그레고어가 물었을 때 나는 대답하지 않았다.

그를 만나고 나서야 비로소 진정한 행복이 무엇인지 알게 된 것 같았다. 그전까지만 해도 내게 그런 행복이 찾아오리라고는 생각지 못했다. 눈가에 내린 다크서클이 내 운명이라고 생각했다. 그런데 그레고어는 아무렇지도 않게 눈부시게 충만한 행복을 내게 선물해주었다. 나를 행복하게 해주는 것이야말로 자신의 사명인 것처럼.

그런 그가 자신의 임무를 저버리고 그보다 더 중대한 임무를 수행하게 된 것이다. 곧 돌아올게. 그가 내 이마와 뺨과 입술을 쓰다듬으며 말했다. 그때 그는 평소대로 내 입에 손가락을 넣으려 했다. 우리만 아는 침묵의 언약이었다. '나를 믿어줘.' '나는 당신을 믿어.' '나를 사랑해줘.' '당신을 사랑해.' '나와 사랑을 나누자.' 하지만 내가 입술을 꼭 다물어버리자 그도 손길을 거두었다.

나는 그레고어가 참호에서 민첩하게 움직이는 모습을 상상해보았다. 그의 입에서 뿜어져 나온 하얀 숨결이 허공에서 얼어붙었다. "러시아가 춥다는 사실을 모르는 사람은 두 사람밖에 없어." 그레고어가 편지에 썼다. "그중 한 명이 바로 나폴레옹이지." 그는 조심하느라 다른 한 명의 이름은 거론하지 않았다. 언젠가 그에게 군대에서 무슨 일을 하느냐고 묻자 그는 군사정보를 누설하면 안 된다는 이유로 입을 다물었다. 하지만 실은 그저 나를 겁주고 싶지 않아서 핑계를 댄 것일지도 모른다. 지금 이 순간 그는 동료 군인들과 함께 모닥불 앞에 앉아서 저녁으로 통조림 고기를 먹고 있을 것이다. 시간이 갈수록 야위어서 다들 군복이 헐렁해졌겠지. 나는 그레고어가 군말 없이 통조림 음식을 씹어 삼킬 거라는 사실을 알고 있다. 동료들에게 짐이 되지 않기 위해서 그는 그렇게 할 것이다. 그레고어는 다른 사람들이 자신에게 의지할 때 힘을 얻었다.

처음에는 잘 알지도 못하는 사람들과 함께 자는 것이 이상하다고 했다. 그것도 각자 무기를 옆에 둔 채 말이다. 누구든 마음만 먹으면 자신에게 총격을 가할 수 있다고 했다. 카드놀이를 하다가 다투거나, 너무나도 생생한 악몽을 꾸거나, 행군 중에 생긴 오해 때문에 말이다. 그레고어는 그들을 믿지 못했다. 그가 믿는 사람은 오직 나뿐이었다. 하지만 자기 동료들과 정이 들고 난 후에는 그런 생각을 품었던 것이 부끄러웠다고 했다.

그의 동료 중에는 손가락을 두 마디나 잃은 화가가 있었다. 그는 다시는 그림을 못 그리게 될지도 몰랐다. 화가는 나치와 유대인을 똑같이 증오했다. 남편의 동료 중에는 나치의 광적인 추종자도 있었는데 그는 오히려 유대인들에게 별 신경을 쓰지 않았다. 그는 히틀러도 유대인들 때문에 밤잠을 설치지는 않을 거라고 했다. 그는 총통이 허락하지 않는 한 베를린은 결코 공습당하지 않을 거라고 믿었다. 우리 집 건물이 폭격됐다는 소식에 그의 신념이 무너졌는지는 모르겠다. 그레고어의 전우는 모든 것이 히틀러의 계산속에 있다고 말하고 다녔고 남편은 자기와 같은 부대 소속이기 때문에 그의 말을 들어줄 수밖에 없다고 했다. 그는 전장에 나가면 모두가 한 몸이 된다고 했다. 그레고어 역시 그들과 한 몸이었다. 그는 동료들의 모습에서 자신의 모습이 거울에 반사된 것처럼 무한 반복되는 것을 보았다. 그레고어의 '살 중의 살'은 내가 아니라 그의 전우들이었다.

그의 동료들 중에는 라인하르트라는 사람도 있었다. 그는 벼룩만 봐도 벌벌 떠는 겁쟁이였다. 그는 자기와 세 살 차이밖에 안 나는 그레고어가 친아버지라도 되는 것처럼 그레고어에게 매달렸다. 나는 라인하르트를 똥싸개라고 불렀다. 베를린에서 받은 그레고어의 마지막 편지에서 그는 똥이야말로 신이 부재하다는 증거라고 했다. 그는 가끔 사람들을 도발하기를 즐겼고, 건축사무소 사람들은 그런 그레고어의 성격을 잘 알고 있었다. 논란의 여지가 있는 말을 서슴지 않고 하는 그레고어였지만 똥을 신이 부재함의 증거라는 식의 말을 한 것은 그때가 처음이었다. "여기서는 모두 설사를 해." 그가 편지에 썼다. "음식과 추위와 공포 때문이지." 라인하르트는 임무 수행 중 바지에 똥을 싼 적도 있다고 했다. 군대에서 흔히 있는 일이었지만 라인하르트는 매우 수치스러워했다.

그레고어는 편지에 이렇게 썼다. "정말로 인간을 창조한 신과 동일한 신이 저질스러운 똥도 만들었을 거라고 생각해? 신이 있다면 소화작용의 혐오스러운 결과물 대신 다른 방법을 찾아내지 않았을까? 똥이란 정말 변태적인 발명품이야. 이는 곧 신이 변태거나 아니면 아예 존재하지 않는다는 것을 의미하지."

총통 역시 소화작용과 사투를 벌였다. 크뤼멜은 그런 히틀러 때문에 힘들어했다. 영양학적으로 완벽한 식단을 만들어주는데도 히틀러가 뮤타플로(대장염 및 만성변비약)에 의지한다는 것이다. 히틀러의 주치의인 모렐 교수가 내려준 처방인데 최근 들어서는 모렐 교수마저 히틀러가 지나치게 약물에 의존해서 곤란해한다고 했다. 거북한 속을 진정시키는 약으로 뮤타플로를 대체하려 해봤지만 그럴 때마다 히틀러는 하루에 처방받은 약을 많게는 열여섯 알이나 집어삼킨다고 했다. 히틀러는 적군에 의한 독살 가능성을 방지하는 완벽한 제도를 만들고서는 아이러니하게도 스스로 약물에 중독되어가고 있는 것이다.

"이런 이야기는 안 하는 게 좋은데. 내가 워낙 말하는 것을 좋아해서 말이야." 크뤼멜이 키득거렸다. "대신 아무한테도 말하지 않기야. 알겠지?"

점심 식사 후 나는 크뤼멜의 명령대로 산더미처럼 쌓인 콩깍지를 까느라 주방에 남았다. 테오도라가 나를 돕겠다고 나섰다. 주방은 자기 영역이라고 생각하기 때문에 나 혼자 주방에 있다는 사실을 용납할 수 없었나 보다. 나는 테오도라에게 도와주지 않아도 된다고 했고 크뤼멜은 크뤼멜대로 너무 바빠서 테오도라의 말을 흘려들었다. 크뤼멜이 주방보조들을 이끌고 기차역으로 떠난 후 나는 다시 한 번 주방에 혼자 남게 되었다.

나는 의자가 바닥에 쓸리지 않도록 조심스럽게 자리에서 일어난 뒤 까치발로 살금살금 걸어가 냉장고에서 우유 두 병을 빼냈다. 문 밖을 지키고 있는 경비병들의 주의를 끌지 않으려면 작은 소리도 내지 않아야 했다. 우유병을 집는 순간 머리카락이 곤두서는 것 같았지만 다른 한편으로는 내 대담함에 만족감을 느꼈다. 만족감에 취한 나머지 크뤼멜이 우유 두 병, 아니 엄밀히 말하면 지난번 우유까지 합해서 네 병이 부족하다는 사실을 눈치챌 거라는 생각은 꿈에도 하지 못했다. 나는 그가 우유가 없어진 사실을 아예 모를 거라고 믿었다. 물론 주방에 있는 모든 물건에 대해서는 재고조사가 이루어진다. 크뤼멜은 주방에 들어오고 나가는 모든 물품의 목록을 작성한다. 하지만 그가 나를 의심할 이유는 없었다. 주방보조들도 있으니 그들이 훔쳤다고 생각할 것이다.

일렬로 서서 걸어가던 중에 키다리 친위대원이 다가와 내 가방을 열었다. 극적인 장면이 연출되지는 않았다. 가방을 여는 순간 우유병 윗부분이 삐져나왔을 뿐이다. "거봐요." 키다리 친위대원이 테오도라 쪽을 돌아보자 그녀가 말했다. "입 닥치고 있어." 그의 말에 테오도라는 입을 다물었다. 내 친구들은 겁에 질려 긴장한 표정이었다.

누군가 주방장을 부르러 볼프스샨체로 갔다. 우리는 그가 오는 동안 복도에 서서 기다렸다. 내 앞에 나타난 크뤼멜은 평소보다 왜소하고 허약해 보였다.

"내가 준 거요." 그가 말했다.

순간 뭔가에 얻어맞은 것처럼 명치가 아렸다. 아이의 발길질 정도가 아니었다. 변태 같은 신의 주먹질이었다.

"주방일을 도와준 것에 대한 소정의 대가요. 로자 자우어는 주방일이 아니라 시식을 하라고 돈을 받는 거니깐 말이오. 그러니 보상을 받는 것이 마땅하다고 생각했소. 주방보조들이 돌아온 후에도 계속 일을 했으니 말이오. 문제가 되지 않았으면 좋겠소만."

명치가 다시 아렸다. 받아야 할 대가를 제대로 받는 사람은 아무도 없었다. 그건 나도 마찬가지였다.

"그렇게 생각했다면 문제 될 것은 없소. 대신 다음번에는 먼저 보고하시오." 키다리는 다시 한 번 테오도라와 나를 번갈아 쳐다보았다. 미안해하기는커녕 모멸감에 찬 눈빛이었다.

"이제 그만하지?" 다른 친위대원이 말했다. 무슨 뜻일까? 로자 자우어에게 음식을 그만 처먹이자는 걸까? 로자 자우어를 그만 훔쳐보라는 걸까? 아니면 지겨워 죽겠으니 이제 로자 자우어를 겁주지 말라는 걸까? "앞으로 전진!"

귓불이 새빨갛게 달아오르고 구멍 난 땅에서 물이 솟아나오듯 눈물이 앞을 가렸다. 눈만 깜빡이지 않으면 눈물은 눈가에 맺혀 있다가 그대로 증발할 것이다. 버스에서도 울지는 말아야지.

아우구스티네는 내게 천주머니를 내밀지 않았다. 나는 시가 앞 모퉁이 길이 나올 때까지 우유병과 함께 차를 타고 가다가 버스에서 내리자마자 우유를 땅바닥에 쏟아버렸다.

그 우유는 아우구스티네와 하이케와 베아테의 아이들 것이었다. 아니다. 그 우유는 히틀러의 것이었다. 칼슘과 철과 비타민과 단백질과 당과 아미노산 덩어리인 훌륭한 우유를 그렇게 허비해버리다니. 우유의 지방은 다른 지방과는 다르다고 크뤼멜이 준 책에 쓰여 있었다. 소화가 쉬워서 신체기관이 신속하고 효율적으로 흡수해 활용할 수 있다고 했다. 우유를 버리지 않고 시원한 창고에 보관해두었다가 아우구스티네와 하이케와 베아테를 집으로 부를 수도 있었다. 여기 페테, 우르줄라, 마티아스, 베아테의 쌍둥이들에게 먹일 우유가 있어. 이 두 병이 마지막이야. 계속 도와주지 못해서 미안해. 그래도 도움은 됐지? 이들을 헤르타의 부엌으로 초대해 차를 대접할 수도 있었다. 어떻게 친구가 되느냐고? 내 친구들은 자기들을 위해 도둑질을 해달라고 했다.

물론 나는 우유를 어떻게 구했는지에 대해서는 적당히 둘러대고 헤르타와 요제프에게 우유를 줄 수도 있었다. 주방장은 관대한 데다 저를 아껴요. 여기 신선하고 영양가 높은 우유를 가져왔어요. 어서 드세요. 이게 다 제 덕분이랍니다.

하지만 나는 그러는 대신 고개를 푹 수그린 채 꼼짝하지 않고 서서 우유 방울이 사방에 튀며 돌바닥으로 쏟아지는 모습을 물끄러미 바라보았다. 나는 우유를 허비해버리고 싶었다. 아무에게도 마시게 할 수 없었다. 아우구스티네와 하이케와 베아테의 아이들이 그 우유를 못 마시게 하고 싶었다. 내 자식이 아닌 그 누구의 자식에게도 우유를 주고 싶지 않았고 그런 내 감정에 대한 죄책감은 없었다.

우유 두 병을 완전히 비운 후에야 고개를 드니 창가에 헤르타의 모습이 보였다. 나는 손등으로 눈물을 훔쳤다.

다음 날 나는 애써 용기를 내 주방 문을 열었다. "콩깍지를 까러 왔어요." 내가 말했다. 고민 끝에 생각해낸 문장이었다. 특히 어떤 말투를 써야 할지 많이 고민했다. 명랑하되 과하지 않고 조금만 주의를 기울이면 애원하는 듯한 뉘앙스를 느낄 수 있는 어조여야 했다. 하지만 막상 입을 열었을 때는 어색한 목소리가 흘러나왔다.

"고맙지만 이제부터는 도와주지 않아도 돼." 크뤼멜이 돌아보지도 않고 말했다.

주방 한쪽 구석에는 빈 나무상자들이 쌓여 있었고 그 반대편에는 냉장고가 있었다. 나는 차마 냉장고가 있는 쪽을 쳐다볼 수 없었다. 손톱을 살펴보니 변색되어 끝이 누랬다. 이제는 더 이상 주방일을 하지 않게 되었으니 비서다운 손으로 원상 복구되겠지.

나는 크뤼멜 쪽으로 다가갔다. "감사해요. 죄송하다는 말씀을 드리고 싶었어요." 이번에는 부자연스러운 목소리는 아니었지만 말이 뚝뚝 끊겼다.

"다시는 내 주방에 얼씬거리지 마." 그제야 크뤼멜이 나를 바라보며 쏘아붙였다.

그의 시선을 감당하기 힘이 들었다.

나는 그의 말에 복종하겠다는 의미로 고개를 몇 번이나 끄덕인 다음 인사하는 것조차 잊어버리고 주방을 나섰다.

11

어느새 12월도 꽤 지났다. 전쟁이 시작된 후, 특히 그레고어가 전선으로 떠난 후부터는 크리스마스의 축제 분위기가 전혀 느껴지지 않았다. 하지만 올해는 크리스마스 선물로 남편이 온다는 생각에 어렸을 때만큼이나 크리스마스가 간절히 기다려졌다.

아침이면 나는 헤르타가 짜준 털모자를 쓰고 버스에 올랐다. 버스는 우뚝 솟은 너도밤나무와 자작나무 사이를 지나고 눈 쌓인 들판을 가로질러, 식당에서 진행되는 의식에 참가할 다른 젊은 독일 여성들과 함께 매일 나를 크라우젠도르프까지 데려다줬다. 우리는 우리를 구원해주지 못할 영성체를 받기 위해 혀를 내밀 준비를 마친 신실한 신자들 같았다.

현세의 삶 대신 영생을 선택할 사람이 있을까? 적어도 나는 그렇지 못했다. 나는 고난을 봉헌하는 마음으로 매일 내 목숨을 앗아갈지도 모르는 음식물을 집어삼켰다. 크리스마스를 앞두고 하루에 세 번 봉헌물을 바치듯 매끼 음식물을 삼켰다. 숙제할 때의 노고, 망가진 스케이트로 인한 슬픔, 감기 들었을 때의 고통을 주님께 제물로 바치렴. 어린 시절 아버지는 나와 함께 저녁 기도를 드릴 때 그런 말을 하곤 했다. 이 제물을 봐주세요. 제 제물을 봐주세요. 죽음에 대한 두려움을 당신께 바칩니다. 몇 달 동안 미뤄왔을 뿐 취소할 수는 없는 예정된 죽음의 약속을 바칩니다. 그이의 귀환에 대한 대가로 주님께 이것을 바칠게요, 아빠. 그레고어의 귀환 대신에요. 두려움은 하루 세 번 노크도 없이 들어와 내 곁에 자리를 잡았다. 내가 자리에서 일어나면 두려움도 따라 일어났다. 이제는 죽음을 두려워하는 마음이 친구처럼 익숙했다.

살다 보면 모든 일에 적응하기 마련이다. 비좁은 탄광에서 남은 산소량을 계산하며 석탄을 채취하는 일도, 현기증을 이겨내며 허공 위에 매달린 공사장 들보 위를 재빨리 가로지르는 일도, 하다 보면 익숙해지기 마련이다. 공습경보 소리에도, 경보가 울리자마자 빨리 대피하려고 옷을 입은 채 잠드는 데도, 굶주림과 목마름에도 익숙해지기 마련이다. 나 역시 음식을 먹고 대가를 받는 데 익숙해졌다. 다른 사람들 눈에는 일종의 특혜로 보일 수도 있는 이 일 역시 다른 일과 별다를 바 없는 일개 직업일 뿐이다.

크리스마스이브가 되자 요제프가 수탉 한 마리를 다리째 잡고 거꾸로 들고 왔다. 요제프는 손에 살짝 힘을 줘서 닭 모가지를 부러뜨렸는데 그 순간 짧게 마르고 건조한 소리가 났다. 헤르타는 불에 냄비를 올리고 물이 펄펄 끓어오르자 닭을 물에 서너 번 담갔다. 처음에는 닭 머리를 잡고 냄비에 넣었다가 나중에는 다리를 잡고 넣었다. 마지막으로 헤르타는 손으로 닭털을 잡아 뜯었다. 그 흉포한 행위는 오직 그레고어를 위한 것이었다. 이제 곧 그레고어가 돌아올 터였다. 다행히 히틀러가 다른 곳으로 떠났기 때문에 나도 남편과 그의 부모님과 크리스마스 만찬을 함께할 수 있었다.

마지막으로 그레고어가 휴가를 받아 베를린으로 왔을 때 나는 부덴가세에 있는 우리 집 거실에 앉아 라디오를 듣는 그의 곁으로 다가가 그를 쓰다듬어주었다. 그레고어는 내 손길에 아무런 반응도 보이지 않았다. 생각이 다른 데 가 있어서 주의를 끌기가 힘들었지만 얼마 남지 않은 둘만의 시간들을 망치고 싶지 않아서 아무 말도 하지 않았다. 그레고어는 그날 밤 아무 말 없이 잠든 내 몸을 취했다. 잠에서 깨보니 그가 내 몸 위에 있었다. 그는 나를 거칠게 취했다. 비몽사몽 중에 나는 그에게 반항하지 않았지만 그렇다고 그를 도와주지도 않았다. 나중에 나는 아마도 그날 그레고어에게 어둠이 필요했던 것 같다고 생각했다. 나를 사랑하기 위해서는 그 순간 내가 존재해서는 안 됐던 거다. 그 사실은 나를 두렵게 했다.

편지는 크리스마스이브에 도착했다. 짧은 편지였다. 그레고어는 자기가 야전병원에 입원했다고 했다. 무슨 일이 있었는지, 어디를 다쳤는지에 대한 설명은 없었다. 단지 걱정하지 말라고만 했다. 우리는 바로, 제발 더 자세한 상황을 알려달라는 내용의 답장을 썼다.

"편지를 쓸 수 있을 정도면 심각한 상태는 아닐 거야." 요제프가 말했다. 하지만 헤르타는 관절염 때문에 비틀어진 손에 얼굴을 묻고 자신이 준비한 닭 요리를 입에 대지도 않았다.

12월 25일 밤, 나는 평소처럼 잠을 이룰 수 없었다. 그날 밤에는 그레고어 방에 누워 있는 것조차 힘이 들었다. 다섯 살배기 그레고어의 사진을 보고 있자니 마음이 찢어지는 것 같았다. 나는 침대에서 빠져나와 어두운 집 안을 배회하다가 누군가와 부딪혔다.

"죄송해요." 상대방이 헤르타라는 것을 깨닫고 내가 말했다.

"잠이 안 와서요."

"내가 미안하구나." 헤르타가 말했다. "오늘 밤은 우리 둘 다 몽유병 환자 노릇을 하게 생겼구나."

'나는 몽유병 환자 같은 확신을 가지고 정확하게 내 갈 길로 나아가고 있다.'

라인란트를 정복한 후 히틀러가 한 말이다.

사춘기 시절 내가 잠꼬대를 하면 동생은 나를 불쌍한 몽유병 환자라고 불렀다.

어머니는 내가 너무 수다스러워서 자면서도 입을 다물지 못하는 거라고 했다. 프란츠가 식탁에서 일어나 팔을 앞으로 뻗고 혀를 쭉 내민 후 목에서 이상한 소리를 내면서 꼭두각시 인형처럼 움직이는 시늉을 해 보이면 아버지는 그만하고 어서 밥이나 먹으라고 했다.

나는 공중을 나는 꿈을 자주 꿨다. 그럴 때면 알 수 없는 힘이 나를 땅에서 공중으로 들어 올렸다. 발밑에 아무것도 없는 허공에 떠 있으면 거센 바람이 불어와서 나무와 건물 벽 쪽으로 내 몸을 떠밀었다. 귀가 먹먹할 정도로 시끄러운 소음 속에서 나는 아슬아슬하게 장애물을 피해 날아다녔다. 그러면서도 나는 내가 꿈을 꾸고 있다는 사실을 인지하고 있었다. 뭐라고 말하는 순간 마법은 풀리고 내 침대로 돌아올 수 있을 거라는 사실을 알고 있었다. 하지만 목소리는 웅어리진 공기 방울처럼 목 안에 맺힌 채 입 밖으로 터져 나오지 않았다. 땅에 떨어지기 바로 직전에야 '도와줘, 프란츠!' 하고 소리를 쳤다.

무슨 일이야? 내가 누나한테 무슨 짓이라도 한 거야? 처음에 정신이 혼미한 상태에서 그렇게 물어주던 동생은 나중에는 짜증을 내며 일어나 대체 왜 그러는 거냐고 물었다.

나는 그것을 **유체이탈**이라고 불렀다. 프란츠나 부모님 앞에서는 그런 표현을 쓴 적이 없었다. 혼자만 그런 생각을 했다. 한번은 그레고어와 함께 있을 때 그런 적도 있었다. 그레고어가 온몸이 땀에 흠뻑 젖은 나를 안아줬고 나는 그에게 **유체이탈**이 일어났다고 속삭였다. 몇 년 만에 처음 있는 일이었다. 그레고어는 내게 자세한 설명을 요구하지 않았다. 꿈을 꾼 거야. 그가 말했다.

독일군이 폴란드의 단치히(현재 지명은 그단스크)를 점령한 직후 일어난 일이었다.

공습 후 나는 **유체이탈**이 일종의 예지몽이라고 생각했다. 하지만 사실 모든 삶은 강박증의 일환이다. 언제든 부딪혀 추락할 수 있다.

12월 27일은 내 생일이었다. 그날은 눈이 오지 않았다. 나는 유체이탈이 나타나기를 바랐다. 그 순간 오히려 해방감을 느낄 수 있을 것 같았다. 그래야 이미 무너져내린 헤르타와 요제프를 걱정시킬까 봐 참고 있던 불안감을 터뜨릴 수 있을 것 같았다.

하지만 유체이탈은 일어나지 않았다. 남편은 여전히 내 곁에 없었고 이제는 자신을 기다리고 있는 가족들에게 편지 한 통 보내지 않을 터였다.

그로부터 두 달 반이 지나 군인가족 연락소로부터 통보서 한 통이 날아왔다. 통보서에는 나이 34세, 키 182센티미터, 몸무게 75킬로그램, 가슴둘레 101센티미터, 금발에 눈동자가 옅은 푸른 색이고 정상적인 코와 턱과 건강한 치아의 소유자이자 엔지니어인 그레고어 자우어가 실종됐다는 내용이 적혀 있었다.

실종. 그레고어 자우어라는 이름의 남자는 종아리가 가늘고, 만이라도 있는 것처럼 엄지발가락과 검지발가락 사이가 벌어져 있고, 신발창이 항상 안쪽부터 닳고, 음악을 좋아했지만 콧노래는 절대 부르지 않았다는 내용은 통보서에 없었다. 그레고어는 언제나 콧노래를 흥얼거리고 다니는 내게 제발 조용히 좀 하라고 했다. 적어도 전쟁 전에는 그랬다. 통보서에는, 평화롭던 시절 그가 하루도 빠짐없이 면도를 했다는 내용도 없었다. 브러시로 면도 거품을 입가에 바르면 새하얀 거품 때문에 그의 입술이 실제보다 빨갛고 육감적으로 보였다. 오래된 NSU를 몰 때면 그는 그 얇은 입술을 검지로 훑었다. 그럴 때마다 나는 그가 망설이는 것처럼 보여서 눈에 거슬렸다. 나는 나약하고, 이 세상을 위험하다고 생각하고, 나와 아이를 가질 생각이 없는 그레고어를 사랑하지 않았다.

입술을 훑는 그레고어의 손가락이 그와 나의 사이를 가로막는 방어막처럼 느껴졌다. 결혼한 지 1년도 채 안 된 데다 전장으로 떠날 날이 얼마 남지 않았는데도 그가 매일 아침 일찍 일어나 홀로 식사를 즐겼다는 사실도 통보서에는 적혀 있지 않았다. 그는 아침 식사를 할 때만이라도 내 잔소리를 피하고 싶어 했다. 대신 티타임 후 내가 잠든 척하고 있으면 침대에 걸터앉아 어린아이에게 키스하듯 내 손에 애정 어린 키스를 해주었다.

그들은 일련의 수치들로 그레고어를 정의 내리려 했지만 내 남편이라는 사실을 생략한 채 그레고어에 대해 이야기할 수는 없었다.

편지를 읽은 후 헤르타는 의자에 쓰러지듯 주저앉았다. "헤르타." 내가 불러보았지만 헤르타는 대답이 없었다. "헤르타." 나는 헤르타를 흔들어보았다. 그녀의 몸은 딱딱하게 굳어 있었지만 동시에 힘없이 흐늘거렸다. 물을 줘도 마시지 않았다. "제발 물 좀 드세요." 헤르타가 갑자기 고개를 뒤로 젖히는 바람에 나는 컵을 치워야 했다. 헤르타는 천장을 응시하며 말했다. "다시는 그 애를 못 보겠구나."

"그레고어는 죽지 않았어요!" 내 외침에 헤르타는 다시 등받이에 털썩 등을 기대고 그제야 나를 바라보았다. "그레고어는 죽은 게 아니라 실종된 거예요. 여기 **실종**이라고 쓰여 있잖아요. 알아들으셨어요?" 헤르타의 얼굴이 서서히 원래의 윤곽을 되찾는 듯하다가 다시 일그러졌다. "요제프는 어디 있지?" "제가 모시러 갈게요. 네? 그러니 이제 물 좀 드세요." 나는 이렇게 말하면서 물 컵을 내밀었다. "요제프는 어디 있어?" 헤르타가 또다시 말했다.

나는 동네를 가로질러 폰 밀데른하겐 성을 향해 뛰어갔다. 실줄처럼 비실비실해 보이는 나무와 앙상한 가지, 이끼로 덮인 타일지붕과 그물망 뒤에서 어리둥절해 보이는 오리들, 창가에 서 있는 여인들을 지나쳐 달음박질쳤다. 자전거를 탄 남자가 페달을 밟으며 모자를 벗어 내게 인사를 했지만 나는 그를 본체만체했다. 철탑 위 새둥지에서는 황새 한 마리가 기도를 올리는 것처럼 부리를 하늘로 향하고 있었다. 분명 나를 위한 기도는 아니겠지.

나는 땀에 흠뻑 젖은 채 성의 현관문에 매달려 요제프를 불렀다. 아직 때가 이른데 벌써 황새가 온 걸까? 얼마 지나지 않아 봄이 올 테지만 그레고어는 돌아오지 않을 것이다. 그레고어는 내 남편이었다. 그는 내 행복이었다. 다시는 그의 귓불을 가지고 장난칠 수 없을 것이다. 그 역시 다시는 등을 쓰다듬어달라고 몸을 한껏 움츠리면서 내 가슴에 이마를 기대지 못할 것이다. 그의 자식을 낳지 못할 테니 내 부푼 배에 뺨을 댈 일도 없을 것이다. 우리의 아이를 품에 안고 자기의 어린 시절 모험을 들려줄 일도 없을 것이다. 시골에 살던 시절 하루 종일 숲속을 헤매던 이야기도, 얼음처럼 차가운 호수에 첨벙 뛰어들면 입술이 보랏빛으로 변한다는 이야기도 못 해주겠지. 나는 한 번만 더 그의 입속에 손가락을 넣고 예전과 같은 안정감을 느끼고 싶었다.

나는 철창 사이에 코를 박고 고함을 질렀다. 어떤 남자가 와서 내게 누구냐고 묻자 나는 정원사의 며느리고 그를 찾는다고 속삭였다. 나는 문이 완전히 열리기도 전에 들어가, 막무가내로 무작정 달렸다. 그러던 와중에 요제프의 목소리가 들렸다. 내가 통보서를 내밀자 요제프는 종이를 펼쳐서 읽어내려가기 시작했다.

"어서 집으로 가요. 어머님이 찾으세요."

또각또각 계단 내려오는 발걸음 소리에 우리는 뒤를 돌아보았다.

"요제프!" 피부가 크림색이고 얼굴이 동그스름한 빨간 머리 여인이 우리 쪽으로 막 뛰어온 것 같은 모습으로 치맛자락을 쥐고 서 있었다. 어깨에 걸친 코트가 와인색 소매를 드러내며 한쪽으로 흘러내려와 있었다.

"남작 부인." 요제프는 소란을 피워서 죄송하다고 사과한 뒤 무슨 일인지 설명하며 퇴근하게 해달라고 부탁했다. 남작 부인은 요제프를 향해 다가와 그의 손을 잡아주었다. 손이 팔에서 떨어질까 두려워서 꼭 붙잡아주고 있는 것처럼 보였다. "정말 유감이에요." 부인이 젖은 눈으로 말했다. 바로 그 순간 요제프가 울음을 터뜨렸다.

남자가 우는 모습을 보는 건 처음이었다. 게다가 늙은 노인이 우는 모습은 한 번도 본 적이 없었다. 요제프는 관절 꺾이는 소리를 내면서 숨죽여 흐느꼈다. 골다공증이 있거나 다리를 절 때나 근육에 대한 통제력을 잃었을 때 나는 소리 같았다. 그것은 절망한 노인에게서 나는 소리였다.

남작 부인은 그를 위로해보려다 포기하고 진정하기를 기다렸다. "당신이 로자로군요, 그렇죠?" 나는 고개를 끄덕였다. 어떻게 남작 부인이 나를 알고 있는 걸까? "이런 일로 만나게 되어서 유감이에요. 당신을 꼭 만나고 싶었답니다. 요제프가 당신 이야기를 들려줬거든요." 왜 나를 만나고 싶었는지, 왜 요제프가 그녀에게 나에 대한 이야기를 했는지, 애당초 남작 부인이나 되는 사람이 왜 정원사와 대화를 한 건지 미처 물어볼 경황도 없이 요제프가 울퉁불퉁한 손을 얼굴에서 떼더니 듬성듬성한 눈썹에 맺힌 눈물을 닦고 내게 그만 가자고 했다. 요제프는 몇 번이고 남작 부인에게 사과했고 집으로 향하는 길 내내 내게 미안하다고 했다.

그렇게 해서 나는 과부가 됐다. 아니, 그레고어가 죽은 것은 아니니 과부가 된 것은 아니다. 그가 어디 있는지, 그가 과연 돌아올 수 있을지 알 수 없을 뿐이다. 러시아에서 살아 돌아온 실종자가 얼마나 될까? 내게는 매주 싱싱한 꽃을 바칠 십자가도 없었다. 남은 거라고는 햇살 때문에 눈살을 찌푸린 웃음기 없는 그레고어의 어린 시절 사진뿐이었다.

나는 그가 눈 위에 모로 누운 모습을 상상했다. 그는 팔을 쭉 뻗었지만 내 손목은 그에게서 너무나 멀리 떨어진 곳에 있었다. 그레고어의 손이 허공을 움켜쥐었다. 나는 그가 피로를 견디지 못해 잠든 거라고 생각했다. 그의 동료들은 그런 그를 기다려주지 않았다. 똥싸개마저 말이다. 배은망덕한 놈 같으니라고. 그레고어는 그대로 얼어붙었다. 그러다가 날씨가 따뜻해지면 한때 내 남편이었던 사람을 감쌌던 얼음층이 녹아내릴 것이다. 마트료시카(인형 안에 인형이 있는 러시아의 목제 인형)처럼 생긴, 볼이 발그스레한 아가씨가 키스를 하면 그레고어는 잠에서 깨어날 것이다. 그는 아가씨와 함께 새로운 인생을 시작할 것이다. 그녀와 함께 아이를 낳고, 유리나 이리나 같은 러시아 이름을 붙일 것이다. 러시아의 작은 집에서 늙어갈 것이다. 가끔은 벽난로 앞에 앉아 설명할 수 없는 묘한 감정에 사로잡힐 것이다. 무슨 생각을 하고 있어? 뭔가를 잊어버린 것 같아. 아니, 누군가를 잊은 것 같은데 그게 누군지 모르겠어. 마트료시카 아가씨의 물음에 그가 대답할 것이다.

아니면 수년이 흐른 후 러시아에서 편지가 한 통 올지도 모르겠다. 편지에는 그레고어 자우어의 시신이 합장묘에서 발견됐다고 적혀 있겠지. 하지만 어떻게 그가 그레고어라는 것을 알 수 있단 말인가. 어떻게 착오가 아니라는 사실을 믿을 수 있겠는가. 하지만 우리는 결국 그 편지 내용을 믿을 것이다. 선택의 여지가 없으니까.

12

친위대 버스가 집 앞에 멈춰 서는 소리에 나는 침대시트로 얼굴을 덮었다.

"일어나라, 로자 자우어!" 친위대원들이 밖에서 소리를 질렀다.

전날 오후 크라우젠도르프에 갔을 때 겉으로는 별다른 내색을 하지 않았지만 내 몸은 그 충격적인 소식을 소화해내지 못한 채 온몸으로 받아들이기를 거부하고 있었다. "베를린 토박이, 무슨 일 있어?" 유일하게 엘프리데만 내게 물었다. "별일 아니야." 내가 말했다. 순간 엘프리데의 표정이 사뭇 진지해졌다. "로자, 정말 괜찮은 거야?" 엘프리데가 내 어깨를 살짝 어루만지며 물었지만 나는 그녀의 손길을 피했다. 엘프리데의 손이 내 몸에 닿는 순간 감정이 복받쳤기 때문이다.

"로자 자우어!" 친위대원들이 또다시 내 이름을 불렀다. 나는 꼼짝하지 않고 누운 채 시동이 꺼질 때까지 엔진 소리에만 귀를 기울이고 있었다. 암탉들은 푸드덕거리지 않았다. 차르트가 몇 달 전부터 암탉들이 조용히 있도록 훈련시킨 덕분이었다. 암탉들은 차르트만 있으면 얌전해졌다. 암탉들은 자동차 바퀴가 끼익거리며 자갈길에 멈춰 서는 소리에도 익숙해졌고 그것은 우리도 마찬가지였다.

방문을 두 번 노크하는 소리와 함께 헤르타가 내 이름을 불렀지만 나는 대답하지 않았다.

"요제프, 이리 좀 와봐." 헤르타가 말했다. 그다음 헤르타는 내 곁으로 다가와 침대시트를 걷어내고 나를 흔들어보았다. 내가 살아 있는지, 침대에 누워 있는 사람이 내가 맞는지 확인하는 것 같았다. "이게 무슨 짓이니, 로자." 내 몸은 사라지지 않고 침대 위에 있었지만 나는 아무 반응도 보일 수 없었다.

요제프가 헤르타 곁으로 다가왔다. "무슨 일이야?"

그 순간 친위대원들이 현관문을 두드렸다. 요제프가 현관문 쪽으로 갔다.

"들어오지 못하게 해주세요." 내가 애원했다.

"그게 무슨 말이냐?" 헤르타가 나를 나무랐다.

"저들이 무슨 짓을 해도 상관없어요. 저는 지쳤어요."

헤르타의 미간에 주름이 잡혔다. 한 번도 보지 못했던 짧은 고랑이 수직으로 파였다. 두려움 때문이 아니었다. 원망 때문이었다. 자기 아들이 정말 죽었는지도 알 수 없는데 시체 놀음이나 하면서 나뿐만 아니라 자기 부부까지 위험에 몰아넣고 있는 내가 원망스러웠을 것이다.

"일어나렴." 헤르타가 말했다.

하긴 내가 매달 꼬박꼬박 갖다 바치는 200마르크가 요긴하긴 하겠지.

"부탁이다, 얘야." 헤르타는 이불 위를 더듬거려서 내 손목을 찾아 쓰다듬어주었다. 그때 친위대원이 방 안에 들어왔다. "자우어!" 헤르타와 나는 둘 다 흠칫 놀랐다.

"하일 히틀러!" 헤르타는 인사를 한 후 말했다. "죄송해요. 저희 며느리가 간밤에 몹시 아팠답니다. 바로 준비해서 나갈 거예요."

나는 일어나지 않았다. 반항하려는 것이 아니었다. 그저 힘이 없을 뿐이었다. 요제프는 친위대원 뒤에서 그런 나를 안타깝게 바라보았다. "준비하는 동안 마실 거라도 드릴까요?" 헤르타가 군복을 입은 손님을 향해 물었다. 이번에는 손님 대접을 잊지 않은 것이다. "자, 얘야. 어서 일어나렴."

나는 천장을 바라보았다.

"로자." 헤르타가 애원했다.

"못 일어나겠어요. 정말이에요. 요제프, 대신 말씀 좀 해주세요."

"로자." 요제프가 애원했다.

"저는 지쳤어요." 나는 고개를 돌려 친위대원을 바라보았다. "특히 당신들 때문에."

그러자 친위대원은 헤르타를 밀쳐내고 이불을 젖힌 뒤 한 손으로 권총집을 꼭 쥔 채 나머지 한 손으로 내 팔을 붙잡아 나를 침대에서 바닥으로 끌어내렸다. 그 난리 통에도 암탉들은 위험을 감지 못 하고 찍 소리도 내지 않았다.

"신발 신어!" 친위대원이 내 팔을 놓으며 명령했다. "그렇지 않으면 맨발로 끌고 갈 테다."

"용서해주세요. 얘가 아팠답니다." 요제프가 나섰다.

"조용히 해! 그렇지 않으면 셋 다 쓴맛을 볼 줄 알아!"

내가 무슨 짓을 한 거지?

그레고어가 없어진 마당에 나도 죽어버리고 싶었다. 그이는 실종된 거예요. 나는 헤르타에게 말했다. 죽은 게 아니라고요. 아시겠어요? 말은 그렇게 했지만 지난 밤 나는 그레고어마저 어머니처럼 나를 버렸다고 확신했다. 명령에 불복하려고 미리 마음먹었던 건 아니었다. 군인도 아니고 부대에 속한 것도 아닌 내가 불복한다는 표현이 맞는지는 모르겠지만. 그레고어는 자신이 독일의 총알받이라고 했다. 나는 더 이상 조국에 대한 믿음이나 애국심 때문에 싸우지 않아. 내가 총을 쏘는 건 두려워서야.

내 행동이 어떤 결과를 초래할지 생각해본 적은 없었다. 즉결재판을 받든 즉결처형을 당하든 상관없었다. 단지 나도 그레고어처럼 이 세상에서 사라지고 싶을 뿐이었다.

"부탁드립니다." 헤르타가 허리를 굽실거리며 우는 소리를 했다. "며느리가 지금 제정신이 아니어서 헛소리를 하는 거예요. 아들 녀석이 실종됐다는 소식을 들었거든요. 오늘은 저 아이 대신 제가 가겠습니다. 제가 저 아이 대신 음식을 먹겠습니다. 그러니……"

"입 닥치라고 하지 않았나!" 친위대원이 팔꿈치로 헤르타를 밀쳤다. 아니, 권총으로 내려친 걸 수도 있었다. 제대로 못 봐서 잘 모르겠다. 확실한 건 헤르타 몸이 아까보다 더 구부정해졌다는 사실이다. 헤르타가 갈비뼈에 손을 댄 채 몸을 움츠리자 요제프는 그런 헤르타를 부축했다. 나는 비명이 터져 나오려는 것을 참고 신발을 집어 들었다. 온몸이 바들바들 떨렸다. 신발을 신는데 심장이 어찌나 세게 뛰는지 목에서 망치질 소리가 나는 것 같았다. 몸을 일으키자 친위대원은 나를 옷걸이 쪽으로 떠밀었다. 나는 코트를 집어 들고 대충 걸쳤다. 헤르타는 고개를 수그리고 있었다. 나는 미안하다는 말을 하고 싶어서 헤르타를 불렀다. 요제프는 아무 말 없이 헤르타를 안고 있었다. 둘은 내가 나가기를 기다리고 있었다. 신음을 토해내기 위해, 고통에 정신을 놓아버리거나 침대에 눕기 위해서 말이다. 그들은 자물쇠를 바꿔버리고 다시는 나를 집 안에 들이지 않을 것이다. 나는 지금 내가 하는 일 빼고는 아무것도 누릴 자격이 없는 인간이다. 히틀러의 음식을 먹는 일, 독일을 위해 음식을 삼키는 일 말이다. 애국심 때문도 두려움 때문도 아니었다. 내가 히틀러의 음식을 먹는 이유는 그래도 싸기 때문이다. 내가 그럴 만한 인간이기 때문이다.

"꼬맹이가 앙탈을 부렸나 보네?" 자기 동료가 나를 버스 좌석으로 내동댕이치는 모습을 본 운전사가 이죽거렸다. 버스 맨 앞줄에 앉아 있던 테오도라는 평소와 다름없이 내게 인사하지 않았다. 그날 아침은 베아테와 하이케도 내게 인사할 엄두를 못 냈다. 다른 여자들이 자는 척하자 두 줄 앞 왼쪽 좌석에 앉아 있던 아우구스티네가 나지막이 내 이름을 불렀다. 예민해 보이는 아우구스티네의 흔들리는 옆모습이 희미한 얼룩 같았다. 나는 대답하지 않았다.

레니는 버스에 올라 내 쪽으로 오다가 순간 주춤했다. 잠옷 위에 코트를 걸쳐 입은 내 옷차림에 겁을 먹은 거다. 레니는 내 어머니가 꼭 그런 옷차림으로 죽었다는 사실을 모른다. 잠옷 위에 코트를 걸쳐 입는 것이 내게 종말을 의미한다는 것을 모른다. 스타킹도 미처 못 신은 채 신발을 신는 바람에 다리가 시린 데다 발가락도 가죽구두 속에서 감각을 잃었다. 그 구두는 베를린에서 신던 구두였다. 그레고어가 내 상사이고 나는 그의 사랑스러운 비서이던 시절 신던 구두였다. 그렇게 굽이 높은 구두를 신고 대체 어디를 가려는 거니? 내게 그렇게 묻던 헤르타는 오늘 갈비뼈가 나갔다. 어쩌면 그냥 금이 간 정도일 수도 있다. 어쨌든 헤르타는 오늘은 그렇게 굽이 높은 구두를 신고 대체 어디를 가려는 거냐는 말을 하지 못했다. 한편 레니는 잠옷 바람으로 구두를 신은 내가 정상이 아니라고 생각했는지 녹색 눈을 몇 번 깜빡이다가 자리에 앉았다.

맨발로 구두를 신었으니 물집이 잡힐 거다. 그러면 손톱으로 물집을 터뜨려야지. 그것만이 내가 내 몸에 대해 행사할 수 있는 권력이었다. 레니가 내 손을 잡아주었다. 그제야 나는 내가 손을 허벅지에 올려놓고 있었다는 사실을 깨달았다. "무슨 일이야, 로자?" 레니가 말했다. 아우구스티네도 고개를 돌렸다. 아우구스티네의 모습은 여전히 시야를 가리는 얼룩처럼 보였다. 그레고어는 내가 평소에 나비나 파리가 날아다니는 모습이나 거미줄 같은 걸 쳐다보고 다닌다고 뭐라고 했다. 나한테 집중해, 집중하라고. 그가 말했었다.

"로자." 레니가 내 손을 부드럽게 쥐었다. 레니는 대답을 구하는 눈빛으로 아우구스티네를 바라보았다. 아우구스티네가 고개를 가로저었다. 시야를 방해하는 얼룩이 춤추듯 흔들리면서 눈앞이 희미해졌다. 나는 힘이 없었다.

인간은 살아 있는 상태로 존재하는 것을 멈출 수도 있다. 그레고어는 아마 살아 있을 것이다. 하지만 그는 더 이상 이 세상에 존재하지 않았다. 적어도 내게는 그랬다. 제3제국의 전투는 계속됐다. 제3제국은 비밀병기를 만들 계획을 세우고 있었다. 독일은 기적이 일어나리라 믿고 있었지만 나는 단 한 번도 기적을 믿은 적이 없다. 전쟁은 괴링이 괴벨스의 자리를 차지할 때까지 계속될 거라고 요제프는 말했다. 전쟁은 영원히 끝나지 않을 테지만 나는 더 이상 싸우지 않을 것이다. 나는 반항하기로 했다. 친위대원들이 아니라 내 인생에 반기를 들기로 했다. 그날 나는 나를 크라우젠도르프에 있는 제3제국의 식당으로 이송하는 버스 안에 앉아서 존재하는 것을 멈췄다.

운전사가 다시 브레이크를 밟았다. 차창 너머로 엘프리데가 길가에서 버스를 기다리는 모습이 보였다. 그녀는 한 손을 코트 주머니에 넣고 다른 한 손에는 담배를 들고 있었다. 나와 눈이 마주치는 순간 피부 아래 광대뼈가 씰룩였다. 엘프리데는 구두 밑창으로 담배꽁초를 짓이겨 끈 다음 나를 살피며 버스에 올라 우리쪽으로 다가왔다.

레니가 이쪽으로 오라는 신호를 보낸 건지 아우구스티네가 뭐라고 한 건지 아니면 눈빛에서 무언가를 본 건지는 모르겠다. 엘프리데는 좁은 버스 통로를 가운데 두고 레니 반대편에 앉으며 말했다. "좋은 아침."

레니가 민망해하면서 "좋은 아침"이라고 더듬거리며 대답했다. 하지만 그날은 '좋은 아침'과는 거리가 멀었다. 어떻게 그걸 모를 수가 있단 말인가?

"왜 저래?"

"잘 모르겠어." 레니가 말했다.

"저 자식들에게 무슨 일이라도 당한 거야?"

레니는 입을 다물었다. 애초에 엘프리데는 레니에게 묻는 것이 아니었다. 엘프리데는 나에게 묻고 있었지만 나는 더 이상 존재하지 않았다.

엘프리데가 목소리를 가다듬었다. "베를린 토박이, 오늘은 방공호 스타일로 머리를 했네?"

여기저기서 키득거리는 소리가 들렸다. 레니 혼자만 웃음을 참았다.

그만해, 엘프리데. 못 참겠어. 제발 그만둬.

"울라, 얘 머리 스타일 어때? 마음에 들어?"

"땋은 머리보다는 나아 보여." 울라가 수줍게 대답했다.

"베를린에서 유행하는 머리인가 봐."

"엘프리데!" 레니가 질책했다.

"옷차림도 꽤 대담한걸? 차라 레안더도 울고 가겠어."

아우구스티네가 일부러 헛기침을 했다. 아마도 엘프리데에게 그만하라는, 도가 지나치다는 신호를 보낸 것이었으리라. 전장에서 남편을 잃고 평생 검은 옷만 입기로 결심한 아우구스티네는 내 상황을 이해한 거다.

"시골뜨기인 주제에 네가 뭘 알아, 아우구스티네? 여기 이 베를린 토박이는 유행을 위해서라면 추위도 두려워하지 않지. 아우구스티네에게도 네 패션 감각을 좀 가르쳐주지그래?"

나는 버스 천장을 바라보며 천장이 내 몸 위로 무너져버렸으면 좋겠다고 생각했다.

"우리랑은 말 섞기도 싫은가 보네."

대체 왜 저러는 걸까? 왜 나를 괴롭히는 걸까? 게다가 또 그 지긋지긋한 옷 이야기를 꺼내다니. 남의 일에 신경 끄라고 자기 입으로 말했으면서 왜 오늘따라 나를 가만히 놔두지 않는 걸까?

"레니, 너 《고집불통 소녀》 읽어봤어?"

"응…… 어렸을 때 읽어봤어."

"그 이야기 재밌는데, 그렇지? 이제부터는 로자를 그렇게 불러야겠어. '고집불통 소녀'라고 말이야."

"그만해." 레니가 애원조로 말하며 내 손을 꼭 쥐었다. 나는 레니 손을 뿌리치고 아플 때까지 손가락으로 허벅지를 꾹 눌렀다.

"하긴. 괴벨스 말대로 언제든 적군이 엿들을 수 있으니 말조심하는 게 좋겠지."

나는 고개를 빳빳하게 쳐들고 엘프리데를 바라보았다. "대체 원하는 게 뭐야?"

레니는 물속에 뛰어들 것처럼 엄지와 검지로 코를 막았다. 레니는 불안할 때면 항상 그랬다.

"좀 비켜봐." 내가 레니에게 말했다.

레니가 비켜주자 나는 자리에서 일어나 엘프리데 앞에 서서 그녀를 향해 허리를 굽혔다. "대체 원하는 게 뭐야?"

엘프리데가 내 무릎을 쓰다듬었다. "너 닭살 돋았어."

순간 나는 엘프리데의 뺨을 갈겼다. 그러자 엘프리데도 자리에서 벌떡 일어나 나를 밀쳤다. 나는 엘프리데를 바닥에 쓰러뜨린 뒤 그 위로 몸을 던졌다. 엘프리데의 목에 핏줄이 섰다. 그 밧줄 같은 핏줄을 잡아당겨 끊어버리고 싶었다. 저 계집을 대체 어떻게 해야 할까. 증오해라. 고등학교 역사 선생님은 우리에게 그런 말을 했다. 독일 여자라면 증오할 줄 알아야 한다. 엘프리데는 이빨을 드러내 보이며 내게서 벗어나려 했다. 나를 쓰러뜨리려 했다. 나는 엘프리데의 숨결 위로 거친 숨을 내뱉었다.

"이제 성이 좀 풀렸어?" 한참을 그러고 있는데 엘프리데가 말했다. 나도 모르게 그녀를 잡고 있던 손에 힘이 풀린 것이다.

내가 미처 뭐라고 대답하기도 전에 경비병이 내 목깃을 붙잡고 집에서 그랬던 것처럼 나를 버스 통로로 질질 끌고 갔다. 그는 내 옆구리와 맨허벅지를 향해 발길질을 날리고 나를 일으켜 세운 뒤 운전석 바로 뒤 테오도라 옆에 앉혔다. 게르트루데와 자비네와 같은 줄이었다. 테오도라는 귀를 막고 있었다. 친위대원들이 히틀러의 시식가인 우리를 때릴 거라고는 상상조차 못 했던 것이다. 히틀러의 생사가 달린 임무를 수행하고 있는 여인들을 때리다니. 자네는 최소한의 존경심도 없나, 하사? 어쩌면 테오도라는 이런 상황에 이미 익숙할 수도 있다. 남편에게 주기적으로 얻어맞으면서 살고 있을지도 모른다. 테오도라의 남편은 맥주에 거나하게 취하지 않았을 때도 그녀에게 폭력을 행사할지도 모른다. 히틀러도 사내가 위대할수록 계집은 더 하찮은 법이라고 말했으니깐. 그러니 이 광신도 년아, 네 주제 파악이나 하고 가만히 자리에 앉아 있으라고!

나 다음은 엘프리데의 차례였다. 군화에 뼈가 부딪히는 소리가 들렸지만 엘프리데는 신음 소리 한 번 내지 않았다.

나는 힘들었지만 억지로 음식을 삼켰다. 친위대원들이 두려워서가 아니었다. 정말로 독을 먹고 싶어서였다. 독이 든 음식을 한 입이라도 삼키면 힘들여 다른 방법을 찾을 필요 없이 죽게 될 터였다. 적어도 죽기 위한 노고는 아낄 수 있을 터였다. 하지만 음식은 멀쩡했고 나는 죽지 않았다.

몇 달 동안 남편과 약혼자를 못 본 것은 다른 동료들도 마찬가지였다. 공식적인 과부는 아우구스티네 하나였지만 우리 모두 혼자가 된 지 오래였다. 그러니 고통은 나만의 전매품이 아니었다. 다른 여자들이 허락하지 않을 거다. 내가 그레고어의 실종에 대해서 아무 말 못 한 것도 아마 그런 이유 때문이었던 것 같다. 남편도 약혼자도 없는 레니나 엘프리데에게조차 말이다.

레니는 연재소설에서 사랑을 배운 몽상가적 순진함으로 사랑을 이야기했다. 레니는 진짜 사랑을 몰랐다. 자신을 낳아준 것도 아니고, 태어났을 때부터 곁에 있어준 것도 아닌 타인에게 감정적으로 의존한다는 것이 무슨 의미인지 몰랐다. 그녀는 타인과 함께 살기 위해 부모 품을 떠난 적이 없었다.

한번은 아우구스티네가 이런 말을 했다. "레니는 결혼을 못 할까 봐 두려워서 전쟁이 끝나기를 바라는 거야. 예전부터 위대한 사랑을 기다리면서 순결을 지키고 있었다니까?"

"놀리지 마." 레니가 투덜거렸다.

"그런데 전쟁이 터지는 바람에 사내들 씨가 말랐지 뭐야." 아우구스티네가 말을 이었다.

"노처녀가 나 혼자는 아니잖아." 레니가 변명했다.

"너는 노처녀가 아니야." 내가 레니를 안심시켰다. "이렇게 어린걸."

"엘프리데도 결혼 안 했어." 레니가 말했다. "항상 혼자 있고."

엘프리데는 레니의 말을 듣고 입 닥치라는 의미로 주먹을 입가에 갖다 댔다. 엘프리데의 반지 없는 약지에 입술이 닿았다.

기다릴 사람도, 잃을 사람도 없는 외톨이 엘프리데는 고개를 푹 수그린 채 포크를 놀리고 있었다. 엘프리데는 접시를 비운 후 화장실에 가고 싶다고 했다. 마침 키다리 친위대원도, 버스에서 우리를 짓밟은 친위대원도 자리에 없었다. 다른 친위대원이 엘프리데를 데리고 나가는데 내가 말했다. "저도 화장실에 가고 싶어요." 순간 엘프리데가 걸음을 멈췄다.

엘프리데가 화장실에 들어가 문을 닫자 나는 문 가까이로 다가갔다. "내 잘못이야." 내가 하얀색 페인트칠을 한 나무문에 이마를 기대며 말했다. "미안해." 오줌 누는 소리도, 움직이는 소리도 들리지 않았다. "그레고어가 실종됐대. 그래서 그런 거였어. 그이가 죽었을지도 몰라, 엘프리데."

열쇠구멍에서 열쇠 돌아가는 소리와 함께 문이 열렸다. 나는 뒤로 물러나 문이 완전히 열리기만을 가만히 기다렸다. 엘프리데가 화장실 밖으로 나왔다. 눈빛이 차가웠고 광대뼈가 뾰족해 보였다. 그녀가 나를 향해 돌진해오는데도 나는 움직이지 않았다. 엘프리데는 나를 안아주었다.

그런 일은 처음이었다. 엘프리데는 앙상한 몸으로 나를 꼭 껴안았다. 그 순간 기다릴 이가 없는 그녀의 몸은 내 안식처가 되어주었다. 엘프리데의 몸이 너무나 따스하고 포근해서 가슴속 깊은 곳에서 흐느낌이 터져 나왔다. 편지를 받고 나서 나는 한 번도 울지 않았다. 누군가를 껴안아본 것이 몇 달 만에 처음이었다.

헤르타는 빵 굽는 일도, 아침마다 요제프와 함께 달걀을 가지러 가는 일도, 저녁이면 뜨개질을 하면서 우리와 함께 수다를 떠는 일도 그만두었다. 그레고어에게 주려고 짜던 털목도리도 풀어버리고 털실도 내다 버렸다. 차르트는 그 털실뭉치를 뒤뜰 쓰레기통에서 찾아내 온 집 안을 돌아다니며 가지고 놀았다. 그 와 중에 실뭉치를 풀어 헤치는 바람에 털실이 의자며 식탁다리에 꼬이고 털이 날려 사방에 들러붙었다. 예전 같았으면 차르트의 장난에 한바탕 웃음을 터트렸을 텐데 이제는 그러지 못했다. 헤르타는 어린 시절 장난치던 아들이 생각났는지 힘없는 발길질로 녀석을 밖으로 쫓아내버렸다.

요제프는 여전히 저녁 식사 후에 파이프 담배를 피우면서 라디오를 들었다. 라디오에서 그레고어의 목소리가 나오기라도 할 것처럼 전보다 열심히 해외방송 주파수를 찾았다. 요제프는 그레고어가 '저 살아 있어요. 지금 러시아에 있어요. 어서 저를 데리러 와주세요' 하고 말할 거라 생각하는 것 같았다. 하지만 현실은 보물찾기와는 달랐다. 지도도 없는 데다가 날이 갈수록 안 좋은 뉴스만 나왔다.

나 역시 더 이상 헤르타와 잼을 만들지도 않고 요제프와 밭에 나가지도 않게 됐다. 그로스-파르치에 도착한 후 야채를 따러 갈 때마다 나는 항상 그레고어가 어렸을 때 신던 장화를 신었다. 요제프가 창고에서 찾아준 장화였는데 살짝 끼는 감이 있었지만 내게 잘 맞았다. 어린 시절 남편의 작은 발을 상상하면 애틋한 마음이 들었다. 내 감정을 복받치게 했던, 본 적도 만진 적도 없는 그 작은 발이 지금 내 마음을 갈기갈기 찢어놓았다.

나는 매일 남편에게 편지를 쓰기로 했다. 남편에 대한 그리움을 담은 일기로, 머릿속에 떠오르는 대로 쓰기로 마음먹었다. 그레고어가 돌아오면 그와 함께 일기를 읽을 생각이었다. 그레고어가 제일 마음 아픈 문장이나 너무 신파적인 문장을 찾아 놀리기라도 한다면 나는 주먹으로 그의 가슴을 때리는 시늉을 해야지. 정말 그럴 생각이었는데 나는 아무것도 쓸 수 없었다. 쓸 말이 하나도 없었다.

나는 숲에 가는 것도, 빈 황새 둥지를 찾는 것도 그만두었다. 물가에 쭈그리고 앉아 노래를 부르러 모이 호수에 가는 것도 그만두었다. 노래를 부르고 싶은 마음이 없었다.

레니만이 서투르게나마 나를 돌봐주려 했다. "분명히 살아 있을 거야." 레니가 그런 말을 할 때마다 그녀의 낙관주의를 참기 힘들었다. "탈영해서 집에 돌아오는 중일지도 몰라."

확정적이건 잠정적이건 우리 모두가 과부 신세라는 사실은 내게 전혀 위안이 되지 않았다. 내게 정말 그런 일이 생길 거라고는 상상조차 해본 적 없었으니까. 그레고어는 나의 행복을 위해 내 삶에 들어왔다. 나를 행복하게 하는 것이 그의 임무였다. 그 외모든 일은 사기 같아서 속은 듯한 느낌이 들었다.

아마도 엘프리데는 그런 내 심정을 이해했던 것 같다. 그래서인지 나를 위로하려 들지 않았다. 한번은 내게 이렇게 물었다. "담배 한 대 줄까?" "나 담배 안 피우는 거 알잖아." "거봐. 네가나보다 더 강하다니까?" 엘프리데가 미소를 지었다. 잠시나마 나만을 위해 지은 그 미소가 모든 것을 제자리로 되돌려놓았다. 잠깐이지만 온몸에 나른한 온화함이 퍼져 나갔다. 친위대에게 짓밟히고 나서 엘프리데는 허벅지에 생긴 멍을 쳐다보지도 않았다. 나는 엘프리데가 멍이 완전히 사라지기도 전에 모든 일을 마음

한편에 묻어버렸다고 확신했다.

그런 엘프리데와는 달리 나는 매일 아침 내 허벅지에 든 멍을 살폈다. 멍 자국 위를 손가락으로 꾹 누르면 화끈거렸다. 그러면 그레고어가 죽지 않은 것 같았다. 멍 자국은 아직 반항이 진행 중이라는 증거였다. 그 육체적인 고통마저 사라져버리면 남편이 이 세상에 존재한다는 사실을 다시는 피부로 느끼지 못할 것이다.

하루는 헤르타가 평소보다 붓기가 가라앉은 눈으로 일어나 그레고어가 건강하다고 믿기로 했다고 했다. 입영했을 때와 똑같은 모습이지만 그때보다 식욕이 왕성해져서 어느 새벽 현관문 앞에 나타날 거라고 했다. 나 역시 헤르타처럼 그렇게 믿기로 했다.

나는 군복을 입고 찍은 그레고어의 마지막 사진을 찾아 저녁마다 기도하듯 사진 속 그레고어에게 말을 걸었다. 그가 살아 있을 확률은 도박에 가까웠지만 그가 살아 있을 거라는 나의 믿음은 습관이 되었다. 그와 처음 사귀기 시작했을 때, 나는 그의 살과 뼈에 내 모든 것을 내어준 뒤 아이처럼 깊은 잠에 빠져들었다. 그런데 지금은 매일 밤, 잠이 오지 않아 뒤척였고 잠이 든 후에도 간헐적으로 깼다. 그레고어가 실종되었든 죽었든 나는 여전히 그를 사랑했다. 그것은 사춘기 소녀 같은 일편단심의 사랑이었다. 되돌려 받을 필요도 없는, 고집스럽고 굳건한 믿음을 바탕으로 한 기다림의 사랑이었다.

나는 프란츠의 옛 미국 주소로 긴 편지를 보냈다. 가족과 이야기하고 싶은 마음이 너무나 간절했다. 어린 시절 자전거 경주를 하고, 일요일마다 예배에 가기 전 함께 목욕을 하고, 태어났을 때부터 보아온 내 동생. 내가 손을 깨무는 바람에 얼굴이 시뻘게지도록 요람 속에서 울음을 터뜨렸던 내 동생과 이야기를 하고 싶었다.

나는 편지에 그레고어도 너처럼 소식이 끊겼다고 썼다. 무의미한 일이었다. 편지를 쓰는 도중에야 나는 더 이상 프란츠의 얼굴 생김새가 생각나지 않는다는 사실을 깨달았다. 카방 재킷을 걸친 프란츠의 넓은 등짝과 흰 다리로 걸어가던 모습은 생각이 났지만 동생의 얼굴이 떠오르지 않았다. 지금은 콧수염을 길렀을까? 입술에 또 포진이 생기지 않았을까? 안경을 끼는 건 아닐까? 나는 성인이 된 프란츠의 얼굴을 몰랐다. 내 동생을 생각할 때면, 책에서 '동생'이란 단어를 읽거나 누가 '동생'이라는 단어를 말할 때면, 상처투성이의 툭 튀어나온 무릎이 생각났다. 긁힌 상처로 가득한 그 애의 흰 다리가 생각났다. 프란츠를 껴안고 싶은 갈급함을 자아내는 것은 동생의 그런 모습이었다.

몇 달 동안이나 답장을 기다렸지만 결국 프란츠의 편지는 오지 않았다. 이제 내게 편지를 보내는 사람은 아무도 없었다.

내겐 그 몇 달간의 기억이 별로 없다. 어느 날 크라우젠도르프로 향하던 버스 차창 너머의 잔디밭 사이로 솟아나온 보라색 토끼풀 빼고는. 보라색 토끼풀을 보는 순간 나는 수도승 같은 일상에서 깨어났다. 봄이 온 것이다. 나는 그리움의 대상이 없는 향수병을 앓았다. 그레고어에 대한 그리움만은 아니었다. 나는 삶이 그리웠다.

2부

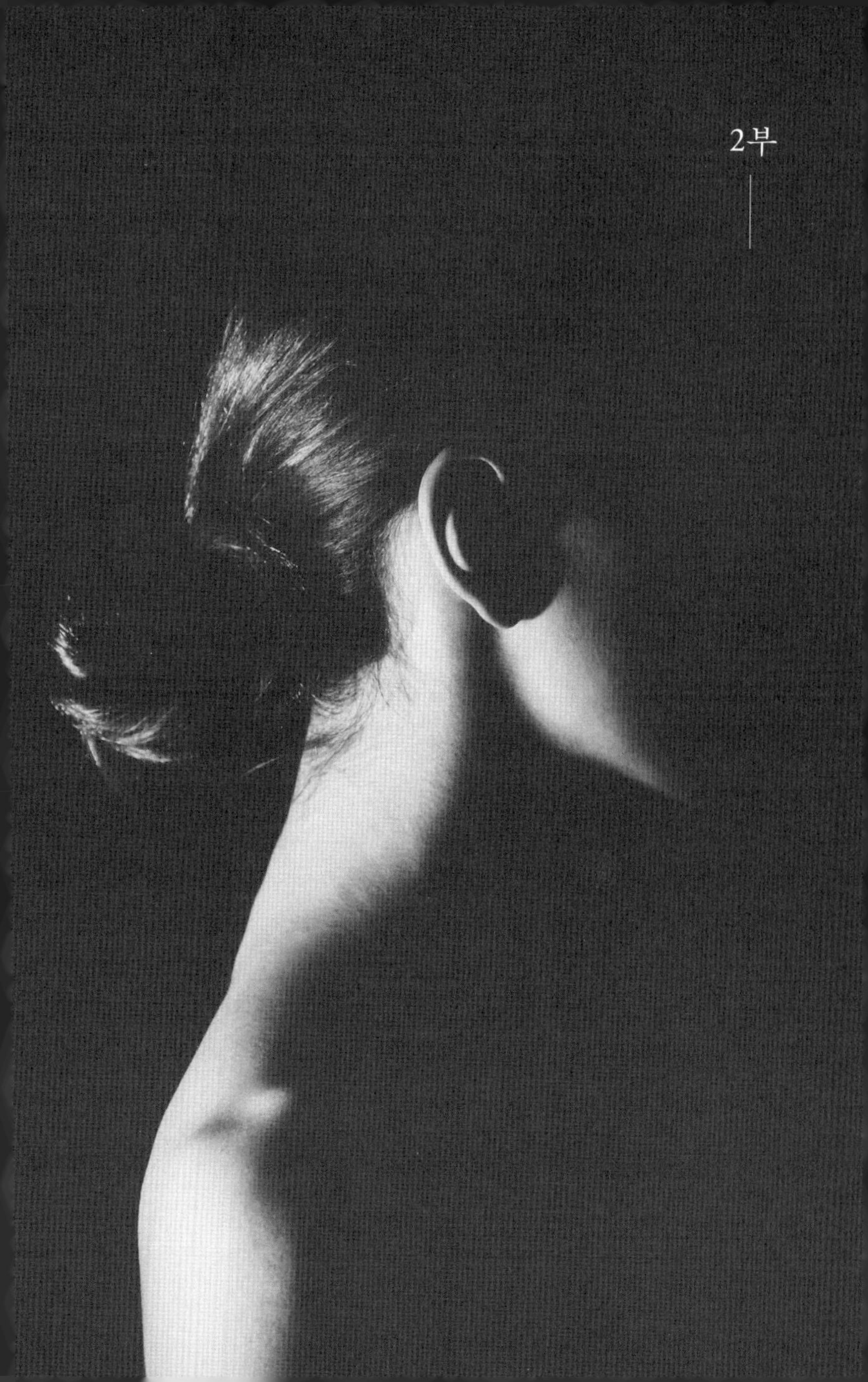

13

4월 말 어느 오후, 나는 철책으로 둘러싸인 병영 안뜰 벤치에 앉아 있었다. 하이케와 아우구스티네도 함께였다. 날씨가 따스해 지자 친위대원들은 식사 후 대기 시간 동안 자신들의 감시하에 건물 밖으로 나갈 수 있게 허락해주었다. 경비병 한 명은 프랑스 식 창가에 자리를 잡고 우리를 감시했고 다른 한 명은 턱을 한껏 위로 치켜든 채 뒷짐을 지며 걷고 있었다.

하이케가 속이 울렁거린다고 했지만 독 때문이라고 생각하는 사람은 아무도 없었다.

"아직 배가 고파서 그런 걸 수도 있어." 우리 앞에 서 있던 엘프 리데가 말했다.

"생리가 시작되려나 봐." 하얀 페인트로 시멘트 바닥에 그린 사 방치기 선을 따라 걸으며 발걸음을 세던 레니가 말했다. 사방치 기 선은 거의 다 지워져서 희미했다. 그나마 레니가 깡충깡충 뛰 어다니지 않은 건 자기 행동이 과하다고 생각해서가 아니라 칸 이 잘 보이지 않을 정도로 선이 희미했기 때문일 거다. 그래도 레니는 사방치기 선 안에 있는 걸 좋아했다. 그 안에 있으면 모든 위험에서 보호받을 수 있다고 생각하는 것 같았다. "나는 지금 막 생리를 시작했거든. 여자들이 오랜 시간을 같이 보내다 보면 생리주기가 똑같아진대."

"그게 무슨 말도 안 되는 소리야?" 아우구스티네가 레니 말에 어이없다는 듯 혀를 찼다.

"정말이야." 바닥에 앉아 있던 울라가 고개를 끄덕였다. 어찌나 힘차게 고개를 끄덕이는지 밤색 곱슬머리가 용수철처럼 출렁거렸다. "나도 알고 있었어."

내 몸은 그들과 함께 있었지만 나는 없는 사람이나 마찬가지였다. 나는 할 말이 없었다. 가끔 친구들은 어색하게나마 나를 동면에서 깨우려 했지만 이제는 대개 내 침묵에 익숙해진 것 같았다.

"말도 안 되는 소리." 아우구스티네가 말했다. "생리주기가 똑같아진다니. 여자를 지배하기 위해서 만들어낸 또 하나의 미신일 뿐이야. 하다 하다 못해 이제는 마법까지 믿어야겠어?"

"나는 믿어." 베아테가 그네에서 일어나며 말했다. 그네가 흔들리면서 빙글빙글 도는 바람에 그넷줄이 꼬였다가 풀렸다.

처음 우리를 안뜰로 나갈 수 있게 해줬을 때 나는 왜 친위대원들이 그네를 뽑아버리지 않았는지 의아했다. 시간이 없었거나 아니면 그보다 더 중요한 일이 있었을 것이다. 아니면 그들도 동유럽을 정복하고 공산당을 쳐부수고 나면 언젠가는 병영을 다시 학생들에게로 돌려주기를 바라고 있을지도 모른다. 어쩌면 그네를 보니 어딘가에 두고 떠나온 자기 자식들이 생각났을 수도 있

136

다. 제3제국의 도시 어딘가에 놔두고 온 자식들 말이다. 그들이 휴가를 받아 집에 돌아갈 때면 아이들은 몰라볼 정도로 자라 있을 것이다.

"난 마녀니까. 몰랐어?" 베아테가 말했다. "나는 별자리점도 칠 수 있고 손금도 읽고 카드점도 볼 줄 알아."

"정말이야." 하이케가 말했다. "내게도 몇 번 점을 봐줬어."

레니가 희미해진 페인트 선으로 만든 자신만의 울타리에서 나와 베아테 앞에 멈춰 섰다. "그럼 미래를 읽을 수 있어?"

"당연하지. 베아테는 정확히 전쟁이 언제 끝나는지도 알고 있어." 아우구스티네가 말했다. "로자, 너도 네 남편이 살아 있는지 한번 물어보지그래?"

심장이 원래 박자를 놓치고 미친 듯이 뛰기 시작했다.

"그만둬." 엘프리데가 쏘아붙였다. "어쩜 그렇게 항상 눈치가 없어?"

그러고는 엘프리데는 자리를 떴다. 그녀를 따라가 입안에서 맴도는 고맙다는 말을 내뱉을 수도 있었지만 굳이 기운을 빼고 싶지 않아 그냥 아우구스티네 옆에 앉아 있었다.

"히틀러에게 복채를 청구해봐." 울라가 화제를 다른 곳으로 돌리려 했다. 여자들은 긴장을 해소하기 위해 웃었지만 나는 그러지 못했다.

"베아테." 레니가 흥분해서 말했다. "전쟁이 끝나면 내게도 애인이 생길지 봐줘."

"그럼 그렇지." 아우구스티네가 말했다.

"그래. 말해봐." 울라가 손뼉을 쳤다.

베아테가 주머니에서 까만 벨벳 주머니를 꺼냈다. 베아테는 주머니 입을 묶고 있던 줄을 풀고 타로카드 한 묶음을 꺼냈다.

"항상 가지고 다니는 거야?" 레니가 물었다.

"카드도 안 가지고 다니면 마녀가 아니지." 베아테가 말했다.

베아테는 무릎을 꿇고 앉아서 바닥에 카드를 펼쳐놓았다. 자기만 아는 기준을 따라 천천히 집중해서 카드를 움직였다. 먼저 카드를 몇 장 뽑아서 바닥에 뒤집어놓더니 다시 카드를 섞고 또다시 카드를 몇 장 뒤집었다. 아우구스티네는 그런 베아테를 미심쩍은 눈초리로 바라보았다.

"뭐가 보여?" 울라가 참지 못하고 물었다. 레니는 감히 물을 생각을 못 했다. 다들 허리를 구부린 채 베아테를 빙 둘러싸고 있었다. 엘프리데만은 예외였다. 그녀는 담배를 피우면서 산책을 하고 있었다. '광신도들'은 그 자리에 없었다. 그들은 점심 식사를 마친 후에도 바깥으로 나오는 법이 거의 없이 성실하게 식당에 머물렀다. 나 역시 다른 여자들과 거리를 두고 벤치에 앉아 있었다.

"정말 남자가 보여."

"세상에나!" 레니가 손으로 얼굴을 가렸다.

"잘됐다, 레니!" 여자들은 장난으로 레니의 팔을 잡아당기기도 하고 살짝 밀치기도 했다. "어떻게 생겼는지 물어봐. 잘생겼어?"

살기 위한 몸부림이다. 모두들 살아남는 데 온 힘을 집중하고 있었다. 지금 저러는 것도 다 살기 위한 거다. 하지만 나는 이제 그럴 수 없었다.

"잘생겼는지까지는 보이지 않아." 베아테가 사과했다. "대신 그가 곧 오는 모습이 보여."

"그런데 말투가 왜 그렇게 우울해?" 하이케가 물었다.

"못생겼는데 내게 말을 안 해주는 거야." 레니가 울먹이자 다른 여자들이 웃음을 터뜨렸다.

베아테가 말을 이었다. "내 말 좀 들어봐." 그 순간 안뜰에 목소리가 쩌렁쩌렁 울려 퍼졌다.

"일동 기립!"

그 목소리는 우리를 향해 다가왔다. 군복 차림의 사내였는데 처음 보는 얼굴이었다. 여자들이 허리를 폈고 나도 벤치에서 일어났다. 베아테는 카드를 주워 모아서 벨벳 주머니에 집어넣으려 했지만 카드가 뒤엉키는 바람에 바닥에 떨어뜨리고 말았다. "일어서라고 하지 않았나!" 사내가 베아테를 향해 고함을 질렀다.

사내가 다가온 후에도 레니는 여전히 손으로 뺨을 가리고 있었다.

"이게 뭐지?" 사내가 베아테를 똑바로 쏘아보았다. "그리고 너, 얼굴 좀 보자." 사내가 팔꿈치를 확 잡아당기자 레니는 엇갈린 두 팔로 어깨를 부여잡은 손에 힘을 주었다. 마음을 가라앉히기 위해서인지 스스로를 벌하는 건지 알 수 없었다.

"무슨 일입니까, 치글러 중위님." 경비병들이 다가오며 물었다.

"자네들은 대체 어디에 있었나?"

경비병들은 재빨리 차렷 자세를 취하더니 우리를 죽일 듯 쩌려보았다. 우리 때문에 곤란한 지경에 처하게 된 것이다. 그들은 침묵이 상책이라는 걸 깨닫고 대답하지 않았다.

"아무 의미 없는 카드예요. 카드가 금지라는 말은 없었으니까요. 나쁜 짓을 하지는 않았어요."

내가 말했다.

놀라움에 가득 찬 시선들이 내게로 내리꽂혔다. 동료들만 나를 쳐다보는 것이 아니었다. 중위도 나를 바라보았다. 중위는 아이처럼 코가 조그마했다. 헤이즐넛색 눈동자에, 미간은 살짝 좁아보였다. 그것이 그의 약점이었다. 그 눈 때문에 나는 그가 두렵지 않았다.

엘프리데는 벽에 붙어 있었지만 친위대원들은 그녀를 부르지 않았다. 그들도 우리처럼 중위의 선고만을 기다리고 있었다. 치글러 중위는 내 생과 사를 좌지우지할 권력을 가진 자였다. 그 순간 모든 것이 중위가 밟고 서 있는 한 뼘 땅을 중심으로 모여들었다. 과거 학교로 쓰던 건물의 안뜰과 병영, 크라우젠도르프의 시골집들과 그로스-파르치로 이어지는 참나무와 전나무, 숲속에 감춰진 총사령부, 독일과 동프로이센뿐 아니라 지구촌 끝까지 영토를 확장하려는 제3제국, 길이가 8미터에 달하는 예민하기 짝이 없는 아돌프 히틀러의 창자까지도.

"지금 이 순간부터 상급돌격지도자(나치 준군사조직에서 사용한 계급)인 나 치글러가 카드를 금지한다. 내 이름을 똑똑히 기억해라. 이제부터는 내 명령만을 따라야 할 테니까. 너뿐만이 아니라 오늘부터는 이곳에 있는 모두가 내 명령을 따라야 한다. 우선 배운대로 인사부터 해라."

내가 기계적으로 팔을 뻗는 동안 치글러는 베아테의 주머니를 집으려고 발로 차올렸다. 하지만 주머니가 떨어져서 카드가 사방으로 흩어졌고 때마침 바람까지 불어와 그중 몇 장은 1미터 정도 떨어진 곳까지 날아가 떨어져버렸다. 그가 경비병들에게 말했다. "여자들을 다 버스에 태워."

"네! 중위님, 앞으로 직진!"

베아테가 앞장서자 레니가 그 뒤를 따랐다. 다른 여자들도 느릿느릿 합류했다. 장교는 주머니를 짓밟아버리고 부하들에게 말했다. "갖다 버려!"

그러고는 자리를 뜨다가 문 앞에 서 있는 엘프리데를 발견했다. "넌 또 뭐야? 거기에 숨어 있던 거야?" 그가 건물로 들어가며 말했다. "너도 가서 줄을 서!"

나는 엘프리데를 향해 다가갔다. 내가 가까이 가자 그녀는 미처 들어 올리지 못했던 내 팔을 만졌다. 엘프리데의 손길에서 나를 염려하는 마음이 느껴졌다. 나는 아무 이유 없이 위험을 자초했다. 하지만 정말 죽더라도 상관없었다. 내게는 살아야 할 이유만큼이나 죽을 이유가 많았으니까. 그래서 치글러가 두렵지 않았다.

치글러는 죽고 싶어 하는 내 마음을 읽었다. 그래서 내게서 시선을 거둔 것이다.

14

팔을 치켜들어 나치 경례를 하는 건 절대 쉽게 생각할 일이 아니었다. 상급돌격지도자인 치글러는 분명 경례의 중요성에 대한 수많은 강연에 참석했을 것이다. 팔을 확실하게 뻗어 올리기 위해서는 온몸의 근육을 수축시켜야 한다. 엉덩이에 힘을 꽉 주고 배를 쏙 집어넣고 가슴을 내밀고 다리를 꼭 붙이고 무릎을 곧게 펴고 '하일 히틀러!'라는 외침이 터져 나올 수 있게 횡격막을 한껏 부풀려야 한다. 그 엄숙한 임무를 제대로 수행하기 위해서는 온몸의 조직과 힘줄과 신경을 팔 뻗는 데 집중해야 한다.

어떤 이들은 어깨에만 힘을 잔뜩 주고 힘없이 팔을 올린다. 하지만 이때 어깨높이를 낮추고 귀와 어깨의 거리를 멀리 유지해야 하는 것이 중요하다. 그래야 완벽한 대칭을 유지하면서 절대 불패의 운동선수다운 자세를 취할 수 있다. 사람들은 불패를 추구한다. 그렇기 때문에 아무에게도 패배하지 않는 구원자의 자질을 갖춘 인물에게 의지한다. 어떤 이들은 팔을 45도 각도로 드는 대신 거의 수직에 가깝게 뻗는다. 의견을 말하게 해달라고 손을 드는 자리도 아닌데 말이다. 이곳에서 자기 의견을 말할 수 있는 사람은 단 한 사람뿐이다. 그러니 현 상황에 적응하고 경례나 제대로 하는 것이 상책이다. 제대로 된 경례를 하려면 절대로 매니큐어를 칠할 때처럼 손가락을 벌리면 안 된다. 손가락을 꼭 붙인 채로 쭉 펴야 한다. 턱을 치켜들고 눈살은 찌푸리지 말고 곧게 뻗은 팔로 온몸의 힘과 의지를 표출해내야 한다. 손바닥으로 승자의 육체를 갖지 못한 모든 이들의 머리를 짓눌러버리는 상상을 하라. 인간은 평등하지 않다. 인종은 영혼의 외관이다. 쭉 뻗은 팔에 영혼을 담아 총통에게 바쳐라. 그분은 너희들의 영혼을 돌려주지 않을 것이다. 그러면 적어도 영혼의 무게만큼 홀가분하게 살아갈 수 있겠지.

물론 치글러는 나치 경례의 대가일 것이다. 지난 수년간 나치 경례를 연습했을 것이다. 아니, 어쩌면 그는 그 방면에 있어서 타고난 재능의 소유자일지도 모른다. 나도 재능이 있는 편이었지만 열심히 노력하지는 않았다. 내 경례는 겨우 시험을 통과할 정도일 뿐이었다. 모멸감도 경외심도 담기지 않은 단순 행위에 지나지 않았다. 나는 어렸을 때부터 스케이트를 탄 덕분에 내 몸을 능숙하게 다룰 수 있었다. 그래서 학기 초에 선생님들이 우리를 대강당에 모아놓고 나치 경례법을 가르쳐줬을 때 탁월한 자세로 주목받았다. 자존심이 매우 강해 선생님들에게 야단을 맞고 싶지 않았던 나는 처음에는 열심이었지만 시간이 갈수록 서서히 평범해졌다. 선생님들이 아무리 못마땅하게 생각해도 어쩔 수 없었다. 선생님들은 나치 십자가가 그려진 국기 게양식을 할 때마다 나를 째려보았다.

올림픽 성화의 베를린 도착을 축하하는 퍼레이드에서 나는 어린 소년들이 독일소년단 유니폼을 입고 일렬로 서 있는 모습을 보았다. 성화는 그리스에서 출발해 소피아, 베오그라드, 부다페스트, 빈, 프라하를 거쳐 베를린까지 왔다. 채 20분이 안 되었는데도 아이들은 가만히 서 있지 못했다. 벌 받을 걸 알면서도 지친 나머지 양발을 번갈아 가면서 비비 꼬고 치켜올린 오른팔을 왼손으로 받쳤다.

　라디오는 경기 결과를 생방송으로 중계했다. 방송 상태가 좋지 않아서 총통의 목소리가 지지직거렸다. 그럼에도 그의 목소리는 소리 모아 그의 이름을 열창하는 군중의 소리에 힘입어 전파를 타고 내가 있는 곳까지 우렁차게 울려 퍼졌다. 국가는 히틀러에게 굴복했고 그의 이름을 외침으로써 망설임 없이 그 사실을 공포했다. 히틀러의 이름은 마법의 단어였다. 그의 이름을 부르는 것은 일종의 예식이었다. 그의 이름은 무한한 권력이었다. 조국은 국민의 마음을 애달프게 한다. 조국은 날 때부터 인간의 숙명인 외로움을 지워버리고 소속감을 느끼게 해준다. 하지만 나는 그런 환상을 믿지 않았다. 나는 조국을 마음으로 느끼고 싶었다. 승리의 함성이 아니라 위안을 주는 유대감을 통해서 말이다.

　히틀러의 목소리가 나오면 아버지는 화를 내며 라디오를 꺼버렸다. 아버지는 국가사회주의를 과도기적 현상으로 치부했다. 방종한 애송이들의 탈선이자 이탈리아에서 옮은 바이러스라고 생각했다. 하지만 나치당에 가입한 동료들은 직장에서 아버지를 제치고 먼저 진급을 했다. 신실한 가톨릭 신자인 아버지는 언제나 첸트룸당(가톨릭 정당)을 뽑았지만 첸트룸당은 결국 히틀러가 정권을 장악하는 데 유리한 법안을 통과시킴으로써 자기 파멸을 초래했다.

　아버지는 내게도 그런 자기 파멸적인 반역의 욕망이 갑작스럽게 생겨났다는 사실을 몰랐다. 나는 모든 인간이 단 하나의 사상과 단 하나의 운명을 공유할 수 있다는 말에 현혹돼서, 수많은 사람들이 축제의 열기에 취해 소시지를 씹어 삼키고 레모네이드를 들이마시는 상상을 했다. 그때 내 나이가 열여덟이었다.

그때 치글러는 몇 살이었을까? 스물셋? 스물다섯? 아버지는 전쟁이 시작된 지 1년 6개월 만에 심장마비로 죽었다. 치글러는 그때 이미 군 복무 중이었을 것이다. 흠잡을 데 없이 완벽한 나치 경례를 하면서 모든 규칙을 익히고 그 규칙을 지킬 것을 타인에게 강요했을 것이다. 그때부터 이미 베아테의 타로카드를 신발로 짓밟고 나의 불손함을 눈빛으로 제압할 준비가 되어 있었을 것이다. 그때부터 이미 독일과 독일의 위대한 계획을 실현하는데 방해가 되는 모든 인간을 짓뭉갤 준비가 되어 있었을 것이다.

치글러를 처음 만난 날 오후 나는 그런 생각을 했다. 크라우젠도르프로 발령받자마자 그는 모든 것이 바뀔 거라고 선언했다. 지금까지 병영 지휘를 맡았던 장교는 어떻게 됐을까? 가끔 복도에서 마주칠 때 그는 우리를 본체만체했다. 그 장교라면 절대 안뜰까지 쫓아와 우리에게 고함을 지르지 않았을 거다. 우리는 열개의 소화기관에 불과했다. 전에 있던 장교라면 소화기관 따위에게 말하느라 힘을 빼지 않았을 것이다.

버스에 앉아 나는 그레고어 생각을 했다. 그레고어는 타로카드 대신 시신을 군홧발로 짓밟고 다녔겠지. 실종되기 전에 그는 사람을 몇 명이나 죽였을까? 치글러는 독일 남자로서 독일 여자와 맞섰지만 그레고어는 외국인과 맞서야 했다. 삶을 포기하기 전 그레고어는 치글러보다 더 큰 증오를 느꼈을 것이다. 아니 어쩌면 그는 그저 무감각해졌을 수도 있다. 그날 나는 치글러 때문에 화난 것이 아니었다. 실종된 내 남편에게 화가 났다.

아니다. 나는 나 자신에게 화가 났다. 나약함은 나약함을 느끼는 사람들의 내면에 내재되어 있던 죄책감을 깨운다. 어린 시절 프란츠의 손을 몰래 깨문 적이 있는 나는 그 사실을 잘 알고 있었다.

15

"저러다 큰일을 내고 말지." 아우구스티네가 울라를 가리키며 말했다. 울라는 점심 식사를 기다리는 동안 키다리 친위대원과 또 다른 경비병과 함께 식당 구석에 틀어박혀 시시덕거리고 있었다. 그날따라 크뤼멜이 준비하는 음식이 늦게 나왔다. 얼마 전부터 그런 일이 잦아졌다. 식량 공급에 차질이 생겼을지도 모른다는 생각이 들었다. 전쟁의 여파가 이곳 죽음의 낙원까지 밀려드는 것 아닌가 싶었다.

울라는 머리카락을 손가락에 감고 돌리다가 가슴골까지 흘러내린 긴 머리를 만지작거렸다. 아무도 그녀를 비난할 수 없었다. 우리는 너무 오랜 기간 남자 없이 살았다. 섹스가 그리운 게 아니었다. 주목받는 느낌 자체가 그리웠다.

하지만 아우구스티네는 울라를 비난했다. "권력을 탐하는 계집은 눈 뜨고 못 봐주겠어."

그 순간 울라가 소란스레 웃으면서 고개를 한쪽으로 기울였다. 풍성한 곱슬머리가 한쪽으로 흘러내리며 목선이 살짝 드러났다. 키다리 친위대원은 굳이 감추려는 기색도 없이 울라의 새하얀 목덜미를 뚫어져라 쳐다보았다.

"정말 눈 뜨고 못 봐주겠는 건 전쟁이야."

평소 감정을 잘 드러내지 않는 내가 입을 열었는데도 아우구스티네는 별로 놀라지 않았다. 하긴, 지난번에는 아우구스티네마저 입도 뻥긋 못 하던 상황에서 내가 치글러에게 말대답을 한 적도 있지 않은가.

"아니야, 로자. 히틀러가 뭐라고 했는지 알아? 군중은 여자 같다고 했어. 수호자가 아니라 지배자를 원하기 때문에. 그런 말을 듣는 건 다 울라 같은 여자들 때문이야."

"울라는 잠시 딴 데 신경을 쓰고 싶은 것뿐이야. 가끔은 경박함도 약이 되거든."

"약이 아니라 독약이겠지."

"말이 나와서 말인데 식사가 준비됐어." 엘프리데가 이렇게 말하고는 자리에 앉아서 다리 위에 냅킨을 펼쳤다. "숙녀 여러분, 식사 맛있게 하세요. 이번이 마지막 식사가 아니기를 기원합시다."

"그만해!" 아우구스티네도 자리에 앉으며 말했다.

울라는 아우구스티네 앞에 앉았다. "뭘 봐?" 자신을 바라보는 아우구스티네의 시선을 느낀 울라가 물었다.

"조용히 해!" 방금 전까지 홀린 듯 울라의 흘러내린 머리카락을 바라보던 키다리 친위대원이 명령했다. "이제 음식을 먹도록!"

"하이케, 몸이 안 좋아?" 베아테가 낮은 목소리로 물었다.

하이케는 자기 앞에 놓인 오트밀을 손도 대지 않고 쳐다만 보고 있었다.

"베아테 말이 맞아. 얼굴이 창백해." 레니가 말했다.

"이봐, 마녀! 네가 저주를 건 거야?"

"아우구스티네!" 베아테가 말했다. "오늘은 모두에게 시비를 걸 셈이야?"

"속이 울렁거려." 하이케가 말했다.

"아직도? 열이 있는 거 아니야?" 레니가 하이케의 이마를 만져 보려고 식탁 너머 허공을 향해 손을 뻗었지만 하이케는 얼굴을 갖다 대지 않고 등받이에 등을 붙인 채 꼼짝하지 않았다. "생리 때문이 아니었네. 생리주기가 같아진 게 아니었어." 레니가 자신의 자매애로 인한 생리주기 일치론이 기반을 잃자 실망해서 우물거렸다.

하이케가 대답하지 않자 레니는 손톱을 잘근잘근 씹으며 자기만의 생각 속으로 빠져들었다. 혼자 사방치기를 하며 놀던 어린 아이 시절로 돌아가버렸다. 사방치기 선도 없는데. 레니는 어른이 되어서도 여전히 아이 같았다.

"내 생각이 틀렸네." 5분 후에 레니가 말했다.

아우구스티네가 놓친 숟가락이 아헨 지방에서 만든 도자기 그릇 위로 쨍그랑 소리를 내며 떨어졌다.

"조용히 해!" 경비병이 말했다.

'하일 히틀러' 소리와 함께 감자튀김이 나왔다. 나는 인사 소리에는 신경을 쓰지 않았다. 친위대원들은 쉴 새 없이 식당을 들락날락거렸다. 감자튀김을 보자 입안에 침이 고였다. 나는 참지 못하고 접시를 향해 손을 뻗었다가 손을 데는 바람에 손가락을 호호 불었다.

"왜 안 먹고 있나?" 완고한 말투 때문에 누구 목소리인지 바로 알 수 있었다. 나는 고개를 들었다.

"몸이 안 좋아요." 하이케가 말했다. "열이 나는 것 같아요."

레니는 그제야 정신이 들었는지 식탁 밑으로 내 발을 건드렸다.

"오트밀을 먹어라! 그러라고 너를 여기 데려온 거다!" 목소리의 주인공은 치글러였다.

안뜰에서 한바탕 난리를 친 후 수주가 지나도록 한 번도 나타나지 않았던 치글러가 돌아온 거다. 그동안 그는 다른 장교들과 회의를 하느라 전에 교장실로 쓰던 사무실 문을 걸어 잠그고 틀어박혀 있었을 것이다. 군화를 올려놓을 책상이 있어야 하니 사무실이 필요했겠지. 그렇지 않으면 가족을 만나러 집에 다녀온 걸 수도 있다. 그것도 아니라면 크라우젠도르프가 아닌 다른 어딘가에서 중요한 임무를 수행했을지도 모른다.

하이케는 힘없이 숟가락을 그릇에 집어넣고 오트밀을 눈곱만큼 떠서 다문 입으로 천천히 가져갔다. 온 힘을 집중해서 숟가락을 드는 데는 성공했지만 음식을 입안에 넣지는 못했다.

치글러가 펜치처럼 손가락으로 하이케의 볼을 꼬집자 하이케는 그제야 입을 벌렸다. "먹어!" 음식을 씹어 삼키는 하이케의 눈가가 촉촉해지자 내 심장이 미친 듯이 뛰었다.

"좋아. 잘했어. 시식을 못 하는 시식가는 쓸모가 없거든. 열이 있는지는 의사가 판단해줄 거야. 내일 진찰 받게 해주지."

"괜찮아요." 하이케가 다급히 말했다. "미열일 뿐이에요. 별일 아니에요."

엘프리데가 걱정스러운 눈초리로 나를 바라보았다.

"그렇다면 접시에 담긴 음식을 다 먹도록." 치글러가 말했다. "내일 다시 상태를 보도록 하지." 그는 주변을 돌아본 후 친위대원들에게 하이케를 감시하라고 당부한 뒤 식당에서 나갔다.

다음 날 하이케는 다른 여자들처럼 음식을 다 먹은 후, 화장실에 가고 싶다고 했다. 하이케는 한동안 경비병들이 바뀔 때마다 그런 식으로 화장실에 가서는 소리 죽여 음식물을 다 토해냈다. 문제가 있는지 판명이 날 때까지 음식은 위 안에 남아 있어야 했다. 일부러 위장을 비우는 것은 금지된 일이었다. 하지만 우리는 모두 하이케가 음식물을 토하러 간다는 사실을 알고 있었다. 어두운 구멍 속에 박힌 것처럼 푹 파인 눈과 잿빛으로 변한 안색을 보면 알 수 있었다. 하지만 아무도 감히 하이케에게 그 이유를 묻지 못했다. 다음 피 검사까지 얼마나 남았더라.

"하이케는 먹여 살려야 하는 아이가 둘이나 있어." 베아테가 말했다. "그러니 이 일자리를 잃어서는 안 돼."

"대체 언제 독감이 나으려나?" 내가 한숨을 쉬며 말했다.

"하이케는 임신한 거야." 일렬로 서서 이동하는 동안 엘프리데가 귓속말로 말해주었다. "보면 몰라?"

나는 몰랐다. 하이케의 남편은 전장에 있었고 서로 못 본 지 거의 1년이나 됐다고 했으니까.

우리에게는 남자가 없었다. "독일은 세계에서 가장 위대한 국가다! 독일인은 세계에서 가장 위대한 민족이다!" 남자들은 죄다 그런 조국을 위해 싸우러 떠나버렸다. 그러다가 가끔 휴가를 받아 집으로 돌아오기도 했지만, 간혹 전사하는 사람도 있었고, 실종되기도 했다.

여기 모인 여자들은 누군가의 관심이 절실했다. 남자들의 관심을 받으면 살아 있는 느낌을 받았다. 우리는 어릴 때부터 그 사실을 깨달았다. 열세네 살만 되어도 그 정도는 안다. 우리는 너무 어려서 힘을 제대로 다루지 못할 때부터 우리가 가진 힘을 인지한다. 하지만 그 힘은 싸워서 쟁취한 것이 아니기에 오히려 덫이 될 수 있다. 그 힘은 우리가 완전히 파악하지 못한 육체에서 발산되는 것이다. 정작 우리는 한 번도 우리의 맨몸을 제대로 거울에 비춰본 적이 없는데 다른 사람들은 이미 우리의 맨몸을 본 것처럼 굴었다. 힘을 행사하지 않으면 그 힘은 오히려 우리를 갉아먹을 것이다. 그러다가 은밀한 감정과 결부되면 그 힘은 우리의 약점이 될 수 있다. 정복하는 것보다 정복당하는 것이 더 쉬운 법이니까. 그러니 군중이 여자 같다는 것은 사실이 아니다. 오히려 그 반대다.

하이케 배 속에 있는 아이의 아버지가 누군지는 알지 못했다. 대신 나는 하이케가 잠든 아이들 곁에 베개를 베고 누워 있는 모습을 상상했다. 그녀는 잠을 이루지 못하고 자신의 배를 쓰다듬을 것이다. 자신이 저지른 실수를 쓰다듬을 것이다. 그녀가 그런 짓을 저지른 것은 아마도 사랑에 빠졌기 때문이겠지.

그날 밤 나는 그녀가 부러웠다. 나는 하이케가 자신의 몸이 보내는 신호 때문에 겁에 질린 채, 구역질에 지친 데다 제대로 안식을 취하지 못하고 침대에 누워 있는 모습을 상상했다. 하지만 그와 동시에 그녀의 모든 신체기관이 다시 박동하기 시작하는 모습도 그려졌다. 생명의 불씨가 켜진 것이다. 하이케의 배꼽 바로 아래서 심장이 박동했다.

16

마리아 프라이프라우 폰 밀데른하겐 부인의 초대장은 가문 인장이 찍힌 카드와 함께 도착했다. 직장에 있는 동안 (그렇다, 나는 이제 그곳을 '직장'이라고 부른다) 남작 부인의 심부름꾼이 초대장을 집으로 가져다주었다. 말끔한 제복 차림의 소년 앞에서 헤르타는 자신의 지저분한 앞치마와 소년에게 인사하겠다고 졸졸 따라 나온 차르트 때문에 창피했다. 소년은 친절한 태도를 잃지 않았지만 친한 척하는 고양이를 피하면서 되도록 빨리 임무를 마치려 했다. 헤르타는 봉인된 편지를 찬장 위에 올려놓았다. 내용이 궁금했지만 내 앞으로 온 편지였기 때문에 내가 돌아올 때까지 기다려야 했다.

편지를 읽고 나는 남작 부인이 주말에 파티를 열 예정이며 내가 그 파티에 참석해주기를 바란다는 사실을 알게 됐다.

"그 여자가 로자에게 뭘 바라는 거죠?" 헤르타가 투덜거렸다. "지금까지 우리는 한 번도 초대한 적 없으면서. 로자를 만난 적도 없잖아요!"

"만난 적이 있지." 요제프가 굳이 언제 내가 남작 부인을 만났는지 상기시키지 않으려고 애쓰며 헤르타의 말을 정정해주었다. 아마 헤르타도 요제프의 암시를 알아들었을 것이다. "나는 로자가 기분 전환 겸 가는 것도 좋을 것 같은데."

"저는 잘 모르겠어요." 내가 말했다.

기분 전환은 그레고어에 대한 모독이나 마찬가지였다. 하지만 요제프의 손을 꼭 잡아주던 뽀얀 피부의 남작 부인을 생각하자 벽난로 옆 의자에 걸쳐두었던 천을 뺨에 가져다 댔을 때처럼 따스한 온기가 느껴졌다.

나는 베를린에서 가져온 몇 벌 안 되는 이브닝드레스 중 한 벌을 골라 입으면 되겠다고 생각했다. 대체 드레스들을 어디에 갖다 쓸 참이니? 나를 위해 비워둔 옷장에 옷을 거는 것을 보던 헤르타가 말했었다. 맞아요. 다 쓸모없죠. 내가 옷걸이를 집으며 말했다. 너는 원래 허영심이 많은 아이였구나. 헤르타가 말했다.

사실이었다. 하지만 가방에 챙겨 넣었던 그 이브닝드레스들은 그레고어가 선물한 옷이거나 그와의 추억이 담겼기 때문에 가져온 것이었다. 가령 그와 함께 보냈던 연말 파티처럼. 그때 그레고어는 다음 날 사무실에 퍼질 소문은 아랑곳하지 않고 파티 내내 내게서 눈을 떼지 못했었다. 나는 그가 나를 좋아하고 있다는 사실을 그때 처음 깨달았다.

"안 그래도 뒤숭숭한데 이런 일까지 생기다니." 헤르타가 접시를 닦으며 투덜거렸다.

헤르타는 시끄러운 소리를 내며 접시를 찬장에 넣었다. 5월이었다.

폰 밀데른하겐 남작 부부에게 초대받았다는 사실을 털어놓자 레니는 소리를 질렀고 그 바람에 모두들 나를 쳐다보았다. 덕분에 나는 초대받았다는 사실을 다른 사람들에게도 털어놓을 수밖에 없었다. "어차피 안 갈 거야." 내가 말했다. 그런데 오히려 친구들이 더 집착했다. "성에 가보고 싶지 않아? 언제 또 이런 기회가 오겠어?"

베아테는 가끔 가정교사들을 꽁무니에 단 남작 부인이 아이들과 함께 마을을 산책하는 모습을 본 적이 있다고 했다. 성에만 틀어박혀 있으면 우울증에 걸렸다는 소문이 돌까 봐 일부러 모습을 드러내는 거라고 했다. "그럴 리 없어." 아우구스티네가 말했다. "우울증이라니? 네가 초대를 못 받아서 그런 말을 하는 거지? 허구한 날 파티만 열고 사는 사람이 뭐가 우울해?" "내 생각에는 여행을 너무 자주 다녀서 동네에서 얼굴 보기가 힘든 것 같아." 레니가 말했다. "그런 삶은 얼마나 멋질까?"

요제프는 남작 부인이 오후 내내 정원에 앉아 식물의 향기를 맡으며 시간을 보낸다고 했다. 봄여름에만 그러는 것이 아니었다. 남작 부인은 비 온 뒤 젖은 땅에서 올라오는 흙냄새와 가을 단풍을 좋아했다. 남작 부인은 좋아하는 꽃을 심고 돌봐주는 자기 정원사도 좋아했다. 요제프의 말을 듣고 있다 보면 남작 부인은 우울증과는 거리가 멀어 보였다. 그보다는 자신만의 에덴동산 안에서 보호를 받으며 살고 있는, 몽상가적 기질이 다분한 아담한 여인처럼 느껴졌다. 그 누구도 남작 부인을 그녀의 에덴동산에서 쫓아내지 못할 거다. "친절한 사람이야." 내가 말했다. "특히 우리 시아버지에게는." "말도 안 돼." 아우구스티네가 단정지었다. "그 여자는 속물이야. 자기가 우리보다 우월하다고 생각해서 나다니지 않는 거라고."

"남작 부인이 어떻든 상관없어." 울라가 아우구스티네의 말을 가로막았다. "중요한 건 네가 그 파티에 가야 한다는 사실이야, 로자. 나를 위해서 그렇게 해줘. 부탁이야. 다녀와서 어땠는지 들려줘."

"남작 부인 말이야?"

"응. 성 이야기도 해줘. 파티가 어땠는지, 그런 데서는 사람들이 어떤 옷을 입는지도. 참, 그러고 보니 그날 무슨 옷을 입을 거야?" 울라는 흘러내린 머리카락을 귀 뒤로 넘겨주며 말했다. "머리는 내가 손질해줄게."

레니는 새로운 놀이에 신이 나서 자기도 돕겠다고 나섰다.

"왜 너를 초대한 거야? 그 여자랑 할 이야기라도 있어?" 아우구스티네가 물었다. "이제 예전처럼 또 잘난 척하겠네."

"난 잘난 척한 적 없어." 하지만 아우구스티네는 이미 내 말을 듣고 있지 않았다.

요제프는 에스코트해줄 사람이 없으니 자신이 나를 성까지 바래다주겠다고 나섰다. 헤르타는 우리 둘 다 가지 않아야 한다고 했지만 요제프는 내게도 기분 전환을 할 권리가 있다고 했다. 하지만 나는 기분 전환을 하고 싶지도 않았고 내 권리 따위에도 관심이 없었다. 지난 몇 달 동안 나는 고통 때문에 아무 일에도 집중할 수 없었다. 고통이 너무나 큰 나머지 그 이유마저 잠식되고 있었다. 고통은 내 인격의 일부분이 되었다.

토요일 저녁 7시 30분경에 울라가 불쑥 우리 집을 방문했다. 울라는 내가 준 옷을 입고 헤어롤이 가득 든 가방을 들고 있었다. "드디어 그 옷을 입었구나?" 나는 놀라서 이 말밖에 할 수 없었다. "오늘은 특별한 날이잖아." 울라가 미소를 지어 보였다.

방금 전에 버스에서 헤어진 레니와 엘프리데도 함께였다. 레니야 따라오고 싶다고 울라를 귀찮게 했겠지만 엘프리데까지? 엘프리데가 주방을 미용실로 바꾸려는 울라의 계획과 무슨 상관이 있단 말인가? 엘프리데는 내가 파티에 초대받았다는 이야기를 듣고도 별 말이 없었다. 그랬던 그녀가 지금 처음으로 집까지 찾아온 것이다. 나는 엘프리데를 맞이할 준비가 되어 있지 않았다. 우리들의 친밀감은 병영의 화장실처럼 은밀하고 하찮은 곳에 속하는 것이었다. 그것은 벌어진 틈새나 균열 같은 감정이었다. 우리 스스로도 떳떳하게 인정할 수 없는 그런 감정이었다. 시식가로서 근무하는 시간 외에 그런 감정은 그저 나를 혼란스럽게 만들 뿐이었다. 근무 시간이 지나면 그 감정에 대한 갈급함은 사라져버렸다.

나는 조금 머뭇거리며 친구들을 맞았다. 헤르타가 타인의 방문을 달갑게 생각하지 않을까 봐 걱정이 됐다. 집 안에 감도는 암울함은 그레고어에게 대한 헌신의 표시였다. 헤르타는 지금도 언젠가는 자기 아들이 살아 돌아올 거라는 믿음 속에 살고 있었다. 그런 헤르타에게는 작은 일탈 행위도 신성모독에 가까웠다. 가뜩이나 내가 성에 가는 것도 못마땅해하는 마당에 울라의 호들갑이 헤르타를 더 예민하게 만들지는 않을까 걱정됐다.

하지만 헤르타는 약간 불편한 기색만 보였을 뿐 지나칠 정도로 친절했다. 접대를 잘하고 싶은데 그럴 자신이 없는 것 같았다.

나는 어찌할 바를 몰랐다. 울라는 이제는 너무나 먼 과거가 되어버린 시절 내가 입던 옷을 입고 있었다. 날씨에 비해서 너무 두꺼운 직물은 내가 아닌 다른 여인의 허리를 감싸고 있었지만 그 옷이 전하는 이야기는 여전히 내 이야기였다.

헤르타는 차 끓일 물을 불에 올리고 찬장에서 손님용 찻잔을 꺼냈다. "비스킷이 없구나." 헤르타가 미안해했다. "미리 알았으면 뭐라도 준비해두었을 텐데."

"잼이 있지 않소." 요제프가 도와주었다. "빵도 있고. 헤르타는 빵을 아주 맛있게 만들지."

우리는 간식을 먹는 아이들처럼 빵에 잼을 발라 먹었다. 병영 식당이 아닌 곳에서 무언가를 함께 먹은 것은 이번이 처음이었다. 내 친구들도 매번 음식을 먹을 때마다 독 생각을 할까? 어머니는 음식을 먹는 행위는 죽음에 대항하는 것이라 했다. 하지만 이 말이 실현되는 곳은 크라우젠도르프뿐이었다.

레니는 빵 한 조각을 다 먹고 무심결에 손가락을 빨더니 한 조각을 더 집어 들었다. "정말 맛있나 보네?" 엘프리데가 키득거렸다. 레니의 얼굴이 빨개지자 헤르타를 포함해 모두가 일제히 웃음을 터뜨렸다. 헤르타가 그렇게 웃은 것은 몇 달 만에 처음이었다.

울라는 빨리 내 머리를 손질해주고 싶어서 안절부절못했다. 울라는 아직 김이 모락모락 나오는 찻잔을 내버려둔 채 헤르타에게 그릇에 물을 조금 담아 달라고 부탁한 뒤 내 뒤에 서서 손으로 머리에 물을 적셨다. "차가워!" 내가 투덜거렸다. "가만히 있어. 투덜대지 말고." 울라가 말했다. 울라는 머리핀을 입술에 문 채 머리카락을 크고 작은 헤어롤로 말기 시작했다. 나는 울라를 훔쳐보기 위해 가끔 고개를 뒤로 젖혔다. 울라는 심각한 표정으로 작업을 하다 내 머리를 밀며 말했다. "가만히 있어."

그레고어와 사귀던 시절, 나는 일주일에 한 번 미용실에 갔다. 그가 저녁 식사에 초대할 경우를 대비해 완벽한 모습이고 싶었다. 미용사들이 빗과 뜨거운 헤어드라이어로 머리를 헤집어대는 동안 나는 앞에 놓인 거울 속에 갇힌 다른 여자들과 수다를 떨었다. 집게와 머리핀 때문에 다들 몰골이 말이 아니었다. 머리를 한껏 뒤로 넘겨서 이마를 드러내거나 앞으로 내려서 얼굴이 반 이상 가려진 상태에서는 못 할 이야기가 없었다. 유부녀들이 결혼하고 나면 타협해야 할 일이 얼마나 많은지 이야기를 늘어놓는 동안 나는 사랑의 황홀함에 대해서 이야기했다. 내 말을 듣고 있던 나이 지긋한 부인이 이런 말을 했다. "카산드라처럼 불운을 예언하고 싶지는 않지만 그 감정이 평생 지속되는 것은 아니랍니다."

시가의 부엌에 앉아 그때 생각을 하니 한없이 아득한 옛날처럼 느껴졌다. 그레고어가 어린 시절을 보낸 집에서 레니, 엘프리데, 울라 그리고 그레고어의 부모님이라는 어울리지 않는 조합으로 함께 있다 보니 더 그랬을 수 있다. 베를린에 살면서 매주 미용실에서 돈을 쓰던 나 역시 여기에 어울리는 사람은 아니었다. 물론 다 나를 위해서였겠지만 나보다 나이가 많은 인생 선배들은 당시 너무 순진했던 내게 어떻게든 조금씩 실망감을 맛보게 해주고 싶어 했다.

알 수 없는 막연한 두려움 때문에 손바닥에 땀이 차자 나는 딴생각을 하려고 요제프에게 말했다.

"울라에게 남작님 성의 정원 이야기를 좀 들려주세요."

"그래요. 부탁드려요." 울라가 부추겼다. "정원이 너무 보고 싶어요. 얼마나 큰가요? 벤치와 분수와 정자도 있나요?"

요제프가 미처 대답하기도 전에 레니도 합세했다. "미로는 없나요? 저는 수풀로 만든 미로를 좋아해요."

요제프가 미소를 지었다. "아니, 그 정원에는 미로가 없단다."

"여기 이 꼬맹이는 자기가 무슨 동화 속 나라에 살고 있는 줄 알아요." 엘프리데가 놀렸다.

"그게 뭐 어때서?" 레니가 말했다.

"태어날 때부터 성 근처에서 살다 보면 그럴 수도 있지." 울라가 말했다. "엘프리데, 너는 어디서 태어났니?" 헤르타가 물었다.

엘프리데는 잠시 망설이다 말했다. "단치히에서요."

엘프리데도 도시 사람이었다. 어떻게 몇 달이 지나도록 엘프리데 고향도 몰랐을까? 엘프리데에게는 왠지 질문을 하면 안 될 것 같았다.

1938년 그레고어와 함께 소포트에 가던 길에 단치히를 지난 적이 있다. 우리가 그녀 고향의 길을 산책했을 때 엘프리데도 그곳에 있었을까? 몇 년 후에 똑같은 식탁에 앉아 같은 운명을 공유하게 될 거라고는 상상조차 하지 못한 채 서로의 곁을 스쳐 지나가지는 않았을까?

"힘들었겠구나." 요제프의 말에 엘프리데가 고개를 끄덕였다.

"여기서는 누구랑 살고 있지?"

"혼자 살아요. 레니, 미안하지만 차 좀 더 따라줄래?"

"언제부터?" 헤르타는 캐물으려는 것이 아니라 관심을 나타내려는 것이었지만 엘프리데는 대답 대신 코로 소리를 냈다. 감기가 든 것 같았지만 엘프리데는 원래 숨 쉴 때 그런 소리를 냈다. 지금도 겨울 오후면 그녀의 콧소리가 귓가에 맴돈다.

"다 됐다!" 울라가 내 머리에 녹색 망을 씌워준 뒤 외쳤다. "부탁이니 이제부터는 머리에 손대지 마."

"두피가 당기는데?" 나는 머리를 긁고 싶었다.

"그 손 내려놔!" 울라가 내 손을 찰싹 때리자 엘프리데까지 모두 웃음을 터뜨렸다.

다행히 헤르타의 질문이 많이 거슬리지 않았던 것 같다. 엘프리데는 자기 신변에 관한 이야기가 나오면 예의가 없다고 느껴질 정도로 완강한 태도를 보였다. 자기가 원할 때만 다가오는 것을 허락하는 느낌이었지만 그럼에도 엘프리데가 나를 밀어내는 것 같지는 않았다.

어색함이 사라지고 잠시나마 우리 넷은 외모에 관심 많은 평범한 여자들로 되돌아갔다. 그러다가 레니가 적당한 때가 오기를 기다렸다는 듯 말했다. "그레고어 사진 보여줄 수 있어?"

헤르타의 표정이 굳어지고 침묵이 흘렀다. 나는 아무 말 없이 자리에서 일어나 방으로 갔다.

"죄송해요." 레니가 더듬거렸다. "그런 말을 해서는 안 됐는데……"

"대체 생각이 있는 거야, 없는 거야?" 엘프리데가 레니를 야단치는 소리가 들렸다. 다른 사람들은 아무 말도 하지 않았다.

나는 몇 분 뒤에 부엌으로 돌아가 찻잔들을 한쪽에 밀어놓은 다음 앨범을 식탁에 올려놓았다. 헤르타는 숨을 멈추고 요제프는 파이프 담배를 내려놓았다. 그레고어에 대한 존중의 표시였다. 모자를 벗는 것처럼 말이다.

나는 그레고어의 사진이 나올 때까지 매 페이지마다 기름종이를 덮어놓은 앨범을 넘겼다. 제일 먼저 나온 사진 속 그레고어는 재킷 없이 넥타이만 매고 뒤뜰 의자에 앉아 있었다. 다른 사진에서는 헐렁한 반바지 차림에 스웨터 맨 위 단추를 풀어 헤친 채 풀밭에 누워 있었다. 그의 곁에는 줄무늬 손수건을 머리에 얹은 내 모습도 있었다. 처음 이곳에 왔을 때 찍은 사진이었다. 우리 둘의 첫 여행이기도 했다.

"이 사람이 그레고어야?" 울라가 물었다.

"그렇단다." 헤르타가 가녀린 목소리로 대답한 뒤 윗입술을 빨았다. 인중이 입안으로 쏙 말려 들어가자 거북이처럼 보여서 우리 어머니의 예전 모습 같았다.

"잘 어울리는 커플이었네." 울라가 말했다.

"결혼식 사진은 없어?" 레니의 욕심은 끝이 없었다.

나는 페이지를 넘기며 말했다. "여기 있어."

그레고어의 눈이 보였다. 처음 건축사무소에서 인터뷰를 했을 때 나를 뜯어보던 바로 그 눈이었다. 그때 그레고어는 내 내면을 꿰뚫어 보고 나의 핵심을 찾아내 분리하려는 것 같은 시선으로 나를 바라봤다. 쓸데없는 것은 모두 제거해버리고 정말 중요한 것, 나를 나로 만드는 본질적인 것에 접근하려는 눈빛이었다.

나는 수줍은 표정을 하고 꽃으로 만든 부케를 들고 있었다. 꽃 부분은 팔꿈치 안쪽을 향하게 하고 줄기는 배 쪽을 향하게 한 채 부케를 아이 어르듯 안고 있었다. 그로부터 1년 후 그레고어는 입대를 했고 그다음 사진에서 그는 군복 차림이었다. 그 사진을 마지막으로 그레고어의 모습은 앨범에서 사라졌다.

요제프는 차트를 무릎에서 내려놓고 아무 말 없이 뒤뜰로 나갔다. 고양이가 졸졸 따라갔지만 요제프는 녀석의 면전에 대고 문을 닫아버렸다.

울라는 헤어롤을 떼어내고 머리를 빗어준 뒤 빗을 식탁 위에 올려놓았다. "이것 보세요, 자우어 부인, 제 솜씨가 어떤가요?"

헤르타가 무심히 고개를 끄덕인 후 바로 말했다. "이제 옷을 입어야지."

그새 다시 기분이 우울해진 듯했다. 헤르타는 이제 그런 상태에 더 익숙했다. 우울한 상태를 더 편하게 생각했다. 그 상태에서 벗어나면 오히려 피곤해했다. 나는 그런 헤르타를 이해할 수 있었다. 내 친구들에게 그레고어의 사진은 울라가 잡지에서 오려 낸 사진들과 별다를 바 없었다. 만진 적도, 직접 이야기를 나눈 적도 없는, 없어도 상관없는 사람의 사진이었다.

나는 조용히 옷을 입었다. 헤르타는 골똘히 생각에 잠긴 채 침대에 앉아 있었다. 헤르타는 그레고어가 다섯 살 때 찍은 사진을 바라보고 있었다. 그녀의 몸에서 나온 그녀의 아들이었다. 그런 아들을 어쩌다 잃어버린 걸까?

"저 좀 도와주시겠어요?"

헤르타는 자리에서 일어나 단추 구멍에 단추를 하나하나 끼워 주었다. "너무 많이 파였구나." 헤르타가 내 등을 만지며 말했다. "잘못하면 감기 들겠어."

나는 방에서 나왔다. 참석 여부를 결정하지 못한 파티에 참석할 준비가 끝나버렸다. 아마 헤르타도 뭔가 함정에 빠진 기분이었을 것이다. 내 친구들은 신부 들러리라도 되는 것처럼 들떠 있었다. 하지만 나는 이미 결혼을 한 몸이다. 나를 제단 앞에서 기다리는 남자는 없었다. 그런데도 왜 겁이 나는 걸까? 뭣 때문에 그런 걸까?

"이 짙은 녹색 드레스는 네 금발과 잘 어울려. 그리고 자화자찬

하려는 건 아니지만 헤어스타일은 네 동그란 얼굴형을 돋보이게 해주지." 울라가 말했다. 울라는 자기가 초대받은 것처럼 흡족해 했다.

"재밌게 놀아." 레니가 문 앞에서 말해주었다.

"재미없어도 모든 것을 잘 기억해둬." 울라가 신신당부했다. "아무것도 놓치고 싶지 않아. 알겠지?"

엘프리데는 벌써 집에서 나와 걸어가고 있었다.

"너는 아무 말도 안 해줘?"

"베를린 토박이, 무슨 말을 듣고 싶은 거야? 너와는 다른 사람과 어울리는 건 위험한 일이야. 하지만 어쩔 수 없을 때도 있지."

그날 저녁 나의 유일한 목표는 남작 부인과 인사를 하는 것이었지만 어떻게 해야 그 목표를 달성할 수 있을지 감이 안 왔다. 연회장에 들어가서 나는 우선 웨이터가 권하는 와인잔을 받아들었다. 분위기에 적응하는 데 도움이 될 것 같아서였다. 나는 자기들끼리 똘똘 뭉쳐서 소곤소곤 이야기를 나누는 손님들 사이를 배회하며 와인을 홀짝거렸다. 그러다가 나이가 지긋해 보이는 부인들 몇 명이 모여 있는 소파에 자리를 잡았다. 다른 사람들보다 더 지쳐 보이고 파티를 지겨워하는 것처럼 보이는 노부인들이라면 나에게 말을 걸어줄 것 같았기 때문이었다. 노부인들은 내 새틴 드레스가 예쁘다고 칭찬해주었다. 등이 파여 몸매가 예뻐 보이네요. 한 부인이 말했다. 어깨 자수가 너무 예뻐요. 다른 부인이 말했다. 못 보던 스타일 옷이네요. 또 다른 부인이 말했다. 베를린 양장점에서 맞춘 옷이에요. 내가 말했다. 바로 그때 한 무리 사람들이 다가왔고 인사를 하려고 일어난 부인들은 나에 대해서는 까맣게 잊어버렸다. 나는 소파에서 일어나 벽지에 맨등을 기댄 채 와인잔을 비웠다.

나는 천장 벽화를 바라보면서 그림 속에 나오는 인물들의 모습을 종이에 따라 그리는 상상을 했다. 검지 손톱으로 엄지 끝에 그림을 그리다 내 행동을 깨닫는 순간 그만두었다. 연회장 스테인드글라스 유리창 앞에 서서 남작 부인에게 다가갈 수 있을지 다시 한 번 살펴보았지만 부인은 여전히 그녀에게 인사를 하고 싶어서 안달 난 사람들에게 둘러싸여 있었다. 남작 부인에게 말을 걸려면 그들에게 다가가 이미 시작된 대화에 끼어들어야 했지만 나는 그러지 못했다. 너는 말이 너무 많아. 어머니가 말했었다. 그런 내가 동프로이센에 와서는 과묵한 사람이 됐다.

결국 남작 부인이 나를 먼저 알아봐주었다. 긴 커튼 뒤에 반쯤 몸을 숨긴 채 서 있었는데 부인이 나를 향해 다가왔다. 내가 와서 기뻐하는 것 같았다.

"폰 밀데른하겐 부인, 초대해주셔서 감사합니다. 영광이에요."

"잘 왔어요, 로자." 부인은 미소를 지었다. "로자라고 불러도 될까요?"

"물론이죠, 남작 부인."

"이리 오세요. 남편을 소개해드리죠."

클레멘스 프라이헤어 폰 밀데른하겐 남작은 시가를 피우며 다른 두 남자를 접대하고 있었다. 제복 차림이 아니었다면 뒷모습만으로 그들이 장교인 줄 몰랐을 것이다. 한쪽 다리에는 힘을 빼고 긴장을 푼 채 삐뚜름하게 선 자세는 군인다운 절제된 자세와는 거리가 멀어 보였다. 둘 중 한 명은 자기 의견을 열심히 피력하느라 손짓을 많이 했다.

"신사 여러분, 베를린에서 온 제 친구 자우어 부인을 소개해도 될까요?"

장교들이 고개를 돌리는 순간 치글러 중위의 얼굴이 눈앞에 나타났다. 그는 긴 숫자의 루트 값을 계산하는 것처럼 눈썹을 찌푸렸지만 사실 나를 쳐다보고 있었다. 그는 아마도 내 얼굴에서 놀라움과 뒤이어 찾아온 두려움을 읽었을 것이다. 모서리에 무릎을 부딪쳤을 때 처음에는 안 아프다가 잠시 후 강한 고통이 몰려오는 것처럼 말이다.

"내 남편 클레멘스 프라이헤어 폰 밀데른하겐 남작이에요. 이쪽은 클라우스 폰 슈타우펜베르크 대령 그리고 이쪽은 알베르트 치글러 중위예요." 남작 부인이 소개해주었다.

알베르트. 그의 이름은 알베르트였다.

"안녕하세요." 나는 목소리를 떨지 않으려고 애쓰며 말했다.

"와주셔서 감사합니다." 남작이 내 손등에 입을 맞췄다. "즐거운 시간 보내십시오."

"감사합니다. 멋진 파티예요."

슈타우펜베르크 대령은 허리를 굽혔다. 왼쪽 눈에 댄 안대에 매료되어 처음에는 팔이 잘려 나간 부분을 미처 보지 못했다. 안대 때문에 위협적으로 보이기는커녕 마음씨 좋은 해적처럼 보였

다. 치글러도 허리를 굽히지 않을까 기다려보았지만 그는 고개
를 살짝 끄덕여 보일 뿐이었다.

"꽤나 열띤 토론 중이신 것 같던데 무슨 이야기를 나누고 계셨
나요?" 마리아가 다소 건방지게 물었다. 나중에 그녀와 더 친해
진 후에 나는 그것이 그녀 특유의 말투라는 사실을 알게 된다.

치글러는 눈을 가늘게 뜨고 나를 뚫어져라 쳐다보았다. 남작과
대령 중 한 명이 치글러 대신 대답을 했지만 내게는 아무 말도 들
리지 않았다. 증기 같은 뭔가가 내 시야를 흐리게 만들고 맨살이
드러난 등 위로 내려앉는 것 같았다. 이 옷을 입는 게 아니었다.
여기 오지 말았어야 했다.

남작 부인은 아무것도 모르는 걸까? 치글러는 나를 모른 척할
생각인 걸까? 사실대로 털어놔야 하나 아니면 나도 모른 척하고
있어야 하나? 내가 히틀러의 시식가라는 사실은 비밀인 걸까?
아니면 오히려 그것을 감추는 게 문제가 될까?

치글러 중위의 이름은 알베르트라고 했다. 그는 미간이 지나치
게 좁았다. 그는 고양이 같은 콧구멍을 벌름거리며 숨을 들이마
시더니 공놀이에서 져서 토라진 아이처럼 인상을 찌푸렸다. 아니,
공놀이를 하고 싶어 죽겠는데 공이 없어서 심통 난 아이 같았다.

"하여튼 자나 깨나 군대 전략 이야기뿐이라니까."

매일 수많은 사상자가 나오는 전쟁이 한창인 마당에 그녀는 진
심으로 사교모임에 적합한 가벼운 이야기나 하라고 권하고 있는
걸까? 그녀는 어떤 사람일까? 사람들은 그녀가 우울증을 앓는다
고 했지만 내게는 전혀 그렇게 보이지 않았다.

"우린 그만 가요, 로자." 마리아가 내 손을 잡자 치글러는 그녀가 위험한 행동이라도 한 것처럼 바라보았다.

"중위님, 무슨 문제가 있나요? 갑자기 아무 말도 없으시네요. 제가 괜히 끼어들었나 봐요."

"농담으로라도 그런 말씀은 마십시오." 치글러가 대답했다. 한번도 듣지 못한 차분하고 부드러운 목소리였다. 나중에 엘프리데에게 말해줘야겠다고 생각했지만 실제로는 그러지 못했다.

"그럼 이만."

마리아는 나를 베를린에서 온 친구라고 소개하며 여기저기 끌고 다녔다. 마리아는 파티의 원활한 진행을 위해 아무나 붙잡고 잠시 이야기를 나누다 바로 자리를 뜨는 안주인이 아니었다. 그녀는 끊임없이 질문을 던지거나 주제를 가리지 않고 대화를 나누고 싶어 했다. 그녀는 최근 〈카발레리아 루스티카나〉(피에트로 마스카니의 오페라)를 관람한 이야기를 하는가 하면 온갖 역경에도 불구하고 드높은 우리 군의 사기에 대해서 이야기를 하기도 했다. 내 드레스 이야기도 했다. 모두가 듣는 데서 사선으로 재단된 선이 마음에 든다며 나와 똑같은 드레스를 만들어야겠다고 했다. 대신 복숭아색으로 하고 노출은 줄이고 오간자 천을 사용하겠노라고 했다.

"그러면 똑같은 옷이라 할 수 없죠." 내가 말하자 그녀는 웃음을 터뜨렸다.

그러다가 갑자기 피아노 의자에 앉아 건반 위에 손을 올리고 "그녀는 아직도 병영 문 앞 커다란 가로등 아래 서 있다네"라고 노래를 부르기 시작했다. 마리아는 노래를 부르다 가끔 고개를 돌리고 나를 바라봤다. 어찌나 끈질기게 바라보던지 차마 그녀를 실망시킬 수 없어서 나도 모르게 작은 목소리로 노래를 흥얼거리기 시작했는데 그러다 보니 목이 풀렸다. 어느새 다른 손님들까지 합세하기 시작해서 나중에는 모두 함께 릴리 마를렌이 사랑에 불타오르던 시절을 그리워했다. 하지만 노래 가사 속 군인도, 우리도, 릴리 마를렌이 결국은 그를 잊을 거라는 사실을 알고 있었다.

그 순간 치글러는 어디에 있었을까? 그도 우리와 함께 노래를 불렀을까? 지금은 누가 당신과 함께 있어줄까요? 우리는 한목소리로 릴리 마를렌에게 물었다. 누가 당신과 함께 가로등 아래 있어줄까요? 나는 속으로 생각했다. 치글러는 마를레네 디트리히를 좋아할까? 나치에 반대하며 독일을 떠나버린 새하얀 피부의 관능적인 그 여인을 치글러는 좋아할까? 하긴 그가 마를레네 디트리히를 좋아하든 말든 나와 무슨 상관이란 말인가.

마리아는 노래를 멈추고 자기 옆에 앉으라고 내 팔을 잡아당겼다. 마리아가 말했다. "이 노래를 아나요?" 그러고는 너무나 익숙한 〈봄이야, 베로니카〉의 선율을 연주했다. 처음 코메디안 하르모니스츠〔독일 남성 중창단〕 콘서트에 갔을 때 나는 아직 어린 소녀였다. 그레고어를 만나기도 전이었다. 그로세스 샤우스필하우스〔베를린 대극장〕는 발 디딜 틈이 없었고 청중은 연미복 차림의 여섯 청년들에게 끊임없이 갈채를 보냈다. 나치법이 통과되기 전이었다. 그로부터 얼마 후 중창단에 유대인 세 명이 있다는 이유로 공연이 금지된다.

"이제 당신 차례예요, 로자." 마리아가 말했다. "당신 음색이 너무 좋아요."

마리아가 미처 거절할 틈도 주지 않고 첫 두 소절만 부르다 멈추는 바람에 나는 노래를 이어 불러야 했다. 천장이 높은 연회장에 울려 퍼지는 목소리가 내 목소리처럼 느껴지지 않았다.

몇 달 전부터 나의 행동에서 내가 분리되는 느낌을 받을 때가 있었다. 그럴 때면 내 존재감이 느껴지지 않았다.

하지만 마리아는 흡족해했다. 그녀의 표정을 보고 내가 그녀의 친구로 선택되었음을 깨달았다. 그날 밤 성의 연회장에서 눈을 감은 채 나는 젊은 남작 부인의 불안한 반주에 맞춰 노래를 불렀다. 그녀도 다른 사람들처럼 만난 지 얼마 되지도 않은 내게 본인이 원하는 것만 시키고 있었다.

그레고어는 내가 온종일 노래만 부른다고 했다. 도저히 못 듣겠어, 로자. 노래를 부르는 것은 물속에 뛰어드는 것과 같아, 그레고어. 물에 뛰어들었는데 가슴 위에 무거운 돌이 얹혀 있다고 생각을 해봐. 노래를 부르면 누군가 그 돌을 치워주는 것 같아. 얼마나 오랫동안 그렇게 길게 호흡하지 못했던가.

나는 혼자 완전히 몰입해서 사랑의 시작과 끝을 노래하다 박수 소리를 듣고서야 정신을 차렸다. 눈을 떠보니 알베르트 치글러의 모습이 눈에 들어왔다. 그는 다른 사람들과 조금 거리를 둔 채나와 정면으로 마주보이는 홀 반대편 끝에 서 있었다. 그는 여전히 공을 뺏겨서 토라진 아이 같은 못마땅한 표정으로 나를 바라보고 있었다. 하지만 아이는 이제 기운이 빠져서 포기하고 집으로 돌아가야 했다.

17

1933년 5월에는 베를린 분서焚書 사건이 있었다. 나는 베를린의 모든 길이 용암처럼 흘러내려 우리를 녹여버릴까 봐 두려웠다. 하지만 축제 분위기에 휩싸인 베를린은 불타지 않았고 사람들은 군악대의 연주에 박자를 맞춰 발을 굴렀다. 심지어 비도 오지 않았다. 도시의 모든 도로는 우마차와 베벨 광장을 향해 뛰어가는 시민들에게 점령당했다.

광장에 둘러놓은 밧줄을 넘으면 불길 때문에 가슴이 뜨거워지고 연기 때문에 목이 칼칼해졌다. 책장은 오그라들어 재로 변했다. 괴벨스는 비쩍 마른 데다 목소리도 작았지만 필요할 때는 모기만 한 소리를 최대한 끌어올려 대중을 선동했고, 대중이 잔혹한 삶을 직시하고 죽음의 공포를 이겨내게 만들었다. 그날 도서관에서 2만 5천 권의 책이 광장으로 옮겨졌고 나약한 책벌레가 아니라 강한 남성이 되기를 원하는 수많은 청년들은 축제를 벌였다. 유대인 지식인의 시대는 끝났다고 괴벨스는 말했다. 죽음을 존중하는 마음을 되찾아야 한다면서 말이다. 하지만 아무리 생각해봐도 나는 그 말의 의미를 이해할 수 없었다.

그로부터 1년 후 수학 시간이었다. 보르트만 선생님이 수업을 하는 동안 나는 창문 너머 이름 모를 앙상한 나뭇가지에 달린 잎사귀와 역시 이름 모를 새들의 날갯짓을 훔쳐보고 있었다. 보르트만 선생님은 대머리에 어깨가 조금 굽어 있었다. 무성한 턱수염은 앞으로 살짝 돌출된 주걱턱을 보완해주었다. 영화배우 같은 외모는 아니었지만 여학생들은 모두 선생님을 좋아했다. 날카로운 눈초리와 독보적인 유머감각 덕분에 그의 수업은 재미있었다.

교실 문이 열릴 때까지 몽상에 빠져 있다가 수갑 채우는 소리 때문에 정신을 차려보니 선생님의 손목에 수갑이 채워져 있고 나치 돌격대원들이 그를 끌고 가고 있었다. 칠판 위 수학공식은 부정확한 미완성 상태로 남겨져 있었고 분필은 바닥에 떨어져 가루가 되어 있었다. 그때도 5월이었다.

한발 늦게 벌떡 일어나 교실 문을 향해 뛰어갔지만 선생님은 이미 복도를 걸어가고 있었다. 선생님 옆에는 돌격대원들이 있었다. "아담!" 나는 선생님의 이름을 목 놓아 외쳤다. 선생님은 멈춰 서서 뒤돌아보려 했지만 돌격대원들이 그러지 못하게 걸음을 재촉했다. 다른 교사들이 나서서 나를 꾸짖기도 하고 달래기도 하면서 말릴 때까지 나는 그의 이름을 외쳤다.

보르트만 선생님은 공장에서 강제노역을 하게 됐다. 유대인이어서인지 반체제인사여서인지 아니면 그저 지식인이어서 그렇게 된 건지는 잘 모르겠다. 하지만 독일은 죽음을 존중하고 두려움을 모르는 강인한 인간을 필요로 했다. 아무리 고통스러워도 불평 한마디 하지 않는 인간 말이다.

1933년 5월 10일 축제가 끝나자 괴벨스는 만족감을 표현했다. 군중은 지친 데다 부를 노래도 바닥이 났다. 라디오는 방송을 중단했다. 소방관들은 소방차를 세워놓고 화형장을 소각했다. 그럼에도 불씨는 잿더미 아래서 스멀스멀 불타올라 수 킬로미터를 먹어치우며 1944년에는 이곳 그로스-파르치까지 도달했다. 5월은 무정한 달이다.

18

언제부터 그곳에 서 있던 걸까? 그날 밤 개구리들은 극성스레 울어댔다. 끊임없이 울어대던 개구리 소리는, 꿈속에서 계단 아래로 피신하는 다급한 건물 주민들의 소란스러운 소리로 변했다. 늙은 여인들은 로사리오 기도를 하려고 묵주를 손에 들고 있었지만 사실 그들조차 어떤 성인을 찾아야 할지 몰랐다. 어머니는 어떻게든 아버지와 함께 지하실로 대피하려 했지만 아버지는 공습경보가 울리면 돌아누운 뒤 베개 모양을 바로잡고는 그 속에 뺨을 파묻었다. 경보가 결국 거짓으로 판명이 나면 모두들 졸음에 겨운 눈으로 다시 계단을 올라야 했다. 아버지는 다 쓸데없는 짓이라고 했다. 죽더라도 내 침대에서 죽겠어. 지하실에는 내려가지 않을 거야. 쥐새끼처럼 죽고 싶지 않아. 그날 밤 꿈에서 나는 내가 자란 베를린의 집을 보았다. 대피소에 꽉꽉 들어찬 사람들을 보았다. 현실 속 개구리 소리 때문에 꿈속에서 그들이 내

지르는 비명 소리도 덩달아 커져만 갔다. 그로스-파르치에서는 매일 밤, 잠들기 전에 개구리들의 아우성을 들어야만 했다. 그때 그는 이미 창밖에 와 있었을까?

나는 꿈결에 노파들의 탄식을 들었다. 노파들은 탄식을 내뱉으며 묵주 알을 하나씩 돌렸다. 그러는 동안 아이들은 잠이 들고 한 사내는 코를 골았다. 사내가 '우리를 위해 기도하소서'라는 소리에 벌떡 일어나 욕지거리를 내뱉으며 잠 좀 자게 내버려두라고 하자 노파들의 안색이 백지처럼 창백해졌다. 꿈에서 나는 축음기도 봤다. 청년들은 지하실까지 축음기를 가져와 〈끝없는 봄이 올 거야〉를 틀고 아가씨들에게 춤을 추자고 했다. 나는 그들과 섞이지 않았다. 나를 위해 노래를 불러주렴. 어머니가 말했다. 그때 누군가의 손이 나를 일으켜 세우더니 내 몸을 빙그르 돌렸다. '네가 돌아오면 영원한 봄이 시작되리.' 나는 목이 터져라 노래를 불렀다. 나는 축음기에서 나는 음악 소리보다 더 크게 노래를 부르며 빙글빙글 돌았다. 어느덧 어머니의 모습이 보이지 않았다. 그러다가 바람이 내 몸을 공중으로 들어 올려 힘껏 밀었다.

유체이탈이다! 유체이탈이 다시 시작됐는데 어머니의 모습은 보이지 않고 아버지는 위층에 잠들어 있었다. 아니, 자는 척하고 있는 것일지도 모른다. 축음기 소리가 꺼지고 나도 노래를 멈췄다. 말도 안 나오고 꿈에서 완전히 깨지도 못한 상태에서 갑자기 폭음이 들렸다. 폭탄이 터진 것이다.

순간 눈을 떠보니 온몸이 땀에 흠뻑 젖어 있었다. 나는 침대에 누워 쥐가 나서 뻣뻣하게 굳은 사지에 감각이 돌아오기를 기다린 후에야 겨우 움직일 수 있었다. 어둠에 숨이 막힐 것만 같아서 기름등에 불을 붙인 다음 개구리들의 태연한 울음소리를 들으며 자리에서 일어나 창가로 갔다.

창백한 달빛 아래 그가 있었다. 언제부터 그곳에 서 있던 걸까. 그의 어두운 실루엣은 악몽 그 자체였다. 그는 유령처럼 보였다. 그레고어가 전쟁에서 돌아온 것일 수도 있었다. 하지만 길에 서 있는 사람은 그레고어가 아니라 치글러였다.

더럭 겁이 났다. 그는 나를 보자 한 발짝 앞으로 걸어 나왔다. 이번에는 시차 없이 바로 두려움이 엄습했다. 그가 한 발짝 앞으로 더 다가왔다. 수백 개의 날카로운 모서리가 돌진해와 내 무릎을 부서뜨릴 것 같았다. 내가 뒤로 물러서자 그도 멈춰 섰다. 나는 불을 끄고 커튼 뒤로 몸을 감췄다.

그는 나를 협박하고 있었다. 남작 부인에게 무슨 말을 했지? 사실을 털어놓았나? 아니에요, 중위님. 맹세해요. 중위님을 보고도 모른 체했잖아요.

나는 주먹을 꼭 쥔 채 그가 문을 두드리기를 기다렸다. 달려가 요제프와 헤르타에게 알려야 한다. 한밤중에 친위대 장교가 그들의 집을 찾아온 것이다. 이게 다 나 때문이다. 내가 파티에 가는 바람에 일어난 일이다. 엘프리데가 옳았다. 우리와 다른 부류의 사람들과 섞이면 골치 아픈 일만 생길 뿐이다.

치글러는 집에 들어와 우리를 부엌으로 끌고 갈 것이다. 우리는 졸음의 흔적을 뺨에 그대로 간직한 채 끌려갈 것이다. 머리핀이 풀어지는 바람에 헤르타의 머리카락은 거미줄처럼 헝클어질 것이다. 헤르타가 힘들어하면서 관자놀이를 매만지면 요제프는 그런 헤르타의 손을 잡아줄 것이다. 치글러가 요제프의 갈비뼈를 팔꿈치로 내려치면 그는 땅바닥에 쓰러질 것이다. 그러면 치글러는 베아테에게 그랬듯 요제프에게도 일어나라고 명령을 내리겠지. 치글러는 우리를 불 꺼진 벽난로 앞에 일렬로 세워놓고 아무 말도 못 하게 할 것이다. 권총집을 쓰다듬으며 내게 입 닥치고 가만히 있으라고 할 것이다. 그는 죄 없는 헤르타와 요제프에게도 윽박지를 것이다. 그것이 친위대원들의 방식이었다.

그렇게 몇 분이 흘렀지만 치글러는 문을 두드리지 않았다. 그는 집에 불쑥 들어오지도, 우리에게 명령을 내리지도 않고, 그저 꼼짝 않고 서서 누군가를 기다리고 있었다. 아마도 나를 기다리는 것이었으리라. 나 역시 그 자리에 가만히 서 있기만 했다. 이유는 알 수 없지만 나는 시부모님에게 도움을 청할 수 없었다. 심장이 미친 듯이 뛰었지만 그때부터 이미 나는 그것이 오직 우리 둘 사이의 일이라는 사실을 알고 있었다. 다른 사람들과는 상관없는 일이었다. 내가 치글러를 불러들인 것도 아닌데 나는 시부모님을 대하기가 민망했다. 나는 이 일을 비밀로 해야 한다는 사실을 깨달았다. 내 비밀 장부에 추가할 사항이 또 하나 늘어난 것이다.

치글러는 아직도 그곳에 있었다. 친위대 장교가 아니라 공을 달라고 조르는 아이의 모습으로. 그는 한 걸음 더 내 쪽으로 다가왔고 이번에는 나도 움직이지 않았다. 나는 어둠 속에서 그를 바라보았다. 치글러가 더 다가오자 나는 흠칫 놀라 커튼 뒤로 몸을 감추고 숨을 죽였다. 주변에 정적이 흘렀다. 모두가 잠든 시간이었다. 다시 창가로 돌아와 보니 아무도 없었다.

다음 날 아침 식사를 하면서 헤르타가 파티 이야기를 해달라고 했지만 나는 넋이 나가서 대화에 집중할 수 없었다.

"무슨 일 있니?" 요제프가 물었다.

"잠을 설쳤어요."

"봄이 와서 그럴 게다." 요제프가 말했다. "나도 종종 그런단다. 하지만 지난밤은 너무 고단해서 네가 들어오는 소리도 못 들었단다."

"남작께서 동행인을 붙여주셨어요."

"이제 이야기 좀 해보렴." 헤르타가 냅킨으로 입을 닦으며 말했다. "남작 부인은 무슨 옷을 입었든?"

식당에서 나는 잔뜩 긴장한 상태로 식사를 했다. 군홧발 소리가 들릴 때마다 문 쪽을 쳐다봤지만 치글러가 아니었다. 그에게 면담을 신청해야 했다. 예전에 교장실로 쓰이던 그의 사무실에 들어가서 한밤중에 찾아오지 말라고 경고해야 했다. 그렇지 않으면…… 하긴 내가 무슨 말을 할 수 있겠는가. 또 찾아올 마음이 싹 사라지도록 요제프가 장총을 들고 위협할 거라고? 헤르타가 경찰을 부를 거라고? 하지만 경찰이 무슨 소용이란 말인가. 치글러는 이 마을 권력 서열 일인자였다. 그는 내게도 권력을 행사할 수 있었다. 게다가 내가 그를 찾아가면 내 친구들은 뭐라고 생각하겠는가. 레니가 끈질기게 조르는데도 불구하고 어젯밤 파티이야기도 제대로 못 하고 있는데. 샹들리에는 어땠어? 바닥은? 벽난로와 커튼은 어떤 모양이었어? 울라도 마찬가지였다. 유명한 사람이 있었어? 남작 부인은 어떤 구두를 신었어? 너 입술에뭐라도 발랐니? 립스틱 가져다준다는 걸 깜빡했지 뭐야. 치글러와 이야기를 하러 간다고 나서면 엘프리데는 이렇게 말하겠지. 넌 항상 문제를 일으키는구나, 베를린 토박이. 아우구스티네는또 어떤가. 부잣집 사람들의 파티에 가더니 이제는 적과 내통을하는 거야? 하지만 치글러는 적이 아니었다. 그 역시 우리와 같은 독일인이었다.

바닥에 군화굽이 부딪히는 소리와 함께 완벽한 나치 경례 소리가 들렸다. 아우구스티네가 말했다.

"그 자식이야."

뒤돌아보니 치글러가 부하들과 무언가를 상의하고 있었다. 전날 밤 파티에서 폰 밀데른하겐 남작과 대화를 나누던 모습은 남아 있지 않았다. 내 창 앞에 모습을 드러냈던 남자는 사라지고 없었다.

아마도 지난밤 그는 나를 감시하고 있었을 것이다. 매일 밤 돌아가면서 시식하는 여자들을 감시해왔을 것이다. 대체 무슨 말도 안 되는 상상을 한 거야? 다 꿈이었을 거야. 유체이탈의 여파일 뿐이야. 프란츠 말이 맞아. 나는 몽유병 환자야.

치글러가 우리를 돌아봤다. 그는 멀리서 우리가 음식을 잘 먹고 있는지 식탁을 살폈다. 나는 황급히 고개를 푹 숙였다. 그의 시선 때문에 뒷목이 따가웠다. 호흡을 가다듬고 다시 돌아봤을 때 그는 이미 등을 돌린 채 나를 바라보지 않았다.

그날 나는 일찍 잠자리에 들었다. 봄이라서 그런지 피곤해요, 요제프. 비몽사몽간에 몸이 부유하는 것 같았다. 눈을 감으면 온 갖 목소리들이 고막에서 실타래처럼 흐트러졌다. 기어이 해고당 할 셈이야? 어머니가 주먹으로 식탁보를 내리치며 외쳤다. 아버 지는 아직 음식이 수북한 접시를 밀어내고 식탁에서 일어났다. 당원증 따위는 받을 생각 없으니 그리 알아. 들판은 정적에 휩싸 였는데 머릿속에서는 볼륨을 최대로 높인 라디오 소리가 들렸 다. 하지만 수신 상태가 안 좋아서 소음밖에 들리지 않았다. 어쩌 면 개구리 소리였을지도 모른다. 나는 잠에서 깨어 한숨을 내쉬 었다. 아직도 머릿속에서 목소리들이 울리는 것 같았다.

창가에 다가가 밖을 내다보니 보이는 것이라고는 칠흑 같은 어 둠뿐이었다. 달빛에 나무의 형상이 드러날 때까지 나는 어둠을 주시했다. 대체 뭘 기대한 거지? 무엇 때문에?

나는 침대에 몸을 내던진 후 시트를 치워버렸다. 깨어는 있었 지만 정신이 멍했다. 결국 나는 자리에서 일어나 다시 창가로 갔 다. 치글러는 없었다. 그런데도 왜 안심이 안 되는 걸까?

나는 침대에 누워 천장의 대들보를 바라보며 손가락으로 침대 시트에 도형을 그렸다. 어느새 나는 치글러의 계란형 얼굴을 그 리고 있었다. 자그마한 코 연골에 뚫린 바늘구멍처럼 작은 콧구멍과 좁은 미간을 그리고 있었다. 나는 손동작을 멈추고 몸을 돌려 침대에서 다시 일어났다.

나는 물병에서 물을 조금 따라서 한 모금 마신 뒤 컵을 든 채 탁자 주변을 배회했다. 어떤 그림자가 창백한 달빛을 가리는 순간 한 대 얻어맞은 것처럼 불안감이 엄습해왔다. 고개를 돌리는 순간 그의 모습이 보였다. 전날 밤보다 더 가까이 다가와 있었다. 심장이 터질 것 같았다. 나는 컵을 내려놓고 접은 행주로 물병을 덮어놓은 후 창가로 다가갔다. 이번에는 커튼 뒤로 숨는 대신 감각이 둔해진 손가락으로 램프 불을 켰다. 치글러는 하얀 면 잠옷 위에 가운만 하나 걸치고 헝클어진 머리로 자기 앞에 서 있는 내 모습을 바라보았다. 그는 고개를 끄덕여 보인 후 하염없이 나를 바라만 보았다. 나를 바라보는 것 외에 다른 어떠한 목적도 없다는 듯이. 행위 자체가 목적이라는 듯이.

19

"아는 의사가 있어." 엘프리데가 말했다. 추궁을 당해 억지로 말하는 것도 아니면서 화난 표정이었다. 경비병들은 뒷짐을 진 채 안뜰을 배회하다 가끔은 우리 구역을 표시하는 암묵적인 경계선을 밟거나 일부러 침범해 들어오기도 했다. 그럴 때면 우리는 하려던 말을 꿀꺽 삼켰다.

나는 정말 그 방법밖에 없는지 묻는 눈빛으로 나와 함께 벤치에 나란히 앉은 아우구스티네를 바라보았다. 레니는 우리에게서 조금 떨어진 곳에 있었다. 레니가 울라와 베아테와 수다 떠는 소리가 들려왔다. 울라가 레니에게 헤어스타일을 바꿔보라고 설득하고 있었다. 미용사 놀이에 재미를 붙인 듯했다. 베아테는 이틀 전 히틀러의 별점을 봤다고 했다. 새 타로카드를 못 구해서 요즘은 별자리를 읽기 시작한 거다. 베아테 말이 히틀러의 별자리가 안 좋다고 했다. 얼마 지나지 않아 상황이 그에게 안 좋게 돌아갈 거라고 했다. 여름부터 그렇게 될지도 모른다고 했다. 레니는 못 믿겠다는 듯 고개를 저었다.

경비병 중 한 명이 우리 이야기를 들었는지 입을 벌렸다. 이제 우리를 건물에 가두고 고백을 강요하겠지. 나도 모르게 벤치 팔걸이를 꼭 잡았다. 하지만 그는 포효하듯 큰 소리로 재채기를 했다. 그 바람에 균형을 잃고 몸이 앞으로 쏠렸다. 경비병은 자세를 바로 하더니 주머니에서 손수건을 꺼내서 코를 팽 풀었다.

"그 방법밖에 없어." 하이케가 말했다.

하이케를 산부인과 의사에게 데리고 갈 때 엘프리데는 아무도 못 따라오게 했다.

"웬 비밀이 이렇게 많아. 이해가 안 돼." 아우구스티네가 투덜거렸다. "민감한 상황인데. 하이케에게 우리 도움이 필요할 수도 있잖아."

"우리는 하이케가 없는 동안 마티아스와 우르줄라를 돌봐주자." 내가 아우구스티네를 진정시키려고 말했다.

우리는 레니와 함께 아이들을 돌보며 하이케를 기다렸다. 레니까지 끌어들이고 싶지 않았지만 그녀가 무슨 일인지 알고 싶어 계속해서 질문을 해대는 바람에 어쩔 수 없었다. 나는 레니가 충격 받을까 봐 걱정했지만 레니는 눈 한 번 깜빡이지 않고 잘 받아들였다. 하긴 타인의 고통은 자신의 고통처럼 괴롭지 않으니까.

베아테는 없었다. 하이케는 베아테를 끌어들이고 싶어 하지 않았다. 제일 오래된 친구여서 오히려 더 창피했던 것 같다. 베아테는 그런 하이케의 결정에 화가 났을 수도 있고 아니면 자기가 제외된 것을 고맙게 여겼을 수도 있다.

마티아스는 오후 내내 아우구스티네의 아들인 페테와 싸웠다 화해하기를 반복했다.

"페테는 프랑스고 우르줄라는 영국이야." 이런저런 놀이에 지겨워진 마티아스가 말했다. "너희들이 내게 전쟁을 선포하는 거야."

"영국은 어디 있어?" 우르줄라가 물었다.

"싫어." 페테가 말했다. "내가 독일 할래."

페테와 마티아스는 비슷한 또래였다. 둘 다 일곱 살에서 여덟 살 정도 되어 보였다. 페테는 어깨뼈가 뾰족하게 튀어나와 있고 팔이 앙상했다. 아들이 있다면 그런 아들을 갖고 싶었다. 내 동생 프란츠 같은 아들. 그 애도 어깨뼈가 뾰족했다. 동생은 어린 시절 땀을 뻘뻘 흘리며 그루네발트 숲의 붉은 전나무 사이를 뛰어다니고 슐라흐텐제 호수에 뛰어들곤 했다.

내 아들도 푸른 눈을 가졌으면 했다. 햇살이 비치면 그 푸른 눈을 찌푸리겠지.

"왜 독일을 하고 싶은 건데?" 아우구스티네가 물었다.

"강해지고 싶으니까요." 페테가 대답했다. "우리 총통님처럼요."

아우구스티네가 혀를 찼다. "강한 게 뭔지 네가 뭘 안다고 그러니? 네 아빠도 강했지만 이제 없잖니."

아이는 얼굴이 시뻘게지더니 고개를 숙였다. 그 상황에 아빠 이야기가 왜 나와야 하나. 아우구스티네는 어째서 갑자기 아이를 슬프게 만든 걸까?

"아우구스티네." 나는 운을 뗐지만 뭐라 말을 해야 할지 몰랐다. 그녀의 넓고 각진 어깨와 얇은 발목에 시선이 갔다. 처음으로 그 발목이 부러질 수도 있겠다는 생각이 들었다.

내가 다른 방으로 달려가버린 페테를 따라가자 우르줄라도 내 뒤를 졸졸 따라왔다. 페테는 침대에 고개를 파묻고 있었다.

"하고 싶으면 오빠가 영국 해." 우르줄라가 말했다. "어차피 나는 하기 싫었어."

페테는 아무런 반응을 보이지 않았다.

"그럼 넌 뭘 하고 싶니?" 내가 우르줄라의 뺨을 어루만지며 물었다.

우르줄라는 파울리네처럼 네 살이었다. 갑자기 파울리네가 보고 싶었다. 잠든 아이의 숨결이 그리웠다. 이곳에 온 후 그 애 생각을 한 적이 없었다. 어쩌다 파울리네를 비롯한 베를린의 모든 사람들을 잊었던 걸까?

"엄마 보고 싶어요. 엄마 어디 있어요?"

"조금만 있으면 돌아오실 거야." 내가 우르줄라를 안심시켰다. "그동안 모두 함께 재밌는 걸 할까?"

"뭔데요?"

"노래를 부르는 거야."

우르줄라는 특별히 좋아하는 기색 없이 그러자고 했다.

"가서 마티아스 오빠도 불러오렴."

우르줄라가 내 말대로 오빠를 부르러 가자 나는 침대에 걸터앉았다.

"기분이 상했니, 페테?"

페테는 대답하지 않았다.

"화났니?"

아이가 베개에 얼굴을 묻고 고개를 가로젓자 베개가 움직였다.

"화난 게 아니라면 슬픈 거야?"

아이는 고개를 돌려 나를 힐끔 쳐다보았다.

"그거 아니? 아줌마 아빠도 돌아가셨단다." 내가 말했다. "그러니 네 마음을 이해해."

아이가 책상다리를 하고 일어나 앉았다. "아줌마 남편은요?"

황혼 녘 마지막 햇살에 아이 얼굴이 황달기가 있는 것처럼 누래 보였다.

"여우, 너 이 녀석. 거위를 훔쳐갔지?" 나는 대답 대신 노래를 불렀다. 고개를 흔들며 검지로 박자를 맞췄다. "당장 거위를 돌려주렴." 어디서 그런 기운이 났던 걸까?

우르줄라가 마티아스와 아우구스티네를 데리고 왔다. 셋 다 침대에 앉았고 나는 동요를 끝까지 불렀다. 어렸을 때 아버지가 가르쳐준 노래였다. 우르줄라가 노래를 처음부터 다시 불러달라고 했다. 아이는 노래를 달달 외울 때까지 몇 번이나 내게 노래를 반복해 불러달라고 했다.

이미 날이 어두워진 후에야 길에서 발걸음 소리가 들려왔다. 그때까지 깨어 있던 아이들이 현관을 향해 달려갔다. 걷는 데 별 지장이 없었지만 하이케는 엘프리데의 부축을 받고 있었다. 우르줄라와 마티아스가 엄마를 향해 몸을 던지더니 그녀의 다리에 매달렸다.

"살살해." 내가 말했다. "얘들아, 살살."

"엄마 피곤해?" 우르줄라가 물었다.

"왜 아직도 안 자고 있었어?" 하이케가 말했다. "늦었는데."

"하이케를 좀 쉬게 해줘." 엘프리데는 이 말 한 마디만 남기고 떠날 채비를 했다.

"차라도 한잔 마시고 가."

"통행금지 시간이 다 되어가, 로자. 지금도 이미 늦었어."

"너도 우리랑 여기서 자자."

"싫어. 나는 돌아갈래."

엘프리데는 화가 난 것 같았다. 마지못해 하이케를 도와준 것 같았다. 내게는 자기 일에나 신경을 쓰라고 했으면서 정작 본인은 그러지 못한 거다.

하이케는 의사가 어디에 사는지도, 의사의 이름도 말해주지 않왔다. 그녀의 말에 의하면 의사가 자신에게 성분을 알 수 없는 약물을 마시게 한 뒤 곧 진통이 올 거라고 말하고 집에서 내보냈다고 했다. 돌아오는 길에 하이케와 엘프리데는 숲에서 멈춰야 했다. 하이케는 땀을 흘리고 신음을 하며 핏덩이를 몸에서 배출했고 그녀가 숨을 돌리는 동안 엘프리데가 그것을 자작나무 아래파묻었다. "어떤 나무인지 절대 기억하지 못할 거야." 하이케가말했다. "그 애를 보러 가지 못할 거야."

아이가 생긴 것은 실수였다. 생명을 주고 빼앗는 일은 신의 영역에 속하지 않는다. 순전히 인간의 영역에 속하는 일이다. 그레고어는 다른 생명체의 기원이 되기를 거부했다. 그는 생명을 주는 데는 명확한 의미가 있어야 한다며 의미를 문제 삼았다. 하지만 신조차 그런 문제를 제기한 적은 없었다.

아이가 실수로 생겼기 때문에 하이케는 배꼽 아래서 박동하는심장을 정지시켰다. 나는 그런 그녀에게 화가 났지만 그녀가 불쌍하기도 했다. 내 배 속에는 구멍이 생겼다. 모든 이의 결핍을담은 구멍이었다. 거기에는 그레고어와 내가 가지지 못한 아이도 있었다.

베를린에서 지나가다 임신한 여자를 볼 때마다 나는 친밀감에대해서 생각을 했다. 뒤로 휜 등과 약간 벌어진 다리와 커다랗게부푼 배를 감싼 손바닥을 보면서 부부의 친밀감을 생각했다. 그것은 사랑에 빠진 연인들 사이에 흐르는 친밀감과는 다른 것이었다. 나는 유두 색깔이 진해지고 가슴이 부풀어 오르고 발목이 붓는 상상을 했다. 그레고어가 내 몸의 변화에 겁을 내지는 않을까 의구심이 들었다. 내 몸이 싫어져서 나를 거부하지는 않을지 궁금했다.

임신이란 당신의 것이라고 생각했던 여자의 몸 안에 침입자가 들어와서 몸을 변형시키고 자기 필요와 기호대로 바꿔놓는 거야. 그 침입자는 당신이 들어왔던 곳과 똑같은 구멍을 통해 빠져나가지. 당신에게는 한 번도 허락되지 않았던 난폭함을 만끽하면서. 그는 당신이 한 번도 가보지 못한 영역을 침범해 당신의 여자를 영원히 제 것으로 만들어버릴 거야.

하지만 그 침입자는 당신의 것이기도 해. 당신의 여자 안에서, 그녀의 위와 간과 신장 틈에서 당신에게 속하는 무엇인가가 성장하는 거야. 당신 여자의 가장 은밀하고 깊숙한 곳에서.

나는 내 남편이 구토와 잦은 소변과 원초적인 기능 외에는 모든 기능을 상실한 내 몸을 감내할 수 있을지 의심스러웠다. 그가 자연의 섭리를 받아들이지 못할까 봐 두려웠다.

하지만 우리는 그 정도의 친밀감을 나눌 새도 없이 매우 빠르게 헤어졌다. 아마도 나는 평생 내 몸을 다른 사람에게 내어주지 못할 것이다. 그 어떤 다른 생명체에게도 내어주지 못할 것이다. 그레고어는 내게서 그럴 수 있는 기회를 앗아가버렸다. 그는 온순한 개가 갑자기 반항하듯 나를 배신했다. 너무나 오랫동안 나는 그의 손가락을 입에 넣지 못했다.

하이케는 낙태했지만 나는 여전히 러시아에서 실종된 남자의 아이를 원했다.

치글러는 절대 자정 전에 모습을 드러내는 법이 없었다. 아마도 나를 제외한 다른 사람들이 잠들었다는 확신을 가지기 위해서 그랬던 것 같다. 그는 내가 자신을 기다린다는 사실을 알고 있었다. 나는 무엇 때문에 창가로 다가가는 것일까. 그는 무엇 때문에 매일 밤 우리 집까지 와서 어둠 속에서 잘 보이지도 않는 내 윤곽을 찾는 것일까. 치글러는 무엇 때문에 포기하지 못하는 걸까.

방어막 같은 유리창은 아무것도 하지 않고 아무 말도 없이 그저 같은 장소에 서 있기만 하는 중위를 비현실적인 존재로 만들어주었다. 그는 고집스레 버티고 서서 만질 수 없는 자신의 존재를 알아줄 것을 내게 강요하고 있었다. 처음 그가 찾아왔던 날 이후, 그 일이 일어난 후로 나는 어쩔 수 없이 그런 그를 바라만 보았다. 불을 꺼도 그가 그곳에 있다는 사실이 느껴졌을 것이다. 잠들지 못하기는 마찬가지였을 것이다. 나는 결과를 예측하지 못하고 그를 바라만 보았다. 미래를 현재에서 분리한 채 나는 달콤한 무기력감에 빠져들었다.

파티가 열렸던 밤, 그는 어떻게 내가 잠에서 깨어날 줄 알았을까? 내가 잠자리에 들지 않을 거라고 생각한 걸까? 아니면 그도 몽유병 환자다운 확신에 차서 움직인 걸까.

크라우젠도르프에서 그는 나를 완전히 무시했다. 우연히 그의 목소리가 들리면 두려움에 온몸이 마비되는 것 같았다. 다른 여자들도 내 반응을 눈치챘지만 자기들과 같은 감정 때문일 거라고 생각했다. 그에 대한 두려움은 경비병과 시식하는 여자들 모두를 옥죄어왔다. 어느 아침은 크뤼멜마저 분통을 터뜨렸다. 그는 각자 맡은 일이 있으니 주방 일은 자기에게 맡기라고 소리를 치며 문을 쾅 닫고 나가버렸다. 전쟁의 공포심이 퍼져가고 있었다. 상황이 악화되면서 식량 공급에도 차질이 생겼다. 볼프스샨체 같은 시골에서까지 음식이 부족하다는 것은 파멸을 의미했다. 크뤼멜에게 무슨 일이 일어나고 있는 건지 묻고 싶었다. 왜 키위와 서양 배와 바나나가 나오지 않는 건지, 왜 전처럼 상상력을 발휘하지 못하고 매일 똑같은 음식만 나오는지 묻고 싶었지만 '우유 사건' 이후 그는 내게 말 한마디 건네지 않았다.

새벽녘에 치글러가 떠나고 나면 나는 혼란에 빠졌다. 그는 처음에는 별다른 내색 없이 그냥 가더니 나중에는 살짝 손을 흔들어 보이기도 하고 어깨를 으쓱해 보이기도 했다. 그에 대한 그리움이 그레고어의 방 안에 뿌리를 내려 가구를 벽 쪽으로 밀쳐내고 나를 창틀로 밀어붙였다. 아침 식사 시간이 되면 나는 일상으로 돌아갔다. 하지만 이제는 그 일상이 오히려 내 진짜 삶을 대신하는 대용품처럼 느껴졌다. 요제프가 후루룩 소리를 내며 차를 마시자 헤르타가 그의 팔을 찰싹 때리며 야단을 쳤고 그 바람에 찻잔이 기울어지면서 식탁보가 더러워졌다. 그제야 그레고어 생각이 났다. 나는 창틀에 커튼을 박아버려야겠다고 생각했다. 내 몸을 침대에 묶어버려야겠다고 생각했다. 그러면 언젠가는 치글러도 단념하겠지. 하지만 밤이 오면 세상과 함께 그레고어도 사라져버렸고 다시 시작된 내 삶은 치글러를 향한 눈빛 속에 머물렀다.

낙태 사건 후 몇 주 동안 나는 엘프리데를 대하기가 조심스러웠다. 비밀을 공유하면 가까워지기보다는 멀어질 가능성이 더 크다.

여러 사람이 죄를 저지를 때는 눈 딱 감고 해치워야 한다. 어차피 죄책감은 빨리 사라질 테니 말이다. 집단적 죄책감은 형태가 모호하지만 수치심은 개인적인 감정이다.

내가 친구들에게 치글러의 방문을 숨긴 것도 내가 느끼는 수치심의 부담을 나누지 않기 위해서였다. 그 무게를 오롯이 홀로 감당하기 위해서였다. 엘프리데의 정죄와 레니의 몰이해와 다른 여자들의 뒷이야기를 감내하고 싶지 않기도 했다. 그것도 아니라면 단순히 치글러와 나 사이에 흐르는 감정을 더럽히지 않기 위해서였을 수도 있다.

아이를 낙태한 날 밤, 하이케가 내게 자신의 비밀을 고백했을 때도 나는 치글러 이야기는 하지 않았다. "소년이었어."

아우구스티네는 아이들을 재우러 가고 레니는 낡은 소파에서 꾸벅꾸벅 졸고 있을 때 하이케가 말했다.

"남자애였다는 것을 알고 있었다는 말이야?"

"방금 전까지 내 배 속에 있던 아이 말고."

하이케가 침을 삼켰다. 나는 그녀의 말을 이해할 수 없었다.

"아이 아빠 말이야. 어린아이였어. 어린 소년이었어. 집안일을 도와주는 심부름꾼이었어. 남편이 떠난 후로는 그 애가 밭일을 도와줬거든. 좋은 아이야. 아직 열일곱도 안 됐는데 책임감도 강하고. 내가 어쩌다 그런 짓을 하게 된 건지 모르겠어⋯⋯."

"임신했다니까 뭐래?"

"몰라. 그 애는 아무것도 몰라. 이제는 알릴 필요도 없고. 어차피 다 끝났으니까."

그날 밤에 나는 내 비밀은 고백하지 않고 하이케의 비밀만 들었다.

열일곱이면 하이케보다 열한 살 어렸다.

새들이 5월의 하늘에서 지저귀고 있었다. 너무나 수월하게 제 어미의 다리 사이로 미끄러져 나와버린 하이케의 아이 때문에, 너무나 손쉽게 제거된 아이 때문에 마음이 갑갑했다. 춥지도 덥지도 않은 어중간한 봄이었다.

감정의 분출도, 카타르시스도 없는 비통만이 감돌았다.

엘프리데는 벽에 기댄 채 담배를 태우며 자기 신발을 바라보고 있었다. 나는 뜰을 가로질러 그녀에게 다가갔다.

"무슨 일이야?" 엘프리데가 물었다.

"좀 어때?"

"너는?"

"내일 오후 모이 호수에 갈래?"

담배가 구부러질 정도로 담뱃재가 길어졌다가 결국 부러져 얇은 재가 되어 흩날렸다.

"좋아."

다음 날 우리는 레니도 호수에 데려갔다. 레니는 깨끗한 맨살을 드러낸 채 까만 수영복을 입었다. 엘프리데의 몸은 유연하지만 어딘지 인색해 보였다. 살결이 리넨처럼 까칠까칠했다. 호수물은 얼음같이 차가웠다. 사실 수영을 하기에는 너무 일렀다. 하지만 우리는 온몸을 씻어내고 싶었다. 적어도 나는 그랬다. 레니가 다이빙을 하자 모두 입이 딱 벌어졌다. 레니의 몸짓에서 어색함은 찾아볼 수 없었다. 물에 젖은 레니의 피부는 지상의 것이 아닌 것처럼 보였다. 그렇게 자신감에 찬 레니의 모습은 처음이었다. "안 들어와?" 투명한 뺨 아래 확장된 혈관이 나비 날개처럼 보였다. 미세한 충격에도 날개를 펴고 날아가버릴 것만 같았다.

"레니에게 저런 면이 있었네?" 나는 엘프리데에게 농담을 했다.

"지금까지 꼭꼭 감추고 있었나 봐." 엘프리데의 시선은 레니도, 호수도 바라보고 있지 않았다. 내게는 보이지 않는 어떤 지점에 초점을 맞추고 있었다.

그런 엘프리데의 시선이 나를 비난하는 것처럼 느껴졌다.

"보이는 게 다가 아니야." 엘프리데가 말했다. "사람도 마찬가지야."

그러더니 호수를 향해 몸을 던졌다.

20

어느 날 밤 나는 잠옷을 벗었다.

옷장을 열고 헤르타가 마땅찮아했던 이브닝드레스를 한 벌 꺼냈다. 파티 날 입었던 것과는 다른 드레스였다. 어두워서 치글러가 못 알아볼 거라는 사실을 알면서도 나는 머리를 빗고 화장을 했다. 그가 알아보지 못해도 상관없었다. 머리를 빗고 뺨에 분을 칠하는 동안 누군가를 만나기 전에 밀려오는 떨림을 다시 느꼈다. 그 준비 과정은 그를 위한 것이었다. 행여나 제단을 더럽힐까 봐 두려워하며 그 주변을 서성이듯 내 창문 아래를 배회하는 그를 위한 준비였다. 어쩌면 그는 스핑크스를 대면하는 마음으로 내 주변을 서성이는 건지도 모른다. 하지만 내게는 그에게 낼 수수께끼도, 그에 대한 해답도 없었다. 만약 질문과 해답을 알고 있었다면 벌써 그에게 말해주었을 것이다.

나는 불을 켜고 창가에 앉아 있다가 그가 오자 자리에서 일어났다. 그가 미소를 짓는 것 같았다. 처음 있는 일이었다.

가끔 집 안에서 소리가 나면 나는 불을 껐고 그는 몸을 숨겼다. 내가 다시 불을 켜면 그도 내가 보이는 곳으로 돌아왔다. 천으로 등을 감싸서 불빛은 언제나 은은했다. 등화관제 때문에 불빛이 밝으면 누구든 우리의 모습을 볼 위험이 있었다. 소리가 나면 나는 헤르타가 방에 들어올까 두려워 침대 속으로 들어갔다. 하지만 헤르타가 방에 들어올 리는 없었다. 그러다가 한번은 긴장감에 지친 나머지 잠이 들고 말았다. 떠나기 전 그는 얼마나 오랫동안 나를 기다렸을까. 치글러의 집요함은 그가 나약하다는 증거이자 나에게 권력을 행사할 수 있다는 증거였다.

파티가 열린 지 정확히 한 달이 되던 날 밤, 나는 아무 소리를 못 들었는데도, 불빛을 낮추고 소리를 내지 않기 위해 신발을 벗은 뒤 까치발로 걸어가 방문을 열었다. 헤르타와 요제프가 잠들었는지 확인한 후 부엌 뒷문으로 나가 내 방 창문 앞으로 갔다. 치글러는 신호를 기다리며 쭈그려 앉아 있었다. 그렇게 보니 그가 한없이 작아 보였다.

한 발 물러서는 순간 오른쪽 무릎에서 뚝 소리가 났다. 치글러가 벌떡 일어났다. 우리 사이를 가로막는 창문 없이 내 앞에 제복차림으로 서 있는 그의 모습을 보니 병영에서 그를 볼 때처럼 무서웠다. 마법이 풀리고 현실이 적나라한 모습을 드러냈다. 내 발로 걸어 나왔는데도 무방비 상태로 사형집행인 앞에 서 있는 느낌이었다.

치글러가 내게 다가와 팔을 잡더니 내 머리카락 사이에 얼굴을 파묻고 숨을 들이마셨다. 그 순간 나도 그의 체취를 맡았다.

치글러는 내 뒤를 따라 헛간으로 들어왔다. 한줄기 빛도 없어 칠흑같이 어두웠다. 치글러의 모습은 보이지 않았다. 그의 숨소리만 들려올 뿐이었다. 은은하고 익숙한 나무 냄새에 마음이 평온해졌다. 내가 앉자 그도 따라 앉았다.

우리는 앞이 안 보이는 상태에서 후각에만 의존한 채 무작정 움직이다 난생처음 서로 몸을 맞춰보려는 것처럼 몸을 포갰다.

사랑을 나눈 후 아무도 이 일을 알아서는 안 된다는 말을 특별히 하지는 않았다. 하지만 우리는 암묵적으로 그러기로 한 것처럼 행동했다. 비록 나는 홀몸이 됐지만 우리는 둘 다 기혼자였고 게다가 그는 친위대 장교였다. 그런 그가 히틀러의 음식이나 맛보는 여자와 관계를 가졌다는 사실이 밝혀지면 어떻게 되겠는가. 물론 아무 일이 일어나지 않을 수도 있지만 금지된 일일 수도 있다.

치글러는 왜 자기를 헛간으로 데려왔는지 내게 묻지 않았고 나역시 그에게 아무것도 묻지 않았다. 어느 정도 어둠에 익숙해졌을 때 그는 내게 노래를 불러달라고 했다. 그것이 처음 그가 내게 한 말이었다. 나는 그의 귀에 입을 꼭 붙이고 나지막이 노래를 불러주었다. 나는 하이케가 낙태를 한 날 그녀의 딸에게 불러주었던 동요를 불렀다. 아버지가 가르쳐준 노래였다.

알몸으로 헛간에 누워 나는 철도원이었던 내 아버지를 생각했다. 세상에 굴복하지 않았던 남자를 생각했다. 어머니는 아버지가 무모한 데다 고집불통이라고 했다. 내가 히틀러를 위해서 일한다는 걸 알면 아버지는 뭐라고 할까. 어쩔 수 없었어요. 아버지가 망자의 왕국에서 돌아와 내 행동에 대한 책임을 묻는다면 나는 그렇게 대답할 것이다. 그러면 아버지는 원칙을 깨고 내 뺨을 갈길 것이다. 우리는 나치가 아니다. 아버지가 말할 것이다. 나는 당황해서 손으로 뺨을 가린 채 울먹이면서 나치가 문제가 아니라고 할 것이다. 정치와는 상관없어요. 저는 정치에 관심이 없어요. 게다가 1933년에는 저는 고작 열여섯 살이었어요. 히틀러를 뽑은 건 제가 아니라고요. 그러면 아버지는 이렇게 말할 것이다. 일단 용인하면 그 정권에 대한 책임은 네게도 있는 것이다. 모든 인간은 각자가 속한 국가 체제 덕분에 존재할 수 있는 것이다. 은

둔자조차 말이다. 알아들었니? 네게는 정치적 죄악에 대해 면죄부가 없다, 로자.

그 애를 가만히 내버려둬. 어머니의 애원이 들렸다. 그렇다. 어머니도 돌아온 거다. 옷 정도는 갈아입어도 좋을 텐데 잠옷 위에 코트를 걸친 차림 그대로 말이다. 자기 잘못에 대한 대가를 치르게 놔둬요. 어머니가 결론을 내릴 것이다. 제가 다른 남자랑 자서 화가 난 거죠? 그렇죠? 나는 어머니의 화를 돋우려고 일부러 물을 것이다. 엄마라면 절대 그러지 않았을 테니까요. 네겐 면죄부가 없다, 로자. 아버지가 반복할 것이다.

12년 동안이나 독재 체제하에 살면서도 우리는 그 사실을 깨닫지 못했다. 인간은 무엇 때문에 독재에 순응하는가?

대안이 없었다는 것이 우리의 변명이다. 나는 고작해야 내가 씹어 삼키는 음식에 대해서만 책임이 있을 뿐이다. 음식을 먹는 무해한 행위 말이다. 그것이 어떻게 죄가 될 수 있겠는가. 다른 여자들은 한 달에 200마르크를 받고 몸을 파는 것을 수치스러워할까? 높은 급여를 받으며 호식을 하는 이 직업을 부끄럽게 생각할까? 그들도 나처럼 아무런 의미가 없는 일에 자기 생명을 희생하는 것을 비윤리적 행위라고 생각할까? 나는 지금도 돌아가신 아버지를 보기가 부끄러웠다. 내게 아버지는 수치심을 느끼게 하는 재판관이었다. 히틀러에 대해서는 대안이 없었다고 말할 수 있지만 치글러는 그렇지 않았다. 다른 선택을 할 수 있었는데도 나는 그에게 다가갔다. 나는 그런 짓까지 저지를 수 있는 인간인 거다. 나는 힘줄과 뼈와 타액으로 이루어진 수치심을 감내할 수 있는, 그런 사람이었다. 나는 내 수치심을 두 팔로 감싸 안았다. 내 수치심은 키가 180센티미터이고 몸무게는 많아봤자 78킬로그램 정도 됐다. 내 수치심에는 그 어떠한 구실과 변명도 없었다. 확신에 찬 안도감도 없었다.

"왜 노래를 멈췄지?"

"모르겠어."

"왜 그래?"

"이 노래를 부르면 슬퍼져."

"그럼 다른 노래를 불러. 부르기 싫으면 부르지 말고. 그냥 조용히 어둠을 바라보고 있자. 우리 둘 다 잘하는 일이잖아."

헤르타와 요제프가 잠든 집 안은 조용했다. 방으로 돌아온 뒤 방금 일어난 일을 받아들이기 힘들어 머리를 두 손으로 감싸 쥐었다. 이따금씩 은밀한 행복감이 밀려들었다. 나는 그 어느 때보다 외로웠지만 고독 속에서 내 강인함을 깨달았다. 나는 어린 시절 그레고어가 누워 자던 침대에 앉아 또다시 내 죄와 비밀을 담은 장부를 써내려갔다. 그레고어를 만나기 전 베를린에서 그랬던 것처럼 말이다. 장부를 쓰는 사람은 나였다. 그것은 부정할 수 없는 사실이었다.

21

아침 햇살 아래, 거울에 비친 내 얼굴은 지칠 대로 지쳐 보였다. 잠을 거의 못 자서 그런 게 아니었다. 눈가에 내려앉은 때 이른 다크서클은 새롭게 시작된 우울한 번뇌의 전조였다. 그것은 언젠가는 실현될 수밖에 없는 예언처럼, 잠에서 깬 내 얼굴에 나타나 있었다. 거울에 꽂아둔 사진 속의 웃음기 없는 사내아이는 내게 화가 나 있었다.

헤르타와 요제프는 아무것도 눈치채지 못했다. 인간의 신뢰란 무디기 짝이 없는 것이다. 그레고어의 맹목적인 믿음은 순진한 부모님에게 물려받은 것이 틀림없었다. 며느리가 밤마다 남몰래 집을 나가는데도 그들은 잠만 자고 있지 않은가. 그레고어도 그런 믿음을 내게 쏟아부었다. 그가 나를 홀로 내버려둔 상황에서 그것은 내가 감당하기에는 너무나 버거운 책임이었다.

버스 경적 소리가 내 해방을 알렸다. 나는 한시라도 빨리 집에서 벗어나고 싶었다. 물론 치글러를 보는 건 두려웠다. 누군가 바늘로 손톱 밑을 콕콕 쑤시는 것 같은 느낌이었다. 하지만 동시에 그가 보고 싶기도 했다.

그날 나는 디저트까지 먹게 됐다. 요거트 한 스푼을 올린 케이크는 부드러워 보였지만 위가 꽉 막혀서 그전에 나온 토마토수프도 넘기기 힘들었다.

"베를린 토박이, 메뉴가 맘에 안 들어?"

나는 흠칫 놀랐다.

"아직 안 먹어봤어."

엘프리데가 접시에 남은 케이크를 포크로 쿡쿡 찔렀다.

"정말 맛있어. 먹어봐."

"먹기 싫다고 안 먹을 수 있는 게 아니잖아." 아우구스티네가
말했다.

"케이크를 먹을지 말지 선택할 수 없다니 그것 참 안됐네." 엘
프리데가 대답했다. "밖에서는 사람들이 굶어 죽어가고 있는 마
당에 말이야."

"나 좀 줘봐." 울라가 속삭였다.

그날 울라는 디저트를 못 받았다. 대신 울라는 달걀과 감자퓌
레를 먹었다. 달걀은 총통이 가장 좋아하는 요리 중 하나였다. 히
틀러는 달걀에 커민 씨를 뿌려 먹는 것을 좋아했다. 달콤한 냄새
가 코를 자극했다.

"그만둬. 그러다가 쟤네들한테 들킬라." 아우구스티네가 울라
를 말리려 했다.

울라는 '광신도들'을 두세 번 흘끔 쳐다보았다. 그들은 접시에
고개를 박고 리코타치즈와 코티지치즈를 먹고 있었다. 그들 중
몇몇은 치즈를 꿀에 찍어 먹고 있었다. "지금이야!" 울라가 말했
다. 나는 울라에게 케이크를 조금 잘라 주었다. 울라는 손바닥 안
에 케이크를 감췄다가 경비병이 쳐다보지 않는 것을 확인한 후
에 입속에 털어 넣었다. 나도 내 몫의 케이크를 먹었다.

안뜰에 나가 있는데 정오의 햇살에 병영 주변 건물들의 윤곽이 흐릿하게 보였다. 새들은 노래를 멈추고 떠돌이 개들마저 지쳐 쓰러졌다. 누군가가 날이 너무 더우니 안으로 들어가자고 했다. 6월치곤 너무 덥다고 다른 누군가가 말했다. 친구들이 탁한 공기 속에 한가로이 걷고 있는 모습이 보였다. 그들 쪽으로 다가가려는데 한 걸음 내딛을 때마다 계단을 내려가는 것 같았다. 몸이 휘청거렸다. 나는 앞을 제대로 보려고 눈을 가늘게 떴다. 더워. 이상할 만큼 더워. 아직 6월밖에 안 됐는데. 혈압이 떨어지고 있어. 나는 그네에 매달렸다. 그넷줄이 뜨거웠다. 메스꺼움이 위를 훑고 지나가 거센 바람처럼 머리끝까지 솟구쳐 올랐다. 뜰은 텅 비어 있었다. 친구들은 모두 건물 안으로 들어가버리고 없었다. 문가에 햇볕을 등지고 있는 사람의 형상이 보였다. 순간 뜰이 기울어졌다. 새 한 마리가 균형을 잃고 세차게 날갯짓을 했다. 문간에 치글러의 모습이 보이는가 싶더니 눈앞이 깜깜해졌다.

정신을 차려보니 식당 바닥이었다. 경비병의 얼굴이 천장을 가리고 있었다. 토사물을 내뿜으려는 순간 아슬아슬하게 팔꿈치로 받치고 일어나 고개를 숙였다. 땀이 얼음처럼 차갑게 식어 있었다. 귓가에 사람들 구역질 소리가 들려왔다. 순간 위산이 역류하면서 기관지가 화끈거렸다.

여자들의 울음소리가 들렸다. 울음소리만으로는 누가 누군지 구분할 수 없었다. 웃음소리는 사람마다 다르다. 나는 아우구스티네의 낄낄대는 웃음소리와 레니의 명랑한 키득거림을 구분할 수 있었다. 코로 킁킁 소리를 내는 엘프리데와 폭포수처럼 까르르 터져 나오는 올라의 웃음을 구분할 수 있었다. 하지만 울음소리는 구분할 수 없었다. 울 때는 모두 똑같았다. 울음소리에는 차이가 없다.

머리가 어지러웠다. 나 말고도 바닥에 쓰러져 있는 여자가 한 명 더 있었다. 몇몇은 일어나서 벽에 등을 기대고 있었다. 나는 신발로 그들이 누군지 알아보았다. 올라의 플랫폼 구두와 하이케의 나막신과 레니의 굽 닳은 구두가 보였다.

"로자." 벽 근처에 있던 레니가 내게 다가왔다.

경비병이 팔을 치켜들었다. "제자리로 돌아가!"

"어떻게 하지?" 키다리 친위대원이 혼란스러운 듯 식당을 빙빙 돌며 말했다.

"중위님이 여기로 모두를 모아놓으라고 명령하셨어." 다른 경비병이 말했다. "아무도 내보내면 안 돼. 증상이 없는 여자들도."

"방금 또 한 명이 기절했어." 키다리가 말했다.

나는 쓰러져 있는 사람이 누군지 보려고 고개를 돌렸다. 테오도라였다.

"바닥 청소 할 사람을 찾아와."

"이러다 다 죽게 생겼어." 키다리가 말했다.

"하나님, 맙소사." 레니가 흥분해서 말했다. "의사를 불러주세요. 부탁이에요."

"조용히 좀 해봐." 다른 친위대원이 키다리에게 말했다.

올라가 레니의 어깨를 감싸주었다. "진정해."

"우리가 죽어가고 있대. 못 들었어?" 레니가 외쳤다.

나는 엘프리데를 찾았다. 엘프리데는 누런 웅덩이에 신발을 담근 채 건너편 바닥에 주저앉아 있었다.

나머지 여자들은 내 주변에 모여 있었다. 그들이 헐떡거리고 흐느끼는 소리를 듣고 있자니 고통이 더 증폭되는 것만 같았다. 나를 뜰에서 옮겨와 마룻바닥에 눕힌 사람은 누구였을까? 치글러였을까? 문간에 서 있던 사람이 정말 치글러였나? 아니면 그저 상상의 산물이었을까? 그곳은 모두가 공동으로 쓰는 식당이었다. 친구들은 본능적으로 함께 모여 있었다. 혼자 죽는 것처럼 끔찍한 일은 없으니까. 엘프리데만 구석에 틀어박힌 채 머리를 무릎 사이에 처박고 있었다. 나는 엘프리데를 불러보았다. 하지만 여기저기서 '나가게 해주세요. 의사를 불러주세요. 우리 집 침대에서 죽고 싶어요. 죽기 싫어요'라고 외치는 아비규환 속에 내 목소리가 들리는지 확실치 않았다.

다시 한 번 엘프리데를 불러보았지만 그녀는 대답하지 않았다. "엘프리데가 살아 있는지 확인해주세요." 내가 누군가에게 말했다. 어쩌면 경비병들에게 말했던 것 같기도 하다. 하지만 그들은 내 말을 들은 체도 하지 않았다. "아우구스티네." 내가 속삭였다. "부탁이니 엘프리데 좀 살펴봐줘. 내 곁으로 데려와줘."

엘프리데는 왜 저러고 있을까? 개처럼 숨어서 죽고 싶은 걸까?

안뜰로 이어진 프랑스식 창문은 닫혀 있었고 밖에서 경비병이 창문을 감시하고 있었다. 치글러의 목소리가 들렸다. 복도 아니면 주방에서 들려오는 것 같았다. 하지만 기도 소리와 흐느낌과 병영을 바삐 오가는 시끄러운 군홧발 소리 때문에 그가 뭐라고 하는지는 알 수 없었다. 치글러의 목소리인 게 확실했지만 내게 전혀 위안이 되지는 못했다. 죽음의 공포가 벌레 떼처럼 피부 아래 스멀스멀 모여들었다. 나는 다시 바닥에 쓰러졌다.

크뤼멜의 조수들이 걸레질을 하러 왔지만 바닥이 눅눅해지자 악취가 더 심해졌다. 그들은 바닥만 청소할 뿐 우리 얼굴과 옷은 닦아주지 않았다. 그들은 양동이 하나만 놓아둔 채 바닥에 신문지를 깔고 나가버렸다. 경비병들이 열쇠로 문을 잠갔다.

아우구스티네가 문손잡이를 향해 몸을 내던지며 문을 열어보려 했지만 부질없는 짓이었다. "왜 우리를 여기 가둬놓는 거죠? 무슨 짓을 하려는 거예요?"

창백한 얼굴에 입술이 시퍼렇게 질린 내 친구들은 조심스레 문 주변에 모여들었다. "왜 우리를 여기에 가둬두는 거지?" 나도 일어나서 그들과 함께하고 싶었지만 그럴 힘이 없었다.

아우구스티네가 문짝을 향해 발길질을 날리고 다른 여자들도 손바닥과 주먹으로 문을 두드렸다. 하이케는 천천히 반복해서 머리를 문에 박았다. 적나라한 절망의 표현이었다. 평소의 하이케를 생각하면 의외의 반응이었다. 밖에서 위협을 퍼붓자 아우구스티네를 제외한 다른 여자들은 행동을 멈췄다.

레니가 내 곁으로 다가와 무릎을 꿇었다. 레니는 제대로 말도 못 하는 내게 오히려 위로를 구했다. "결국 일이 터지고 말았어." 레니가 말했다. "우리는 독을 먹은 거야."

"독을 먹은 건 쟤네들이야." 자비네가 레니의 말을 정정했다.

자비네는 쓰러진 테오도라 옆에 힘없이 앉아 있었다. "너는 특별한 증상이 없잖아…… 나도 그렇고."

"아니야!" 레니가 악을 썼다. "나도 속이 메스꺼워."

"저들이 왜 우리에게 다른 음식을 준다고 생각해? 왜 우리를 여러 그룹으로 나누는지 모르겠어, 이 멍청아?" 자비네가 말했다.

아우구스티네는 잠시 문에서 떨어져 나와 그녀를 바라봤다. "맞아, 하지만 네 친구를 좀 봐." 아우구스티네는 턱으로 테오도라를 가리켜 보였다. "테오도라는 샐러드와 치즈를 먹었고, 로자는 토마토수프와 디저트를 먹었어. 그런데도 둘 다 기절했잖아."

그 순간 강한 구역질 때문에 몸이 반으로 접혔다. 레니가 내 이마를 받쳐주었다. 나는 더러워진 옷을 쳐다보다 고개를 들었다.

하이케는 얼굴을 두 손에 파묻은 채 식탁에 앉아 있었다. "아이들에게 가고 싶어." 하이케가 찬송가를 부르듯 말했다. "아이들이 보고 싶어."

"그럼 나를 좀 도와줘! 이 문을 부숴버리자!" 아우구스티네가 말했다. "다들 나를 좀 도와줘!"

"저들이 우리를 죽이려 들 거야." 베아테가 한숨을 내쉬었다. 그녀도 자신의 쌍둥이들에게로 돌아가고 싶기는 마찬가지였다.

하이케는 다시 일어나 아우구스티네 쪽으로 가더니 나무로 만든 문짝을 향해 몸을 내던지는 대신 고함을 쳤다. "나는 아프지 않아요. 독을 먹지 않았다고요. 내 말 들려요? 나가게 해주세요!"

소름이 끼쳤다. 하이케는 방금 모두의 머릿속에 스쳐간 생각을 입 밖으로 내고 만 거다. 모두 똑같은 음식을 먹지 않았으니 똑같은 운명을 맞지는 않을 것이다. 어떤 음식에 독이 들었는지에 따라서 우리 중 몇몇은 죽을 것이고 몇몇은 살아남을 것이다.

"의사라도 보내주었으면." 자기가 위험하지 않다는 사실을 믿지 못하는 레니가 말했다. "그러면 살 수도 있을 텐데."

하지만 의사가 정말 우리를 살려줄 수 있을 것 같지는 않았다.

"저들은 우리를 살리는 데 관심이 없어."

엘프리데가 몸을 일으켰다. 돌처럼 딱딱한 얼굴이 당장이라도 부서져내릴 것 같았다. "저들은 우리를 살려주려는 게 아니야. 우리가 무슨 독을 먹었는지 알고 싶을 뿐이지. 내일 우리 중 한 명의 시신만 부검해도 원인은 밝혀질 거야."

"한 명으로 충분하다면 왜 우리 모두 여기 갇혀 있어야 해?" 레니가 말했다.

레니는 자기가 얼마나 끔찍한 말을 했는지 깨닫지 못했다. 그말이 다른 사람들을 살리기 위해 한 명을 희생시키자는 의미라는 것을 몰랐다.

레니는 어떤 기준으로 희생양을 선택할까? 몸 상태가 가장 안좋은 사람? 먹여 살릴 자식이 없는 사람? 이곳 출신이 아닌 사람? 아니면 단순히 자기랑 안 친한 사람? 〈케이크를 구워라〉 노래라도 불러서 운명을 결정하려나?

나는 자식도 없고 베를린 출신에다 치글러와 동침까지 했다. 물론 레니도 거기까지는 모르지만. 레니는 내가 죽어 마땅하다는 사실을 모른다.

기도를 하고 싶었지만 나는 그럴 자격도 없었다. 남편을 빼앗긴 후 몇 달 동안 기도를 하지 않았다. 아마도 그레고어는 러시아 시골집 벽난로 앞에 앉아 있다 기억을 되찾을 것이다. 맞아. 그가 자신의 러시아 아가씨에게 말할 것이다. 이제 생각났어. 머나먼 곳에 내가 사랑하는 여자가 있어. 그녀에게 돌아가야 해.

그레고어가 살아 있다면 나도 죽고 싶지 않았다.

아무리 외쳐도 친위대원들이 대답하지 않자 하이케는 뒤로 물러섰다.

"대체 무슨 속셈인 걸까? 우리를 어쩌려는 거지?" 베아테가 하이케라면 대답을 해줄 거라 믿고 물었지만 그녀는 대답하지 않았다. 하이케는 목숨을 건지려 했다. 자기 목숨만. 그러다가 실패하자 침묵 속으로 빠져들었다. 레니는 식탁 밑에 쭈그리고 앉아 계속해서 속이 울렁거린다고 했다. 손가락 두 개를 목 안에 넣어보았지만 꺽꺽거리기만 할 뿐 아무것도 나오지 않았다. 테오도라는 여전히 태아처럼 웅크린 채 몸을 흔들고 있었고 자비네는 자기 자매인 게르트루데가 거친 숨을 몰아쉬는 동안 테오도라를 돌봐주었다. 울라는 머리가 아프다고 했고 아우구스티네는 화장실에 가고 싶다고 했다. 아우구스티네는 엘프리데를 설득시켜 내 옆에 눕히려 했다. "내가 도와줄게." 하지만 엘프리데는 아우구스티네의 손길을 거칠게 뿌리쳤다. 그녀는 구토를 하느라 진이 빠져서 구석에 처박혀 있었다. 엘프리데는 손등으로 턱을 닦아내고 모로 웅크려 누웠다. 나는 너무 피곤했다. 심장박동이 느려졌다.

몇 시간이 흘렀는지는 모르지만 갑자기 문이 열리더니 치글러가 나타났다. 치글러 뒤로 가운을 걸친 남자와 젊은 여자가 서 있었다. 둘은 심각한 눈빛으로 까만 가방을 들고 있었다. 가방에는 무엇이 들어 있을까? 레니가 의사를 불러달라고 했더니 정말 의사가 왔다. 하지만 레니조차 정말로 의사가 우리를 구하러 왔다는 사실을 못 믿는 눈치였다. 둘은 가방을 식탁에 올리더니 찰칵하고 잠금장치를 풀었다. 엘프리데 말이 맞았다. 그들은 우리에게 약을 주려고 온 것이 아니었다. 그들은 우리에게 수분을 공급할 생각도, 열을 잴 생각도 없었다. 그저 우리를 그곳에 격리시켜놓고 경과를 지켜볼 뿐이었다. 그들은 우리 중 몇몇을 죽음으로 몰아가고 있는 이유를 파악하려는 것이다. 어쩌면 그들은 그 원인을 이미 알고 있을지도 모른다. 그래서 이미 독극물에 중독된 우리가 쓸모없어진 거다.

우리는 맹수 앞에 선 동물처럼 꼼짝하지 못했다. 음식을 먹지 않는 시식가는 필요 없다고 치글러가 말했었다. 죽어야 할 운명이라면 빨리 죽는 편이 낫다. 죽을 사람이 죽고 나면 식당을 청소하고 소독하고 창문을 열고 환기시켜줄 거다. 고통을 멈추게 해주는 것도 자비 행위다. 짐승에게도 그렇게 해주는데 하물며 사람에게 그리 못 할 이유가 뭐가 있단 말인가.

의사가 내 앞으로 왔다. 내가 속삭였다. "원하는 게 뭐죠?" 치글러가 나를 돌아봤다. "내 몸에 손대지 마요!" 내가 의사를 향해 외치자 치글러는 내 쪽으로 허리를 굽히고 내 팔을 잡았다. 그는 전날 밤처럼 내 얼굴에 자기 얼굴을 바짝 갖다 댔다. 내 몸에서 나는 악취를 맡고 나면 다시는 내게 키스하지 않겠지. "조용히 하고 시키는 대로 해." 그러고는 몸을 일으키며 말했다. "모두 입 다물어!"

레니는 몸을 계속 접다 보면 손수건처럼 작아져서 주머니 속에 숨을 수 있다고 믿는 것처럼 식탁 아래에서 머리를 다리 사이에 파묻었다. 의사는 내 맥박을 짚고 눈을 벌려 본 다음 등에 청진기를 대고 숨소리를 들었다. 그러고는 테오도라 쪽으로 갔다. 간호사가 젖은 천으로 내 이마를 닦아준 뒤 물 한 컵을 건네주었다.

"누가 뭘 먹었는지 목록이 필요하다고 말하지 않았습니까." 의사가 식당을 나서며 말했다. 간호사와 치글러가 의사를 따라 나가자 경비병들은 다시 문을 잠갔다.

피부 아래로 스멀거리며 모여들던 벌레 떼가 이제는 폭동을 일으켰다. 엘프리데와 나는 토마토수프와 달콤한 케이크를 먹었다. 그러니 우리 둘이 같은 배를 탄 것이 자명했다. 나는 치글러와 한 짓 때문에 벌을 받았다지만 엘프리데에게는 무슨 죄가 있단 말인가.

신은 존재하지 않거나 변태라고, 그레고어가 말했었다. 구역질이 또다시 맹렬히 온몸을 뒤흔들었다. 나는 히틀러의 음식을 토해냈다. 히틀러가 절대 먹지 않을 음식을 토해냈다. 목에서 새어 나오는 듣기 싫은 신음 소리는 내 목소리였다. 인간의 소리 같지 않은 소리였다. 내게 인간적인 면이 남아 있기나 할까?

어떤 기억이 퍼뜩 떠올라 머리를 세게 얻어맞은 것 같았다. 그

레고어가 마지막 편지에 쓴 러시아 미신 이야기였다. 독일군에게
도 그 미신이 적용되는 걸까? 그레고어는 자기 여자가 정절을 지
키는 동안 군인은 죽지 않을 거라고 했다. 그러니 나밖에 믿을 사
람이 없다고 했다. 하지만 나는 믿을 만한 여자가 아니었다. 그레
고어는 그것도 모르고 나를 믿는 바람에 죽어버렸다.

　그레고어는 나 때문에 죽은 거다. 심장박동이 더 느려졌다. 호
흡이 멈추고 귀가 먹먹해지더니 더 이상 아무 소리도 들리지 않
았다. 그러다가 심장이 멈춰버렸다.

22

　나는 발길질 소리에 잠에서 깼다.

　"화장실에 가야겠어요! 문 좀 열어줘요!" 아우구스티네가 주먹
으로 문을 내리치고 있었다. 아무도 문짝을 부숴버리자는 그녀
를 도와주지 않았던 거다. 안뜰 쪽으로 난 문은 여전히 닫혀 있었
고 그새 해가 완전히 저물었다. 요제프가 나를 찾으러 왔을까?
헤르타는 창가에서 나를 기다리고 있을까?

　아우구스티네가 내 옆에 놓인 양동이를 집어 들었다.

　"어디로 가져가게?"

　"일어났어?" 아우구스티네가 놀라며 말했다. "좀 어때, 로자?"

　"몇 시야?"

　"저녁 시간이 한참 지났는데도 음식을 가져오지 않았어. 마실

것도 다 떨어졌고. 모두들 한꺼번에 사라져버렸어. 레니 때문에
힘들어 죽겠어. 어쩌나 울었는지 토한 것도 없는데 덩달아 탈수
증상을 보인다니까? 하지만 레니는 멀쩡해. 나도 마찬가지고."
아우구스티네는 거의 사과하듯 마지막 말을 덧붙였다.

"엘프리데는 어디 있어?"

"저기서 자고 있어."

엘프리데의 모습이 보였다. 아직도 옆으로 웅크리고 누워 있었
다. 어두운 피부가 창백하게 변해 부싯돌처럼 보였다.

"로자." 레니가 말했다. "이제 좀 괜찮아?"

아우구스티네는 지칠 대로 지쳐서 양동이 위에 쭈그려 앉았다.
아우구스티네의 뒤를 이어 다른 여자들도 참지 못하고 양동이를
사용하기 시작했다. 하지만 모두가 사용하기에 양동이는 턱없이
작았다. 누군가는 오줌을 옷에 지리든가 이미 더러워 냄새나는
바닥에 싸야 할 것이다. 대체 왜 문을 열어주지 않는 걸까? 우리
만 병영에 버려둔 채 부대를 철수한 걸까? 관자놀이가 울렸다.
문을 열고 도망쳐서 다시는 돌아오고 싶지 않았지만 문밖에는
분명 경비병들이 버티고 있을 거다. 그들은 정확한 지침을 받고
문을 열어주지 않고 있었다. 그들은 고통받는 여자들을 어떻게
통제해야 할지 몰랐다. 그래서 다음 명령이 내려질 때까지 우리
를 내버려두고 있었다.

몸을 일으키려는데 다리가 후들거렸다. 아우구스티네가 나를
부축해주었다. 나도 양동이를 사용해야 했다. 아우구스티네와
베아테가 겨드랑이를 붙잡아주었다. 부끄럽다는 생각도 안 들었

다. 그저 몸에 힘이 없을 뿐이었다. 부덴가세의 지하대피소와 어머니 생각이 났다.

오줌은 끓는 것처럼 뜨거웠고, 너무나 예민해진 나머지 피부를 살짝 쓰다듬기만 해도 아팠다. 옷을 여미렴, 로자. 감기 들겠다. 어머니라면 내게 이렇게 말했을 것이다. 하지만 지금은 여름이다. 죽기에 적합한 계절이 아니다.

소변 볼 때의 느낌이 죽기 전 마지막 소원을 이루듯 감미로웠다. 나는 아버지 생각을 했다. 아버지는 정의로운 사람이었다. 그런 아버지라면 나를 위해 신께 호소해줄 수 있을 것 같았다. 그래서 나는 자격도 없는 주제에 기도를 했다. 제일 먼저 죽게 해달라고 기도했다. 엘프리데가 죽는 것을 보고 싶지 않았다. 이제 아무도 잃고 싶지 않았다. 하지만 아버지는 나를 용서하지 않았고 신은 이미 딴 생각을 하고 있었다.

오한이 나던 온몸이 부드럽게 무너져내리는 느낌이 들었다.

눈을 가늘게 뜨고 천장을 바라보니 어느새 새벽이었다.

문이 열리자 내 몸도 깨어났다. 최소한 송장 두 구는 치울 각오로 문을 연 친위대원들 앞에 나타난 것은 열쇠 돌아가는 소리에 선잠에서 깬 열 명의 여인들이었다. 눈에 눈곱이 잔뜩 끼고 목은 죄다 쉬었지만 모두 숨은 제대로 붙어 있었다.

키다리 친위대원은 문기둥에 서서 아무 말 없이 우리를 바라보았다. 유령이라도 쳐다보는 것 같은 표정이었다. 다른 경비병은 코를 틀어막고 뒷걸음을 쳤다. 군홧발 소리가 복도에 메아리쳤다. 우리 스스로도 우리가 유령이 아니라는 사실을 확신하지 못하고 아무 말 없이 조심스레 팔다리를 움직여보고 호흡을 가다듬어보았다. 숨결이 콧구멍과 입술 사이로 새어 나왔다. 나는 살아 있었다.

치글러가 우리에게 일어나라고 명령을 내리고 나서야 레니는 식탁에서 기어 나왔다. 하이케는 둔한 동작으로 의자를 치우고 엘프리데는 천천히 등을 굽혔다 몸을 일으켰다. 울라는 크게 하품을 하고 나는 휘청거리면서 일어섰다.

"일렬로 정렬!" 치글러가 말했다.

고통의 후유증에 취해서인지 아니면 단순히 두려움에 길든 덕분인지 우리는 쇠약한 몸을 이끌고 일렬로 섰다.

그동안 내 사랑하는 나치 장교께서는 어디에 계셨을까? 그는 나를 화장실에 데려가주지도 않고 내 이마를 적셔주지도 않고 내 얼굴을 닦아주지도 않았다. 그는 내 남편이 아니었다. 나를 행복하게 해줄 의무가 없었다. 내가 죽어가는 동안 그는 아돌프 히틀러의 생명을 보호하는 데만 신경을 썼다. 오직 그의 목숨을 지키고자 범인을 찾으려고 크뤼멜과 조리사들과 주방보조들과 경비병과 총사령부에 주둔하는 친위대원 전체와 인근 음식 공급업자들과 다른 지방의 공급업자들을 심문했을 것이다. 그러면 식량을 운반한 기차의 기관장들까지 심문하고도 남았다. 그는 범인을 잡기 위해서라면 세상 끝까지 쫓아갈 것이다.

"이제 집에 가도 되나요?"

나는 그가 내 목소리를 들어주기를 원했다. 나를 기억해주기를 바랐다.

그는 작은 눈으로 나를 바라보았다. 썩은 헤이즐넛 같은 눈동자로 나를 쏘아보다 손으로 눈가를 마사지했다. 어쩌면 나를 보고 싶지 않아서 그랬던 걸 수도 있다. "조금 있으면 주방장이 올 거다." 그가 말했다. "임무를 계속해야지."

내 위는 도저히 음식을 받아들일 만한 상태가 아니었다. 다른 여자들도 손으로 입을 막고 배에 손을 갖다 대며 혐오스러운 표정을 지었지만 아무도 입을 열지는 못했다.

치글러가 나가자 경비병들이 몸을 씻을 수 있게 우리를 두 명씩 화장실로 바래다주었다. 돌아와보니 식당은 깨끗이 치워져 있었고 안뜰로 이어지는 프랑스식 창문도 어느 정도 열려 있었다. 아침 식사는 평소보다 이른 시간에 준비됐다. 총통이 배가 고파서 안달이 났나 보다. 그는 밤새 손톱만 씹어 먹었을 것이다. 아니면 불미한 사건에 기분이 상해서 식욕을 잃었을 수도 있다. 뱃속이 부글거렸을 수도 있지만 그것은 위염이나 고창鼓脹 때문이었을 것이다. 신경과민에 의한 반응이었을 거다. 그는 몇 시간 동안 쫄쫄 굶었을 것이다. 아니면 위급한 상황을 위해 벙커 안에 숨겨둔 만나(성경 속 여호와가 이스라엘 민족에게 날마다 내려줬다는 기적의 음식)를 먹었을 수도 있다. 어느 밤 그만을 위해 하늘에서 내려준 만나 말이다. 아니면 그는 그저 굶주림을 참았을 것이다. 그는 뭐든 견딜 수 있는 인간이니까. 배고픔을 참으면서 자신의 굶주림에 동참한 셰퍼드 블론디의 보드라운 털을 쓰다듬어줬겠지.

우리는 더러운 옷을 입은 채 식탁에 앉았다. 참을 수 없는 악취가 났다. 우리는 숨을 참고 음식을 기다렸다. 그러고는 언제나처럼 포기하고 음식을 욱여넣었다. 첫날 그랬던 것처럼. 햇살이 우리들의 빈 접시와 수척한 얼굴 위로 쏟아져내렸다.

나는 기계적으로 음식을 씹고 억지로 꿀꺽 삼켰다.

그들은 끝까지 아무런 설명도 해주지 않았지만 우리를 집에 데려다주기는 했다.

헤르타가 달려와 나를 껴안아주었다. 헤르타는 내 침대에 걸터앉아 자초지종을 들려주었다. "친위대원들이 농장이란 농장을 죄다 뒤지고 다녔어. 식자재를 제공한 공급업자들을 심문하고 다녔지. 어찌나 길길이 날뛰던지 양치기는 그들이 자기를 헛간으로 끌고 가서 쏴 죽일 거라고 생각했다더구나. 마을에도 최근 식중독에 걸린 사람들이 있긴 했지만 그 원인은 밝혀지지 않았어. 우리는 괜찮았어. 아니 괜찮지 않았지. 네가 걱정됐거든."

"아무도 죽지 않아서 다행이다." 요제프가 말했다.

"저 이가 너를 찾으러 갔단다." 헤르타가 말했다.

"밖에 계셨어요?"

"레니의 어머니도 있었다." 요제프가 자기가 한 일이 별일 아니라는 듯 말했다. "하이케네 일을 도와주는 남자아이와 잡혀간 여자들의 자매와 시누이들, 나 같은 노인네들도 있었지. 모두들 병영 앞에서 기다리면서 너희들 소식을 물었지만 아무 말도 해주지 않더구나. 그들이 어찌나 험악하게 굴던지 그냥 올 수밖에 없었다."

헤르타와 요제프도 밤을 꼬박 새웠다. 그날 밤 잠을 제대로 잔 사람이 몇이나 될까. 잠을 못 잔 것은 아이들도 마찬가지였다. 아이들은 흐느끼다가 지쳐 할머니나 이모들이 보는 데서 밤늦게 잠이 들었다. 엄마 어디 있어요? 엄마 보고 싶어요. 하이케의 아이들이 물었다. 어린 우르줄라는 마음을 진정시키려고 내가 가르쳐준 동요를 불렀지만 가사를 기억하지 못했다. 오리를 훔친 여우가 사냥꾼에게 벌을 받아 죽는다는 내용이었다. 아버지는 왜 그렇게 우울한 노래를 불러준 걸까?

요제프 말로는 차르트까지 헤르타 발치에 앉아 현관문을 바라보고 있었다고 한다. 내가 돌아오기를 기다리거나 근처에 숨은 적군을 경계하는 것처럼. 실제로 적은 숨어 있었다. 무려 11년 동안이나 말이다.

23

그는 돌아오지 않을 것이다. 자기가 한 짓을 생각하면 감히 창밖에 나타나지 못할 것이다. 어쩌면 자신의 권력을 가늠해보기 위해 돌아올지도 모른다. 하지만 그를 헛간으로 인도한 것은 내가 아니었던가. 나는 정말 특별대우 받기를 기대했던 걸까? 나는 그의 총애를 받는 여인이었다. 나는 그의 창녀였다.

나는 무더운데도 창문을 닫았다. 치글러가 몰래 방에 숨어 들어올까 봐 두려웠다. 눈을 떴을 때 그가 침대 옆에 있거나 내 위에 올라타고 있을까 봐 두려웠다. 생각만 해도 목이 간질거렸다.

나는 그런 생각을 떨쳐버렸다. 침대시트를 매트리스 가장자리로 둘둘 말아 내리고 종아리를 댈 시원한 곳을 찾았다. 그가 감히 내 앞에 나타나더라도 보란 듯이 거절하리라.

나는 평소처럼 등불을 천으로 가리고 창가에 앉았다. 토사물로 더러워진 치욕적인 모습을 보인 후 그에게 거부당했다고 생각하니 분노가 치밀어올랐다. 치글러는 나 없이도 잘 살고 있는데 나는 어두운 들판을 바라보면서 그를 기다리고 있었다. 어둠 속을 응시하다 보니 흙길이 보였다. 집 앞 길모퉁이로까지 시선을 옮겼다가 그보다 더 멀리, 모든 것이 시작된 성 쪽으로 길이 꺾이는 지점에 시선을 고정시켰다.

나는 새벽 한 시가 되어서야 불을 껐다. 자존심이 허락하지 않아서였다. 이로써 나의 패배를 인정해야 했다. 치글러가 이겼다. 결국 그가 나보다 더 강했다. 나는 다시 침대에 몸을 눕혔다. 근육이 딱딱하게 굳어서 등이 아팠다. 시곗바늘 재깍거리는 소리가 신경에 거슬렸다. 그러다가 갑자기 작고 날카로운 소리가 들려 덜컥 겁이 났다.

누군가 손톱으로 창문을 긁고 있었다. 두려움 때문에 전날 구역질하던 생각이 났다. 정적이 흐르는 가운데 손톱으로 유리 긁는 소리와 요동치는 내 심장박동만 들렸다.

소리가 멈춘 순간 나는 침대에서 벌떡 일어났다. 그새 유리창은 입을 다물었고 길은 텅 비어 있었다.

"다들 잘 쉬었나? 회복된 것을 보니 기쁘군."

나는 겨우 음식물을 삼켰다. 다른 사람들도 먹기를 멈추고 금지된 대상을 훔쳐보듯 치글러 쪽을 흘끔거렸다. 우리는 서로의 얼굴을 바라보았다. 하나같이 표정이 구겨져 있었다.

식중독 사건 이후 모두들 식당은 우리를 위해 제작된 덫에 지나지 않는다는 사실을 깨달았고 친위대원이 말을 걸 때마다 공황 상태에 빠졌다. 그런 상황에서 다른 사람도 아닌 치글러가 입을 열었으니 바짝 경계하는 것이 당연했다.

치글러는 식탁을 한 바퀴 빙 돌더니 하이케에게 다가가 말했다. "모든 게 끝났으니 만족하겠지." 아주 잠시 나는 치글러가 낙태 이야기를 하는 거라고 생각했다. 아마 하이케도 그렇게 생각했던 것 같다. 하이케는 살짝 고개를 끄덕여 보였다. 날카로워진 신경을 감추지 못하고 지나치게 빨리 고개를 끄덕였다. 치글러는 하이케의 등 뒤에서 허리를 굽히더니 팔을 뻗어 그녀의 접시 위에 놓여 있던 사과를 집어 들었다. 치글러는 잔디밭에 피크닉이라도 온 것처럼 사과를 크게 한입 베어 물었다. 사과를 깨물어 먹는 소리가 낭랑하고 불길하게 울려 퍼졌다. 그는 가슴을 한껏 내밀고 뒷짐을 진 채 걸어가면서 사과를 씹었다. 한 걸음 한 걸음이 물에 뛰어들기 전 준비운동 같았다. 걸음걸이가 너무나 이상했다. 나는 대체 왜 그런 인간을 그리워했던 걸까?

"위급 시 협조에 고마움을 표하고 싶다."

아우구스티네가 중위가 들고 있는 사과를 뚫어져라 쳐다보며 콧구멍을 벌름거렸다. 엘프리데는 언제나처럼 코가 막혀서 힘겹게 숨을 쉬고 있었고 격자무늬 핏줄이 레니의 두 뺨을 물들였다. 나는 내 감정이 고스란히 노출된 느낌이었다. 치글러는 걸음을 옮기며 사과를 씹어댔다. 그 모습이 어찌나 냉정해 보이던지 당장이라도 불쑥 말투를 바꿀 것 같았다. 우리는 최악의 상황을 각오하고 안절부절못하며 충격적인 반전을 기다렸다.

하지만 치글러는 식당 한 바퀴를 돌더니 내 뒤에서 멈춰 섰다.

"우리로서는 선택의 여지가 없었다. 그래도 알다시피 위급한 상황은 지나가지 않았나. 이제 모든 것이 원래대로 돌아왔으니 다들 점심 식사를 즐기길 바란다." 치글러는 이렇게 말하고는 사과 과심을 내 접시 위에 올려놓고 나가버렸다.

베아테가 식탁 너머로 손을 뻗더니 손가락으로 사과 꼭지를 집었다. 나는 마음이 너무 뒤숭숭한 나머지 베아테가 왜 그러는지 궁금하지도 않았다. 치글러가 앞니로 깨물어서 그의 침이 묻은 사과 과심 주변 과육이 벌써 갈변하고 있었다.

그는 나를 협박하고 있었다. 이제 모두들 네 정체를 알게 될 거야. 그런 식으로 나를 고문하고 있었다. 아니면 단지 내가 보고 싶어서, 나에 대한 손톱만 한 그리움 때문에 그랬을 수도 있다. 우리는 사랑을 나눴다. 다시는 해서는 안 될 일이다. 아무도 모르면 그날 밤은 영원히 존재하지 않게 될 거다. 이미 지나간 일이다. 입 밖에 낼 수 없으니 애당초 일어나지 않은 거나 마찬가지다. 세월이 흐르면 아무리 솔직한 마음으로 자문해보아도 나 스스로조차 그런 일이 정말로 있었나 싶을 거다.

나는 다시 음식을 먹기 시작했다. 우유를 마시고 본의 아니게 컵을 거칠게 내려놓는 바람에 컵이 엎어지고 말았다. "미안해." 내가 말했다. 컵은 엘프리데 자리까지 굴러갔다. 엘프리데는 컵을 세워놓았다. "미안해." 내가 말했다. "신경 쓰지 마." 엘프리데가 내게 컵을 내밀며 말했다. 그러고는 냅킨으로 쏟아진 우유를 닦았다.

그날 밤 나는 일찍 잠자리에 들었다. 나는 잠에서 구원을 구했지만 부질없는 일이었다. 나는 뜬눈으로 치글러가 찾아오는 상상을 했다. 그가 전날 밤처럼 손톱으로 유리창을 긁을까 봐 두려웠다. 돌멩이를 던져서 유리창을 깨버리고 내 목덜미를 잡고 끌어낼까 봐 두려웠다. 헤르타와 요제프도 그 소리를 듣고 깰지도 모른다. 나는 영문을 모르는 시부모에게 모든 것을 고백하거나 끝까지 시치미를 떼겠지. 나는 어둠 속에서 두려움에 떨었다.

다음 날 저녁 식사 후 치글러가 뜰로 나왔다. 나는 담배를 피우고 있던 엘프리데와 이야기를 나누는 중이었다. 나를 향해 직진하는 치글러를 보고 내가 갑자기 입을 다물자 엘프리데가 그에게 물었다. "무슨 일이시죠?"

"담배를 버려라!"

그가 엘프리데를 보며 말했다.

"지금 당장!" 치글러가 말했다.

엘프리데는 담배를 완전히 못 쓰게 되기 전에 마지막으로 한 모금만 더 빨고 싶은 듯 머뭇머뭇 담배를 버렸다.

"담배를 피우면 안 되는지 몰랐어요." 엘프리데가 변명했다.

"이제부터 금지다. 내 병영에서는 담배를 피울 수 없다. 총통께서는 담배를 싫어한다."

치글러는 내게 화가 나 있었다. 화풀이는 엘프리데에게 하고 있지만 실은 내게 화를 내는 것이다.

"독일 여성은 담배를 피울 수 없다." 그는 나흘 전 창문 앞에서 그랬던 것처럼 고개를 숙이고 내 체취를 맡았다. 나는 움찔했다. "피워도 냄새를 풍기지 말든가."

"나는 담배 핀 적 없어요." 내가 말했다.

엘프리데가 가만히 있으라고 애원하는 듯한 눈초리로 나를 바라보았다.

"확실해?" 치글러가 물었다.

사과 과심은 이미 갈색으로 변해 있었다. 베아테는 사과 과심을 식탁 위에 올려놓았다. 그 옆에 까만 촛대와 작은 상자가 있었다. 베아테는 성냥으로 촛불에 불을 붙였다. 늦은 오후였다. 아직은 등화관제 시간 전이었다. 희미한 햇살이 남아 있었지만 베아테의 쌍둥이 아이들은 벌써 침실에서 자고 있었다. 울라와 레니와 엘프리데와 나는 베아테 주변에 빙 둘러 앉았다.

하이케는 없었다. 낙태 후 두 소꿉친구는 일부러 그러기로 한 것도 아닌데 소원해졌다. 하이케가 인생에서 가장 중요한 일에서 베아테를 소외시키는 바람에 둘 사이가 벌어진 거다. 사실 내색은 안 했지만 하이케는 베아테뿐 아니라 우리 모두를 피하는 것 같았다. 자기 비밀을 우리와 공유하는 사실이 부담스러운 것 같았다. 자기 자신도 잊고 싶은 일을 우리가 알고 있어서 도리어 우리를 용서하지 못하는 듯했다.

베아테의 마녀놀음에 언제나처럼 회의적인 아우구스티네 역시 아이들을 핑계로 자기 집에 남았다. 치글러를 혼내주자. 베아테가 말했다. 효과가 있으면 좋고 아니어도 재미있잖아. 베아테는 작은 상자를 열었다.

상자 안에는 시침 핀이 들어 있었다.

"뭘 하려는 거야?" 레니가 조금 걱정스러워하며 물었다. 치글러에게 고통을 줄까 봐 걱정돼서 그러는 건 아니었다. 타인의 불행을 빌면 언젠가는 그 불행을 되돌려 받는다는 말 때문이었다. 결국 레니는 자기 걱정을 하고 있었다.

"중위 주변에 있던 물건을 사용할거야." 베아테가 설명해주었다. "시침 핀으로 그 물건을 찌르는 거지. 모두 함께 사과 과심이 치글러라고 생각하고 정신을 집중하면 얼마 안 있어 중위 몸이 안 좋아질 거야."

"말도 안 되는 소리." 엘프리데가 말했다. "이런 바보 같은 짓을 하러 여기까지 왔다니."

"아우구스티네가 없으니 이번엔 네가 분위기 깨려는 거야?" 베아테가 말했다. "손해 볼 게 뭐 있어? 놀이라고 생각해. 오늘 저녁 달리 할 일이 있던 것도 아니잖아."

"사과 과심은 마지막에 촛불로 태우는 거야?" 레니가 제일 관심 있어 했다.

"아니. 그건 분위기를 만들기 위한 소품이야." 우리의 마녀 베아테는 정말로 이 상황을 즐기는 것 같았다.

"먹다 만 사과에 핀을 꽂는다는 이야기는 생전 처음 들어봐." 엘프리데가 말했다.

"치글러의 몸에 닿았던 물건이 이것밖에 없잖아." 베아테가 지적했다. "그러니 이걸로 만족하는 수밖에."

"서둘러." 엘프리데가 말했다. "이러다 밤새우겠다. 대체 내가 왜 네 말을 듣고 있는지 모르겠지만."

베아테는 상자에서 시침 핀을 하나 집어 들고는 사과 과심 윗부분을 조준한 뒤 썩은 과육을 찔렀다. "먼저 입술에 핀을 꽂자." 베아테가 말했다. 내가 입을 맞춘 그 입술 말이다. "이러면 다시는 우리에게 호통 못 치겠지."

"그래." 레니가 키득거렸다.

"웃지 마, 얘들아. 진지하게 하지 않으면 소용이 없어."

"서둘러, 베아테." 엘프리데가 다시 말했다.

촛불에 손가락 그림자가 흔들리며 길게 드리워 손이 다가갈 때마다 사과 과심이 어둠에 휩싸였다. 어둠에 잠긴 사과 과심은 불안감을 조성했다. 마치 인간의 형상처럼 보였다. 내게 친숙한 치글러의 몸뚱이 같았다.

베아테는 신체 부위를 소리 내어 읊으며 사과에 핀을 꽂아 넣었다. 내가 껴안았던 그의 어깨와 내 몸을 문질러 댔던 배, 내 다리로 감싸 안았던 다리에 바늘을 꽂았다.

내 몸은 치글러의 몸에 닿았다. 그러니 사과보다 내 살에 바늘을 꽂는 편이 더 효과적이었을 것이다.

베아테가 아직 빨간 껍질이 남아 있는 부분에 집중하며 말했다. "이번에는 머리야." 그녀가 말했다.

뒷목이 따끔거렸다.

"이제 죽은 거야?" 레니가 조용히 물었다.

"아니. 아직 심장이 남았잖아."

베아테가 일부러 천천히 사과 쪽으로 손을 뻗었다. 순간 숨을 쉴 수 없었다. 바늘이 씨앗을 관통하려는 찰나에 나는 사과를 향해 손을 내밀었다.

"무슨 짓이야?"

"아야!" 나는 바늘에 찔리고 말았다. 검지에 솟아오른 피 한 방울이 촛불에 반짝였다.

"다쳤어?" 베아테가 물었다.

엘프리데는 일어나면서 촛불을 꺼버렸다.

"왜 그래?" 집주인이 투덜댔다.

"이쯤 했으면 됐어." 엘프리데가 말했다.

나는 손가락 끝에 맺힌 핏방울을 홀린 듯 바라보았다.

"왜 그랬어, 로자." 레니가 걱정스레 물었다.

엘프리데가 내게 다가왔다. 그녀가 나를 침실로 데려가는 동안 다른 사람들은 아무 말 없이 우리를 바라보기만 했다.

"베를린 토박이, 아직도 피가 무서워? 조그만 구멍이 났을 뿐이야."

쌍둥이들은 모로 누워 팔베개를 한 채 입을 헤벌리고 잠들어 있었다.

"피 때문에 그러는 게 아니야." 내가 우물거렸다.

"어디 한 번 봐봐." 엘프리데가 내 팔목을 잡더니 내 손가락 끝을 입에 넣고 쪽 빨아주었다. 그래도 피가 나는지 확인한 뒤 다시 한 번 손가락을 빨아주었다.

물지 않는 입. 아니다. 어쩌면 그 입은 나를 배신하고 물어뜯을 수도 있었다.

"이제 괜찮아." 엘프리데가 손가락을 놓아주며 말했다. "이제 피 흘리다 죽을 걱정은 안 해도 될 거야."

"죽을까 봐 그런 게 아니야. 놀리지 마."

"그러면? 오싹해서 그래? 도시 사람이 겁을 먹다니 실망이네."

"미안해."

"나를 실망시켜서 미안하다는 거야?"

"나는 네가 생각한 것보다 형편없는 사람이야."

"내가 너를 어떻게 생각하는지 네가 어떻게 알아?" 엘프리데가 일부러 우스꽝스럽게 턱을 도발적으로 치켜들었다. "정말이지 건방지단 말이야."

그 말에 나도 모르게 웃음이 났다.

"지난번 일은 끔찍했어." 나는 변명하듯 말했다.

"그래. 끔찍했지. 하지만 그런 일은 또 일어날 수도 있어. 피하고 싶다고 피할 수 있는 일이 아니니까." 엘프리데가 말했다. "아무리 애를 쓰고 숨으려 해도 결국 죽음은 우리를 찾아낼 거야." 엘프리데의 표정이 차가워졌다. 채혈할 때 나를 바라보던 바로 그 표정이었다. 하지만 이내 체념한 듯 표정이 부드러워졌다. 나는 엘프리데의 눈빛에 위안을 받았다. "나도 두려워. 너보다 더."

나는 손가락 끝에 난 작은 구멍을 바라보았다. 이미 피가 말라 있었다. "네가 좋아." 나도 모르게 입술 사이로 속마음이 새어 나왔다.

엘프리데는 놀라서 아무 말도 못 했다. 쌍둥이 중 한 명이 이를 갈다가 간지러운지 코를 찡그렸다. 아이는 침대시트 위에서 뒹굴다가 대자로 누웠다. 어린 나이에 십자가에 못 박힌 아기 예수 같았다.

"바보 같은 일이야." 내가 말했다. "네 말이 맞아."

"뭐가? 네가 나를 좋아하는 게?"

"아니. 마녀놀음 말이야."

"안다니 다행이네."

엘프리데는 내 손을 잡더니 깍지를 꼈다. "다른 애들한테 돌아가자."

엘프리데는 부엌에 들어서기 직전에 손깍지를 풀었다.

나는 그날 밤도 창가에 다가가지 못했다. 다음 날도, 그다음 날도 마찬가지였다. 해냈다고 생각했다. 모든 것이 끝났다고 생각했다. 그는 돌아오지 않았다. 왔다 해도 손톱으로 유리창을 긁지 않았다. 어쩌면 애당초 한 번도 나를 찾아오지 않았을지도 모른다. 삐걱거리던 소리는 내 뼈에서 난 소리였을 것이다.

그가 그리웠다. 뒤틀린 운명과 지키지 못한 약속들로 점철된,

그레고어를 향한 그리움과 같은 감정은 아니었다. 그 정도로 심각하지는 않았다. 치글러에 대한 그리움은 초조함에 가까웠다. 나는 베개를 부여잡았다. 면이 까칠까칠하고 불이 붙을 듯 뜨거웠다. 문제는 치글러가 아니었다. 문제는 나였다. 그가 무뎌진 내 감각을 깨운 거다. 나는 베갯잇을 물었다. 까칠한 감촉에 소름이 돋았다. 굳이 치글러가 아니어도 마찬가지였을 거라고 나는 생각했다. 그 누구라도 상관없었을 것이다. 그와 사랑을 나눈 건 너무 오랫동안 사랑을 못 했기 때문이다. 나는 베갯잇 귀퉁이를 찢어서 입에 넣고 씹었다. 송곳니 사이에 실 한 가닥이 걸렸다. 나는 어렸을 때처럼 실을 빨다 혀로 돌돌 말아 꿀꺽 삼켰다. 이번에도 나는 죽지 않았다. 알베르트 치글러를 그리워하는 게 아니라고 나는 생각했다. 나는 내 몸이 그리웠다. 하지만 그 몸은 또다시 버림받고 또다시 홀로 남겨졌다.

정확히 기억나지는 않지만 그로부터 며칠 후 키다리 친위대원이 식당에서 내 앞에 멈춰 서더니 일어나라고 했다.

"또 도둑질을 하다니."

무슨 말이지? "아니에요. 아무것도 안 훔쳤어요."

지난번에는 크뤼멜이 가방 속에서 발견된 우유에 대해 책임져 주지 않았던가. 그러니 나는 도둑질에 대해 유죄 판결을 받은 적이 없었다.

"일어나!"

나는 테오도라와 게르트루데와 자비네 쪽을 바라보았다. 그들도 나만큼이나 놀란 표정이었다. '광신도들'이 나를 모함한 건 아닌 거다.

"내가 뭘 훔쳤다고 이러세요?" 내가 숨을 헐떡이며 말했다.

"그거야 네가 더 잘 알겠지." 키다리가 말했다.

"로자." 엘프리데가 인내심을 잃은 어머니처럼 고개를 가로저었다.

"나는 아무 짓도 안 했어. 맹세해!" 내가 자리에서 일어나며 소리쳤다. 나는 문제를 일으키지 않았다. 엘프리데가 내 말을 믿어주기를 바랐다.

"따라와." 키다리가 내 팔을 잡아당겼다.

레니가 코를 쥐고 눈살을 찌푸렸다.

"어서! 앞장서!" 나는 경비병의 호송하에 식당 밖으로 나갔다.

복도에서 나는 그를 향해 뒤돌아보면서 대체 내가 무슨 혐의를 받고 있는지 물었다.

"크뤼멜이 뭐라고 했나요? 그는 내게 화가 나 있어요."

"네가 주방에서 도둑질을 하니까 화가 난 거겠지, 자우어. 후회하게 될 거다."

"어디로 가는 거죠?"

"입 닥치고 걷기나 해!"

나는 그의 가슴에 손을 얹었다. "부탁이에요. 몇 달 동안 나를 봐왔잖아요. 내가 그런 짓을 할 리 없다는 걸……"

"우리가 언제부터 친했다고 이래?" 키다리가 나를 확 밀쳤다.

나는 헐떡이며 걷다가 치글러의 사무실 앞에서 멈췄다.

키다리 친위대원이 문을 두드리자 치글러가 들어오라고 했다. 키다리가 나를 들여보내자, 치글러는 키다리가 궁금해서 어쩔 줄 몰라 하는데도 내가 참혹하게 짓밟히는 광경을 참관해야 할 의무에서 그를 면제시켜주었다. 그가 몰래 밖에서 대화를 엿들을지도 모른다는 생각이 들었다.

하지만 치글러는 거기까지 생각이 미치지 못했는지 내 곁으로 다가와 아플 정도로 내 팔을 세게 쥐었다. 너무 아파서 관절이 끊어지고 뼈가 으스러져 쏟아질 것 같았다. 치글러는 부스러지지 않고 멀쩡한 내 몸을 끌어안았다.

"크뤼멜이 내가 도둑질을 했다고 그래?"

"오늘 밤도 나오지 않으면 유리창을 부숴버리겠어."

"크뤼멜이 우유 이야기를 한 거야? 크뤼멜 이야기를 듣고 도둑질 이야기를 생각해낸 거야?"

"내 말 듣고 있어?"

"이 상황을 어떻게 해결할 셈이야? 당신이 만들어낸 이 이야기를 어떻게 해결할 거냐고. 친구들한테는 뭐라고 해?"

"한 번 용서받고도 같은 짓을 또 저질렀다고 할 생각이 아니라면 친구들에게는 착오가 있었다고 해. 별 문제 아니라고 해."

"안 믿을 거야."

치글러가 나를 찬찬히 뜯어보았다. 그의 시선에 잠시 눈을 감아야 했다. 나는 그의 군복 냄새를 맡았다. 옷을 벗었을 때도 그의 몸에는 군복 냄새가 배어 있었다.

"당신들은 우리를 죽이려고 했어." 내가 말했다.

그는 아무 말도 하지 않았다.

"당신이 나를 죽이려 했다고."

그는 언제나처럼 진지한 눈빛으로 나를 뜯어보았다.

"제발 무슨 말이라도 해봐!"

"말했잖아. 오늘 밤 안 나오면 창문을 부수겠다고."

이마를 한 대 세게 얻어맞은 것 같은 느낌에 손을 관자놀이에 갖다 댔다.

"왜 그래, 로자?"

그가 처음으로 내 이름을 불렀다.

"당신, 지금 나를 위협하고 있잖아." 내가 말했다. 순간 모든 고통이 사라져버렸다. 달콤한 안도감이 온몸을 감쌌다.

24

몇 시간 후 우리는 잔디밭에 누워 하늘을 바라보듯 나란히 누워 있었다. 비록 하늘은 보이지 않았지만. 나를 다시 만날 수 있다는 사실만으로도 치글러는 안정을 되찾은 것 같았다. 그날 오후 나를 껴안았을 때의 절박함은 느껴지지 않았다. 치글러는 헛간에 들어가자마자 드러눕더니 내 몸에는 손도 대지 않았다. 그는 군복을 입은 채 아무 말도 하지 않았다. 잠이 든 걸까. 나는 잠든 치글러의 숨소리를 몰랐다. 어쩌면 그저 생각에 잠긴 건지도 모른다. 하지만 내 생각을 하는 것 같지는 않았다. 나는 잠옷 차림으로 그의 곁에 누워 있었다. 서로의 어깨가 맞닿아 있는데도 그가 무기력하게 아무런 반응을 보이지 않자 나는 속이 상했다. 그는 별 노력도 하지 않고 내가 그의 욕망에 목매달게 만들었다. 어느 날 밤 우리 집 창가로 가야겠다고 마음먹었을 뿐인데 그가 원하는 대로 모두 이뤄진 거다. 나는 고귀한 소환에 응하듯 치글러의 욕망을 받아들였고 지금 이 순간 그의 무심한 태도에 수치심을 느꼈다. 말 한마디 안 하고 있으려면 대체 왜 나를 헛간으로 데려왔단 말인가.

그가 내게서 몸을 뗐다. 치글러는 바람에 날리듯 몸을 일으켜 앉았다. 나는 그가 아무런 설명도 없이 가버리려는 게 아닐까 생각했다. 따지고 보면 처음 나를 찾아왔을 때도 그는 아무런 설명도 해주지 않았고 나 역시 그에게 아무것도 묻지 않았다. 왜 나를 찾아온 건지 이유를 묻지 않았다.

"꿀 때문이었어." 그가 말했다.

나는 그가 무슨 말을 하는지 이해하지 못했다.

"상한 꿀이 수송됐던 거야. 그것 때문에 식중독에 걸렸던 거야."

엘프리데가 좋아했던 다디단 케이크. "독이 든 꿀을 팔았다는 거야?" 치글러의 말에 나도 일어나 앉았다.

"일부러 그런 건 아니야."

나는 그의 팔을 만졌다. "제대로 설명해줘."

치글러가 고개를 돌렸다. 그의 목소리가 내 얼굴 바로 앞에서 울렸다.

"있을 수 있는 일이야. 벌들이 벌집 주변에 있는 독초에서 꿀을 빨아서 꿀을 오염시킨 거야. 그것뿐이야."

"어떤 독초? 누가 그랬는데? 양봉업자는 어떻게 됐어?"

"꿀 때문에 죽지는 않아. 설사 죽는다 해도 드문 경우고." 갑자기 뺨이 따스해졌다. 치글러의 손이었다.

"하지만 당신은 몰랐잖아. 치명적인 독이 아니라는 걸 몰랐잖아. 내가 추위에 떨면서 토하고 기절하는 동안에도 당신은 그 이유를 몰랐잖아. 당신은 나를 죽게 내버려둘 생각이었어." 치글러의 손을 떼어놓으려고 그의 손등에 손을 올려놓았다가 나도 모르게 그의 손을 꽉 쥐고 말았다.

치글러는 나를 뒤로 넘어뜨렸다. 푹신한 소리와 함께 버터가 녹아내리듯 머리가 부드럽게 바닥에 닿았다. 치글러는 손을 활짝 펴서 내 얼굴을 덮었다. 그의 손바닥이 내 입을 막고 그의 손가락이 내 이마를 눌렀다. 내 코와 눈꺼풀을 으깨버릴 기세였다.

"안 죽었잖아."

그는 내 얼굴에서 손을 떼어내고 내 몸을 덮쳤다. 손가락을 갈비뼈에 갖다 대고 열두 번째 갈비뼈를 힘껏 쥐었다. 모든 남성을 대표해서 그 갈비뼈를 다시 취하려는 것처럼.

"나는 내가 정말로 죽을 거라고 생각했어." 내가 말했다. "당신도 그렇게 생각했잖아. 그런데 아무것도 하지 않았다니."

그는 내 잠옷을 들추고 끝내 뽑아내지 못한 열두 번째 갈비뼈를 꽉 깨물었다. 그러다가 내 갈비뼈가 그의 이빨 사이에서 으스러지거나 아니면 그의 이빨이 부러질 것 같았다. 하지만 이내 그는 앞니 사이로 내 갈비뼈를 굴리며 잘근잘근 부드럽게 씹었다.

"죽지 않았잖아." 치글러가 내 가슴에 얼굴을 파묻고 말했다. 그가 내 입에 키스하며 말했다. "살아 있잖아." 목이 잠긴 치글러의 말소리가 기침처럼 들렸다. 나는 마치 '괜찮아. 아무 일도 일어나지 않았어'라고 말하듯 그를 어린아이처럼 쓰다듬어주고 그의 옷을 벗기기 시작했다.

25

나는 매일 밤 치글러와 사랑을 나누기 위해 집을 나섰다. 피할 수 없는 일을 대면할 때처럼 비장한 태도로 헛간을 향해 걸음을 재촉했다. 그럴 때 나는 군인처럼 걸었다. 수많은 질문이 머릿속을 맴돌았지만 나는 무시해버렸다. 다음 날에도 똑같은 질문들이 나를 다시 괴롭힐 터였지만 헛간에 들어가는 순간만큼은 그것들은 그물에 걸린 걸레 조각에 지나지 않았다. 내 의지로 쌓아올린 울타리를 넘지 못했다.

아무도 모르는 야밤의 외출은 일종의 반항 행위였다. 그 고독한 비밀 속에서 나는 완전한 해방감을 느꼈다. 나는 내 삶을 통제해야 한다는 의무에서 완전히 벗어나 우연에 운명을 맡겼다.

치글러와 나는 연인이었다. 두 사람이 연인이 된 이유를 찾는 것은 너무 순진한 짓이다. 치글러는 그때 그곳에서 나를 봤다. 아니, 나를 발견했다. 그것만으로도 충분했다.

언젠가는 요제프가 헛간 문을 열어 나치 군복을 덥고 나란히 누워 있는 우리를 발견할 것이다. 왜 우리는 아직도 발각되지 않은 걸까? 아침이면 나는 언젠가는 그리 되어야 한다고 생각했다. 나는 군중의 비난을 받으며 교수대에 끌려가야 마땅하다. 도둑질을 했다더니 그게 아니었네. 내 친구들이 말할 것이다. 오해라더니 이제야 진실이 드러났군. 베를린 출신 비서라고 할 때부터 알아봤어. 헤르타가 말할 것이다. 믿을 만한 아이가 아니라는 걸 알고 있었어.

나는 추락하지 않기 위해 어둠 속 내 연인의 몸에 매달렸다. 그러면 삶이 빠른 속도로 흘러가는 것 같았다. 삶이 내 몸 안에서 버티고 늘어지며 내 육체를 소모해버리는 바람에 머리카락이 빠지고 손톱이 부러지는 것 같았다.

"노래는 어디서 배웠어? 파티가 열렸던 그날부터 물어보고 싶었어."

알베르트가 개인적인 질문을 한 것은 그때가 처음이었다. 그는 정말로 내게 관심이 있는 걸까?

"베를린에서 학교 다닐 때. 합창단을 만들어서 일주일에 두 번씩 오후에 모여서 연습을 했어. 연말에 부모님 앞에서 공연을 했고. 부모님들은 고역이었겠지만."

"당신 노래 실력은 훌륭해."

그의 말투가 너무 친근해서 몇 년 전부터 알던 사람처럼 느껴졌다. 하지만 그가 나에 대해서 물은 것은 그때가 처음이었다. 적어도 내 기억으로는 그랬다.

"선생님이 좋은 분이셨어. 아이들에게 동기부여를 해줄 줄 아는 분이셨거든. 내가 노래를 좋아하니까 솔로 파트를 부르게 해주셨어. 학교 다닐 때는 항상 즐거웠는데."

"나는 학교가 싫었어. 초등학교 선생님은 우리를 공동묘지에 데려가곤 했지."

"공동묘지?"

"글씨 읽는 법을 가르쳐주겠다고. 묘비에 쓰인 글씨로 말이야. 보통 비문이 정자체로 커다랗게 쓰여 있는 데다 숫자도 있으니 효율적인 교육법이라고 생각한 거지."

"실용적인 분이셨네."

그와 농담을 나누는 사이가 되다니.

"아침마다 선생님은 우리를 두 줄로 세우고 묘지로 데려갔어. 우리는 '불쌍한 고인'들을 위해 조용히 한 명씩 돌아가면서 묘비를 읽어야 했지. 가끔은 땅 밑에 죽은 사람이 있다는 생각에 겁이 나서 글씨를 또박또박 읽을 수 없었어."

"핑계 대지 마." 내가 웃음을 터뜨렸다.

치글러도 웃었다. 그와 함께 웃게 되다니.

그가 말했다. "저녁이면 죽은 사람들 생각이 다시 떠올랐어. 아버지나 어머니가 땅속에 묻히는 상상을 하니 잠을 잘 수 없었어."

무슨 일이 일어나고 있는 걸까? 서로 전혀 모르는 타인들끼리 이야기를 나누고 있었다. 육체적 관계가 연민으로 이어질 수 있는 걸까? 나는 그의 육체에 대해 알 수 없는 보호본능을 느꼈다.

나는 알베르트가 나를 벽에 밀어붙이고 정확하게 힘을 조절하며 엄지손가락으로 내 가슴을 눌러주기를 바랐다. 하지만 일단 그런 욕구가 해소되면 격정은 사그라져 애틋함이 되었다. 그것은 연인 간의 믿지 못할 애틋함이었다. 나는 치글러의 어린 시절을 상상했다. 우리 관계가 그렇게까지 진전된 것이다.

"그 선생님은 우리에게 맥박도 재게 했어. 세상에 지루함이란 존재하지 않는다고 하면서 지겨우면 손목을 잡아보라고 했어." 치글러가 정말로 자기 손목을 잡았다. "그리고 하나, 둘, 셋 하고 맥박을 세는 거야. 맥박이 뛰는 데는 1초가 걸리고 1분은 60초니깐 맥박을 세면 시계가 없어도 시간이 얼마나 흘렀는지 알 수 있다는 거야."

"그 선생님은 그렇게 하면 지겹지 않을 거라고 생각한 거야?"

"저녁에 죽은 사람들 생각이 나서 잠이 안 오면 정말로 그렇게 했어. 그들만의 공간을 침범하는 행위는 예의가 아니니깐 언젠가는 그 때문에 내게 복수를 할 것 같았거든."

나는 사악한 도깨비 목소리 흉내를 내며 말했다. "복수를 위해 당신을 저승으로 데려갈 거라고 생각했다고?" 나는 그의 손목을 잡았다. "선생님이 가르쳐주신 대로 한번 해 보자." 치글러는 내가 하는 대로 내버려두었다. "치글러 중위님. 확실히 살아 계시는 군요."

누군가의 어린 시절을 상상하려면 호기심이 많아야 한다. 어린 치글러는 지금의 치글러와 같은 사람이었지만 어떤 면에서는 전혀 다른 사람이기도 했다. 어린 치글러야말로 이 인연의 출발점이었다. 나는 그 아이와 동맹을 맺었다. 어린 치글러라면 내게 상처를 줄 리가 없었다. 지금 알베르트와 함께 장난칠 수 있는 것도 다 그 아이 덕분이었다. 아무것도 아닌 일에도 웃음을 터뜨리는 평범한 연인들처럼 웃을 수 있는 것도 다 그 아이 덕분이었다. 비록 웃음소리가 새어 나갈까 봐 입을 막아야 했지만.

"죽은 자들은 어떻게든 복수를 해." 그가 말했다.

나는 그를 내 품 안에 안고 싶었다. 죽음을 두려워하는 그 아이를 껴안고 잠들 때까지 어루만져주고 싶었다.

그의 심장이 60번 뛰는 동안 우리는 아무 말도 하지 않았다. 그런 다음 나는 다시 입을 열었다. "나를 가르친 선생님들은 모두 훌륭한 분들이셨어. 고등학교 수학 선생님을 짝사랑했었는데 이름이 아담 보르트만이었어. 아직도 선생님이 어떻게 되셨을지 궁금해."

"우리 선생님은 돌아가셨어. 선생님이 돌아가신 지 얼마 되지 않아 같이 살던 선생님의 언니도 죽었지. 선생님 언니는 항상 이상한 모자를 쓰고 다녔어."

"보르트만 선생님은 체포당했어. 교실에 돌격대원들이 들이닥쳐서 데려가버렸어. 유대인이었거든."

알베르트도, 나도 입을 다물었다.

그는 내 손에서 손목을 빼더니 장작 위에 걸쳐두었던 재킷을 집어 들었다.

"벌써 가려고?"

"가야 해." 그가 자리에서 일어났다.

가운데가 움푹 팬 가슴이 보였다. 나는 검지로 그 푹 팬 곳을 훑어내리는 것을 좋아했지만 그는 내게 그럴 틈을 주지 않았다. 그는 기계적인 동작으로 제복 단추를 채우고 군화를 신고 권총이 권총집에 제대로 꽂혔는지 살폈다.

"그럼 안녕." 그는 이렇게 말하고는 내가 나오기를 기다려주지도 않고 모자를 고쳐 쓰며 나갈 채비를 했다.

26

여름이 되자 나는 종종 남작 부인의 초대로 성을 방문했다. 나는 오전 일을 마친 후 저녁에 버스가 나를 다시 태우러 올 때까지 남는 시간을 이용해 성에 들르곤 했다. 친구라면 둘이서만 시간을 보내야 한다고 생각하는 사춘기 소녀들처럼 우리는 정원에서 오붓한 시간을 보내곤 했다. 떡갈나무 그늘 아래 요제프가 심어놓은 카네이션과 작약과 수레국화꽃 사이에 앉아 우리는 음악과 연극과 영화와 책 이야기를 나누었다. 요제프는 꽃들을 일렬로 심지 않고 한꺼번에 풍성하게 심어놓았다. "자연은 질서정연하지 않으니까요." 마리아가 꽃을 그렇게 심은 이유를 설명해주었다. 마리아는 내게 소설책을 빌려주었고 나는 몇 시간이고 책 이야기를 하고 싶어 하는 마리아를 위해 책을 다 읽고 나서 소설에 대한 내 느낌을 정리한 다음 돌려주곤 했다. 그녀는 베를린에서의 내 삶에 대해서 묻곤 했다. 나는 소시민적 삶의 전형인 내 과거에 대체 흥미로운 점이 뭐가 있을까 의아했지만 마리아는 내가 무슨 이야기를 해도 열광했다. 그녀는 매사에 호기심이 많았다.

언젠가부터 하인들은 나를 익숙한 손님처럼 맞아주었다. 현관문을 열어주고, '반갑습니다, 자우어 부인'이라고 인사를 하고 나를 정자로 바래다주었다. 마리아가 부채질을 하거나 음료를 홀짝이며 책을 읽고 있지 않으면 하인들은 그녀를 부르러 갔다. 마리아는 집 안에 가구가 너무 많아서 숨이 막힌다고 했다. 물론 다소 과장되고 과시적인 면이 있기는 했지만 그녀는 정말로 자연을 사랑했다. 한번은 이런 농담을 한 적도 있다. "나중에 크면 정원사가 되어서 원하는 것을 다 심을 거예요." 마리아가 웃음을 터뜨리며 말했다. "오해하지는 말아요. 요제프는 훌륭한 정원사예요. 그런 분이 곁에 있어줘서 얼마나 다행인지 몰라요. 하지만 언젠가 올리브나무를 심어보자고 했더니 기후가 적합하지 않다고 하지 뭐예요. 그래도 저는 포기하지 않을 거예요. 이탈리아에 다녀온 후부터 뒤뜰을 올리브숲으로 가꾸는 것을 꿈꾼답니다. 당신 생각은 어때요, 로자? 올리브나무는 정말 멋지지 않나요?" 나는 자연스레 그녀의 기쁨에 전염됐다.

어느 날 오후 정문을 열어준 하녀가 남작 부인이 아이들과 함께 지금 막 승마를 마치고 마구간에 있다고 했다. 그녀는 마구간으로 와달라는 남작 부인의 말을 내게 전했다.

마구간 앞 비포장 길에 들어서니 남작 부인과 아이들의 모습이 보였다. 셋 다 옆에 말을 한 마리씩 끼고 있었다. 마리아는 자기 말의 갈기를 쓰다듬어주고 있었다. 가녀린 상체를 꽉 조이는 작은 조끼 덕분에 원래도 아담했던 몸이 더 날씬해 보였다. 승마복 덕분에 엉덩이가 평소보다 더 커 보이기는 했지만 아이를 둘이나 낳은 사람처럼 보이지는 않았다.

"로자!" 미하엘과 외르크가 내 이름을 외치더니 나를 향해 달려왔다. 나는 무릎을 굽히고 두 아이를 꺼안아주었다. "승마 모자를 쓰니까 너무 귀엽다."

"채찍도 있어요." 미하엘이 내게 자기 채찍을 보여주었다.

"저도 채찍이 있지만 쓰지는 않아요." 미하엘의 형인 외르크가 말했다.

"눈빛만으로도 말을 순하게 만들 수 있으니까요." 외르크는 이제 겨우 아홉 살이었다. 하지만 정복의 법칙은 어릴 때부터 배우는 법이다.

마리아의 그림자가 우리 위로 길게 드리웠다. "엄마 오셨네." 내가 몸을 일으키며 말했다. "안녕하세요?"

"안녕하세요, 로자. 잘 지냈어요?" 크림색 얼굴에 미소가 지문처럼 은은하게 퍼졌다. "늦어서 미안해요." 그녀는 언제나 상냥했다. "이렇게 햇살이 강할 때 승마를 하면 안 좋을 것 같았는데…… 아이들이 하도 조르는 바람에 허락했거든요. 결과적으로는 애들 말이 옳았네요. 다들 즐거웠지?"

아이들은 어머니 주위를 폴짝폴짝 뛰어다니며 그녀의 말에 동의를 표했다.

"대신 지금 내 꼴이 말이 아니겠군요." 마리아가 머리를 매만지며 말했다. 말아 올린 그녀의 구릿빛 머리카락이 머리집게 밖으로 삐져나와 있었다.

"말 한번 타볼래요, 로자?" 남작 부인은 승마를 시키고 싶어서 죽겠다는 눈빛으로 나를 바라보았다.

"그래요! 한번 타봐요!" 아이들도 덩달아 흥분해서 말했다.

"고마워요." 내가 말했다. "하지만 승마는 한 번도 안 해봤어요."

"타봐요, 로자. 재미있어요." 미하엘과 외르크가 내 주변을 깡충깡충 뛰어다녔다.

"당연히 재미있겠지. 하지만 나는 말을 탈 줄 몰라."

그 애들 기준으로는 말을 탈 줄 모르는 사람이 있다는 것을 이해할 수 없었을 것이다.

"부탁해요, 로자. 아이들이 원하잖아요. 우리 조련사가 도와줄 거예요."

마리아는 언제나 이런 식이었다. 그녀를 실망시키는 것은 용납할 수 없는 일이었다. 나는 파티에서 노래를 불렀을 때처럼 오직 남작 부인이 원했기 때문에 마구간에 들어갔다. 말 배설물과 말발굽과 땀 냄새를 맡으니 마음이 편해졌다. 그로스-파르치에 와서 나는 동물 냄새가 마음을 편하게 해준다는 사실을 깨달았다.

내가 다가가자 말은 고개를 들고 코를 힝힝거렸다. 착하지. 마리아가 말 목에 팔을 올리며 말했다. 조련사가 내게 등자를 가리켜 보였다. "이 안에 발을 넣어보세요, 자우어 부인. 아니, 왼발부터요. 자, 이제 내게 몸을 기대고 살살 몸을 일으켜보세요." 하지만 나는 몸을 일으키다가 뒤로 고꾸라졌고 조련사가 그런 나를 붙잡아주었다. 미하엘과 외르크가 웃음을 터뜨렸다. 마리아가 아이들을 야단쳤다. "친구에게 예의 없게 굴 거야?" 어머니의 말에 후회가 됐는지 미하엘이 말했다. "내 조랑말을 타볼래요? 이 말보다 더 작아서 괜찮을 거예요." 그러자 외르크도 맞장구쳤다. "우리가 올라가게 도와줄게요." 그러더니 다가와 내 종아리를 밀어주었다. "힘내요!" 미하엘도 조르르 쫓아와 힘을 보탰다.

그 모습에 이번에는 마리아가 웃음을 터뜨렸다. 조그마한 치아를 활짝 드러내며 아이처럼 웃었다. 나는 벌써 땀이 났지만 그들의 즐거움에 맞장구를 쳐주었다. 말은 여전히 콧김을 내뿜고 있었다.

조련사가 내 허리를 잡아 들어 올린 후 안장 위로 앉혀주었다. 그는 내게 말은 자기가 인도할 테니 고삐를 죄지 말고 등을 꼿꼿이 세우고 있으라고 했다. 그렇게 우리는 마구간을 나섰다. 말이 걸음을 빨리할 때마다 몸이 살짝 튀어올랐다. 나는 균형을 잃지 않기 위해 다리에 힘을 줬다.

말을 오래 타지는 않았다. 마구간에서 나가자 조련사는 고삐를 잡은 채 내가 타고 있는 말을 끌고 다녔다.

"재밌어요?" 남작 부인이 물었다.

나는 내가 우스꽝스럽게 느껴졌다. 부자연스러운 느낌을 피할 수 없었다. 마리아가 내게 승마를 권한 것은 친절한 행동이었지만 그로 인해 나와 그들의 차이는 더 명확해졌다.

"고마워요." 내가 말했다. "아이들 말이 맞아요. 정말 좋네요."

"기다려요!" 미하엘이 조련사에게 외쳤다.

아이는 나를 향해 쏜살같이 달려와 자기 채찍을 내밀었다. 그 채찍으로 뭘 하라는 걸까? 내가 탄 말은 위협할 필요가 없었다.

그 말은 나처럼 순했다. 그렇지만 나는 채찍을 받아들었고 잠시 후 조련사에게 그만 내려달라고 했다.

우리는 정자에 앉아서 시원한 레모네이드를 홀짝였다. 가정교사들을 따라갔던 아이들이 옷을 갈아입고 엄마에게 인사를 하러 왔다. 마리아는 승마복 차림이었다. 헝클어진 머리는 그녀의 우아함을 해치지 않았고 마리아 역시 그 사실을 알고 있었다. "이제 그만 가서 놀렴." 마리아가 말했다.

남작 부인은 내가 말수가 적은 이유를 이해하지 못했다. "실종된 거예요." 마리아가 요제프에게 했듯 내 손을 꼭 잡으며 말했다. "죽은 게 아니에요. 기운 내요."

남작 부인은 당연히 내가 그레고어 때문에 슬퍼하는 거라고 생각했다. 사람들은 모두 내가 비탄에 빠진 아내답게 언제나 그레고어 때문에 슬픔에 잠겨 있을 거라고 생각하고 있었다. 누군가 그런 내 처지를 상기시킬 때마다 나는 나 자신이 두려웠다.

그레고어를 잊은 건 아니었다. 그런 건 정말 아니었다. 그레고어는 내 일부였다. 내 팔다리와 다를 바가 없었다. 걸을 때 다리 움직임을 생각하지 않고 빨래할 때 팔의 움직임에 집중하지 않는 것과 같은 논리였다. 그레고어는 내가 어떻게 살아가는지 몰랐지만 내 삶은 변함없이 지속되었다. 어머니가 나를 학교에 내버려두고 집으로 가버렸을 때도, 어머니한테 선물로 받은 새 만년필을 잃어버렸을 때도 그랬다. 그때 나는 누군가 내 만년필을 훔쳤거나 실수로 자기 필통에 집어넣어버렸을 거라고 생각했다.

그렇다고 동무들의 가방을 뒤질 수는 없는 노릇이었다. 어머니가 사준 놋으로 만든 새 만년필을 잃어버렸는데 어머니는 그 사실을 까맣게 모른 채 내 침대를 정리해주고 스웨터를 개주었다. 나는 내 실수 때문에 너무나 괴로웠다. 괴로움을 견디기 위해서는 어머니를 조금 덜 사랑하는 수밖에 없었다. 어머니에게 아무 말도 하지 않고 비밀을 지켜야 했다. 어머니에 대한 나의 사랑을 지키기 위한 유일한 방법은 어머니의 사랑을 배신하는 것이었다. 어머니의 사랑을 견딜 수 있는 유일한 방법은 그 사랑을 배신하는 것이었다.

"언젠가는 다 괜찮아질 거예요. 모든 희망이 사라진 것처럼 보일지라도요." 마리아가 말했다. "불쌍한 클라우스 슈타우펜베르크를 생각해봐요. 작년에 그의 차가 튀니지의 지뢰밭에 떨어졌을 때만 해도 모두들 그가 장님이 될 거라고 생각했답니다. 물론 한쪽 눈을 잃기는 했지만 그래도 지금 건강하잖아요."

"한쪽 눈만 잃은 것은 아닌 것 같은데……"

"맞아요. 오른손도 잃었죠. 왼손 약지와 새끼손가락도요. 하지만 여전히 매력적이에요. 난 클라우스의 아내인 니나에게 항상 말했어요. 제일 잘생긴 남자를 차지했다고요."

나는 마리아가 자기 남편도 아닌 남자에 대해서 그렇게 편하게 이야기하는 것에 놀랐다. 그렇다고 뻔뻔해 보이지는 않았다. 마리아에게 악의라고는 조금도 없었다. 그저 매사에 열정적일 뿐이었다.

"클라우스와는 음악과 문학을 논할 수 있어요. 당신처럼요." 마리아가 말했다. "어렸을 때 클라우스는 음악가나 건축가가 되고 싶어 했어요. 그런데 열아홉에 군대에 입대하더군요. 안타까운 일이에요. 재능이 뛰어났는데. 그가 전쟁에 반대하는 말을 하는 것을 종종 들었어요. 전쟁이 너무나 길어진다면서요. 클라우스는 우리가 전쟁에 패할 거라고 생각해요. 말은 그렇게 하면서도 언제나 책임감 있게 전투에 임했죠. 헌신적인 사람이어서 그런 것 같아요. 언젠가 내게 슈테판 게오르게의 시구를 읊어준 적이 있어요. 그가 제일 좋아하는 시인이죠. '말없이 최선을 다하는 예술가만이 신의 도움을 기다릴 자격이 있노라.' 〈밤베르크의 기사〉 마지막 구절이에요. 하지만 클라우스는 그 누구의 도움도 바라지 않죠. 뭐든 혼자 해결하려 해요. 아무것도 두려워하지 않는다니까요?"

남작 부인은 내 손을 놓고 음료를 마저 마셨다. 한참 동안 말을 쏟아내고 나니 목이 말랐나 보다. 그때 하녀가 생크림과 과일을 올린 케이크를 들고 왔다. 마리아가 가슴을 쳤다. "난 정말 한심해요. 먹성이 너무 좋아요. 매일 단 걸 먹어야 한답니다. 대신 고기는 안 먹어요. 그나마 낫죠?"

그 시절 고기를 먹지 않는 것은 흔치 않은 습관이었다. 히틀러 빼고 내 주변에 의도적으로 고기를 먹지 않는 사람은 아무도 없었다. 물론 나는 히틀러와 실제로 아는 사이는 아니었다. 그를 위해 일하고 있었지만 그를 만난 적은 한 번도 없었다.

"오늘은 정말 기분이 안 좋은가 보네요." 마리아는 이번에도 내 침묵을 잘못 해석했다. 아무리 그렇지 않다고 말해도 소용이 없었다. "기분이 좋아지게 뭐라도 해야겠어요."

마리아는 처음으로 나를 자기 방으로 초대했다. 벽 한 면 전체를 거의 다 차지할 정도로 커다란 스테인드글라스를 통해 새어 들어온 빛이 방 안을 은은하게 비추고 있었다. 방 중앙에는 짙은 색의 원형 목제 탁자가 있었고 그 위에는 책 몇 권이 아무렇게나 쌓여 있었다. 여기저기 꽃이 한 아름 담긴 꽃병이 있었다. 방 한 구석에는 피아노가 처박혀 있고 악보가 의자와 카펫 위에 어지러이 흩어져 있었다. 마리아가 악보를 줍더니 피아노 의자에 앉았다. "이리 와봐요."

나는 마리아의 등 뒤에 섰다. 피아노 위로 히틀러의 초상화가 걸려 있었다.

몸을 4분의 3 정도 드러낸 채 정면을 바라보고 있는 그림이었다. 축 처진 뺨에 눈빛은 멸시감이 가득했고 눈 밑에 주머니가 달린 것처럼 눈매가 무거워 보였다. 그는 긴 회색 코트를 걸치고 있었다. 1차 세계대전 때 받은 철십자 훈장을 뽐낼 수 있게 코트 단추는 살짝 열고 있었다. 그는 주먹을 엉덩이에 갖다 댄 채 팔을 굽히고 있었다. 자세 때문인지 투사라기보다는 아이를 야단치는 엄마처럼 보였다. 잿물로 마룻바닥을 닦다가 잠시 휴식을 취하는 가정주부처럼 보이기도 했다. 그에게는 어딘지 고운 면이 있었다. 전에는 몰랐는데 그런 면 때문에 콧수염이 가짜처럼 보였다. 카바레 즉석 공연을 위해 풀로 붙인 것처럼 보였다.

마리아가 고개를 돌려 내가 액자를 물끄러미 바라보는 것을 보았다. "저 사람이 독일을 구원해줄 거예요."

아버지가 그 말을 들으면 뭐라고 할까?

"그를 만날 때마다 예언자 같다는 느낌을 받아요. 보랏빛에 가까운 눈동자는 사람을 자석같이 끌어당기는 힘이 있죠. 그가 입을 열면 그를 감싸고 있는 공기층이 변하는 것 같아요. 히틀러처럼 카리스마 있는 사람은 처음이에요."

나는 이 여자와 무슨 공통점이 있을까? 나는 이 여자 방에서 뭘 하고 있나? 어째서 얼마 전부터 자꾸만 원치 않는 곳에 오게 되는 걸까? 왜 나는 이런 상황에 반항하지 않고 순응하는 걸까? 어쩌다 소중한 사람을 빼앗기고 나만 혼자 살아남게 된 걸까? 적응력은 인간 최고의 능력이라지만 적응을 하면 할수록 내 인간적인 면이 사라지는 것 같았다.

"히틀러라면 그를 몰래 흠모하는 여인들로부터 매일 산더미 같은 편지를 받을 거예요. 그와 함께 저녁 식사를 한 적이 있었는데 너무 흥분돼서 음식에 입도 대지 못했답니다. 내가 음식을 통 못 먹으니까 작별 인사를 할 때 그는 내 손등에 입을 맞추면서 이렇게 말해줬어요." 마리아가 히틀러의 목소리를 흉내 내며 말했다. "사랑스러운 부인, 부탁이니 음식을 더 먹어요. 너무 말랐잖아요."

"부인은 너무 마르지 않았어요." 그게 핵심이 아니라는 것을 알면서도 내가 말했다.

"나도 내가 너무 말랐다고는 생각하지 않아요. 적어도 에바 브라운보다는 안 말랐죠. 게다가 키도 내가 그녀보다 더 크답니다."

치글러도 총통의 정부인 에바 브라운 이야기를 한 적이 있다. 남작 부인 앞에서 치글러 생각을 하니 기분이 묘했다. 그녀는 그

런 내 마음을 눈치챘을까? 치글러 생각을 하는 순간 내 표정이
변했을까?

"나는 히틀러 덕분에 웃기도 했어요. 식사 중에 가방에서 손거
울을 꺼냈더니 그가 눈치채고 내게 어렸을 때 자기도 내 것과 똑
같이 생긴 거울을 가지고 있었다고 했죠. 순간 주변이 조용해졌
어요. 클레멘스가 물었죠. '총통 각하, 여성용 손거울로 대체 뭘
하신 거죠?' 정말이지 뻔뻔한 인간이지 뭐예요. 그러자 히틀러가
말했어요. '햇볕을 반사시켜서 선생님을 눈부시게 하려고 했지.'
그 말에 모두 웃음을 터뜨렸죠." 마리아는 그 말을 하면서 또 웃
었다. 나도 따라 웃으리라 생각한 것 같았다. "그러다가 하루는
선생님이 히틀러에게 벌점을 주었대요. 그날 쉬는 시간에 히틀러
는 학급 동무들과 같이 선생님이 학생기록부에 자기에 대해서
뭐라고 썼는지 몰래 훔쳐봤대요. 수업 시작종이 울려 각자 자리
로 돌아가고 선생님이 들어오자 '히틀러는 거울을 가지고 사람
을 괴롭히는 말썽꾸러기래요'라고 합창을 했대요. 선생님이 학생
기록부에 쓴 말을 가지고 가사를 만든 거죠. 일부러 운율을 맞춘
동요처럼요. 사실 그 선생님 말이 맞긴 해요. 히틀러는 개구쟁이
기질이 있죠. 어떤 면에서는 아직까지 그래요."

"그래서 독일을 구원할 수 있다는 건가요?"

마리아가 인상을 찌푸렸다. "나를 바보 취급하지 말아요, 로자.
그건 아무에게도 허락 못 해요."

"기분 나쁘셨다면 죄송해요." 내가 말했다. 진심이었다.

"우리에게는 그가 필요해요. 아시잖아요. 히틀러 아니면 스탈

린인데 스탈린을 선택할 사람이 어디 있겠어요? 당신은 안 그런
가요?"

나는 그레고어에게 들은 것 말고는 스탈린이나 소련에 대해서
아는 바가 없었다. 그레고어는 볼셰비키 천국은 거지들이 득실
거리는 판자촌에 불과하다고 했다. 히틀러에 대한 내 분노는 지
극히 개인적인 감정에 기인했다. 그는 내 남편을 앗아갔고 나는
매일 그 때문에 죽음의 위협을 감수해야 한다. 나는 내 생명이 그
의 손에 의해 좌우된다는 사실을 증오했다. 히틀러는 내게 일용
할 양식을 주었고 그로 인해 나는 죽을 수도 있었다. 생명을 주는
행위는 궁극적으로 사망을 선고하는 행위라고 그레고어는 말했
었다. 그는 무릇 신은 창조 전에 이미 피조물의 멸망을 계획해두
었다고 했다.

"당신은 안 그런가요?" 마리아가 다시 물었다.

순간 본능적으로 그녀에게 크라우젠도르프에서 무슨 일이 일
어나는지 들려주고 싶은 생각이 들었다. 우리가 독극물에 중독
됐다고 판단했을 때 히틀러의 친위대원들이 우리를 어떻게 다뤘
는지 들려주고 싶었다. 하지만 나는 그러는 대신 기계적으로 고
개를 끄덕였다. 히틀러의 시식가로서 내가 겪었던 일을 들으면
그녀는 나를 동정할까? 어쩌면 그녀는 이미 모든 것을 알고 있을
지도 모른다. 남작 부인은 총통과 함께 식사를 하고 치글러를 파
티에 초대하는 사람이다. 그녀는 치글러와 친구 사이일까? 갑자
기 히틀러 대신 치글러 이야기를 하고 싶어졌다. 그녀는 그를 어
떻게 생각하는지 알고 싶어졌다. 나조차 시식가 이야기 따위는

지겨워졌다.

"불행히도 모든 변화에는 대가가 따르는 법이죠. 하지만 새로운 독일에서는 우리 모두가 더 잘 살게 될 거예요. 당신도 마찬가지고요."

마리아가 피아노 뚜껑을 열었다. 이것으로 독일 이야기는 끝났다. 그런 이야기 말고도 할 수 있는 일이 많았다. 마리아는 모든 일에 똑같은 열정을 쏟았다. 그렇기 때문에 히틀러를 두고 옥신각신하거나 생크림과 과일을 올린 케이크에 대해 트집을 잡거나 슈테판 게오르게의 시를 낭독하거나 경애하는 총통이 해산시킨 코메디안 하르모니스츠의 노래를 부를 수도 있었다. 그녀에게는 그 모든 것이 똑같이 중요했다.

나는 그런 그녀를 비난할 수 없었다. 나는 아무도 비난할 수 없었다. 오히려 박자에 맞춰 머리를 움직이는 그녀에게 애정을 느꼈다. 노래를 불러달라고 재촉하듯 나를 바라보는, 부드러운 곡선을 그린 그녀의 눈썹이 좋았다.

27

알베르트에게 히틀러를 만난 적이 있었냐고 물으니 그렇다고 했다. 하긴 못 만났을 리가 없지. 바보 같은 질문이었다. 히틀러와 가까이에 있으면 어떤 느낌이냐고 묻자 그 역시 히틀러의 자석 같은 눈빛 이야기를 했다.

"왜 다들 그의 눈에 대해서 이야기하는 거야? 다른 데는 볼품 없나 보지?"

알베르트가 내 허벅지를 찰싹 때렸다. "불경하잖아!"

"너무 싸고도는 거 아냐? 그래서 어떤 느낌인데?"

"총통의 신체적인 특성에 대해 이야기하고 싶지 않아."

"그러면 직접 보여줘. 볼프스샨체에 데려가줘."

"참 가능한 일이겠다."

"트럭 짐칸에 숨겨서 데려가면 되지."

"정말로 총통을 본 적이 한 번도 없어? 가두행진 때도?"

"데려가줄 거야?"

"거기가 무슨 연회장인 줄 알아? 아직 잘 모르나 본데 사방이 전류가 흐르는 철조망으로 둘러싸여 있다고. 게다가 지뢰도 있고. 지금까지 염소가 몇 마리나 공중 분해됐는지 알아?"

"끔찍하네."

"이제 알겠어?"

"당신과 함께 들어가면 괜찮을 거 아냐."

"아직도 못 알아들었나 보군. 히틀러는 볼프스샨체의 중심부에 있는데 그곳에 가려면 통행증이 있어야 해. 게다가 히틀러에게서 직접 초대를 받아야 하고. 설사 직접 초대받았다 해도 검문은 받아야 하지. 총통의 집이 모두에게 활짝 열려 있는 건 아니야."

"정말 불친절한 사람이네."

"그만둬." 내가 장난스럽게 나오자 그는 자기가 하는 일이 하찮게 느껴졌는지 내 말을 힘들어했다. "아무나 들어오게 하려고 총사령부를 숲속 한가운데 지은 게 아니야."

"2천 명이나 주둔하고 있다면서. 일하는 사람만 4천 명이고. 그 정도면 마을이나 마찬가지야. 나 한 명 들어간다고 누가 눈치채겠어?"

"왜 그렇게 집착하는 거야? 그곳에는 볼 게 하나도 없어. 햇살조차 비치지 않는 곳이라고."

"왜 햇살이 안 비쳐?"

치글러가 힘겹게 한숨을 내쉬었다. "나무 사이에 그물망을 치고 그 위에 나뭇잎을 덮어놓았기 때문이야. 벙커 지붕 위로는 나무와 수풀이 자라고 있고. 상공에서 보면 숲밖에 안 보이기 때문에 우리를 찾을 수 없지."

"똑똑한데?" 나는 이번에도 짓궂게 말했다. 그때 내가 왜 그랬을까? 아마도 고작 방어막이나 치고 숨어 있으려고 그렇게 많은 힘을 허비한다는 사실이 못마땅했던 것 같다.

"계속 이러면 짜증이 날 것 같아."

"당신이 하루를 보내는 곳이 어떤지 알고 싶을 뿐이야. 그곳에 여자들도 있어?"

그는 나를 째려보는 척했다.

"있어?"

"불행하게도 충분치는 않아." 그가 미소를 지었다.

내가 그의 팔을 꼬집자 그는 내 가슴을 꼭 움켜쥐었다. 그래도 나는 포기하지 않았다. "그러면 총통의 머리카락이라도 한 가닥 가져다줘. 액자에 넣어놓게."

"뭐라고?" 그가 내 몸 위로 엎드렸다.

날이 거의 밝아오고 있었다. 헛간 틈새로 햇살이 새어 들어왔다. 나는 그의 왼쪽 팔 아래 살짝 튀어나온 문신을 어루만졌다. 피부에 혈액형을 뜻하는 'AB Rh−'와 군번이 쓰여 있었다. 치글러는 간지러워서 몸을 움찔했다. 그래도 내가 멈추지 않자 그는 내 손목을 잡아서 움직이지 못하게 했다.

"머리카락은 왜?"

"침대 위에 걸어놓으려고…… 나를 위해 총통의 머리카락 한 가닥 뽑아주기가 힘들다면 블론디 털도 괜찮아." 알베르트가 내 쇄골과 어깨뼈를 깨무는 바람에 나는 웃음을 터뜨렸다. 그가 연달아 입꼬리를 위로 치켜올리며 말했다.

"당신은 허구한 날 이러고 있는 사람 몸의 일부를 가지고 싶어?" 히틀러의 안면 경련을 흉내 내는 그의 모습에 나는 딸꾹질이 날 정도로 웃음을 터뜨렸다. 나는 소리를 내지 않기 위해 두 손으로 입을 감쌌다. 알베르트도 덩달아 숨죽여 배를 잡고 웃었다.

"방금 전까지 그를 싸고돌더니 이제 와 깎아내리는 거야?"

"내 잘못이 아니야. 정말로 이러는걸."

"내 생각에는 당신이 다 지어낸 말인 것 같아. 당신은 지금 중상모략가들이 꾸며낸 이야기를 믿고 적의 손에 놀아나고 있는 거야."

그는 뼈에서 소리가 날 정도로 내 손목을 세게 비틀었다. "다시 한 번 말해보시지!" 그가 말했다.

날이 밝아오고 있었다. 헤어질 시간이었지만 아침 햇살 아래 그의 얼굴이 드러나자 왠지 모르게 그에게서 시선을 떼기가 힘이 들었다. 이마에 잡힌 주름과 턱 선에는 나를 두렵게 만드는 무엇인가가 있었다. 한참을 바라보고 있었지만 전체적인 인상을 파악할 수 없었다. 무너져내릴 것 같은 골격을 지탱하는 들보 같은 이마에 깊게 파인 고랑과 조금 튀어나온 턱 때문에 인상이 딱딱해 보이기는 했다. 어울리지 않는 조합에 의한 딱딱함 때문에 어딘지 모르게 천박해 보이기도 했지만 모든 천박한 것이 그렇든 흥미로운 면이 있었다.

"친위대원 말고 배우를 하지 그랬어."

"이제 그만해. 도가 지나치잖아." 그는 여전히 한 손으로 내 손목을 잡은 채 나머지 한 손으로 내 목을 졸랐다. 얼마나 오랫동안 그러고 있었는지는 잘 모르겠다. 순간 고통이 관자놀이까지 치솟았다. 내가 눈을 동그랗게 뜨자 그는 손에 힘을 풀고 내 가슴을 쓰다듬다 손가락과 코와 머리카락으로 간지럼을 태우기 시작했다. 나는 웃으면서도 여전히 두려웠다.

알베르트는 히틀러 이야기를 더 들려주었다. 그는 히틀러가 다른 사람 흉내 내기를 좋아한다고 했다. 식사를 하는 동안 종종 자기 부하들에 얽힌 옛이야기를 한다고 했다. 세세한 부분을 하나도 빼놓지 않는 걸로 보아 기억력이 출중한 것 같다고 했다. 히틀러의 이야깃거리가 된 사람은 기꺼이 공개적인 망신을 당했다. 자신이 선택된 것을 오히려 영광으로 여겼다.

히틀러는 암캐인 블론디라면 죽고 못 산다고 했다. 블론디는 저먼 셰퍼드였다. 히틀러는 에바 브라운이 질색하는데도 매일 아침 블론디가 볼일도 보고 달릴 수 있도록 직접 산책을 시켜준다고 했다. 어쩌면 에바 브라운은 그 암캐를 질투하는 건지도 몰랐다. 한 번도 라스텐부르크 총사령부에 발을 디딘 적 없는 자신과는 달리 블론디는 자기 애인의 침실에 마음대로 드나들 수 있으니 말이다. 하지만 그런 에바 브라운도 히틀러의 공식적인 애인은 아니었다. 에바 브라운은 개가 아니라 암소 같다고 블론디를 깎아내렸지만 히틀러는 작은 애완견을 싫어했다. 히틀러는 위대한 정치가에게 작은 개는 걸맞지 않다면서 에바가 키우는 스코티시테리어인 네구스와 슈타지를 '먼지털이'라고 불렀다.

"그거 알아? 그녀는 당신보다 노래 실력이 뛰어나." 알베르트가 말했다.

"누구? 에바 브라운?"

"아니, 블론디 말이야. 정말이라니까? 히틀러가 노래를 부르라고 하면 블론디는 점점 더 크게 짖기 시작해. 히틀러가 부추기고 칭찬해주면 더 크게 짖다가 나중에는 길게 울부짖어. 그러다가 히틀러가 '그러지 마, 블론디, 조용히 노래해야지. 차라 레안더처럼 말이야'라고 하면 정말로 그렇게 해. 정말이라니까? 맹세해."

"실제로 본 거야, 아니면 누군가에게 들은 이야기야?"

"가끔 총통의 야간 티타임에 초대받거든. 항상 초대받는 건 아니지만 솔직히 나는 가기 싫어. 너무 질질 끄는 바람에 새벽 다섯 시 전에 끝나는 법이 없어."

"마치 평소에는 잠이 많은 사람인 것처럼 말하네."

그가 내 코끝을 만졌다.

"원하면 언제든 볼프스산체로 돌아갈 수 있는 거야? 통행금지 시간과 등화관제에 상관없이?"

"그런 날은 안 돌아가." 그가 말했다. "그냥 크라우젠도르프로 가서 막사 소파에서 자."

"미쳤어?"

"침실 매트리스가 더 폭신할 거라고 생각해? 내 침실은 동굴 같아. 요즘은 덥기도 하고. 나는 더워도 천장에 달린 선풍기를 켜지 않아. 그 소리를 듣고 있으면 미칠 것 같거든."

"불쌍한 치글러 중위님. 잠귀가 밝으시네요."

"그러는 당신은? 나 때문에 못 잔 잠을 언제 보충하지?"

"이곳에 온 후로 불면증에 걸렸어."

"우리 모두 불면증에 걸렸네. 히틀러까지도."

한번은 총통의 부하들이 사령부 주변에 들끓는 벌레 떼를 휘발유로 박멸하다가 의도치 않게 개구리마저 몽땅 죽여버린 적이 있다고 했다. 히틀러는 귀청을 찢을 듯한 개구리 소리가 안 들리자 오히려 잠을 이루지 못했고 결국 개구리를 찾으러 숲에 특공대를 파견하기에 이르렀다고 했다.

나는 모기떼와 파리 떼가 몰살되지 않고 평온하게 번성하고 있는 질퍽한 늪 속에서 친위대원들이 한밤중에 서서히 가라앉는 광경을 상상했다. 모기떼는 피를 빨아 몸에 인장을 남길 젊고 건장한 독일 남자의 육체가 이렇게 많다는 사실이 믿어지지 않았을 거다. 그 건장한 독일 남자들은 전리품 없이 귀환하게 될까 봐 두려움에 떨었다. 나는 그들이 손전등으로 주변을 비추며 팔짝 팔짝 뛰어다니는 개구리 뒤를 부질없이 쫓는 광경을 상상했다. 그들은 내가 차르트를 부를 때처럼 가볍게 혀를 찼다. 왕자에게 걸린 마법을 풀고 결혼하기 위해 키스라도 하려는 것처럼 다정하게 개구리들을 불렀다. 어렵게 개구리 한 마리를 손 안에 넣고 기뻐 날뛰던 친위대원들은 아차 하는 순간 개구리를 놓쳐버리고 다시 붙잡으려다가 넘어져서 진흙 속에 얼굴을 처박았다.

그렇지만 그날 밤 그들은 운이 좋았다. 히틀러 덕분에 어린 시절로 돌아갈 수 있었으니까. 다시는 그런 기회가 오지 않을 것이다. 그렇게 개구리들을 다시 볼프스산체 근처에 풀어놓은 후 친위대원들은 개구리들에게 울어보라고 재촉할 것이다. 좀 울어봐. 부탁이니 좀 울어보렴, 예쁜 개구리야. 총통은 다시 한 번 자비를 베풀고 드디어 잠자리에 들 것이다.

알베르트는 내 배를 베고 잠들어 있었다. 배가 그의 옆얼굴 모양으로 움푹 파여 있었다. 나는 작은 소리에도 주의를 기울이며 잠을 자지 않았다. 헛간은 우리들의 은신처였다. 모든 범죄자에게는 은신처가 있는 법이다.

28

오늘 밤 늑대는 잠들지 못한다. 그는 동이 틀 때까지 쉬지 않고 떠들어댈 것이다. 그의 친위대는 한두 명씩 곯아떨어졌다. 고개를 꾸벅이다 턱을 받치고 있던 손바닥에 얼굴을 처박으면 탁자 위에 올려놨던 팔꿈치가 흔들리지만 그래도 끝까지 고개를 받친다. 한 명만 자지 않고 그를 보살피면 된다. 오늘 밤 늑대는 잠자리에 들 생각이 없다. 잠시도 눈을 붙이지 않으려 한다. 긴장을 풀지 않으려 한다. 잠은 사람을 현혹시킨다. 얼마나 많은 이가 다시 눈을 뜨리라 자신하며 눈을 감았다가 잠들고 말았던가. 잠은 죽음과 너무나 비슷하기에 믿을 게 못 된다.

이제 그만 자렴. 늑대의 어미가 그에게 말한다. 그녀는 멀쩡한 한쪽 눈으로 그에게 윙크를 해준다. 그날 밤 그녀는 남편에게 두들겨 맞았다. 그녀의 남편은 그녀의 검푸른 광대뼈를 좋아했다. 취했을 때는 더 그랬다. 쉿! 그의 어머니가 말했다. 이제 그만 편히 자렴. 내 작은 아기 늑대. 하지만 늑대는 그때 이미 경계를 소홀히 하면 안 된다는 사실을 알고 있었다. 긴장을 풀면 안 된다는 사실을 알고 있었다. 배신자는 어디에나 있는 법이다. 위해를 가할 원수는 어디든 있다. 제 손을 잡아주세요. 어머니가 그의 손을 잡아주었다. 제 곁에 있어주세요. 친위대원이 고개를 끄덕인다. 그는 가루약 효과가 나기를 기다린다. 총통이 쓰러지듯 잠이 들기를 기다린다. 친위대원은 총통의 숨소리에 귀를 기울인다. 총통은 입을 벌린 채 젖먹이 아이처럼 잠이 든다. 드디어 친위대원은 자리에서 일어날 수 있다. 총통이 쉬도록 내버려둘 수 있다.

죽음이 잠복해 있는 가운데 총통은 홀로 남았다. 죽음은 통제 불가한 현상이다. 정복할 수 없는 적이다. 무서워요. 뭐가 무섭다는 거니, 내 새끼? 베를린 올림픽 때 모두가 보는 앞에서 내게 키

스하려고 했던 뚱뚱한 네덜란드 여자가요. 바보 같구나. 배신당
할까 봐 두려워요. 게슈타포도 두렵고 위암에 걸릴까 봐 두려워
요. 이리 오렴, 내 새끼. 배를 만져줄게. 그러면 배앓이가 나을 거
야. 초콜릿을 너무 많이 먹었구나. 독. 저는 독이 무서워요. 무서
워하지 말렴. 내가 있잖니. 젖병에 든 우유를 손목에 뿌리는 엄마
처럼 내가 네 음식을 먹어볼게. 이유식을 먹어보고 너무 뜨거우
면 후후 불어서 아이에게 주기 전에 다시 혀로 온도를 가늠해보
는 엄마처럼. 내가 여기 있잖니, 내 아기 늑대. 네가 불멸의 존재
임을 느끼게 해주는 것이 나의 소명이란다.

29

우리는 담요를 풀밭에 펼쳤다. 호수에 잔잔한 물결이 일었지만
수온은 수영하기 딱 좋았다. 우르줄라와 마티아스는 좀처럼 물
밖으로 나오려 하지 않았다. 하이케는 옆으로 누워 자고 있었고
울라는 호숫가에 정박된 작은 보트에 다리를 꼬고 앉아서 이따
금씩 수영복 끈을 정돈했다. 레니는 호수에 오자마자 물에 뛰어
들더니 결승선이 있는 것도 아닌데 쉬지 않고 앞으로 나아갔다.
나는 남작 부인이 빌려준 소설책을 읽으면서 틈틈이 하이케의
아이들을 지켜보았다.

우리가 있는 곳에서 얼마 떨어지지 않은 곳에 있는 무언가가
내 시선을 끌었다. 나뭇가지 두 개였다. 누군가 나뭇가지에 못질

을 해 십자가 모양을 만들어 땅에 묻어놓았다. 십자가 끝에는 군모가 걸려 있었다.

그 군인은 언제, 어떤 전쟁에서 목숨을 잃었을까? 정말로 그곳에서 죽었을까? 아니면 그의 부모나 아내나 누이가 그를 추모하기 위해 평화롭고 아늑한 호숫가에 십자가를 꽂아놓은 것일까? 누군가의 아들이나 남편이나 오빠였을 그 군인이 어린 시절 친구들과 다이빙 경주를 하던 장소여서 이곳을 고른 건 아닐까?

언젠가는 그레고어를 위해서도 그가 좋아하던 장소에 십자가를 꽂아주어야 한다. 하지만 내게는 그를 추모할 권리가 없다.

"엄마!" 나는 우르줄라의 목소리에 고개를 돌렸다. 하이케가 깜짝 놀라 벌떡 일어났다.

"엄마! 마티아스 오빠가 멀리까지 헤엄쳐 갔어요! 오빠가 물에 빠진 것 같아요!"

내가 호숫가를 향해 뛰어가자 하이케도 내 뒤를 따랐다. "난 수영을 못해." 하이케가 말했다. "네가 좀 데리고 와줘. 부탁이야."

나는 물에 뛰어들었다. 멀리 있는 레니를 불러봤지만 레니는 내가 외치는 소리를 듣지 못했다. 우리 중에는 레니가 헤엄을 가장 잘 쳤다. 나는 제대로 수영하는 법을 몰랐다. 속도도 느리고 빨리 지쳤다. 울라는 대체 어디 간 걸까?

나는 쉬지 않고 팔을 놀렸다. "걱정하지 마!" 하이케가 아들에게 소리쳤다. 우르줄라도 엄마 말을 따라 했다. 나는 최대한으로 속도를 냈다. 마티아스의 머리가 물속으로 가라앉았다가 다시 솟아오르는 것이 보였다. 마티아스는 몸부림을 치며 물을 들이켰다. 그런 상황을 혼자서 책임지고 싶지 않았다. 바보 같은 레니는 대체 왜 돌아오지 않는 걸까? 울라는? 대체 누구랑 수다를 떨고 있기에 상황이 어떻게 돌아가는지도 모르는 걸까? 마티아스가 있는 곳까지 도달하려면 아직 멀었는데 벌써 숨이 찼다. 나는 잠깐 휴식을 취했다. 잠시만 쉬려는데 마티아스가 물에 잠기더니 다시 떠오르지 않았다. 나는 젖 먹던 힘까지 끌어모아 앞으로 나아갔다. 마티아스를 향해 다가가는데 어떤 남자가 빠른 속도로 헤엄쳐 오더니 물속으로 들어갔다가 등에 아이를 업고 떠오르는 모습이 보였다. 그는 몇 분 만에 마티아스를 물가로 끌고 갔다.

호흡을 가다듬은 후 나도 그들 곁에 도착했다.

마티아스는 물가에 누워 있었다. 안색이 벌써 정상으로 돌아와 있었다.

"왜 그렇게 멀리 간 거야?" 하이케가 소리 높여 마티아스를 꾸짖었다. "너무 멀리 가지 말라고 했잖아!"

"레니 이모한테 가고 싶었어요."

"바보 같으니라고!"

"진정해. 마티아스는 무사해." 울라가 말했다.

그 옆에 두 청년이 팔짱을 낀 채 서서 그 광경을 바라보고 있었다. 그들 중 한 명이 마티아스를 구해준 것이다.

"나보다 빨리 가줘서 고마워요." 내가 말했다. "이미 지쳤었거든요."

키 큰 청년이 내게 말했다. "뭘요." 그러고는 마티아스에게 말했다. "원한다면 내가 수영을 가르쳐줄게. 대신 제대로 배우기 전에는 멀리 가면 안 된다."

마티아스는 고개를 끄덕여 보이고 갑자기 기운을 되찾은 듯 자리에서 일어났다.

"나는 하이너라고 해." 청년이 아이에게 손을 내밀며 말했다. 마티아스도 자기 이름을 말하자 다른 청년도 자기소개를 했다. "나는 에른스트야." 그러더니 하이너의 어깨를 주먹으로 치며 말했다. "잘했어, 중사!"

두 청년은 독일 육군 소속이었다. 영화광인 하이너는 전선에서도 대부분의 시간을 촬영기와 함께 보냈고 영상기사 일도 했다고 했다. "오늘날 궁극의 영화예술은 뭐니 뭐니 해도 다큐멘터리라 할 수 있지." 하이케의 담요 위에 모두 함께 옹기종기 모여 앉았을 때 하이너가 말했다. 자기 뒤에서 무슨 일이 벌어졌는지 끝내 모른 채 긴 수영을 마치고 돌아온 레니도 합류했다. "나는 전쟁이 끝나면 감독이 될 거야." 하이너가 말했다.

에른스트는 원래 루프트바페(독일 국방군의 공중전 담당 군대)에 입대하고 싶었다고 했다. 초등학교 시절부터 비행기 그림을 그리고 모형 비행기를 만들며 놀았다고 했다. 하지만 선천적으로 시력이 안 좋아서 육군에 지원하는 걸로 만족할 수밖에 없었다고 했다.

둘은 볼프스샨체에서 멀리 떨어지지 않은 곳에 나름대로 막사로 된 영화관을 차려, 허가받은 얼마 안 되는 영상물을 상영하고 있다고 했다. 필름은 몇 개 없지만 그중에 보석 같은 작품들도 있다고 에른스트는 설명해주었다. "언제 한번 모두 함께 영화를 보러 가면 좋을 것 같아." 까만 수영복 밖으로 드러난 레니의 달처럼 창백하고 눈부신 피부를 바라보며 에른스트가 말했다.

울라는 차라 레안더가 나오는 영화 제목을 술술 읊었다. "〈해변으로〉도 있어? 〈고향〉은? 내가 제일 좋아하는 영화인데."

우리는 레니 덕분에 더 친해졌다. 레니는 에른스트의 관심을 거부감 없이 받아들였다. 자기도 그를 좋아하는지는 깊이 생각하지 않은 채 거절할 수 없는 임무를 수행하듯 그의 욕망에 순응했다. 레니는 희생자 역할에 딱 어울리는 아이였다. 겁 많은 성격만 아니라면 우리 중에서 시식가에 가장 적합했을 거다.

따지고 보면 치글러를 대하는 내 태도도 레니와 별다를 바가 없었다. 아침이면 헤르타가 나를 탐색하는 것 같았고 요제프는 못마땅한 마음을 감추기 위해 침묵하는 것처럼 느껴졌다. 크라우젠도르프에서는 친위대원들이 내 몸을 지나치게 열성적으로 수색했다. 나는 그들이 내 몸 때문에 그러는 거라고 생각했다. 음란한 기운을 내뿜는 내 몸뚱어리 때문에 그러는 거다. 식당에서는 엘프리데가 내가 체크무늬 옷을 입었던 날과 똑같은 눈초리로 나를 뜯어보았다. 마지막으로 그 옷을 옷장에서 꺼냈던 게 언제였더라? 엘프리데는 내가 지금까지 잘 숨겨온 진실을 알아챈 것 같았다. 어쩌면 나는 내 자신이 주변의 모든 사람을 속였다는 사실을 믿을 수 없어서 그런 느낌을 받는 것일지도 몰랐다.

오후가 되면 나는 종종 헛간에 들러 알베르트의 흔적을 찾곤 했다. 특별히 헛간에 갈 이유가 없었기 때문에 나는 헤르타가 내가 헛간에 가는 것을 눈치채지 않기를 바랐다. 헤르타는 더운데도 빵을 굽느라 바빴고 요제프는 정원을 가꾸느라 성에 머물렀다. 마리아가 미하엘과 외르크를 가정교사들에게 맡기지 않는 날이면 셋은 요제프가 가꾸는 정원에서 놀면서 시간을 보냈다.

오래된 헛간 문을 여니 마른 건초 냄새가 코를 찔렀다. 먼 훗날 건초 냄새를 맡을 때마다 나는 엉덩이가 바스러지는 느낌과 함께 치글러 생각을 하게 될 것이다. 보드라운 엉덩이가 부서지는 듯한 느낌. 나는 이제 달리 어떻게 사랑을 표현해야 할지 모른다.

헛간에 알베르트의 흔적은 없었다. 우리 둘의 흔적은 하나도 남아 있지 않았다. 농기구며 부서진 가구만 있을 뿐이었다. 위치가 바뀐 것도 없었다. 모든 것이 그대로였다. 우리들의 만남은 이 세상에 아무런 잔여물도 남기지 않았다. 우리의 만남은 정지된 시간 안에서 일어났다. 그것은 참으로 염치없는 축복이었다.

30

"방금 무슨 소리 못 들었어?" 나는 잠든 알베르트의 몸을 흔들었다.

그는 입술을 오므리고 있다가 침을 삼킨 후 속삭였다. "아니, 무슨 소리?"

"소리가 들렸어. 누가 문을 미는 것 같은 소리."

"바람이겠지."

"바람은 아니야. 나뭇잎이 안 흔들리잖아."

요제프일 거라고 나는 생각했다. 요제프가 알아챈 거다. 벌써 몇 주 전부터 알아챘으나 이제 더 이상은 모르는 척하지 않기로 한 거다. 헤르타가 그렇게 하라고 부추겼을 것이다. 내가 감히 자기 집 지붕 아래서 자기를 모욕했기 때문이다. 그 애는 내 지붕 아래서 그런 짓을 했어, 요제프. 알겠어?

나는 잠옷을 걸쳐 입고 자리에서 일어났다.

"뭐 하는 거야?" 알베르트가 말했다.

"옷 입어!" 맨발로 그를 건드리며 말했다. 시부모님들이 문을 여는 순간 험한 꼴을 보이고 싶지 않았다.

알베르트가 몸을 일으키자 나는 본능적으로 그를 숨기려 했다. 같이 숨어버리고 싶었다. 하지만 어디에 숨는단 말인가? 문을 긁는 소리가 계속 들렸다. 왜 문을 열지 않는 걸까?

분노에 휩싸여 달려왔다가 막상 헛간에 도착하자 몸이 굳어버린 걸까? 요제프와 헤르타는 못 볼 꼴을 보고 싶지 않은 것이다. 그냥 침실로 돌아가는 편이 낫다고 생각한 것이다. 그편이 나을 수도 있다. 두 사람에게 나는 자식이나 마찬가지였다. 그러니 나를 용서해줄 수도 있다. 아니면 한바탕 난리를 치거나 문제를 직면하는 대신 나에 대한 앙심을 마음속에 품은 채 그대로 살아갈지도 모른다. 가정마다 하나씩은 있는, 표출되지 않는 원망을 품은 채 말이다.

계속 소리가 났다. "이제 들려?"

"응." 알베르트가 말했다. 불안감에 목소리가 갈라지는 것 같았다. 나는 이 상황을 그만 끝내고 싶은 마음에 문을 열었다.

나를 보자 차르트가 야옹거렸다. 차르트는 쥐를 한 마리 물고 있었다. 어찌나 꽉 물었는지 날카로운 송곳니 사이에서 쥐 대가리가 잘려 나가기 일보 직전이었다. 나는 징그러워서 뒤로 물러섰다. 헤르타와 요제프는 없었다.

"깜짝 선물이네?" 알베르트가 속삭였다. 그는 내가 제정신이 아니라는 것을 알고 나를 안심시키려 했다.

"녀석은 내가 여기에 있다는 사실을 알고 있었어."

결국 누군가는 눈치챈 것이다. 언제까지나 시치미를 떼고 있을 수는 없었다. 차르트는 우리의 비밀을 알고 쥐를 죽여서 가져왔다. 선물이 아니라 경고 같았다.

알베르트는 나를 안으로 끌고 들어와 문을 닫고 안아주었다. 처음에는 부드럽게 안아주던 팔에 점점 힘이 들어갔다. 그도 내심 놀란 듯했다. 자기에게 무슨 일이 생길까 봐 두려웠던 건 아닐 거다. 그가 두려워할 이유가 뭐 있겠는가? 나 때문에 두려웠던 거다. 그는 우리 관계 때문에 내가 고통받는 것을 바라지 않았다. 그뿐이었다. 나도 그를 꼭 껴안았다. 나는 그를 돌봐주고 싶었다. 그런 내 마음을 보여주고 싶었다. 그 순간, 어쩌면 우리의 사랑도 가치가 있는 것일지도 모른다는 생각이 들었다. 다른 이들의 사랑보다 못하지 않다는 생각이 들었다. 지상에 은신처가 있는 다른 어떤 감정보다 못하지 않다고 생각했다. 그를 포옹함으로써 베를린에서 함께 자던 파울리네처럼 다시 고른 숨을 쉴 수 있게 된다면 그것은 잘못된 감정일 수 없다. 아무도 그런 내 감정을 비난할 수 없다.

31

눈을 감고 귀를 기울여보면 식당에서는 듣기 좋은 소리가 난
다. 접시에 포크가 딸그락 부딪히는 소리, 조르르 물 따르는 소
리, 탁 하고 유리컵을 나무 탁자에 올려놓는 소리, 뚜벅뚜벅 발걸
음 소리, 쩝쩝거리며 음식을 씹는 소리와 사람들이 떠드는 소리,
새들의 노랫소리와 개 짖는 소리, 그리고 열린 창문을 통해 멀리
서 들려오는 트랙터 털털거리는 소리. 소리만 듣고 있으면 연회
장에라도 와 있는 느낌이다. 죽지 않기 위해 음식물을 섭취해야
만 하는 인간의 욕구가 사랑스럽게 느껴지기까지 한다.

하지만 눈을 뜨는 순간 내 앞에는 제복 차림의 경비병들과 장
전된 무기와 우리가 갇혀 있는 새장의 철장이 보인다. 그릇 부딪
히는 소리가 원래대로 무미건조하게 울려 퍼진다. 그 모든 것은
억눌린 무엇인가가 폭발하기 일보 직전에 나는 소리다. 나는 전
날 밤 있었던 일을 다시 떠올렸다. 발각될지 모른다는 공포와 목
이 물어뜯긴 쥐 시체를 생각했다. 더 이상은 거짓말을 못 할 것
같았다. 누군가를 만날 때마다 나는 그 거짓을 결혼 지참금처럼
가지고 다녔다. 나는 사람들이 내 비밀을 눈치채지 못하는 것이
신기했다. 그렇다고 마음이 편하지는 않았다. 언젠가는 다른 사
람들도 눈치챌 것이다. 나는 항상 긴장한 상태로 살았다.

그날 아침, 버스를 기다리러 나갈 때 나는 내 발목에 몸을 비비며 애교를 피우는 고양이를 거칠게 밀어냈다. 나는 네 비밀을 알고 있어. 고양이는 나를 위협하고 있었다. 너는 안전하지 않아. 왜 고양이한테 화를 내니? 헤르타가 묻는 순간 나는 죽고 싶었다.

모두 밖으로 나간 뒤에도 나만 혼자 자리에 앉아 있었다. 식당의 소음은 멈췄지만 차르트가 헛간 문을 긁는 소리는 여전히 나를 괴롭혔다.

"베를린 토박이." 엘프리데가 내 옆에 턱을 괴고 앉았다. "소화가 잘 안 돼?"

나는 애써 미소를 지어 보였다. "독 때문인지 속이 좀 쓰리네."

"그럴 때는 우유를 마셔봐. 그렇다고 훔치지는 말고. 부탁이야."

우리는 함께 웃었다. 엘프리데가 뜰이 바로 내다보이게 의자 각도를 고쳐 앉았다.

하이케는 그네를 타고 있었고 베아테가 하이케의 등을 밀어주고 있었다. 쉬는 시간에 함께 노는 여학생들 같았다. 아마도 그 둘은 어린 시절부터 그렇게 놀았으리라.

"둘이 정말 친한 것 같아." 엘프리데도 그 둘을 바라보고 있는 것을 보고 내가 말했다.

"그런데도 하이케에게 문제가 생겼을 때 베아테는 곁에 있어주지 않았어." 엘프리데가 대꾸했다.

간접적으로나마 엘프리데가 낙태 이야기를 한 것은 그때가 처음이었다.

"하이케가 원해서 그런 거잖아." 내가 반대 의견을 제시했다.
"왜 그랬을까?"

"열일곱 살짜리 아이 아빠 이야기를 하고 싶지 않았으니까."

엘프리데도 알고 있었다. 아마도 함께 숲을 빠져나오면서 하이케가 고백했으리라.

"그 둘 아직도 사귀고 있어." 엘프리데가 말했다. "사람들은 사랑 때문이라면 무슨 짓을 해도 괜찮다고 생각하지."

엘프리데의 말이 비수처럼 내 가슴에 꽂혔다. 헛간 문이 다시 눈앞에 나타났다. 불안에 떠는 알베르트와 차르트의 송곳니 사이에 있던 죽은 쥐 생각이 났다. 나는 힘겹게 엘프리데에게 물었다. "너는 그렇게 생각하지 않는다는 거야?"

"내 말은 누구든 자기 행동에 대한 핑계를 찾을 수 있다는 거야. 모든 일에 핑곗거리는 있어."

엘프리데가 나를 바라보았다.

"정말로 자기 행동이 옳다고 생각했다면 하이케는 제일 친한 친구에게 솔직하게 사실을 털어놓았을 거야. 왜 하이케가 우리 앞에서는 안 부끄러워하는지 알아? 우리가 덜 소중하기 때문이야."

엘프리데는 아직도 그 일에 대해 생각하는 것처럼 고개를 들더니 왼편을 바라보았다.

"그게 아니라면 하이케는 베아테가 진실을 알 준비가 안 됐다고 생각한 거야. 베아테가 진실을 알고 싶어 하지 않는다고. 가끔은 진실을 아는 것도 부담스럽잖아. 그래서 친구에게 부담을 주

268

기 싫었던 거겠지. 어쨌든 하이케는 운이 좋아. 혼자서 비밀을 간직하지 않아도 되니까."

엘프리데는 내 속마음을 꿰뚫어 보고 있었다. 엘프리데는 내이야기를 하고 있었다. 내게 비밀을 털어놓으라고 말하고 있었다. 나 혼자 모든 것을 감당하지 않아도 된다. 그녀와 짐을 나눌수 있다. 엘프리데는 베아테와 다르니 나를 이해해줄 것이다.

하지만 내가 하이케보다 형편없는 사람이라고 하면 어쩌지?

그래도 상관없다. 엘프리데에게만큼은 솔직하고 싶었다. 내가생각했던 것보다 나는 더 나은 사람이라고 믿고 싶었다. 비록 그것이 착각일지라도. 엘프리데는 죽은 쥐가 불운의 전조가 아니라고 말해줄 거고 나는 그런 그녀의 말을 믿을 것이다.

엘프리데는 자리에서 일어나 경비병에게 화장실에 가고 싶다고 했다. 내게 신호를 보낸 것 같았다. 그녀는 지난번처럼 내가따라오기를 바라고 있었다. 아닌가? 그 반대인가? 네 비밀을 고백하지 말아줘. 네 공범이 되고 싶지 않아.

엘프리데의 치마가 종아리 중간에서 펄럭였다. 발끝과 발꿈치의 움직임에 따라 종아리 근육이 긴장과 이완을 반복했다. 나는엘프리데의 꼿꼿하고 위엄 있는 자태에 매료되었다. 처음부터 나는 엘프리데에게서 그런 느낌을 받았다. 엘프리데의 모습이 눈에들어온 순간 나는 그녀에게서 눈을 떼지 못했다. 그 순간 엘프리데의 발자취를 뒤쫓아 간 것도 바로 그런 이유 때문이었을 것이다. 나는 경비병에게 달려가 말했다. "저도 화장실에 가야겠어요."

화장실에서 엘프리데가 칸에 들어가려는 순간 나는 그녀를 가로막았다.

"급한 거 아냐?" 엘프리데가 물었다.

"참을 수 있어. 할 말이 있는데."

"나는 급해."

"엘프리데……"

"이봐, 베를린 토박이. 시간이 얼마 없어. 비밀이 있는데 지킬 수 있겠어?"

온몸의 피가 거꾸로 솟구치는 것 같았다.

엘프리데가 조심스레 주머니에 손을 넣더니 담배 한 개비와 성냥갑을 꺼냈다.

"나는 화장실에서 몰래 담배를 펴. 이게 내 비밀이야."

엘프리데는 화장실 한편에 쪼그리고 앉아 담배에 불을 붙이고 한 모금 빨아들였다. 그러고는 미소를 지으며 내게 담배연기를 내뿜었다. 나는 문간에 기대어 있었다. 가끔씩 그녀는 그런 가벼운 모습을 보였다. 그런 모습은 나를 단념시키기는커녕 오히려 그녀에게 이야기하고 싶은 마음을 더 커지게 했다. 엘프리데라면 나를 이해해주겠지. 내 마음을 진정시켜줄 거야.

바깥에서 여자 목소리가 들리자 엘프리데가 나를 자기 쪽으로 끌어당긴 후 재빨리 문을 닫았다. 여자가 들어와서 빈 칸으로 들어가는 동안 엘프리데는 담배를 마지막으로 한 모금 쭉 빨아올리고 담뱃불을 벽돌에 비벼 꺼버린 후 손가락을 입술에 갖다 대고 쉿 소리를 냈다.

우리는 처음 만났을 때처럼 바싹 붙어 있었다. 하지만 이번에 엘프리데는 나를 위협하는 대신 손가락 사이에 담배꽁초를 쥔 채 연기를 없애려고 왼손으로 허공에 대고 부채질을 했다. 그녀는 영악해 보이는 눈으로 나를 바라보았다. 처음 보는 눈빛이었다. 규칙을 위반하는 걸 즐기는 것 같았다. 코에서 킁 소리가 새어 나오자 목을 움츠리고 콧구멍을 막았다. 우리는 너무 가까이 붙어 있었다. 엘프리데가 웃으니 나도 덩달아 웃음이 나왔다. 잠시 우리가 어떻게 만났는지 잊어버렸다. 무엇 때문에 그녀에게 이끌렸는지 잊어버렸다. 그녀와 같은 공간에 있다는 충만감은 고등학교 여학생 시절의 희열을 느끼게 해주었다. 화장실에 숨어서 순진한 비밀을 공유하는 어린 소녀가 된 것 같았다. 장부에 추가할 가치가 없는 그런 비밀 말이다.

여자가 화장실에서 나가자마자 엘프리데는 내 얼굴에 자기 얼굴을 바싹 갖다 댔다. 엘프리데의 이마가 내 이마를 스쳤다.

"담뱃불을 다시 붙여야겠어." 엘프리데가 속삭였다. "위험할까?"

"경비병이 우리가 대체 뭘 하는지 벌써 의아하게 생각하고 있을 거야." 내가 말했다. "잠시 후에 우리를 부르러 올 수도 있어."

"맞아." 엘프리데의 영악한 눈이 반짝였다.

엘프리데가 성냥갑을 꺼내 들었다.

"그래도 더 피우고 싶으면 끝날 때까지 함께 기다려줄게."

"정말?"

"딱 두 모금만 빨아."

성냥이 탁 소리를 내며 성냥갑을 스치더니 불꽃이 담배종이를 태웠다.

"그럼 두 모금 중 한 모금은 네가 빨아봐." 내 입에 담배를 꽂아주며 엘프리데가 말했다.

나는 어색하게 연기를 들이마셨다. 연기를 들이마신다기보다는 삼켰다는 표현이 더 올바른 표현이리라. 순간 가벼운 울렁증이 났다.

"기침도 안 하다니, 잘하는데?" 엘프리데가 다시 담배를 받아들며 말했다.

엘프리데는 눈을 가늘게 뜬 채 담배를 깊게 들이마셨다. 평온한 표정이었다. 적어도 보기에는 그랬다.

"이러다 들키면 어떻게 할 거야?"

"네 곁에 있어줄게." 내가 과장된 동작으로 한손을 가슴에 올리며 말했다.

"하긴 들켜도 나만 벌을 받을 거야." 엘프리데가 말했다. "너는 상관없잖아."

바로 그 순간 경비병이 화장실 문을 두드렸다. "그만들 나오지?"

엘프리데는 담배꽁초를 변기에 던져 버리고 물을 내린 후 우리 둘이 숨어 있던 화장실 칸 문과 출입문을 열고 걸어 나갔다.

식당으로 돌아오는 동안 우리는 아무 말도 나누지 않았다. 엘프리데는 갑자기 알 수 없는 생각에 몰두해버렸다. 더 이상 눈빛을 반짝이지 않고 웃지도 않았다. 방금 전 느낀 친밀감은 순식간에 사그라지고 말았다. 나는 수치심과 유사한 감정을 느꼈다.

우리는 고등학교 여학생들이 아니었다. 나는 저 여자를 이해할 수 없다.

엘프리데는 식당에 가서야 내가 한 말을 기억해내고 말했다.

"참, 무슨 말 하려고 했어?"

나도 그녀를 이해 못 하는데 어떻게 그녀가 나를 이해해줄 수 있겠는가.

"별일 아니야."

"그러지 마. 네 말을 가로막으려던 건 아니었어. 미안하잖아."

누구에게든 치글러 이야기를 하는 건 위험한 일이었다. 이야기를 하겠다고 생각했던 것 자체가 바보 같은 짓이었다.

"아무것도 아니야. 정말이야."

"좋을 대로."

엘프리데는 실망한 것 같았다. 그녀가 안뜰을 향해 발걸음을 옮기는 순간 그녀를 조금 더 붙잡아두고 싶은 마음에 말했다.

"어렸을 때 요람에서 잠든 동생 손을 세게 문 적이 있어."

엘프리데는 대답하지 않고 내 말이 끝나기를 기다렸다.

"가끔은 그래서 내게 답장을 안 하나 싶어."

32

나는 알베르트에게 처자식이 있다는 사실을 이미 알고 있었다. 그런데도 그가 7월 둘째 주에 바이에른에 있는 집으로 돌아간다는 소식을 접하자 그에게 가족이 있다는 사실을 몰랐던 것처럼 새삼스럽게 느껴졌다. 지난 몇 달 동안 그는 한 번도 휴가를 떠나지 않았고 그래서 내게 그의 가족은 추상적인 존재일 뿐이었다. 실종되었거나 사망했거나 내게 돌아오지 않기로 결심한 내 남편만큼이나 막연한 존재였다.

나는 옆으로 돌아누워 어둠 속에 고립되었다. 알베르트가 그런 나를 어루만졌다. 내가 등으로 밀어내도 그는 포기하지 않았다. 나는 대체 무엇을 기대한 걸까. 나 홀로 알베르트가 아이들 이불을 예쁘게 접은 뒤 아내와 잠자리에 드는 장면이나 상상하지 않도록 그가 휴가를 포기하기라도 바랐던 걸까?

처음에는 그와 멀어져도 괜찮을 것 같았다. 오히려 그래야 될 것 같았다. 나는 일부러 치글러가 다른 여자들과 함께 있는 상상을 했다. 치글러의 몸 위에 올라탄 채 몸을 흔들어대는 울라와 그런 그녀의 엉덩이를 손톱자국이 남을 정도로 꽉 잡고 뾰족하게 솟은 가슴을 빨기 위해 목을 쭉 내미는 치글러의 모습을 상상했다. 다리 사이를 헤집는 치글러의 손길에 놀란 레니의 모습도 보였다. 치글러가 레니의 순결을 빼앗는 동안 그녀는 핏줄이 터질 듯 얼굴이 새빨개졌다. 하이케를 임신시킨 자가 알베르트라는 상상도 했다. 그럴 때마다 괴롭기는커녕 오히려 안도감을 느꼈다. 치글러 없이도 살 수 있다는 생각에 일종의 충만감을 느꼈다.

하지만 그날 밤 그가 휴가를 간다고 했을 때만큼은 누군가 내면전에서 문을 쾅 닫아버린 느낌이었다. 알베르트가 자기 아내와 침실에 들기 위해 문을 닫아버린 것이다. 나와는 상관없는 자신만의 삶으로 돌아가려는 것이다. 그는 내가 문밖에 홀로 남아 자기를 기다리건 말건 신경 쓰지 않을 것이다.

"내가 어떻게 했으면 좋겠어?" 그가 여전히 손바닥을 내 등에 올린 채 말했다.

"당신 하고 싶은 대로 해." 내가 등을 돌린 채 말했다. "어차피 나도 전쟁이 끝나면 베를린으로 돌아갈 테니 원하면 이쯤에서 나를 잊어도 좋아."

"그럴 수는 없어."

웃음이 나왔다. 연인과 있을 때 터져 나오는 멍청할 만큼 순수한 웃음이 아니었다. 종말의 시작을 악의적으로 비웃은 것이었다.

"대체 왜 그래?"

"당신 하는 짓이 웃겨서 그래. 우리는 이곳에 유배되어 있는 거나 마찬가지야. 둘 다 이곳에서 벗어나고 싶어 하고. 당신은 친위대원인 데다 선택의 여지가 없는 여자랑 자고 있잖아."

그는 내 등에서 손을 뗐다. 그의 손길이 사라지자 나는 위험을 느꼈다. 알베르트는 내 말에 대꾸하지도 않았고 다시 옷을 입지도 않았다. 잠이 든 것도 아니었다. 그저 지쳐서 가만히 있을 뿐이었다. 나는 그가 나를 다시 만져주기를 바랐다. 나를 안아주기를 바랐다. 잠들고 싶지도 않았고, 새벽이 오는 걸 보고 싶지도 않았다.

다시 한 번 우리는 사랑을 논할 자격이 없는 사람들이라는 생각이 들었다. 우리는 확실하다고 믿었던 모든 것이 전복되는 절단된 시대를 살고 있었다. 가족이 해체되고 생존본능조차 망가진 그런 시대를 살고 있었다.

  내 말에 치글러는, 오래전부터 서로를 알았던 것 같은 친밀감
이 아니라 두려움 때문에 내가 자신을 헛간으로 이끌었다고 오
해할 수도 있었다. 우리는 육체적으로 일종의 형제애를 교감했
다. 우리는 어린 시절부터 알고 지낸 소꿉동무 같았다. 여덟 살
때 시계를 만들어주겠다며 서로의 손목을 물어서 침으로 반짝이
는 둥근 이빨 자국을 남기면서 놀았던 것 같았다. 갓난아이 때부
터 같은 요람에서 잠들어, 상대방의 숨결에서 나는 냄새가 곧 이
세상에서 나는 냄새라고 믿으면서 자라난 사이 같았다.

  하지만 그런 친밀감은 정상적인 일상이 될 수 없었다. 우리의
친밀감은 혼란의 정점에 있었다. 치글러의 가슴 한가운데 움푹
팬 홈을 손가락으로 훑어내리다 보면 내 삶 전체가 무너져내리
는 것 같았다. 시간대가 뒤틀려 정지된 것 같았다. 배에 손을 올
려놓을 때면 알베르트는 눈을 크게 뜨고 등을 쭉 폈다.

  알베르트가 하는 말을 곧이곧대로 믿어도 된다고 생각한 적은
없었다. 그는 말을 아꼈고 입을 연다 해도 모든 것을 다 말하지는
않았으니까. 하지만 그의 말을 듣다 보면 왠지 자기가 배척당했
다고 생각하는 것처럼 느껴졌다. 그는 심잡음 증상 때문에 최전
방에 배치되지는 않았지만 성실하고 헌신적으로 조국을 섬긴 덕
에 무장친위대(바펜-SS)에서 높은 지위에 오를 수 있었다. 그러던
그가 갑자기 직무변경을 신청한 거다. 무슨 일을 하다가 직무변
경을 신청했던 거야? 언젠가 내가 물었지만 그는 대답해주지 않

았다.

하지만 내가 그의 손길을 거부하고 돌아누웠던 그날 밤, 그는 정적을 깨고 입을 열었다. "크림 반도에 있을 때 사람들이 자살을 했어."

나는 그를 향해 돌아누웠다. "누가 자살을 했다는 거야?"

"친위대원들과 독일 국방군. 그곳에서 군인들은 우울증에 걸리거나 알코올에 중독되거나 무기력증에 빠졌어." 냉소적인 미소를 머금은 그의 모습이 낯설어 보였다.

"개중에는 자살하는 사람들도 있었지."

"그곳에서 무슨 일을 했는데?"

"어떤 여자들은 정말 아름다웠어. 모두 알몸으로 서 있었지. 다들 옷을 벗어야 했거든. 옷은 세탁을 해서 다시 그들의 가방에 집어넣었어. 다시 사용할 수 있게. 사람들은 여자들 사진을 찍었지."

"누가? 어떤 여자들을?"

치글러는 시선을 대들보에 고정시킨 채 꼼짝하지 않았다. 나를 향해 말하는 것이 아닌 것 같았다.

"호기심 많은 사람들은 아이들까지 데리고 구경하러 왔어. 그러고는 사진을 찍었지. 여자들 중에는 눈을 떼기 힘들 정도로 엄청난 미녀도 있었어. 어느 날 아침 부하 중 한 놈이 도저히 못 견디고 자기 총 위로 쓰러지고 말았어. 기절한 거지. 어떤 녀석은 밤마다 잠을 못 자겠다고 털어놓더군. 그런 녀석들에게 나는 이렇게 말했어. '우리는 기쁘게 임무를 수행해야 한다!'" 그가 목소리를 높였다.

나는 그의 입을 손으로 막았다.

"그것이 우리 의무다!" 내 손 아래에서 그의 입술이 움직였다. 치글러는 내 손을 밀어내지 않았다. 먼저 손을 뗀 것은 내 쪽이었다. "달리 무슨 말을 할 수 있었겠어? 나는 그 자식들이 여자들을 겁탈했다는 사실을 알고 있었어. 그러지 말라는 명령을 어기고 여자들을 모조리 겁탈했다는 사실을 알고 있었어. 하지만 상관없었어. 어차피 여자들은 아무 말 못 할 테니까. 그 자식들은 식량을 2인분씩 처먹어댔어. 하루에 50명을 처리하는 것은 우리에게도 힘든 일이었거든."

알베르트의 표정이 일그러졌다. 하루에 50명이라니. 나는 두려웠다.

"그러던 어느 날 한 녀석이 미쳐버렸어. 그들을 향해 총을 겨누는 대신 총구를 우리 쪽으로 돌리더니 발포를 한 거야. 우리도 발포해야 했고."

그때 그에게 자세한 이야기를 물었더라면 유대인 시체 구덩이에 대해서 먼저 알 수 있었을 것이다. 구덩이 속에 나란히 엎드린 채 목덜미로 총알이 날아와 박히기를 기다리던 유대인들 이야기를 들을 수도 있었다. 악취가 나지 않도록 시체 위에 흙과 재와 치아염소산염을 뿌리면 그 위로 다른 유대인들이 주섬주섬 자리를 잡고 총구에 뒷목을 내민다는 이야기를 들을 수도 있었다. 머리채를 붙잡힌 채 총살당한 아이들과 구덩이 속에 떨어져 죽거나 가스실에서 일산화탄소에 질식해 죽기 위해 트럭에 올라야 하는 유대인들과 러시아인들의 끝없는 행렬에 대해서 들을 수도 있었다. 나치는 러시아인은 아시아인이므로 독일인과는 다르다고 했다. 만약 그때 내가 치글러에게 물었다면 전쟁이 끝나기 전에 그 모든 사실을 알게 되었을 수 있었다. 하지만 나는 두려워서 입을 열지 못했고 알고 싶지도 않았다.

당시 상황에 대해서 사람들은 어디까지 알고 있었을까?
1933년 사람들은 신문에서 5천 명의 인원을 수용할 수 있는 다하우 수용소 설립 소식을 접했다. 사람들은 그곳이 강제노역수용소라고 했다. 물론 사람들이 대놓고 다하우 수용소에 대해 떠들어대지는 않았다. 우리 건물 수위 아주머니는 다하우 수용소에서 돌아온 사람 말에 의하면 그곳 수감자들은 채찍질을 당하면서 〈호르스트 베셀의 노래〉[나치 독일의 국가]를 불러야 한다고 했다. 그래서 사람들이 그곳을 노역수용소가 아니라 노래수용소라고 부르는 거로군요? 수위 아주머니의 말을 들은 청소부는 빗질을 하며 농담을 했다. 물론 그런 소문이 다 적군의 프로파간다에 지나지 않는다고 몰아갈 수도 있었을 것이다. 당시에는 모든 일을 그런 식으로 설명했으니까. 하지만 프로파간다 카드는 시기적절하지도, 적당하지도 않았다. 게다가 다하우에서 돌아온 사람들의 태도는 모두 한결같았다. "부탁이니 아무것도 묻지 말아요. 나는 아무 말도 해줄 수 없어요." 사태가 이 지경에 이르자 사람들도 걱정하기 시작했다. 식료품 가게 주인은 이렇게 말했다. "그곳은 범죄자들이나 가는 곳이야." 특히 손님들이 듣고 있을 때면 더 말조심을 했다. 그곳은 반체제인사와 빨갱이들과 제대로 입단속을 못 한 자식들을 보내는 곳이었다. 언젠가부터 사람들은 이렇게 기도하기 시작했다. 하나님 아버지. 다하우에 가고 싶지 않으니 제가 말실수를 하지 않게 해주세요. 사람들은 그곳에 수감된 죄인들에게 독일군에게 보낼 새 군화를 신긴다고 했다. 수감자들이 먼저 군화를 신고 가죽을 조금 부드럽게 만들면 군인들 발에 물집이 잡히지 않을 테니까. 대장장이는 그곳이 재교육 센터라고 했다. 그곳에서 뇌 세척을 당하면 국가를 비난할 마음이 싹 사라진다고 했다. 〈열 명의 작은 투덜쟁이들〉 노래처럼 말이다. 그 노래를 모르는 아이는 없었다. 말 안 들으면 다하우에 보내버린다. 부모들은 아이들에게 으름장을 놓았다. 다하우는 도깨비 대용이었다. 다하우는 도깨비들이 사는 곳이었다.

나는 좀처럼 입단속을 할 줄 모르는 아버지가 다하우에 끌려갈까 봐 두려웠다. 게슈타포가 자네를 주시하고 있어. 아버지의 동료가 주의를 주었다. 어머니는 아버지에게 고함을 질렀다. 당신은 국가사회당 비방죄가 무슨 의미인지 몰라? 아버지는 그 말에 대답하지 않고 어머니의 면전에서 문을 쾅 닫아버렸다. 일개 철도원에 불과했던 아버지는 대체 무엇을 봤던 것일까? 사람들을 기차에 욱여넣은 장면을 본 것일까? 남녀노소 할 것 없이 사람들을 가축칸에 밀어넣는 장면을 목격한 것일까? 아버지는 그것이 유대인들을 동쪽으로 이주시키려는 계획의 일부라는 사실을 곧이곧대로 믿었을까? 치글러는 이 모든 것을 알고 있었을까? 유대인 강제노역수용소에서 일어나는 학살 행위를 알고 있었을까?

그들이 결국 어떤 식으로 처리되었는지 알고 있었을까?

나는 더듬더듬 잠옷을 찾았다. 알몸 상태로 있는 게 위험하게 느껴졌다. 나는 치글러가 내 감정을 눈치채고 화를 낼까 봐 두려웠다. 그가 나를 향해 돌아누웠다.

"그들은 문제될 것이 없다고 했어. 다른 임무를 줄 거라고 했어. 나는 다른 사람들과 함께 그곳을 떠났어. 그곳에 오고 싶어 하는 지원자가 많았기 때문에 쉽게 전근될 수 있었지. 어차피 바뀌는 것은 아무것도 없었어. 내가 아니라도 다른 누군가가 부하들을 지휘하게 될 테니까."

나는 해서는 안 되는 일을 하는 것처럼 느릿느릿 몸을 빼냈다. "날이 밝았어." 내가 자리에서 일어나며 말했다.

그는 평상시와 다름없이 고개를 살짝 숙여 보였다. "그래." 그가 말했다. "그만 들어가봐."

"여행 잘 해."

"3주 후에 만나."

나는 대답하지 않았다. 그는 도움을 요청했지만 나는 이해하지 못했다. 아니, 나는 그의 도움을 거절한 거다.

치글러가 어떤 사람인지 무시하고 그와 사랑을 나눌 수도 있었다. 헛간에는 우리 둘의 몸밖에 없었다. 우리 둘이 나눈 농담과 나와 동맹을 맺은 사내아이밖에 없었다. 그 외에는 아무것도 없었다. 전장에서 남편을 잃은 내 처지를 잊고 치글러와 사랑을 나눌 수도 있었다. 남편도 치글러처럼 군인과 민간인을 살해했겠지. 아마 남편도 불면증에 걸리거나, 무기력증에 빠지거나, 러시아 여자를 겁탈했을 것이다. 러시아 여자들은 아시아인들이어서 우리와는 다르다고 나치는 말했다. 전쟁을 배웠기 때문에, 전쟁은 그런 식으로 해야 한다는 것을 배웠기 때문에 남편은 그렇게 했을 것이다.

수년 후에 나는 크림 반도에서 팔꿈치를 무릎에 대고 깍지 낀 손에 이마를 파묻은 채 작은 침대에 걸터앉아 있는 치글러의 모습을 상상해보았다. 그는 어쩔 줄 몰라 한다. 그저 떠나고 싶을 뿐이다. 전근을 요청하고 싶을 뿐이다. 하지만 자기 경력에 금이 갈까 봐 두렵기도 하다. 나치의 학살 전담부대인 아인자츠그루펜을 떠나면 진급은 힘들다. 도덕적인 문제 때문에 떠나려는 것은 아니었다. 그는 러시아인이나 유대인이나 집시들에게 관심이 없다. 치글러는 그들을 증오하지는 않지만 그렇다고 전 인류를 사랑하는 박애주의자도 아니었다. 당연히 생명에 특별한 가치를 두지도 않았다.

언제든 사라질 수 있는, 이토록 연약한 것에 어떻게 가치를 부여할 수 있단 말인가. 사람들은 강한 것에서 가치를 찾지만, 생명은 강하지 않았다. 사람들은 파괴할 수 없는 것에서 가치를 찾지만, 생명은 그렇지 않았다. 그래서 더 강한 것을 위해 생명을 포기하기를 강요당할 수도 있는 거다. 예를 들면 조국과 같이. 그레고어도 자신의 생명보다 가치 있는 것을 지키기로 결심했다. 그러기 위해 입대한 거다.

신념 문제가 아니었다. 치글러는 두 눈으로 독일의 기적을 똑똑히 지켜보았다. 히틀러가 죽으면 자기도 따라 죽겠다는 부하들의 말을 자주 들었다. 사실 생명이란 너무나 보잘것없어서 다른 누군가를 위해 헌신할 때 비로소 의미가 생긴다. 스탈린그라드 전투 후에도 남자들은 총통에 대한 믿음을 거두지 않았고 여자들은 그의 생일마다 독수리와 나치 십자가를 수놓은 베개를 선물로 보냈다. 히틀러는 자신의 삶은 죽음과 함께 끝나지 않을 거라고 했다. 그때부터 시작될 거라고 했다. 치글러는 그의 말이 옳다는 것을 안다.

그는 옳은 말을 하는 사람 편이라는 사실에 대해서 자부심을 느낀다. 패배자를 사랑하는 사람은 아무도 없으니까. 전 인류를 사랑하는 사람은 아무도 없다. 지난 600만 년 동안 사라진 수십억의 생명을 애도만 하고 있을 수는 없지 않은가. 살아 숨 쉬는 생명체라면 언젠가는 죽게 마련이라는 사실은 기본적인 순리다. 역사가 죽은 이들로 이루어진다는 것 역시 순리였다. 그러나 역사 속 수많은 타인의 죽음보다, 말이 내뱉는 긴 울부짖음을 직접 듣는 것이 더 괴로운 법이다.

이 세상에 인류 보편적인 자비란 없다. 우리가 동정심을 느끼는 것은 각 개인의 운명에 대해서다. 죽음이 임박했다는 사실을 깨닫고 가슴에 손을 모으고 기도를 올리는 늙은 랍비나, 곧 망가질 아름다운 유대인 여인이나, 허리를 다리로 감싸서 잠시나마 마음을 편하게 해주었던 러시아 여인의 운명에 대해서는 동정심을 느낄 수 있다.

내 경우에는 눈앞에서 체포됐던 아담 보르트만 수학 선생님에 대해 동정심을 느꼈다. 당시 그는 내게 제3제국과 이 지구와 신이 저지른 죄악의 모든 희생자를 상징했다.

치글러는 공포에 익숙해지지 못할까 봐 두려운 것이 아니었다. 한숨도 못 자고 침대에 앉아 밤을 꼬박 샐까 봐 두려운 것이 아니었다. 그는 공포에 익숙해질까 봐 두려운 것이었다. 그는 자기 자식들을 포함한 그 누구에 대해서도 연민을 느끼지 못하게 될까 봐 두려웠다. 그는 자기가 미쳐버릴까 봐 두려워 전근을 신청했다.

그의 상관인 최고돌격지도자는 실망했을 것이다. 건강 문제가 있어도 언제나 전진하며 한 번도 후퇴하지 않았던 치글러가 그런 결정을 내리다니. 힘러 친위대장에게 누가 이 소식을 전해야 하나? 자네를 그렇게 마음에 들어 했는데. 자기가 사람을 잘못 봤다는 사실을 받아들이려 하지 않을걸세.

치글러의 피는 소리 없이 혈관을 흐르는 대신 그에게 속삭인다. 아무도 방해하지 않고 오직 그에게만 들리는 소리다. 침대에 걸터앉아 있을 때면 피가 포효하는 소리에 잠 못 이룬다. 결국 치글러는 모든 것을 포기하고 전근을 요청한다. 하지만 그의 심장은 속삭임을 멈추지 않는다. 그의 심장은 망가져서 고칠 수가 없다. 태어날 때부터 결함이 있던 건 고칠 수 없다. 삶도 마찬가지다. 삶의 종착지는 죽음이다. 그러니 그런 속성을 역이용해볼 수도 있지 않을까.

크라우젠도르프에 도착했을 때 알베르트 치글러 중위는 자신이 영원히 중위로 머무를 것임을 이미 알고 있다. 더 이상 진급하지 못할 거라는 사실을 알고 있다. 자기 실패를 보완하고 싶은 마음에 겉으로는 자신을 그 자리까지 올라갈 수 있게 해준 엄격한 태도를 취해도 실은 자신이 무너져내리고 있다는 사실을 안다. 그러던 어느 밤 우리 집 창가로 와서 나를 바라보기 시작한 거다.

수년 동안 나는 내가 그를 진정으로 사랑하지 못한 이유는 그의 비밀 때문이었다고 믿었다. 그가 차마 고백하지 못하고, 나 역시 듣고 싶지 않았던 그의 비밀 때문에 그를 사랑하지 못했다고 생각했다. 하지만 그것은 바보 같은 생각이었다. 나는 내 남편도 치글러만큼 알지 못했다. 우리는 겨우 1년간 같은 지붕 아래 살았을 뿐, 그 후 그는 전장으로 떠나버렸다. 그런 사람을 어떻게 잘 안다 할 수 있겠는가. 사랑이란 잘 모르는 사람들 사이에서 생겨나는 법이다. 상대방의 경계를 허물기를 열망하는 이방인 사이에서 생겨난다. 사랑은 서로를 두려워하는 사람들 사이에서 생겨난다. 우리의 사랑이 살아남지 못한 것은 비밀 때문이 아니라 제3제국의 몰락 때문이었다.

33

여름이 되자 늪에서 악취가 어찌나 진동하던지 모든 것이 부패

할 것 같았다. 얼마 안 있어 내 몸까지 썩어 문드러지지 않을까 걱정이 될 정도였다. 하지만 나를 망가뜨린 것은 그로스-파르치가 아니었다. 나는 그전부터 썩어가고 있었다.

1944년 7월에는 무더위가 계속되었다. 습기 때문에 옷이 피부에 쩍쩍 들러붙었고 각다귀 떼가 기승을 부렸다. 각다귀들은 우리를 포위하고 끈질기게 괴롭혔다.

휴가를 떠난 후 알베르트의 소식은 듣지 못했다. 다들 편지 한 장 없이 내 곁에서 사라져버린다.

그러던 어느 목요일, 일을 마친 후 나는 울라, 레니, 하이너, 에른스트와 함께 영화를 보러 갔다. 참기 힘들 정도로 무더운 날이었다. 그런 날씨에 환기시킬 창문 하나 없는 천막 안에 있으면 질식할 게 뻔했지만 울라는 그래도 가고 싶다고 고집을 부렸다. 점심 식사 후 영화를 본다는 생각에 힘이 난 것 같았다. 가자, 부탁이야. 제발, 가자. 레니는 레니대로 에른스트와 함께 있고 싶은 마음에 같이 가달라고 졸랐다.

그날 상영할 영화는 무려 10년 전 엄청난 성공을 거둔 작품이었다. 여성 감독의 작품이었는데 연예인에 대해서라면 전문가를 자처하는 울라 말에 의하면 마음 내키는 대로 사는 여자라고 했다. 아마도 잡지에서 읽은 내용이었을 것이다. 울라는 잡지를 병영까지 가져와서 읽곤 했다. 그게 아니라면 그녀가 지어낸 이야기일 수도 있다. 어쨌든 울라는 그 여성 감독과 총통이 특별한 사이라고 확신했다. 실제로 예쁘장하게 생긴 여자이기도 했다.

"감독 이름이 너랑 똑같아." 에른스트가 레니가 들어갈 수 있게 천막을 들어주며 말했다. "레니 리펜슈탈." 레니는 미소를 지어 보이고는 빈자리를 찾기 위해 천막 안을 수줍게 훑어보았다. 나와 달리 레니는 그 영화를 본 적이 없다고 했다.

군인들이 앞자리에 진흙으로 더러워진 군화를 올려놓는 바람에 나무로 만든 좌석은 빈 곳이 거의 없었다. 우리가 들어가자 그들 중 몇 명이 자세를 똑바로 고쳐 앉더니 의자에 묻은 진흙을 손등으로 닦아냈다. 하지만 대부분은 등을 편하게 기댄 채 그대로 있었다. 그들은 팔짱을 낀 채 연이어 하품을 하고 있었는데 나른함에서 깨어날 마음이 없어 보였다. 그곳에는 자비네와 게르트루데도 있었다. 양옆으로 달팽이처럼 말아 올린 머리를 보고 그들임을 알아보았다. 둘은 고개를 돌려 우리를 보고도 인사 한마디 건네지 않았다.

우리는 하이너와 에른스트가 맡아둔 자리에 앉았다. 에른스트와 레니는 오른쪽 줄에 앉고 나는 하이너와 울라와 함께 왼쪽 줄에 자리를 잡았다.

획기적인 기술력이 이뤄낸 결과물에 흥분한 나머지 하이너는 〈의지의 승리〉야말로 진정 아방가르드적인 작품이라고 평했다. 하이너는 비행기가 좌초될 것을 두려워하지 않고 구름을 찢으며 까맣게 그을린 하얀 구름 뭉치 속으로 파고들어가는 항공 촬영 장면에 열광했다.

나는 영상 위로 스쳐가는 글씨를 읽었다. '1차 세계대전 발발 20년 후' '독일 수난 16년 후' '독일 부활 19개월 후' 같은 자막들이 나를 덮쳐오는 것 같았다. 구름 때문에 눈이 멀 것 같았다. 종

탑들이 뾰족하게 솟아오른 뉘른베르크를 공중에서 찍은 전경은 아름다웠다. 뉘른베르크의 길과 건물과 사람들 위로 길게 드리 우는 비행기 그림자는 전혀 위협적으로 보이지 않았다. 그림자 는 성스러운 기름처럼 도시를 덮었다.

레니 쪽을 바라보니 그녀는 입을 벌리고 이 사이에 혀를 살짝 내민 채 영화 내용을 이해하기 위해 애를 쓰고 있었다. 영화가 끝 나기 전에 에른스트는 그녀의 허리에 팔을 두르겠지. 레니는 기 다림과 헌정의 표시로 턱을 살짝 내밀고 있었다.

나는 손으로 부채질을 했다. "이제 착륙하는 장면이 나올 거 야." 나와 울라를 영화에 집중시키려는 하이너의 말에 나는 콧방 귀를 꼈다. 스크린 위로 총통의 뒷목이 너무나 적나라하게 드러 났다. 그의 뒷목은 다른 사람들의 뒷목과 다를 바 없이 초라해 보 였다. 배경음악으로 깔린 바그너의 장대한 선율조차도 이를 보 완해주지는 못했다. 총통은 수백만 군중의 경례에 응답했지만 팔은 구부정하고 손은 덜렁거렸다. 지금 일어나고 있는 일은 나 와는 상관없다고 변명이라도 하고 있는 것 같았다.

같은 시각, 군인들이 영화관으로 사용하는 천막의 멀지 않은 곳에서 누군가 가방에 폭탄을 설치하고 있었다는 사실을 그때는 몰랐다. 손가락이 두 개나 모자란 손으로 집게를 집고 선을 부식 시키기 위해 산이 든 유리캡슐을 깨뜨리고 있다는 사실을 몰랐 다. 금속으로 만든 얇은 선은 10분이면 완전히 녹아내릴 터였다.

대령은 이를 꼭 물고 콧구멍을 벌름거렸다. 폭탄을 셔츠로 감 싸서 다시 가방 안에 넣은 뒤 서류로 잘 감추어야 했다. 그 모든 것을 한 손으로 해내야 했다. 아니, 엄밀히 말하자면 손가락 세 개로 해내야 했다. 이마에 송골송골 땀이 맺혔지만 무더위 때문은 아니었다.

시간이 촉박했다. 무솔리니의 방문이 임박해서 12시 30분으로 회의가 앞당겨졌기 때문이다. 카이텔 독일 국방군 최고사령관이 볼프스샨체 총사령부 밖에서 그를 기다리고 있었다. 대령은 핑곗거리를 대고 총사령부로 다시 돌아왔고 그런 그를 카이텔이 어서 나오라고 재촉하고 있는 것이다. 카이텔의 인내심은 바닥나기 일보 직전이었다. 방금 전에도 대령을 재촉했지만 최소한 상해용사인 클라우스 폰 슈타우펜베르크 대령에 대한 예의는 지켰었다. 마리아가 그토록 좋아하는 매력적인 대령 말이다.

슈타우펜베르크 대령이 가방을 들고 나오자 카이텔은 그를 빤히 바라보았다. 회의에 갈 때 서류가 가득 든 가방을 들고 가는 것은 당연한 일이었지만 슈타우펜베르크 대령은 가방을 너무 꼭 껴안고 있었다. 카이텔 눈에는 그 모습이 이상해 보였다. "이 안에 이번에 새로 개설될 국민척탄병(1944년 나치 독일의 주요 전력을 잃은 후 창설된 국방군 소속의 육군사단)과 관련된 서류가 들어 있습니다. 총통께 보고드리려고 합니다." 대령이 말했다. 국방군 최고사령관은 고개를 끄덕여 보이고 걸음을 옮겼다. 총사령부에서 열릴 회의에 참석해야 한다는 최우선 과제 앞에 다른 미심쩍은 일은 후순위로 밀려났다.

그 순간 나는 오직 레니를 기쁘기 해주기 위해 들어간 그 빌어먹을 천막 안에서 땀을 삐질삐질 흘리고 있었다. 레니는 에른스트와 시시덕거리느라 정신이 없었다. 안면 홍조가 피부 전체에 퍼진 것처럼 두 뺨과 귀와 목이 빨갰다.

울라는 영화는 보지 않고 둘을 훔쳐보고 있었고 하이너는 손가락으로 의자를 두드리기 시작했다. 높으신 양반들의 연설이 지겨운 듯했다. 정확히 말하자면 연설 내용이 아니라 똑같이 반복되는 카메라 앵글 때문에 지겨운 거였지만. 하이너는 연설가들을 재촉하듯이 검지로 나무의자를 두드렸다. 하지만 1934년 9월 5일의 나치당 전당대회에서는 모두 할 말이 많았다. 아직 히틀러에게 '미친놈'이라는 소리를 듣기 전이었던 루돌프 헤스가 스크린에서 고함을 쳤다.

"독일이야말로 우리에게 승리를 안겨줄 것이다. 독일이야말로 우리를 평화로 이끌 것이다!"

호이징거 합참부의장도 헤스의 예측에 동조했을까? 그때는 몰랐지만 슈타우펜베르크 대령이 회의실에 들어서는 순간 호이징거 합참부의장은 히틀러의 오른편에서 실망스러운 내용의 보고서를 읽고 있었다. 보고서에는 러시아 중앙전선이 무너진 후 독일군이 매우 위험한 지경에 처했다는 내용이 쓰여 있었다. 카이텔은 슈타우펜베르크를 매섭게 노려보았다. 회의가 이미 시작된 것이다. 12시 36분. 대령은 생각했다. 6분 후면 산 때문에 선이 완전히 녹아내릴 것이다.

히틀러는 문을 등진 채 두꺼운 떡갈나무 탁자 앞에 앉아서 자기 앞에 펼쳐놓은 지도를 볼 때 쓰는 돋보기를 가지고 놀고 있었다. 카이텔은 히틀러의 왼편에 자리를 잡았고 슈타우펜베르크는 하인츠 브란트 대령 옆에 앉았다. 그 순간 우리가 머물던 천막 안에서는 마를레네 디트리히의 녹음된 목소리가 외신들에게 독일에 대한 거짓뉴스 보도를 중지하기를 촉구했다. 슈타우펜베르크 대령은 또다시 콧구멍을 벌름거리며 숨을 들이마셨다. 그때 누구든 그의 눈빛을 봤다면 알아챘을 것이다. 하지만 슈타우펜베르크는 고개를 숙이고 있었을 뿐 아니라 그의 왼눈은 안대로 가려져 있었다. 그는 몸을 살짝 떨면서 발로 탁자 아래에 있던 가방을 총통의 다리에 최대한 가까이 밀었다. 그는 윗입술에 떨어진 땀방울을 삼키고 천천히 뒷걸음쳐서 밖으로 나갔다. 아무도 그가 나가는 것을 눈치채지 못했다. 모두 호이징거가 우울하게 가리키는 지도를 보느라 정신이 없었다. 4분. 슈타우펜베르크 대령이 시간을 쟀다. 4분이면 선이 닳을 것이다.

군인들이 만들어놓은 엉성한 영화관에서는 에른스트가 레니의 손을 잡았다. 레니는 그의 손을 거부하지 않고 도리어 그의 어깨에 머리를 기댔다. 울라는 그들에게서 시선을 거두고 손톱을 물어뜯었다. 하이너는 팔꿈치로 나를 쿡쿡 찔렀다. 레니와 에른스트가 연출하고 있는 목가적인 광경을 알려주기 위해서가 아니었다. "2부는 더 끝내줘. 사운드가 없는 상태에서 독수리가 풀샷으로 화면을 꽉 채우는 장면 기억해?" 하이너가 물었다. 영화의 수준이 자신의 명예와 직결됐다고 생각하는 것 같았다. 스크린에서 율리우스 스트라이허의 질책이 울려 퍼졌다. "인종의 순수성을 중요시하지 않는 민족은 멸망할 것이다."

슈타우펜베르크의 가방 속에서는 금속선이 짧아지고 있었다.

대령은 자신의 발명품을 버려둔 채 확고한 걸음으로 전진했다. 활짝 내민 가슴이 약간 뻣뻣해 보였다. 뛸 수 있는 상황이 아닌데도 심장이 달음박질칠 때처럼 세차게 두근거렸다.

총사령부에서는 하인츠 브란트가 지도를 더 잘 보려고 허리를 굽혔다. 글씨가 너무 작았는데 그에게는 히틀러의 것 같은 돋보기가 없었다. 그러다가 바닥에 버려진 가방에 걸려 발을 헛디뎠다. 그는 호이징거의 보고에 집중하느라 자기도 모르게 기계적으로 가방을 걸리적거리지 않는 위치로 옮겨놓았다. 12시 40분. 슈타우펜베르크는 걸음을 멈추지 않고 허리를 꼿꼿이 세운 채 계속 걸었다. 이제 2분 남았다.

"독일 노동자들에게 긍지와 자부심을 돌려주자. 우리는 모두 평등하다." 로베르트 라이의 목소리가 천막 안에서 쩌렁쩌렁 울렸다. 그 순간 에른스트는 키스하기로 마음먹은 듯 레니를 꼭 끌어안았다. 이제는 하이너까지 상황을 눈치챘다. "저기 비둘기 한 쌍을 좀 봐." 자리에서 일어나 나가려는 울라를 붙잡고 하이너가 귓속말로 속삭였다. 나는 아버지 생각을 했다. 아버지는 나치가 인종 간 투쟁을 이용해 계급 간 투쟁을 없앴다고 했다.

스크린에서는 아돌프 히틀러가 자리에서 일어나 정렬하고 있는 5만 2천 명의 노동자에게 직접 경례했다.

"삽을 높이 들라!" 그가 외쳤다.

노동자들이 삽을 총처럼 어깨 위로 들어 올리는 순간 고막이 터질 듯한 폭발음이 천막 안에 울려 퍼지며 모두를 바닥에 쓰러뜨렸다. 머리가 바닥에 부딪히는 순간 아무것도 느껴지지 않았다. 고통도 느껴지지 않았다.

죽어가는 동안 나는 히틀러도 나처럼 죽어가고 있을 거라 생각했다.

34

폭발 후 몇 시간 동안 한쪽 귀 청력이 돌아오지 않았다.

휘파람 같은 날카로운 소리 때문에 고막이 찢어질 것 같았다. 베를린의 공습경보처럼 단조로운 소리였다. 무슨 음인지는 모르겠지만 머릿속을 헤집는 그 소리는 나를 아수라장이 되어버린 외부세계로부터 단절시켰다.

볼프스샨체 내부에서 폭탄이 터졌다.

"총통이 죽었다!" 군인들이 뛰어다니며 말했다. 충격 때문에 기울어진 영사기는 웅웅거리는 소음과 함께 암흑만을 투사할 뿐이었다. 레니는 첫날 식당에서 느꼈던 것과 똑같은 절망감에 사로잡혀 바들바들 떨고 있었다. 지금 이 순간 에른스트는 레니의 관심 밖이었다. "이제 어떡하지?" 에른스트가 흥분해서 하이너에게 물었지만 하이너는 아무 말도 못 했다.

"히틀러가 죽었어." 울라가 말했다. 그것은 놀라운 일이었다. 아무도 히틀러가 죽을 거라고는 생각하지 못했으니까. 울라는 가장 먼저 일어나 잠이 덜 깬 사람처럼 주변을 살폈다. "다 끝났어." 울라가 들릴락 말락 한 소리로 속삭였다.

바닥에 엎드렸을 때 나는 어머니의 얼굴을 다시 보았다. 어머니는 코트 아래 잠옷을 입고 있었다. 내 어머니는 우스꽝스러운 옷차림을 한 채 목숨을 잃었다. 어머니를 껴안았을 때 어머니의 몸에서는 여전히 좋은 냄새가 났다. 나는 폭격 중에 죽은 어머니를 다시 보았다. 무슨 음인지 알 수 없는 소리가 또다시 고막 속에서 메아리쳤다. 그 소리는 오직 나만을 위해 고안된 형벌처럼 느껴졌다.

그런데 이제는 히틀러도 나와 똑같은 고통을 나누게 됐다. 그뿐만이 아니었다. 총사령부의 잔해에서 빠져나오기 위해 그는 부상을 입지 않은 카이텔의 부축을 받아야 했다. 얼굴은 굴뚝청소부처럼 새까맣게 그을리고 머리에서는 김이 나고 팔은 꼭두각시 인형처럼 덜렁거리고 훌라춤을 출 때 입는 스커트처럼 뜯어져 너덜거리는 줄무늬 바지 차림의 히틀러는 우리 어머니보다 더 꼴불견이었다.

차이가 있다면 어머니와 달리 그는 살아남았으며 복수를 다짐했다는 것뿐이다.

히틀러는 그날 밤 라디오로 자신의 의지를 통보했다. 나는 헤르타와 요제프와 함께 부엌 식탁에 앉아 라디오 방송을 들었다. 다들 피곤했지만 깨어 있었다. 우리는 저녁 식사도 거른 채 꼼짝하지 않고 앉아서 저녁 내내 라디오 방송에만 귀를 기울였다. 그날 오후에는 크라우젠도르프에 가지 않았다. 버스는 나를 데리러 오지 않았다. 왔더라도 나를 발견하지 못했을 것이다. 나는 넋이 나간 채 히틀러가 죽었으니 이제 무슨 일이 일어날지에 대해 온갖 억측을 늘어놓는 레니와 울라를 내버려두고 몇 시간 동안 걸어서 겨우 집으로 돌아왔다.

하지만 히틀러는 살아 있었다. 그는 독일 제국 방송국의 마이크를 통해 독일과 전 유럽에 자신의 건재를 알렸다. 자신이 죽지 않았다는 사실은 신께서 부여한 임무를 훌륭히 완수할 것이라는 계시라고 했다.

무솔리니도 그렇게 말했다. 그의 도착 시간에 맞추려고 회의 시간까지 앞당겼는데 정작 그는 기차가 연착되는 바람에 그날 오후 4시가 다 되어 회의 장소에 도착했다. 무솔리니는 초췌한 몰골의 친구와 함께 폐허를 돌아봤다. 히틀러는 바로 지난해에 나치군을 그란사소로 파병해 무솔리니를 감옥에서 구출해주었다. 무솔리니의 사위인 갈레아초 치아노조차 지난해 7월 그에게 반대표를 던졌던 것을 생각하면 7월은 독재자들에게 운수 사나운 달이 분명했다. 하지만 못 말리는 낙관주의자였던 무솔리니는 다른 사람도 아니고, 자기를 히틀러의 부하라고 깎아내렸던 이탈리아의 왕에게 자신의 재신임을 요구했다.

이탈리아인들은 원래 그렇다. 그들은 무기력하고 약간 게으르다. 그들은 확실히 현존하는 최고의 군인은 아니지만 대신 낙관적이다. 무솔리니는 히틀러의 좋은 친구였다. 조금 있으면 히틀러는 친구 앞에서 빅토리오 에마누엘레 왕의 웃는 모습을 흉내 낼 것이다. 자그마한 이탈리아 왕의 날카로운 웃음소리는 지도자들을 흉내 내기 좋아하는 히틀러의 단골 소재였다. 그가 왕을 흉내 낼 때면 누구든 배꼽이 빠져라 웃지 않고는 못 배겼다. 하지만 그 순간은 농담이나 할 때가 아니었다. 히틀러는 종아리에 화상을 입은 데다 한쪽 팔마저 마비된 상태였다. 의사가 침대에 누워 안정을 취하라고 했는데도 무솔리니와 함께 폐허가 된 사건 현장을 돌아보는 이유는 그렇지 않으면 자신에 대한 말도 안 되는 소문이 돌 것이 불 보듯 뻔했기 때문이었다.

친구가 겪은 위험 앞에서, 무솔리니는 예상대로 낙관론을 펼쳤다. 이러한 기적을 겪은 이상 패배는 불가능하다고 했다. 게다가 히틀러는 미처 몰랐겠지만 그 기적이 일어난 것은 다 자기 덕분이라고 했다. 자신의 도착 시각이 변경되는 바람에 암살시도에 차질이 생긴 것이라면서, 암살범들은 원래 폭탄 두 개를 설치하려 했는데 시간이 부족해서 그러지 못했고 폭탄 하나로는 폭발력이 충분치 않았기 때문에 암살이 실패한 것이라고 했다. 결과적으로 무솔리니가 히틀러의 목숨을 구해준 셈이라는 거였다.

총통은 라디오에서 이번 사건은 불한당들이 꾸민 일이라고 했다. 독일군이나 독일 국민의 의지와는 아무런 관련이 없다면서 범인들을 잔혹하게 척결할 것이라 했다.

요제프가 턱뼈에서 소리가 날 정도로 파이프 담배를 세게 깨물었다. 그는 제대로 묻어주지도 못한 아들에 이어 나까지 잃을 뻔했다. 그는 꼭 쥔 주먹을 식탁보 위에 올려놓고 경직된 자세로 앉아 있었다. 요제프가 차르트마저 밀어내버리자 녀석은 식탁 밑에 웅크리고 누웠다.

휘파람 소리가 여전히 머릿속을 들쑤셔댔다. 그러던 중 히틀러의 입에서 슈타우펜베르크 대령의 이름이 나왔다. 귀를 칼로 쑤시는 것 같아서 손으로 귀를 막았다. 뜨거운 연골과 차가운 손바닥의 온도 차에 잠깐이나마 마음이 안정됐다.

히틀러는 쿠데타의 주범이 슈타우펜베르크라고 했다. 나는 마리아 생각을 했다. 당시 나는 이미 대령이 총살되었다는 사실도, 내 친구 앞에 어떤 운명이 기다리고 있는지도 몰랐다.

7월의 인적 없는 어느 밤, 창문은 열려 있고 헛간은 잠겨 있었다. 개구리들은 자신들의 주인이 몇 시간 전 어떤 위험에 처했었는지도 모르고 태연하게 울어댔다. 녀석들은 자기들에게 주인이 있다는 사실조차 모를 것이다.

"우리는 국가사회주의 방식에 따라 복수할 것이다!" 히틀러가 외치는 순간 파이프 담배가 요제프의 이빨에 바스러졌다.

35

마리아는 다음 날 남편과 함께 연행되었다. 그들은 베를린으로 이송되어 수감되었고 그 소문은 즉시 온 동네에 퍼졌다. 우유 배급을 받기 위해 줄을 서서 기다릴 때도, 우물가에서도, 새벽녘 뜰에서 일을 할 때도, 아이들이 수영을 하러 가는 모이 호수에서도, 사람들은 남작 가족에게 일어난 일에 대해 수군거렸다. 이제는 수영에 능숙해진 하이케의 아이들도 모이 호수에 수영을 하러 갔다. 동네 사람들은 모두 남작 부부가 사라진 텅 빈 성의 광경을 상상했다. 하인들은 주인 없는 성문을 꼭꼭 걸어 잠갔을 것이다. 모두들 억지로 문을 열고 성으로 들어가는 상상을 했다. 하인들이 쓰던 문으로 성에 들어가 생전 처음 보는 호화로운 사치품에 둘러싸여 감탄하다가 연회가 끝나기라도 한 것처럼 정문을 통해 걸어나가는 상상을 했다. 그중에는 셔츠나 바지 속에 전리품을 몰래 숨겨 나가는 이들도 있을 거다. 하지만 실제로는 밤낮으로 보초가 서는 바람에 아무도 성에 들어갈 수 없었다.

요제프도 직장을 잃었다. "이편이 나아." 헤르타가 말했다. "당신도 늙었잖아. 아직 모르겠어?" 헤르타는 요제프가 수년 동안 남작 부인과 친하게 지냈다는 사실에 대해 화가 난 듯 보였지만 사실 화가 난 게 아니었다. 남편이 잡혀가 심문당할까 봐 걱정됐을 뿐이었다.

헤르타는 나도 잡혀갈까 봐 걱정이 됐는지 내게 이것저것 꼬치꼬치 캐물었다. 그 여자와 무슨 이야기를 했는지, 그녀의 정체를 알고 있었는지, 혹시 그 집에서 수상한 사람과 만나지는 않았는지 물었다. 갑자기 마리아는 위험한 여자가 되었다. 기피 대상이 되었다. 내 다정한 철부지 친구가 말이다. 마리아는 수감됐다. 그곳에 악보 같은 것은 없었다. 내 드레스와 거의 똑같이 사선으로 재단한 옷도 빼앗겼다.

히틀러는 빨리 일을 처리하기로 마음먹고 그들을 군사재판소 대신 국민법원에 회부했다. 즉결심판을 내려 바로 교수형을 집행하기로 했다. 올가미가 달린 피아노 줄을 도축장에서 쓰는 갈

고리에 걸어 그들의 목을 매달았다. 암살에 연루되었다는 의혹이 있는 사람들뿐 아니라 그들의 친지들까지 색출되어 유배당했다. 용의자들에게 은신처를 제공한 이들도 처형당했다. 클레멘스 폰 밀데른하겐 남작과 그의 아내 마리아는 슈타우펜베르크 대령의 오랜 친구였고 그를 여러 번 자신들의 성으로 초대했다. 사람들은 슈타우펜베르크 대령이 남작의 성에서 공모자들과 모의를 했을 거라는 죄명하에 남작을 고발했다. 그로스-파르치 남작 부부의 모호한 성향을 고려하면 있을 법한 일이었다.

하지만 검찰은 마리아가 매사에 열정적이라는 것을 몰랐다. 그녀가 모난 곳과 기복이 없는 무난한 성격의 소유자라는 사실을 몰랐다. 마리아는 꽃과 노래 외에는 아는 게 별로 없었다. 자기한테 필요한 것만 알았다. 어쩌면 대령은 그들 몰래 일을 진행했을지도 모른다. 그들 몰래 성을 비밀 회의에 활용했을지도 모른다. 어쩌면 남작까지는 마리아 몰래 계획에 참여했을 수도 있다. 사실 그것까지는 나도 잘 모르겠다. 남작과 직접적으로 교류한 적은 없었으니까. 하지만 나는 마리아가 슈타우펜베르크와 히틀러를 둘 다 좋아했다는 사실은 안다. 그녀는 그 둘 모두에게 배신당했다.

침대 머리맡 협탁 위에 놓인 가스등 옆에 그녀가 내게 마지막으로 준 책이 놓여 있었다. 영영 마리아에게 돌려주지 못하게 된 그 책은 슈테판 게오르게의 시집이었다. 그녀의 친구였던 클라우스가 선물한 책이었다. 나는 책 표지에 쓰인 헌사를 보고 그 사실을 알았다. 매우 소중한 책이었을 텐데 내게 빌려준 것이다. 나는 비록 티는 별로 내지 않았지만 마리아가 나를 좋아했었다고 생각했다. 내가 마리아를 좋아했던 것보다 그녀가 나를 더 좋아했던 것 같다. 나는 특히 세상을 대하는 그녀 특유의 경솔할 정도로 가벼운 태도에 흥미를 느꼈다.

나는 시집을 한 장 한 장 찢은 뒤 돌돌 말아서 뜰에 조그맣게 모닥불을 피웠다. 불길이 온몸을 비틀며 점점 커지는 모습에 놀란 차르트는 집 안으로 도망쳐버렸다. 악단도, 수레도 없이 나는 책을 태우고 있었다. 닭들조차도 흥을 돋우려 울지 않았다. 나치가 게으르게 시집에 쓰인 슈타우펜베르크의 서명을 보고 나를 잡아갈까 봐 두려웠다. 나는 마리아를 부정하기 위해서 그녀의 책을 태우고 있었다. 내게 남은 그녀의 모든 흔적을 지우기 위해 피운 그 모닥불은 그녀에게 작별인사를 하기 위한 나만의 기묘한 의식이기도 했다.

요제프는 심문을 받았지만 바로 풀려났다. 내게 신경 쓰는 사람은 아무도 없었다. 마리아의 아이들이 어떻게 됐는지는 모르겠다. 어린아이들이니 별 탈 없었을 것이다. 알다시피 독일인은 아이들을 사랑하니까.

총통을 보호하기 위한 새로운 지침에는 우리에 관한 내용도 포함되어 있었다. 우리는 짐을 꾸려 집에서 나와야 했다. 헤르타는 창문에 코를 꼭 붙인 채 내가 그로스-파르치의 굽이길 너머로 사라지는 모습을 바라보았다. 처음 내가 잡혀간 날처럼 날카로운 불안감이 그녀의 마음을 헤집어놓았다.

뜰에서 우리는 몸뿐 아니라 가방도 수색당했다. 경비병들은 수색을 마친 후에야 우리를 들여보내주었다. 크라우젠도르프는 그렇게 점심과 저녁을 먹는 식당이자 기숙사가 되었다. 우리들의 감옥이 되었다. 우리는 금요일과 토요일 이틀만 집에서 잘 수 있었다. 나머지 시간은 오직 총통을 위해 바쳤다. 그는 같은 가격으로 우리의 삶을 통째로 사들였고 우리에게 협상의 여지는 없었다. 우리는 병영에 격리되었다. 우리는 무기 없는 군인이자 신분 높은 노예였다. 우리는 존재하지 않는 그 무엇이었고 실제로 라스텐부르크 밖에서는 아무도 우리의 존재를 몰랐다.

치글러는 암살시도 사건 다음 날 복귀했다. 그는 식당에 와서 이제부터 우리를 24시간 감시하겠다고 선언했다. 최근 일어난 불미스러운 사건으로 인해 우리를 포함한 그 누구도 믿을 수 없다는 사실이 드러났다고 했다. 그는 우리를 가축이나 키우며 살던 시골 여자들일 뿐이라고 했다. 그런 우리가 명예와 신의를 어떻게 알겠는가. 우리가 명예와 신의라는 단어를 들을 수 있는 것은 독일 라디오 방송에서 '언제나 명예와 신의를 가지고 일하라'라는 시그널 음악이 흘러나올 때뿐이었다. 그마저도 우리는 한 귀로 듣고 한 귀로 흘려보냈다. 치글러는 우리가 잠재적인 배신자들이라고 했다. 빵 한 쪽을 위해 자식을 팔아넘기고 필요하면 누구에게나 가랑이를 벌리는 그런 여자들이라고 했다. 치글러는 우리를 짐승처럼 감금할 거라고 했다. 자기가 돌아온 이상 모든 것이 바뀔 거라고 했다.

친위대원들은 고개를 푹 수그리고 있었다. 쿠데타와는 아무 상관이 없는 치글러의 장황설을 부끄러워하는 듯했다. 치글러는 그저 분풀이를 하고 있는 것 같았다. 친위대원들은 그들의 상사가 아내의 불륜 현장을 목격했거나 아내에게 무시당해서 남성성을 되찾기 위해 가슴을 잔뜩 부풀린 채 고함을 치는 거라고 생각했다. 가끔 남편을 제멋대로 조종하는 여자들이 있지 않은가. 그는 자신이 사내라는 사실을 증명하기 위해 마음대로 억압할 수 있는 여인 열 명을 이용하고 있었다. 불안감에 휩싸인 병영을 통제하는 것만으로도 자신의 권력을 만끽하기에 충분했다. 권력을 남용해도 된다고 느끼기에 충분했다.

내 생각에는 그랬다.

엘프리데는 코가 막혀서 쌕쌕거렸고 아우구스티네는 치글러에게 들킬 위험을 무릅쓰고 낮은 소리로 그에게 저주를 퍼부었다. 나는 시선이 마주칠 때까지 치글러를 물끄러미 바라보았지만 그는 내 시선을 피했다. 오히려 그래서 나는 그가 내게 이야기를 하고 있음을 확신했다. 그게 아니면 치글러는 그럴듯한 연설을 위해서 모욕적인 표현을 적당히 섞어가며 상투적인 말을 늘어놓고 있는 건지도 모른다. 애초에 대답을 들을 필요가 없는 독백이 될 것이 뻔할 테니깐. 어쩌면 치글러 자신부터 숨길 것이 있었을지도 모른다. 지난 5월 파티가 열렸던 날 저녁 그 역시 슈타우펜베르크 대령과 남작과 함께 대화를 나누고 있지 않았던가. 어쩌면 그의 동료들이 이미 그에게 부담을 주고 있을지도 모른다는 생각이 들었다. 누군가 그를 의심하고 있을지도 모른다는 생각이 들었다. 그것도 아니라면 그는 이미 하찮은 존재로 전락해서 아무도 그를 음모의 주역이나 그의 공범자들과 연관 짓지 않았을 수도 있다. 치글러는 실망한 데다 분개하고 있었다. 엄청난 사건이 일어났는데 그는 그 자리에 없었던 것이다.

하지만 다시 생각해보니 그가 일부러 바이에른에 갔을 거라는 가설이 가장 신빙성 있게 느껴졌다. 결국 나는 치글러에 대해서도, 마리아에 대해서도 제대로 아는 것이 하나도 없었던 거다. 모두들 나를 속였다. 나는 끝내 진실을 알지 못했다. 그에게 진실을 묻지 못했다.

2층 교실에 간이침대가 마련되었다. 그전까지 한 번도 들어가보지 못한 구역이었다. 한 방을 셋이서 함께 썼는데 가장 큰 교실에만 네 명이 배치됐다. 그들은 우리에게 침대와 룸메이트를 선택할 수 있게 해주었다. 나는 엘프리데와 레니 옆자리에 있는 벽쪽 침대를 선택했다. 창밖을 내다보니 보초 두 명이 보였다. 그들은 학교 주변을 밤새 순찰했다. 그중 한 명이 내 모습을 발견하고 그만 잠자리에 들라고 했다. 늑대소굴의 늑대는 경계를 풀지 않는다. 그는 상처 입고 불에 그슬린 채 덫에 걸린 맹수처럼 주변을 감시한다. 그러는 동안 치글러는 총사령부의 심장부에 들어가지 못하고 볼프스산체 최외곽에서 잠이 들었다.

"보고 싶어." 며칠 후 어느 아침 복도에서 마주친 내게 그가 말했다. 나는 발목을 접질려 신발이 벗겨지는 바람에 무리에서 조금 뒤처져 있었다. 우리들을 일렬로 정렬시켜 식당으로 인도하던 친위대원은 멀리서 그런 나를 감시하고 있었다. "보고 싶어." 나

는 고개를 들었다. 맨발인 데다 여전히 발목이 욱신거렸다. 친위
대원이 재촉하듯 내 쪽으로 다가오려 하자 나는 한쪽 발로 균형
을 잡고 손가락으로 구두를 벌려 발꿈치를 신발 안으로 집어넣
었다. 순간 본능적으로 알베르트에게 기댈 뻔했고 그 역시 본능
적으로 나를 부축해주려고 손을 내밀었다. 내게는 너무나 친숙한
그의 몸을 나는 만질 수 없었다. 이제는 만질 수조차 없는 그의
몸이 한때는 내게 익숙했던 몸이라는 사실이 믿어지지 않았다.

　우리처럼 과거도, 기약도, 의무도 없는 사랑이 중단되는 데는
특별한 이유가 없다. 그냥 지겨워져서 끝날 뿐이다. 육체가 게을
러지고 육체적 욕망에 의한 긴장감보다 무기력한 상태가 편해지
는 순간 사랑은 끝나는 것이다. 그러나 그 순간 그를 스치기만 해
도, 그의 가슴과 배를 만지기만 해도, 아니 그의 군복에 손을 갖
다 대기만 해도 온몸이 녹아내릴 것만 같은, 낭떠러지처럼 깊고
가파른 친밀감이 다시 열릴 것만 같았다. 하지만 알베르트는 동
작을 멈췄고 나는 자세를 가다듬었다. 나는 허리를 꼿꼿이 펴고
알베르트에게 대답하지 않은 채 걸음을 옮겼다. 친위대원이 벌써
나를 향해 다가오고 있었기 때문이다. 친위대원이 군화굽을 부
딪치며 팔을 내뻗자 치글러 중위는 나를 부축해주기 위해 올리
려던 팔을 떨궜다.

36

주말에 일하지 않을 때는 헤르타와 요제프와 시간을 보냈다. 우리는 밭에서 야채를 따기도 하고 숲속을 거닐기도 하고 그냥 뒤뜰에 앉아서 도란도란 이야기를 나누거나 아무 말 없이 같이 앉아만 있기도 했다. 우리는 각각 부모님과 아들을 잃었다. 우리는 셋이 함께 같은 곳에 있을 수 있다는 사실만으로도 감사했다. 우리의 관계는 공동의 상실과 그로 인한 상실의 경험을 토대로 했다.

내가 치글러와 함께 밤을 보냈다고 시부모님이 의심하고 있을 지도 모른다는 생각은 여전했다. 시부모님을 속였다고 생각하니 그들의 사랑을 받을 자격이 없는 것처럼 느껴졌다. 그렇다고 그 분들에 대한 내 애정의 진정성이 감해지는 것은 아니었지만 이렇게 쉽게 삶의 일부분을 생략할 수 있다는 사실은 내게 큰 충격이었다. 하지만 타인의 삶에 대해 무지한 덕분에 사람이 미치지 않는 것이다. 태생적으로 타인에 대한 정보가 부족한 인간의 특성 덕분이다.

내 죄책감이 헤르타와 요제프에게까지 확장된 것은 그 둘은 살과 뼈로 이루어진, 실제로 존재하는 사람들이기 때문이었다. 반면에 그레고어는 이름일 뿐이었다. 아침에 잠에서 깨면 떠오르는 생각일 뿐이었다. 거울에 꽂아놓거나 앨범에 끼워둔 사진일 뿐이었다. 한 줌의 기억이자 갑작스럽게 터져 나오는 한밤의 흐느낌일 뿐이었다. 분노와 패배와 수치심일 뿐이었다. 그레고어는 개

넘적 존재일 뿐 더 이상 내 남편이 아니었다.

시부모님과 함께 있지 않을 때면 나는 내 자유 시간을 레니를 위해 썼다. 레니는 에른스트가 비번일 때 그와 만나고 싶어 했지만 혼자 만나는 것이 두려워 언제나 나와 울라 또는 베아테와 하이케를 달고 다녔다. 베아테와 하이케가 갈 때는 그 집 아이들까지 따라나섰고 가끔은 엘프리데도 합류했다. 하지만 엘프리데는 그 두 독일군을 못 견뎌 했고 그런 감정을 특별히 숨기려 하지도 않았다.

"나는 예지력이 뛰어난 것 같아. 그렇지 않아?" 어느 일요일 이른 오후 모이 호수 앞에 있는 바에 앉아서 베아테가 말했다.

"히틀러 말이야?" 엘프리데가 빈정거렸다. "히틀러에게 안 좋은 일이 일어날 거라더니 결과적으로는 못 맞췄잖아."

"뭐라고 했는데?" 에른스트가 물었다.

"베아테는 마녀야." 울라가 말했다. "히틀러 별자리 점을 봤대."

"어쨌든 죽을 뻔했잖아." 하이너가 말했다. "비슷하게 맞췄구나, 베아테. 하지만 그 누구도 우리들의 총통을 쓰러뜨릴 수는 없어."

엘프리데가 그를 빤히 바라보았지만 하이너는 눈치채지 못하고 맥주 한 모금을 꿀꺽 삼키고는 손등으로 입가를 훔쳤다.

"죽을 뻔한 건 우리도 마찬가지야." 엘프리데가 말했다. "독살당해 죽을 뻔했는데 우리는 아직 그 원인도 몰라."

"독 때문에 그런 게 아니었어." 내가 말했다. "꿀 때문이었어. 오염된 꿀."

"너는 그걸 어떻게 알아?" 엘프리데가 물었다.

순간 벼랑 끝에 몰린 것처럼 다리에 힘이 풀렸다.

"나도 잘 몰라." 나는 말을 더듬거렸다. "그럴 거라 추측했을 뿐이야. 꿀을 먹지 않은 사람들은 아프지 않았으니까."

"꿀이 어디에 들어 있었는데?"

"케이크에 들어 있었어, 엘프리데."

"그러고 보니 그러네." 하이케가 말했다. "나랑 베아테는 토하지 않았잖아. 그날 디저트를 먹은 사람은 너희 둘뿐이었어."

"맞아. 하지만 케이크에는 요구르트도 들어갔잖아. 게다가 테오도라와 게르트루데도 아팠는데 그 애들은 케이크 안 먹었어. 유제품은 먹었지만." 엘프리데가 정색을 했다. "대체 어떻게 꿀 때문이었다는 사실을 알게 된 거야, 로자?"

"나도 몰라. 추측일 뿐이라니까."

"아니야. 확신하는 말투였어. 크뤼멜이 말해준 거야?"

"크뤼멜은 이제 로자랑 이야기 안 해." 울라가 말했다. 그러고는 하이너와 에른스트를 대화에 참여시키기 위해 자초지종을 설명했다.

"우리 로자가 한 건 했거든." 두 청년은 무슨 말인지 전혀 감을 못 잡고 아무 말도 못 했다.

"그때 일은 아우구스티네 때문이었잖아. 너희도 마찬가지고." 내가 하이케와 베아테를 바라보며 말했다.

"이야기를 딴 데로 돌리지 마." 엘프리데가 고집을 부렸다. "어떻게 안 거야? 말해봐."

"로자도 예언자인가 보지." 베아테가 농담을 했다.

"예언자가 뭐예요, 엄마?" 어린 우르줄라가 물었다.

나는 다리에 힘이 쭉 빠졌다. "엘프리데, 왜 화를 내는 거야? 모른다고 했잖아. 요제프랑 이야기하다가 우연히 떠오른 생각이야."

"그러고 보니 한동안 꿀이 안 나온 것 같기는 해." 울라가 말했다. "아쉽다. 로자가 몰래 준 케이크는 정말 맛있었는데."

"들었지?" 나는 기회를 놓치지 않고 말했다. "그 사건 이후로 꿀이 안 나와서 그런 생각을 하게 됐나 봐. 게다가 이미 끝난 일인데 뭐가 그리 중요해?"

"예언자가 뭐냐고요." 우르줄라가 다시 물었다.

"미래를 볼 수 있는 마녀란다." 베아테가 말했다.

"우리 엄마는 미래를 볼 줄 알아." 베아테의 쌍둥이 중 한 아이가 자랑했다.

"로자, 그런 건 항상 중요해." 엘프리데가 나를 빤히 바라보았다. 나는 그런 그녀의 시선을 견디기 힘들었다.

"내 말 좀 들어 봐." 베아테가 소리를 높였다. "나는 총통 이야기를 한 게 아니야. 별자리 점은 내 전문이 아니야. 나는 카드 점을 더 잘 보는데 치글러가 가져가버렸잖아." 그의 이름이 나올 때마다 사람들은 동요했다. "나는 레니 이야기를 한 거야."

레니가 마법에서 깨어난 듯 정신을 차렸다. 레니는 에른스트 옆에만 있으면 언제나 마법에 빠진 것 같았다.

에른스트는 레니를 자기 곁으로 끌어당기고 그녀의 이마에 입을 맞췄다. "레니의 미래를 예언한 거야?"

"베아테가 남자를 봤다고 했거든." 내가 목소리를 낮추고 말했다. 나는 엘프리데가 내 존재를 잊기를, 내 목소리를 못 듣기를 바랐다.

"누구는 그 남자가 정말로 나타났다고 생각하지." 엘프리데가 말했다. 그녀의 목소리에 감도는 비아냥거림을 눈치챈 것은 나밖에 없었다. 어쩌면 엘프리데를 속였다는 죄책감이 내 인지력을 왜곡한 것일지도 모른다.

에른스트는 이미 발갛게 달아오른 레니의 귀에 입을 갖다 대고 말했다.

"그 남자가 나야?" 에른스트가 웃음을 터뜨렸다. 하이너도 레니도 함께 웃었다. 나도 억지로나마 웃으려 애썼다.

우리는 모두 함께 웃고 있었다. 우리는 그동안 아무것도 배우지 못한 것 같았다. 우리는 아직도 웃어도 된다고 생각했다. 서로를 믿을 수 있다고 생각했다. 삶을, 미래를 믿을 수 있다고 생각했다. 하지만 엘프리데는 그렇지 않았다.

커피 찌꺼기로 점을 칠 것도 아닌데 엘프리데는 커피잔 바닥만 바라보고 있었다. 그녀는 미래와 피 튀기는 싸움을 벌이고 있었는데 그 사실을 눈치챈 사람은 아무도 없었다.

레니의 마법이 산산조각 부서져버린 그날 밤, 내게 또다시 유체이탈 증상이 나타났다. 그 증상은 조용히 침대시트를 밀쳐낸 레니가 맨발로 침실에서 나가고, 엘프리데가 요란하게 숨을 몰아쉬는 동안 일어났다. 엘프리데는 코를 골지는 않았지만 잘 때는 늘 씩씩거렸다. 나는 온몸이 흥건해질 정도로 땀에 젖었지만 나를 안아줄 사람은 아무도 없었다.

　나는 깊이 잠들어 있었다. 꿈을 꿨는데 처음에는 꿈에 내가 없었다. 나 말고 비행기 조종사가 있었다. 조종사는 더위를 느꼈다. 그는 물 한 모금을 마시고 셔츠 칼라를 느슨하게 한 뒤 밤하늘에 완벽한 곡선을 그릴 준비를 했다. 비행기 창문 너머 어둠 속에 붉은 반점 같은 것이 보였다. 그 얼룩은 불타는 달처럼 보이기도 했고 베들레헴의 혜성처럼 보이기도 했다. 하지만 그곳에는 혜성을 쫓을 동방박사들도, 경배를 받을 갓난아이도 없었다. 대신 마리아를 닮은 크림빛 얼굴에, 빨간 머리를 한 여인의 산통이 베를린에서 시작됐다. 부덴가세 아파트 지하실을 닮은 어두운 곳에서 한 사내아이의 어머니가 그녀에게 말했다. 힘을 줘요. 내가 도와줄게요. 하지만 바로 그 순간 꽝음과 함께 폭탄이 터지면서 여인은 멀리 밀려나고 말았다. 잠들어 있던 아이들이 깨어나 울음을 터뜨렸고 이미 깨어 있던 아이들은 악을 쓰기 시작했다. 산소가 다 떨어지면 지하실은 시체가 겹겹이 쌓인 시체 구덩이로 변할 것이다. 파울리네는 그곳에 없었다.

　마리아를 닮은 여자의 심장박동이 멈추자 태어나지 못한 태아는 세상 밖으로 나올 유일한 희망을 잃어버렸다. 아이는 어떤 운명이 자신을 기다리고 있는지 모른 채 엄마의 태반 속에서 부유했다. 죽은 이가 또 다른 죽은 생명체를 품고 있다고 생각하니 기분이 묘했다.

바깥세상에는 산소가 있었다. 산소 덕분에 불길이 수십 미터 높이로 활활 타오르며, 지붕이 날아가버린 건물들을 환하게 밝혔다. 폭발 중에 건물 지붕들은 《오즈의 마법사》에 나오는 도로시의 집처럼 공중으로 날아가버렸다. 나무와 광고간판 들이 빙글빙글 허공을 맴돌았다. 이 광경을 훔쳐보는 사람이 있었더라면 집집마다 뚫린 커다란 구멍들은 주인을 배신하며 거주자의 악습과 미덕을 적나라하게 드러냈을 것이다. 하지만 아직 담배꽁초로 지저분한 재떨이나, 벽이 허물어져도 꿋꿋이 버텨낸 꽃병을 훔쳐볼 수 있는 사람은 아무도 없었다. 사람은커녕 동물조차 없었다. 모두들 땅바닥에 쪼그리고 앉아 있거나 이미 석탄처럼 새까맣게 타버렸기 때문이다. 그들은 뭔가를 마시거나, 기도하거나, 별것 아닌 이유로 다툰 뒤 화해하기 위해 아내를 쓰다듬던 모습 그대로 새까만 동상이 되어버렸다. 야간 조에서 작업 중이던 노동자들의 몸은 보일러가 터지는 바람에 끓는 물에 녹아내렸고, 교도소 수감자들은 죗값을 미처 다 치르기도 전에 허물어진 건물 잔해에 산 채로 파묻혔으며, 동물원의 사자와 호랑이는 박제라도 된 것처럼 움직이지 못했다.

그곳으로부터 1만 피트 상공에서 조금 전 폭격기 조종사는 아직도 창문 너머 그 작열하는 빛을 볼 수 있었다. 그는 물을 한 모금 더 마시고, 와이셔츠 단추를 하나 풀었다. 조종사는 그 빛이 별무리일 뿐이라고, 그래서 생명이 없는데도 빛나는 거라고 스스로에게 최면을 걸었다.

그러다가 갑자기 그 조종사가 나로 변했다. 내가 폭격기를 조

종하고 있었다. 그러다가 불현듯 내가 폭격기를 조종하지 못한
다는 사실을 기억해냈다. 곧 추락한다는 사실을 깨달았다. 정말
로 폭격기가 곤두박질치기 시작했다. 급강하로 인한 저기압 때
문에 가슴이 터질 것 같았다. 베를린일 수도 있고 뉘른베르크일
수도 있는 도시가 점점 가까워졌다. 폭격기의 뾰족한 주둥이가
도시를 조준하고 있었다. 폭격기는 처음 나타나는 벽과 충돌해
산산조각나서 땅에 처박힐 터였다. 이 악몽과 같은 유체이탈에
서 나를 깨워달라고 프란츠를 부르고 싶었지만 성대가 마비되어
소리가 나오지 않았다.

"도와줘!"

순간 잠에서 깼다. 손발이 식은땀으로 흥건했다.

"도와줘, 로자."

레니였다. 레니는 울고 있었다. 엘프리데도 잠에서 깨어나 베개
밑에 놔두었던 손전등을 켰다. 친위대원들은 침대용 탁자나 전
등으로 숙소를 꾸밀 생각은 못 했지만 엘프리데는 선견지명이
있었다. 엘프리데는 내 침대 아래 무릎 꿇은 작은 굴뚝새 같은 레
니를 보고 말했다. "무슨 일이야?"

내가 레니를 안아주려고 몸을 일으키자 레니는 그런 나를 말리
면서 자기 다리 사이에 손을 갖다 댔다.

"무슨 일인지 말 좀 해봐." 엘프리데가 말했다.

레니가 손을 폈다. 하얀 손바닥이 보였다. 깊게 파인 톱니 모양
의 손금이 손 위로 철조망을 그리고 있었다. 베아테는 그 손금에
서 무엇을 읽어낼까. 그에 비해 손가락 끝에는 피가 묻어 있었다.

"아파." 레니가 바닥에 쭈그려 앉으며 말했다. 레니는 몸을 웅크 렸다. 너무나 작아서 사라질 것 같았다.

엘프리데가 맨발로 복도를 향해 달려 나갔다. 그 기세가 어찌 나 맹렬한지 쿵쿵거리는 발꿈치 소리가 들렸다. 그녀는 유일하게 열려 있는 창문 앞에 멈춰 섰다. 창밖으로 몸을 내민 엘프리데의 눈에 벽 위로 솟아오른 사다리가 들어왔다. 사다리 발판이 있는 지점에서 방금 막 땅에 발을 디딘 에른스트의 형상이 보였다.

"가만 안 두겠어!" 엘프리데가 창턱을 잡고 몸을 바깥으로 내밀 며 으름장을 놓았다. 경비병들이 들을 수도 있었는데 엘프리데는 개의치 않았다. 그러고 보니 육군 소속 군인이 몰래 병영에 숨어 드는 동안 경비병들은 어디에 있었을까? 딴짓을 하고 있던 걸까? 에른스트를 눈감아준 걸까? 아니면 고주망태가 돼서 눈치를 못 챘던 걸까? "어서 꺼져, 이 자식아. 내일 내 손에 죽을 줄 알아."

에른스트는 위를 올려다보더니 엘프리데에게 대꾸하지 않고 도망가버렸다.

에른스트가 오늘 자정, 왼쪽에서 세 번째 복도 창문 앞에서 만 나자고 했을 때 레니는 좋다고 했다. 이제 나도 다 큰 어른이잖 아. 레니는 생각했다. 더 이상 물러설 수 없어. 에른스트는 레니 의 그런 면을 좋아했다. 말주변도 없고 소극적인 레니는 뭘 해도 서툴러 보였다. 그는 레니를 자신만의 둥지에서 끌어내는 데 재 미가 들린 듯했다. 어깨에 손을 올리고 손가락에 살짝 힘을 주기 만 하면 그녀를 놀라게 하지 않고 본 모습을 찾아줄 수 있을 것 같았다.

좋아, 나갈게. 레니는 그를 실망시키고 싶지 않았다. 그를 잃고 싶지 않았다. 그래서 그렇게 말을 한 거다. 자정이 되자 레니는 어둡고, 경비병이 돌아다니는데도 창가로 갔다. 그날 저녁 식사를 하러 가기 전 레니는 밤에 소리가 나지 않도록 일부러 창문을 열어두었다. 에른스트는 사다리를 타고 올라왔다. 그가 창턱을 넘어 건물 안으로 들어오자 둘은 환희에 차 포옹했다. 그 비밀로 인해 둘은 하나가 되었다. 둘은 사랑을 위해 공모했다. 둘은 감시자들의 눈을 피해야 한다는 생각에 흥분했다. 레니와 에른스트는 몰래 함께 숨어 있을 만한 교실을 찾아다녔지만 빈 교실은 하나도 없었다. 침상이 없는 유일한 교실에서는 친위대원들이 야간보초의 지루함을 이기기 위해 카드놀이를 하고 있었다.

"주방으로 가자." 에른스트가 말했다. "그곳은 경비병들도 둘러보지 않을 거야." "하지만 그러려면 아래층으로 내려가야 해. 그러다가 들킬 수 있어." 레니가 말했다. "나를 믿어주겠어?" 에른스트가 말하며 레니를 꼭 껴안아주었다. 레니는 자기도 모르는 새 계단을 내려가고 있었다. 아무도 그들의 발걸음 소리를 듣지 못했고 그들 앞을 막아서지도 않았다. 레니는 중사의 손을 잡고 그를 주방으로 인도했다. 크뤼멜이 주방을 사슬로 잠가두었다는 사실을 깨닫는 순간 둘은 실망해서 어쩔 줄 몰랐다. 총통 소유의 식량을 보관하고 있는 곳이니 문단속을 하는 것이 당연했다. 자기를 존중하지 않는 이는 케이크를 먹을 수 없다고 크뤼멜이 말했었다. 크뤼멜을 거스르고 싶지 않았던 레니는 자기 행동에 수치심을 느꼈다. 에른스트는 레니가 풀이 죽은 것을 눈치챘는지 그녀의 뺨과 귀와 목과 목덜미와 등과 엉덩이와 허벅지를 쓰다듬기 시작했다. 순식간에 그는 레니의 몸에 자신의 몸을 밀착시켰다. 그녀가 타인의 몸에 그렇게 가까이 있는 것은 그때가 처음이었다. 에른스트의 몸의 돌출된 부분이 레니의 몸을 눌렀다. 에른스트는 한참 동안 레니에게 키스를 했다. 그녀에게서 몸을 떼지 않은 채 천천히 뒷걸음질 쳐서 문이 열린 첫 번째 방으로 들어갔다.

　그곳은 식당이었다. 창문으로 스머든 희미한 달빛 아래 에른스트가 의자에 부딪히는 순간 레니는 그곳이 식당임을 깨달았다. 사실 그보다 더 좋은 장소는 없었다. 그곳은 레니에게 익숙한 장소였다. 두꺼운 목제 식탁과 초라한 의자들과 황량한 벽으로 둘러싸인 그곳에서 지난 1년 동안 레니는 하루의 대부분을 보냈다. 그곳은 제2의 집이나 마찬가지였다. 그러니 두려워할 필요가 없었다. 레니는 이제 두렵지 않았다. 해낼 수 있을 것 같았다. 호흡을 가다듬어, 레니. 아니, 숨을 깊게 들이마셔봐. 너도 이제 다 큰 어른이잖아. 더는 물러설 수 없어. 어릴 적 네가 인쇄된 글자를 손가락으로 하나하나 짚어가면서 알파벳을 읽어내려가고 있을 때, 어린 에른스트는 종이비행기를 접어 뤼베크의 학교 교실 창문 밖으로 날려 보냈지. 너는 기계적으로 손가락을 움직이고 글씨를 한 자 한 자 또박또박 읽어내려가며 단어를 완성시켰어. 언젠가는 손가락으로 글자를 가리키지 않고도, 책을 잘 읽는 학급 동무들보다 실력이 좋아지기를 바라면서. 네 친구들은 글씨 읽는 속도가 빨라서 언제나 너를 기다리는 것을 지겨워했어. 너와 조종사가 되기를 꿈꾸던 그 소년은 수년 뒤에 그렇게 만나게 될 거라는 사실을 몰랐어. 사랑이란 그래서 놀라운 거야.

너희는 그토록 오랫동안 서로의 존재조차 모른 채 수백 킬로미터 멀리 떨어진 곳에서 성장했어. 너도 에른스트도 키가 컸지. 그가 너보다 키가 더 자라는 동안 너는 엉덩이에 살이 올랐어. 그는 면도를 하기 시작했지. 둘 다 아프다 낫기를 반복했어. 학교를 졸업한 후 크리스마스에 네가 요리를 배우는 동안 그는 군 복무를 시작했지. 이 모든 일은 너희 둘이 서로를 모르는 상태에서 일어났어. 너희는 평생 모르고 지낼 수도 있었어. 그런 상상만 해도 너는 마음이 아프겠지만. 하지만 하찮은 우연 때문에 서로 어긋날 수도 있었어. 조금만 더 천천히 걷거나, 시계를 잘못 맞췄거나, 그가 너를 보기 전에 너보다 더 예쁜 여자를 만났어도. 아니, 히틀러가 폴란드를 침공하지 않았더라면 너희 둘의 만남은 이루어지지 않았을 거야.

에른스트는 조심스레 의자를 치우고 레니를 안아 식탁에 올렸다. 우리가 매일 식사를 하는 바로 그 식탁이었다. 첫날, 구토가 나와 레니가 밀쳐냈던 바로 그 식탁이었다. 레니의 그 뻔뻔스러운 연약함 때문에 나는 그녀를 친구로 선택했다. 어쩌면 그녀가 나를 선택한 걸 수도 있지만. 식탁 위에 누워서도 레니는 반항하지 않았다. 레니의 잠옷은 너무 얇아서 척추 아래 딱딱한 식탁 바닥이 그대로 느껴졌다. 하지만 레니는 이번에는 나가고 싶다고 하지 않았다.

에른스트가 그녀 위로 몸을 포갰다. 처음에 그는 레니의 몸 위로 자신의 그림자를 드리우다가, 공군에서 거부당한 젊은 군인의 근육으로 레니의 엉덩이와 그녀가 벌릴 줄 모르는 무릎을 점점 세게 눌렀다.

레니도 다른 여자들처럼 배워야 한다. 결국에는 그녀도 배우게 될 것이다. 사람들은 모든 일에 익숙해지는 법이다. 억지로 먹는 것도 삼키는 것도 구토를 참는 것도 독과 죽음을 이겨내는 일에도 익숙해져야 한다. 하이케, 오트밀을 먹어. 먹지 않으면 치글러가 화를 낼 거야. 복종하지 않는 여자는 필요 없다. 이곳에서는 내 명령을 따라야 한다. 그것이 곧 총통의 명령이자 궁극적으로는 신의 뜻이기 때문이다. "에른스트!" 레니가 흐느끼듯 외쳤다.

"내 사랑." 에른스트가 신음했다.

"에른스트, 나 나갈래. 여기에서 하기 싫어. 여기 있기 싫어. 싫다고!"

바로 그 순간이었다. 그 순간 나는 꿈에서 유체이탈을 겪고 있었고 엘프리데는 쌕쌕거리며 잠들어 있었다. 우리 셋이 함께 쓰는 방의 세 침대 중 하나는 비어 있었다. 다른 여자들은 병영에 데려오지 못하고 할머니, 할아버지나 자매 또는 친구에게 맡겨놓은 아이들 생각을 애써 접어둔 채 잠을 청하고 있었다. 사다리가 있다는 사실을 몰랐기에 그들은 창문을 넘어 도망갈 수 없었다. 바로 그 순간 에른스트는 레니를 어르다가 그녀가 거부하면서 흥분한 나머지 소란을 피우자 그녀의 입을 틀어막고 원하던 일을 치렀다. 레니가 약속 장소로 나오지 않았던가. 어차피 이렇게 될 거라는 사실을 알았을 것이다. 레니가 아니었으면 그가 한 밤중에 그곳에 갈 이유가 없었다.

37

엘프리데는 식탁에서 일어나 키다리 친위대원 쪽으로 다가갔다. 평소에는 그렇게나 눈치가 없던 레니가 전사 같은 엘프리데의 걸음걸이를 보더니 상황을 파악하고 외쳤다. "기다려!" 엘프리데는 기다리지 않았다. "네 일도 아니잖아." 레니도 덩달아 자리에서 일어나며 외쳤다. "너와는 상관없는 일이야."

"네게 이럴 권리가 없다고 생각해?"

엘프리데가 묻자 이미 얼굴이 빨갛게 달아올라 있던 레니는 더 혼란스러워했다.

"권리는 의무이기도 해." 엘프리데가 말을 이었다.

"그래서?"

"네가 의무를 다하지 않으면 누군가 너 대신 책임을 져야지."

"왜 나한테 화를 내는 거야?" 레니의 목소리가 갈라져 나왔다.

"내가 너한테 화를 낸다고? 내가?" 엘프리데가 코를 훌쩍이더니 숨을 크게 들이마셨다. "피해자 놀이를 하는 게 그렇게 좋아?"

"네 문제가 아니잖아."

"이건 모두의 문제야, 아직도 모르겠어?" 엘프리데가 외쳤다.

키다리 친위대원이 더 큰 소리로 외쳤다. 구석에서 나오더니 둘 다 조용히 하고 자리에 앉으라고 했다.

"할 말이 있어요." 엘프리데가 말했다.

"무슨 말?" 그가 물었다.

레니가 마지막으로 말렸다. "부탁이야." 엘프리데가 레니를 세게 밀치는 바람에 나는 레니를 부축하러 달려가야 했다. 레니 편만 들려는 것은 아니었다. 하지만 레니는 우리 중에 제일 약했다. 처음부터 그랬다.

"치글러 중위님께 병영에서 일어난 사건을 보고해야겠어요." 엘프리데가 말했다. "병영을 모독한 사건이에요."

인상을 쓰고 있던 키다리의 표정이 놀라움으로 바뀌었다. 지금껏 치글러에게 면담을 요청한 사람은 아무도 없었다. '광신도들'조차 그런 적은 없었다. 그는 엘프리데에게 과연 면담을 요구할 권리가 있는지조차 몰랐지만 그녀의 말은 그를 혼란스럽게 했다. 시식가들 사이에서 일어난 싸움은 중요한 사건일 수도 있었다.

"모두 다 뜰로 나가!" 그가 자신의 신속한 판단에 흡족해하면서 명령했다.

나는 레니를 끌고 나갔다.

"내 일이야." 레니가 속삭였다. "왜 이 일을 모두에게 알려야 해? 왜 내게 수치를 주려는 거야?"

다른 여자들도 하나둘씩 뜰로 향했다.

"너는 여기에 있어." 키다리 친위대원의 말에 엘프리데는 벽에 몸을 기댔다.

"정말 이렇게 하는 게 옳다고 생각해?" 방을 나가는 경비병이 못 들도록 내가 조용히 엘프리데에게 물었다. 엘프리데는 고개를 살짝 끄덕이더니 눈을 감았다.

레니는 땅바닥에 몸을 던졌다. 일부러 그런 건 아니었겠지만 묘하게도 레니는 희미해진 사방치기 선 한가운데서 쓰러졌다. 그 마법의 결계는 그녀를 지켜주지 못했다. 나는 레니 곁에 쭈그려 앉았다. 여자들은 레니를 둘러싸고 질문을 퍼부어댔다. 아우구스티네가 제일 심했다. "그만해!" 내가 말했다. "레니는 지금 제정신이 아니야."

식당 쪽을 곁눈질해봤지만 엘프리데는 보이지 않았다. 나는 레니 주변이 조금 잠잠해지자마자 문 쪽으로 갔다가 군홧발 소리에 뒤로 물러났다. "가자." 키다리의 목소리였다. 박자에 맞지 않는 두 사람의 어지러운 발걸음 소리가 멀어지고 난 후에야 나는 식당 안을 몰래 들여다보았다. 엘프리데가 키다리를 따라 복도를 걸어가고 있었다.

예상을 뒤엎고 치글러가 그녀의 면담을 허락한 것이다. 쿠데타를 놓치고 몇 주 동안 무료하던 참에 소일거리가 생겼다고 생각한 듯했다. 새로 내려온 지침이 더 엄격해져서일 수도 있다. 병영에서 그가 모르는 일이 일어나서는 안 되기 때문일 것이다. 나는 위험을 느꼈다. 치글러의 사무실에 들어가는 순간 엘프리데도 내가 알베르트에게서 본 것과 똑같은 것을 볼 것만 같았다. 그의 눈동자 속에서 내 모습을 보고 진실을 알아낼 것 같았다.

엘프리데는 치글러 앞에서 독일 육군 소속 하사관인 에른스트

코흐를 고발했다. 그가 그날 밤 명령을 어기고, 총통의 명을 받드는 독일 여성 시식가들이 잠든 병영에 몰래 숨어들었다고 했다. 그가 제3제국을 대표하는 군인 신분을 망각하고 적군으로부터 지켜줄 의무가 있는 독일 여성인 우리 중 한 명을 겁탈했다고 했다. 그와 똑같은 독일인을 말이다.

치글러는 그날 보초를 선 군인들이 누군지 확인하고 그들 모두를 소환해 보고를 받았다. 에른스트와 레니도 마찬가지였다. 그는 누군가에게 벌을 내리고 싶어서 안달이 났을 것이다.

어두운 사무실에서 치글러에게 질문을 받았을 때 처음에 레니는 말을 못 하는 사람처럼 아무 말도 하지 않았다. 레니가 직접 내게 말해준 사실이다. 그러다가 자기 잘못이라고, 자기가 확실하게 말을 하지 않아서 코흐 하사가 오해한 거라고 기어들어가는 소리로 말했다. 병영에서 만나자고 약속하기는 했지만 곧바로 후회했다고 말했다. 성행위를 했는지 묻자 레니는 엘프리데가 한 말을 부인하지 않았다. 치글러가 레니의 동의하에 일어난 일이냐고 물었을 때 레니는 더듬대며 아니라고 하고 고개를 빠르게 가로저었다.

레니의 일관성 없는 증언에도 불구하고 치글러는 문제를 덮어두지 않고 에른스트 코흐 하사 사건을 육군 상관들에게 알렸다. 그들은 심문과 검증 후에 젊은 군인을 군 재판부에 넘길지 여부를 결정하기로 했다.

레니는 에른스트의 소식을 묻기 위해 하이너를 찾아갔다. 하이너는 친절했지만 차갑게 레니를 대했다. 피해자, 아니 고발인을 만나기 두려워하는 것 같았다. 경솔한 일이라고 생각하는 것 같았다. 자기 친구인 에른스트를 감싸주려 하지는 않았지만, 탁 터놓고 이야기를 하지도 않았다. 내가 그의 인생을 망쳤어. 레니가 말했다.

나는 꿈 이야기를 꺼냈을 때처럼 말실수를 할까 봐 엘프리데와 그 일에 대해서 따로 이야기를 나누지 않았다. 미안해. 꿈 때문에 부딪혔던 일요일 오후, 병영으로 돌아오던 길에 엘프리데가 내게 사과했다. 독 때문에 죽을 뻔했던 날을 생각하면 신경이 날카로워져서 그래. 네 말대로라면 오염된 꿈 때문이었지만. 괜찮아. 내가 말했다. 게다가 정말 꿈 때문에 그런 건지 확실하지도 않은걸.

나는 겁쟁이었다. 그래서 무엇 때문에 엘프리데가 자기랑 상관도 없는 일에 그렇게 발 벗고 나서는지 이해할 수 없었다. 정작 당사자는 원치도 않았는데 말이다. 엘프리데의 영웅심은 말도 안 되게 어리석은 행동이었다. 지난 몇 년 동안 내 눈에는 모든 영웅적인 행동이 어리석어 보였다. 나는 신념을 지킨다는 명목하에 앞에 나서는 모든 사람들이 창피했다. 특히 정의를 위해 나서는 이들을 볼 때는 더 그랬다. 그것은 낭만적인 이상주의의 잔재에 지나지 않았다. 현실과는 동떨어지고 순진해빠진 거짓 감정이었다.

여자들 사이에서 그 일에 대한 소문은 쫙 퍼졌다. 히틀러 '광신도들'은 비아냥거릴 기회를 놓치지 않았다. 몰래 병영으로 끌어들일 때는 언제고 이제 와서 그 남자 잘못이라고? 그건 아니지.

아우구스티네는 레니를 위로해주려 했다. 엘프리데가 그런 건 다 레니를 위한 것이니 그녀에게 고마워해야 한다고 했지만 레니는 끝내 납득하지 못했다. 레니가 재판장에 증인으로 소환되면 어쩌지? 칠판에 쓰인 글씨도 제대로 못 읽는 아이인데 어떻게 친구라는 사람이 레니에게 그토록 큰 시련을 겪게 할 수 있단 말인가.

나는 용기를 내서 엘프리데와 대화를 하려 했지만 그녀는 내게도 사나운 태도를 보였다. "보호받지 않길 원하는 사람을 보호하는 것도 폭력이야." 내가 기분이 상해서 말했다.

"그러셔?" 엘프리데가 꺼진 담배꽁초를 입술에서 떼어내며 말했다. "그 대상이 어린아이라 해도 그렇게 생각할 수 있어?"

"레니는 아이가 아니야."

"레니는 자신을 보호할 수 없어." 엘프리데가 대답했다. "아이나 마찬가지야."

"우리 중에서 자기 자신을 보호할 수 있는 사람이 어디 있어? 객관적으로 생각해봐! 우리는 온갖 횡포를 다 당했어. 언제나 모든 일에 대한 선택권이 있는 건 아니야."

"네 말이 맞아." 엘프리데가 불도 붙이지 않은 담배를 거칠게 벽에 대고 문지르는 바람에 담배가루가 종이 밖으로 삐져나왔다. 엘프리데는 자리를 떴다. 그걸로 대화는 끝이었다.

"어디 가?"

"운명을 피할 수는 없는 거야." 그녀는 나를 돌아보지 않고 말했다. "그게 핵심이야."

엘프리데가 실제로 그렇게 현학적인 말을 했었던가?

그녀를 쫓아갈 수도 있었지만 나는 그렇게 하지 않았다. 어차피 엘프리데는 다른 사람 말을 듣지 않을 테니까. 포기하자. 나는 생각했다.

엘프리데가 레니의 반대에도 불구하고 에른스트를 고소한 것이 잘한 일인지는 잘 모르겠다. 하지만 그 사건에는 뭔가 불편한 구석이 있었다. 무엇인가가 내 마음속에 불길한 예감을 불러일으켰다.

38

복도에서 치글러가 지나가는 모습을 보고 나는 일부러 발목을 접질린 척했다. 신발이 벗겨져 무릎이 꺾인 시늉을 하며 바닥에 쓰러졌다. 치글러가 내게 다가와 손을 내밀었다. 내가 그의 손을 잡자 그는 나를 일으켜 세워주었다. 그때 경비병이 다가왔다. "괜찮으십니까, 중위님?" "발목을 접질린 모양이네." 치글러가 말했다. 나는 숨을 쉴 수 없었다. "발목에 냉수라도 끼얹게 내가 화장실로 데려다주지." "아닙니다. 중위님. 다른 사람에게……" "괜찮네." 치글러가 걸음을 옮기자 나는 그의 뒤를 따라갔다.

교장실에 이르자 그는 문을 열쇠로 잠근 후 뺨이 뭉개질 만큼 격렬한 기세로 내 얼굴을 잡고 키스를 했다. 그 키스는 영원히 끝나지 않을 것 같았다. 손가락을 그의 가슴에 갖다 대기만 해도 모든 것이 다시 시작될 것 같았다.

"레니 일은 고마워."

치글러는 군인을 감싸는 대신 우리 중 한 명을 보호해주었다. 그가 우리 편인 것 같았다. 내 편인 것 같았다.

"보고 싶었어." 치글러가 허벅지 위로 내 치마를 들어 올리며 말했다.

대낮의 햇볕 아래 그의 몸을 만진 것은 그때가 처음이었다. 욕망이 이마에 새긴 주름을, 모든 것이 당장에 무너져내릴지도 모른다는 두려움에 가득 찬 눈빛을, 사춘기 소년 같은 절박함을 그렇게 뚜렷이 본 것도 처음이었다.

그때까지 내 공간을 벗어난 곳에서 사랑을 나눈 적은 없었다. 엄밀히 말하면 그레고어 가족의 공간이었지만. 나는 헛간을 더럽혔다. 그리고 지금은 함께 병영을 더럽히고 있었다. 그곳은 히틀러의 공간이자 우리의 공간이었다.

그때 노크 소리가 들렸다. 치글러는 재빨리 바지 단추를 채웠고, 나는 책상에서 내려와 손바닥으로 치마를 내리고 머리를 정돈했다. 치글러가 내 쪽을 흘끔거리는 친위대원과 이야기하는 동안, 나는 가만히 서 있었다. 나는 머리를 푹 수그리고 고개를 사선으로 돌린 채 머리를 다시 매만지면서 친위대원의 눈길을 피하느라 책상 위에 놓인 서류를 쳐다보았다. 그 순간 서류 하나가 눈에 들어왔다.

서류 맨 앞장에 '엘프리데 쿤 / 에트나 코프슈타인'이라는 글씨가 쓰여 있었다.

순간 몸이 얼어붙었다.

"어디까지 했더라?" 치글러가 나를 뒤에서 껴안으며 속삭였다. 나는 그가 친위대원을 내보냈는지도 몰랐다. 그는 내 몸을 자기 방향으로 빙그르 돌려 끌어안고 내 입술과 이빨과 잇몸과 입속 구석구석에 키스했다. "왜 그래?" 그가 말했다.

"에트나 코프슈타인이 누구야?"

그는 내게서 몸을 떼어내더니 느릿느릿 책상 위를 훑어본 후 자리에 앉았다.

"상관하지 마." 그가 서류철을 집어 서랍에 넣으며 말했다.

"부탁이니 무슨 일인지 말해줘. 이 여자가 엘프리데와 무슨 상관이야? 왜 엘프리데 파일이 여기에 있는 거야? 내 파일도 있어?"

"당신과 나눌 수 있는 정보가 아니야."

그는 우리 편이 아니었다. 에른스트를 고발한 것도 그럴 만한 권력이 있기 때문이었다. 권력을 행사해야 했기 때문이었다.

"나와 나눌 수 있는 게 뭔데? 방금 전까지 나를 안고 있었잖아."

"부탁이니 식당으로 돌아가줘."

"당신 지금 나를 당신 부하처럼 대하고 있잖아. 당신의 명령에 복종하지 않을 거야, 알베르트."

"복종해야 해."

"여기가 당신의 빌어먹을 병영이니까?"

"소란 떨지 마, 로자. 그냥 못 본 척해. 모두를 위해서 그편이 나아."

나는 책상 위로 허리를 굽히고 욕설을 내뱉으며 치글러의 멱살을 잡았다. "그냥 넘어갈 수 없어. 엘프리데 쿤은 내 친구야."

치글러가 내 손등과 손 관절을 쓰다듬었다. "확실해? 엘프리데 쿤이라는 여자는 없어. 아니 있다 해도 당신이 아는 그 여자가 아니야." 치글러는 자신의 멱살을 잡은 내 손을 거칠게 떼어냈다. 내가 비틀거리며 뒤로 밀려나자 그가 내 팔뚝을 잡았다. "에트나 코프슈타인은 유보트(독일 해군의 잠수함을 지칭하는 말로 여기서는 스파이를 뜻함)야."

"그게 무슨 말이야?"

"당신 친구 엘프리데는 불법체류자야, 로자. 그녀는 유대인이야."

믿을 수 없었다. 히틀러의 시식가 중에 유대인이 있었다니.

"서류를 보여줘, 알베르트."

그는 자리에서 일어나 내게 다가왔다. "그 누구에게도 이 일을 발설해서는 안 돼."

우리 중에 유대인이 있었다니. 그것도 다른 사람도 아닌 엘프리데가.

"엘프리데는 어떻게 되는 거야?"

"내 말 들었어, 로자?"

"엘프리데에게 알려줘야 해. 도망치게 해야 해."

"당신 정말 웃기는군." 치글러의 얼굴에서 일전에 헛간에서 봤던 냉소가 퍼졌다. "지금 내게 그녀를 도망치게 하겠다고 말하는 거야?"

"엘프리데를 다른 곳으로 보낼 거야? 어디로?"

"그건 내가 알아서 할 일이야. 아무도 내 일을 방해할 수 없어. 당신도 마찬가지야."

"알베르트. 할 수 있다면 그녀를 도와줘."

"몰래 숨어들어와 우리를 능멸한 유대인 계집을 내가 왜 도와 줘야 하는데? 그년은 신분을 위장하고 지금껏 우리 음식을 먹고 우리 침대에서 잤어. 감히 우리를 속일 수 있을 거라고 생각했어. 하지만 어림없지. 잘못 생각한 거야."

"부탁이야. 그 서류를 없애버려. 누가 준 거야?"

"서류를 없앨 수는 없어."

"왜 못 해? 이곳에서 당신 지위가 고작 그것밖에 안 된다는 걸 인정하는 거야?"

"이제 그만해!" 그가 내 입을 막았다. 내가 그의 손을 물자 그는 나를 벽으로 밀어붙였고 그 바람에 벽에 머리를 박았다. 나는 두 눈을 꼭 감고 고통이 최고점에 이르렀다가 사그라지기를 기다렸 다. 고통이 사라지는 순간 나는 그의 얼굴에 침을 뱉었다.

순간 그의 총구가 내 이마를 눌렀다. 치글러는 조금도 떨지 않 았다. "넌 내 명령을 따라야 해."

처음 뜰에서 만났을 때도 그는 내게 똑같은 말을 했다. 하지만 사시라고 오해할 정도로 가까이 붙은 그의 작은 눈은 나를 겁주 지 못했다. 차가운 금속이 피부에 동그란 자국을 남기는 동안 그 때와 똑같은 헤이즐넛색 눈동자가 나를 바라보았다. 뺨 아래 피 부가 경련을 일으키고 목이 메어 침조차 삼킬 수 없었다. 눈물샘에 눈물이 차올랐다. 울지는 않았다. 그저 숨을 쉴 수 없었을 뿐이다.

"알았어." 내가 속삭였다.

내 말이 끝나자마자 치글러는 여전히 내게 시선을 고정시킨 채 권총집에 총을 아무렇게나 집어넣었다. 그러고는 나를 꼭 껴안았다. 그는 코를 내 목에 파묻고 미안하다고 했다. 내 몸이 멀쩡하다는 사실을 확인이라도 하듯이 쇄골과 허벅지와 갈비뼈를 만졌다. 그런 그의 모습이 애처로웠다.

"부탁이니 용서해줘." 그가 말했다. "하지만 당신이 나를 이렇게 만들었어." 그가 변명하고 또다시 용서를 빌었다. "미안해."

나는 아무 말도 할 수 없었다. 나 자신도 애처롭게 느껴졌다. 우리는 둘 다 애처로운 존재였다.

"도망가면 상황만 악화될 뿐이야." 치글러가 내 머리에 얼굴을 파묻은 채 말했다.

대답이 없자 그가 말했다. "아무에게도 말하지 마. 내가 최대한 노력해볼게. 약속해."

"부탁해."

"약속할게."

식당으로 돌아오자 친구들이 어디를 다녀왔느냐고 물었다.

"얼굴이 안 좋아 보여." 울라가 말했다.

"맞아." 레니도 맞장구를 쳤다. "안색이 창백해."

"화장실에 갔다왔어."

"이렇게 오랫동안?" 베아테가 물었다.

"맙소사, 너까지 그렇게 된 건 아니지?" 아우구스티네가 하이케를 흘끗 바라보며 말했다.

하이케가 고개를 수그렸다. 베아테도 못 들은 척하며 고개를 숙였다.

"아우구스티네, 넌 정말 구제불능이야." 관심을 다른 데로 돌리기 위해 내가 일부러 말했다.

하이케는 나를 힐끔 보더니 엘프리데를 쳐다본 후 다시 고개를 숙였다.

나는 점심 시간 내내 엘프리데를 바라보았다. 내가 그녀를 바라보고 있다는 사실을 엘프리데에게 들킬 때마다 심장이 풀무처럼 쪼그라드는 것 같았다.

버스에 타려는데 누군가 내 팔을 잡았다. 고개를 돌려보니 엘프리데였다.

"베를린 토박이, 무슨 일이야? 아직도 피가 무서워?"

엘프리데는 미소를 짓고 있었다. 이번에는 바늘에 찔리지도 않았고 채혈을 한 것도 아니었다. 우리 둘만 이해할 수 있는 그 한마디는 우리 우정의 기원을 담고 있었다.

치글러에게는 그를 믿는다고 했지만 엘프리데에게 말을 해줘야 할 것만 같았다. 어쩌자고 친위대 중위를 믿을 생각을 했을까? 지금 자신에게 무슨 일이 일어나고 있는지 엘프리데도 알아야 한다. 하지만 내가 알려주면 그녀는 어떻게 할까? 도망칠까? 어떻게 해야 그녀를 도와줄 수 있을까?

그녀를 도와줄 수 있는 사람은 치글러뿐이었다. 선택의 여지가 없었다. 그는 내게 엘프리데를 돕겠다고 약속했다. 도망가면 더 위험하다고 그가 말했다. 나는 그를 믿어야 한다. 우리는 그의 손에 든 체스 말에 불과했다. 그러니 지금은 침묵을 지켜야 한다. 그래야만 엘프리데를 살릴 수 있다.

"아무래도 피에는 적응이 안 돼." 내가 말했다. 그러고는 레니 곁에 앉았다.

다음 날에도 친구들은 내가 이상하다고 했다. 그레고어에 대한 소식을 들은 건 아닌지, 군인가족 연락소에서 또 편지를 받은 건 아닌지 물었다. 아니야. 다행이다. 우리 모두 걱정했어. 그게 아니라면 대체 왜 그래?

헤르타와 요제프에게라도 사정을 털어놓고 싶었지만 그러면 어떻게 그 사실을 알게 됐는지 물을 것이 뻔했고 그 부분에 대해서만큼은 사실대로 털어놓을 수 없었다. 울라가 내 머리를 만져주러 와 엘프리데와 레니와 함께 차를 마신 날, 친구들이 집으로 돌아간 뒤에 헤르타는 엘프리데가 어떤 사람인지 잘 모르겠다고 했다. 왠지 모르게 슬퍼 보이는 아이야. 요제프가 파이프 안에 담배가루를 넣고 누르며 말했다.

나는 그 주 내내 친위대원들이 엘프리데를 체포하러 올까 봐 두려움에 떨었다. 예전에 보르트만 선생님을 체포했던 것처럼 엘프리데를 가차 없이 데려가버릴까 봐 두려웠다. 나는 창밖을 바라보지 않았다. 새도, 나무도 바라보지 않았다. 다른 데 신경을 쓸 수 없었다. 경계심을 늦출 수 없었다. 엘프리데를 지켜봐야 했다. 엘프리데는 여전히 자기 자리에 있었다. 식탁 건너편에 앉아서 아마인유로 구운 감자를 먹고 있었다.

금요일이 됐지만 아무도 엘프리데를 데리러 오지 않았다.

39

아침 식사가 거의 끝나갈 무렵 치글러가 들어왔다. 그날 이후 우리는 교장실에 들어가 문을 걸어 잠그지도, 따로 연락을 취하지도 않았다.

시식가들은 사과, 호두, 코코아, 건포도가 들어간 파이를 먹고 있었다. 크뤼멜은 그 파이를 '총통의 파이'라고 명명했다. 파이 조리법을 히틀러가 생각해내서 그렇게 부르는 건지 아니면 크뤼멜이 히틀러를 기리는 의미로 그가 좋아하는 모든 재료를 모조리 파이 반죽에 집어넣은 건지는 알 수 없었다. 어쨌든 나는 그날 이후 건포도를 입에 댈 수 없었다.

치글러는 허리를 꼿꼿이 편 채 식당 문 앞에 다리를 떡 벌리고 섰다. 그는 두 손을 허리에 올리고 턱을 높이 치켜든 채 말했다. "에트나 코프슈타인!"

나는 숨을 멈추고 고개를 벌떡 들었다. 그가 내 시선을 피했다.

에트나라니. 우리 중에서 에트나란 이름을 가진 사람은 없었다. 대체 무슨 일이지? 중위는 코프슈타인이라고 했다. 코프슈타인은 유대인 이름이다. 모두들 들고 있던 포크와 나이프를 냅킨이나 접시 가장자리에 올려놓고 두 손을 배 위로 가지런히 모았다. 엘프리데 역시 포크 끝에 파이 조각이 남아 있는데도 포크를 내려놓았다. 하지만 그녀는 잠시 망설이다가 포크를 다시 집어들더니 파이를 입안에 욱여넣었다. 그러고는 천천히 다시 접시에 남은 파이를 먹기 시작했다. 나는 엘프리데의 뻔뻔함에 할 말을 잃었다. 엘프리데는 언제나 그런 식이었다. 언제나 겁이 없는 척했다. 그 누구도 엘프리데의 자존심을 손상시킬 수는 없었다. 친위대원들도 마찬가지였다.

치글러는 엘프리데가 음식을 다 먹을 때까지 기다렸다. 대체 무슨 속셈인 걸까?

엘프리데의 접시가 비자 그가 다시 말했다. "에트나 코프슈타인."

내가 자리에서 벌떡 일어나는 바람에 의자가 뒤로 넘어갔다.

"오늘의 주인공은 나야, 베를린 토박이." 엘프리데는 이렇게 말하고는 중위를 향해 걸어갔다.

"가자." 치글러의 말에 엘프리데는 뒤도 한 번 돌아보지 않고 그를 따랐다.

그날은 토요일이었다. 집에 돌아가는 날이었다.

버스는 엘프리데를 태우지 않은 채 출발했다.

"엘프리데는 어디 있어?" 레니가 물었다. "점심에도 저녁에도 돌아오지 않았어."

"내일 와서 무슨 일인지 우리에게 이야기해줄 거야." 나는 레니를 안심시키려 했다.

"에트나 코프슈타인이 누구야? 그 여자가 엘프리데랑 무슨 상관이야?"

"나도 몰라, 레니. 내가 그걸 어떻게 알아?"

"아직도 에른스트 일 때문에 할 말이 남은 걸까?"

"그렇지는 않을 거야."

"아깐 왜 그렇게 일어난 거야?"

내가 고개를 돌려버리자 레니도 결국 포기했다. 우리는 모두 혼란스러웠다. 가끔 아우구스티네가 자기 자리에 앉은 채 나와 눈을 마주치려 했다. 아우구스티네는 나를 바라보며 고개를 절레절레 흔들었다. 믿을 수 없어. 엘프리데가 유대인이라니. 너는 알고 있었어, 로자? 아우구스티네는 이렇게 말하는 것 같았다. 엘프리데가 발각되었으니 이제 어떡해? 네 생각에는 어떻게 해야 할 것 같아?

다음 날, 평소에 엘프리데가 버스를 기다리던 장소에는 담배꽁초 하나 떨어져 있지 않았다.

식당에 도착하니 총통이 월요일에 총사령부를 떠나 최소한 열흘은 돌아오지 않을 예정이므로 그동안은 병영에 오지 않아도 된다고 했다. 그날 밤도 다음 날 밤도 치글러는 창가에 나타나지 않았고 엘프리데의 소식도 알 길이 없었다.

그때까지 군인들 몇 명과 연락하고 지내던 울라가 에른스트 때문에 엘프리데가 잡혀갔다는 사실을 알아냈다. 울라가 만나던 군인 중에 하이너도 있었는지는 모르겠다. 그때는 이미 그 사건을 모르는 사람이 없었다. 레니 일로 엘프리데에게 공격당했을 때 에른스트는 이렇게 말했다. 저 여자 말을 믿어요? 저 여자가 무슨 짓을 했는지 알아요? 총통의 음식을 시식하는 여자 중 한 명을 숲속에 숨어 사는 사내에게 데려가 낙태를 시켰다고요. 아무도 그 남자 정체를 몰라요. 탈영병이거나 제3제국의 적일 수도 있어요.

에른스트에게 그 이야기를 해준 사람은 레니였다. 대단한 모험을 한 것처럼 허풍을 떨어 그의 마음을 얻고자 했던 것이다. 레니는 에른스트라면 믿어도 된다고 생각했다.

치글러는 하이케의 집을 찾아가 몇 시간에 걸쳐 그녀를 심문했다. 그가 아이들까지 위협하자 결국 하이케도 사실대로 털어놓을 수밖에 없었다. 괴를리츠 숲, 타우헬 호수 근처에 있는 집이었어요.

남자에게는 신분증이 없었지만 나치 친위대 정보부에게 그가 면허를 박탈당한 유대인 의사라는 사실을 알아내는 건 일도 아니었다. 유대인 의사가 지금껏 몰래 숨어 살고 있었던 거다. 엘프리데는 그 남자를 잘 알았다. 남자는 엘프리데의 아버지였다.

순수 독일인이었던 엘프리데의 어머니는 남편과 이혼을 택했다. 유대인의 피가 섞인 엘프리데는 아버지와 함께 살지 않았지만 그를 버리지도 못했다. 수년 전, 아직 단치히에 살 때 가족끼리 알고 지내던 친구가 자신의 신분증을 엘프리데에게 내어주었다. 그들은 잉크 지우개로 생년월일을 변조하고 원래 붙어 있던 사진 대신 엘프리데의 사진을 붙였다. 사인펜으로 독수리 날개를 다시 그리고 나치 십자가를 둘러싼 동그라미를 살짝 고쳐서 네 개의 도장 자국을 만들어냈다. 그렇게 해서 에트나 코프슈타인은 엘프리데 쿤이 됐다.

엘프리데는 1년 동안 친위대원들을 속였다. 친위대원들은 엘프리데가 우리 일원이라고 철석같이 믿고 원수를 집 안에 들여 매일 맛있는 음식을 대접했다.

엘프리데는 단 한순간도 긴장을 풀지 못했을 것이다. 음식을 삼킬 때마다 정체가 발각될까 봐 두려웠을 것이다. 버스를 타고 병영을 오갈 때마다 기차를 타고 떠나서 영영 돌아오지 못한 이들에 대한 죄책감에 시달렸을 것이다. 자기만큼 교활하지 못하고 속이는 데 능숙하지 못한 이들에 대한 죄책감에 시달렸을 것이다. 모두가 사람을 속이는 재능을 타고나지는 못했으니까.

전쟁이 끝날 때까지 버텼다면 아마 엘프리데도 자신의 이름과 신분을 되찾았을 것이다. 그때가 되면 매일 밤 악몽을 꾸더라도 살아남은 자로서 품위를 갖추고 몰래 숨어 지내던 시절을 추억했을 것이다. 악몽을 꾸지 않기 위해서 하누카(8일간 이어지는 유대교 명절) 점심 만찬 때면 손주들에게 그때 이야기를 들려주었을 것이다. 아니다. 어쩌면 그녀도 내가 그랬듯 그 시절에 대해 아무에게 말하지 않았을 수도 있다.

시식가로 불려 가지만 않았더라면 엘프리데는 살아남았을 것이다. 하지만 그녀는 아버지와 함께 강제로 추방당하고 말았다.

엘프리데의 추방 소식을 전해준 것은 헤르타였다. 헤르타는 물을 길으러 우물가에 줄을 서 있다가 동네 여자들에게서 그 이야기를 들었다고 했다. 나치를 조롱거리로 만든 유대인 여자 소문은 온 동네에 파다했다. 그로스-파르치에서도, 라스텐부르크에서도, 크라우젠도르프에서도 그 이야기를 모르는 사람이 없었다. 모두들 우리가 뭘 하는지도 제대로 알고 있는 걸까?

"엘프리데는 추방됐다더구나." 헤르타가 말했다. 윗입술을 빨아서 거북이 얼굴을 만들지는 않았다. 그냥 평범한 어머니의 얼굴이었다. 헤르타의 유일한 십자가는 그레고어였다. 그레고어 외에는 누구를 위해서도 괴로워할 수 없었다.

나는 문을 세차게 닫으며 집 밖으로 뛰쳐나갔다. 해가 이미 저문 후였다. "어딜 가는 거냐?" 요제프가 물었지만 내 귀에는 그의 목소리가 들어오지 않았다. 나는 불안한 걸음걸이로 정처 없이 걸었다. 근육에 힘을 잔뜩 줘야 겨우 제대로 걸을 수 있었다.

철탑 위 황새 둥지는 텅 비어 있었다. 황새는 동프로이센에서 돌아오지 않을 것이다. 이곳은 좋은 곳이 아니었다. 악취가 진동하는 늪밖에 없었다. 황새들은 이 평원을 영영 잊고 항로를 바꿀 것이다.

나는 쉬지 않고 걸었다. 대체 왜 그런 거야? 잠자코 있어도 됐잖아. 왜 레니 대신 복수를 하겠다고 나선 거야? 정작 레니는 원하지도 않았는데.

그것은 자살 행위였다. 엘프리데는 살아남았다는 죄책감을 더 이상 감당하지 못한 것이다. 그게 아니라면 실수였을 수도 있다. 한순간의 무모함이 치명적인 결과를 초래한 것이다. 엘프리데는 타일에 시꺼먼 때가 낀 화장실 벽에 나를 밀어붙였을 때와 똑같은 충동을 느꼈던 것이다. 이제는 엘프리데가 감시받고 있다는 압박감 속에 살아왔다는 사실을 안다. 거짓말이 발각될지도 모른다는 불안감 속에 살아왔다는 사실을 안다. 그날 화장실에서 그녀는 나를 시험해보려 한 걸까? 어쩌면 그녀는 우리에 갇힌 채 도망가고 싶어서 안달 난 짐승처럼 어떻게든 우리 문을 열게 할 빌미를 제공하려 한 것일지도 모른다. 자기를 풀어주려고 문을 열어준 게 아니라는 위험을 알면서도 말이다. 아니면 단순히 자존심 강하고 자기방어적이었던 엘프리데였기에 그런 식으로밖에 나와 가까워질 방법을 몰랐을 수도 있다.

우리의 운명은 같지 않았다. 나는 살아남았으니까. 치글러를 믿었는데 그는 나를 배신했다. 이건 공적인 일이라 어쩔 수 없었다고 그는 말할 것이다. 하지만 모든 일에는 타협점이 있는 법이다. 인간은 일의 노예다. 인간이 일을 하는 이유는 사회에서 역할을 맡아 정해진 방향으로 나아가며 탈선하거나 소외되지 않기 위해서다.

나는 히틀러를 위해 일했다. 엘프리데도 마찬가지다. 그녀는 늑대소굴로 끌려왔다. 한때는 끝까지 발각되지 않을 거라 믿기까지 했다. 엘프리데가 신분을 숨기고 사는 데 너무나 익숙해져서 불 속에 한쪽 발을 집어넣는 위험을 감수한 건지 아니면 자기 모멸감을 참지 못하고 운명에 굴복한 건지 나는 잘 모르겠다.

우리 중에서 스스로 원해서 늑대소굴에 들어온 사람은 아무도 없었다. 늑대는 우리를 본 적이 없다. 우리가 씹은 음식을 소화시키고 그 음식물의 찌꺼기를 배출할 뿐이다. 그는 우리들에 대해서 아는 바가 없다. 자신의 은신처이자 이 모든 일의 기원인 볼프스샨체에 웅크리고 있을 뿐이다. 나는 볼프스샨체에 침입하고 싶었다. 볼프스샨체에 빨려 들어가버리기를 바랐다. 어쩌면 엘프리데는 아직 그곳에 있을지도 모른다. 자신의 운명이 결정되기를 기다리며 벙커에 갇혀 있을지도 모른다.

나는 철길을 따라 정처 없이 걸었다. 길게 자란 잡초가 다리를 찔렀다. 나는 철도 건널목을 건넜다. 날씬한 나무 몸통에 빨간색과 흰색으로 페인트칠을 한 널빤지 두 개가 십자가 모양으로 못 박혀 있었다. 나는 뒤돌아보지 않고 계속 걸었다. 철도는 똑바로 이어지다가 어지럽게 자라난 보라색 꽃밭에 파묻혔다. 클로버 풀은 아니었다. 정신이 들 정도로 아름다운 전경이 아니었다. 나는 몽유병 환자처럼 앞으로 나아갔다. 몽유병 환자 특유의 확고함으로 경계선까지 나아갔다. 나는 그곳을 넘고 싶었다. 숲의 심장부 안으로 가라앉고 싶었다. 시멘트로 만든 벙커와 위장용으로 바른 석고 위에 붙여놓은 이끼와 나무조각과 지붕을 덮은 나무들과 함께 영원히 그곳의 일부가 되고 싶었다. 나는 볼프스샨체가 나를 통째로 집어삼켜버리기를 바랐다. 수백 년 후 볼프스샨체는 한낱 거름덩어리로 변해버린 나를 배설해내겠지.

총소리에 나는 혼미한 상태에서 깨어나 뒤로 나자빠졌다.

"거기 누구냐?" 군인들이 나를 향해 소리쳤다. 치글러가 말했

던 지뢰가 생각났다. 지뢰는 어디에 있을까? 나는 왜 공중 분해
되지 않았지? "손들어!" 다른 길로 온 걸까? 지뢰가 없는 길로?
치글러는 어디에 있을까? "움직이지 마!" 그들은 허공에 대고 발
포했다. 그들은 자비롭기 그지없었다. 위협만 할 뿐 진짜로 나를
조준하지는 않았다.

친위대원들은 총을 겨눈 채 내게 다가왔다. 나는 무릎을 꿇고
두 팔을 들어 올린 채 내 이름을 또박또박 말했다. "내 이름은 로
자 자우어예요. 총통을 위해 일하고 있어요. 숲을 산책하고 있었
어요. 해치지 마세요. 저는 총통의 음식을 맛보는 시식가예요."

그들은 총구를 내 등 한가운데에 갖다 댄 채 나를 움켜잡고 고
함을 질렀다. 그들이 뭐라고 했는지는 기억나지 않는다. 귓가를
맴도는 그들의 성난 목소리와 크게 벌린 입과 내 몸을 수색하던
그들의 손과 거칠게 끌려가던 느낌만 기억날 뿐이다. 나는 그들
이 나까지 볼프스샨체 안으로 끌고 가 벙커에 가둘 거라고 생각
했다.

요제프는 지금 어디에 있을까? 나를 찾아다니고 있을까? 헤르
타는 부엌에 앉아 비틀린 손가락으로 깍지를 낀 채 기다리고 있
겠지. 헤르타는 나를 기다려줄까? 평생토록 오직 그레고어만을
기다리는 건 아닐까? 하지만 이미 어둠이 드리웠으니 그녀의 아
들이 왕성한 식욕을 느끼며 돌아올 리 만무했고 나 역시 이제는
배가 고프지 않았다.

그들은 나를 볼프스샨체가 아니라 크라우젠도르프 병영으로

데리고 갔다. 총통에게 선택받은 이들에게만 허락된 곳에 내가 들어갈 수 있을 거라고 생각하다니. 정말 순진한 생각이었다. 그들은 나를 식당 식탁에 앉혔다. 식당에 홀로 남은 적은 처음이었다. 이 식탁에서 레니는 강간을 당했다. 나쁜 짓이 아니야. 에른스트는 생각했을 것이다. 레니도 동의했어요. 맹세해요. 모든 독일인들이 겉으로는 동의하는 것처럼 보인다. 군인들이 문을 닫자 나는 빈자리를 세기 시작했다. 뜰 쪽으로 난 출구에 경비병이 서 있었다.

30분 정도 지났을까. 아니면 50분? 크뤼멜이 문을 열었다. "여기서 뭐 하고 있나?"

내 눈에 눈물이 그렁그렁 맺혔다. "그러는 주방장님은 뭐 하세요. 휴가 중 아닌가요?" 나는 그의 연민을 바랐다.

"자네는 언제나 말썽이로군."

나는 그를 향해 미소를 지어 보였다. 턱이 바들바들 떨렸다.

"먹을 거라도 좀 줄까?" 경비병이 있는데도 크뤼멜이 물었다.

그에게 미처 대답하기도 전에 치글러가 도착했다. 히틀러의 음식을 시식하는 여자가 도시형 벙커의 가장 내밀한 구역에 침입하려다 발각된, 이 불편한 상황을 해결하기 위해 친위대원들이 치글러를 부른 것이다.

크뤼멜은 공손하게 치글러에게 인사를 하고 나를 향해 고개를 끄덕여 보였다. 몇 달 전 주방에서 함께 수다를 떨던 시절처럼 윙크를 해주지는 않았다. 치글러는 경비병까지 내보내고 문을 닫았다.

그는 의자에 앉지도 않은 채 이번에는 나를 고이 집으로 보내주겠지만 다음번에 또 이러면 무사하지 못할 거라고 말했다. "대체 무슨 생각이었어? 이야기 좀 해봐."

그가 식탁 가까이 다가왔다.

"내일 내 입으로 직접 오늘 일어난 일을 설명해야 해. 당신 때문에 곤란하게 됐어. 그저 산책하고 있었을 뿐이었다고, 실수였다고 말하겠지만 쉽지 않을 거야. 내 말 알아들어? 7월에 일어났던 사건 이후로 누구든 배신자나 스파이나 침입자로 오해받을 수 있어."

"엘프리데처럼?"

치글러는 입을 다물었다. "그녀를 찾고 있었던 거야?" 그가 물었다.

"지금 어디에 있어?"

"멀리 보냈어."

"거기가 어딘데?"

"당신이 상상하는 바로 그곳으로."

그가 내게 쪽지를 내밀었다. "원하면 편지도 보낼 수 있어." 그가 말했다. "나는 최선을 다했어. 믿어줘. 그녀는 살아 있어."

나는 쪽지를 들고 있는 치글러의 손을 멀거니 바라볼 뿐 쪽지를 받지는 않았다.

치글러는 종이를 구겨서 식탁에 던져버리고 나가는 시늉을 했다. 쪽지를 받지 않은 것이 내 마지막 남은 자존심 때문이라 생각했던 것 같다. 혼자 남겨두면 주소가 적힌 쪽지를 주머니에 넣을 거라고 생각했던 것 같다. 하지만 내게는 주머니도, 가죽 가방도 없었다.

"더 이상은 답장 받지 못할 편지를 쓰고 싶지 않아."

치글러는 멈춰 서서 연민이 섞인 눈빛으로 나를 바라보았다. 내가 원하던 바였지만 위안이 되지는 못했다.

"밖에서 당신을 기다리고 있어."

나는 지칠 대로 지친 나머지 느릿느릿 일어났다. 치글러의 옆을 지나는 순간 그가 말했다. "어쩔 수 없었어."

"그래서 승진이라도 됐어? 아니면 아직도 다들 당신을 불쌍한 낙오자라고 생각하는 거야?"

"나가." 그가 손잡이를 밀며 말했다.

복도에 나오는 순간 물속을 걷는 느낌이었다. 치글러가 눈치채고 다시 한 번 본능적으로 나를 부축해주려 했다. 하지만 나는 그의 손길을 피했다. 차라리 쓰러지는 것이 나았다. 발목은 꺾이지 않았고 나는 계속 걸었다.

"내 잘못이 아니야." 병영 출입문에서 나를 기다리고 있는 친위대원들에게 다가가는 내게 그가 말했다.

"당신 잘못이고말고." 내가 고개도 돌리지 않고 말했다. "우리 모두의 잘못이야."

40

엘프리데가 사라진 후 나는 긴장성 분열증 상태였다. 레니를 증오할 수 없었지만 그렇다고 그녀를 용서할 수도 없었다. 내 눈에 레니는 고작해야 사고를 치고 혼날까 봐 걱정하는 어린아이 정도로만 낙심한 듯 보였는데 그 정도로는 부족했다. 생각 좀 해보고 말하지 그랬어. 나는 레니에게 이렇게 말하고 싶었지만 그냥 입을 다물었다. 나는 아무하고도 말을 하지 않았다. 모두들 우울한 목소리로 이야기를 나눴다. 낮은 소리였지만 나는 그 소리마저 참기 힘들었다. 엘프리데는 그보다 더 존경받을 자격이 있었고 나는 고요함을 원했다.

친구들은 고개를 푹 수그린 채 음식물을 씹을 뿐 감히 내게 질문을 하지 못했다. 그들은 내가 무엇을 알고 있는지, 지난 토요일 왜 그렇게 의자에서 벌떡 일어났는지 묻지 못했다. 나는 '광신도들'뿐 아니라 모두의 시선이 내게 쏠려 있는 것을 느꼈다. 테오도라 일당은 나를 제멋대로 비판했다. 어느 날 아침 아우구스티네가 말리지 않았더라면 나는 테오도라에게 달려들어 그녀를 땅바닥에 쓰러뜨렸을 것이다. 지난 몇 달 동안 그녀는 엘프리데 바로 옆자리에서 음식을 먹었다. 그런데도 엘프리데 일에 조금도 동요하지 않았다. '광신도들'도 엘프리데와 매일 얼굴을 마주했고 그녀와 함께 죽을 고비를 넘겼고 그녀와 함께 죽음을 피했다. 그런데도 어떻게 일말의 동정심도 느끼지 않을 수 있단 말인가. 몇 년 동안 아니 수십 년이 지나도록 아무리 생각해봐도 여전히 그들을 이해할 수 없다.

하이케는 아팠다. 이번에는 정말이었다. 하이케는 일을 할 수 없다는 진단서를 제출하고 몇 주 동안 나타나지 않았다. 일하지 않아도 월급을 똑같이 받았는지는 알 수 없었다. 베아테도 염치는 있었는지 이번에는 하이케가 자식들을 먹여 살려야 한다고 떠들고 다니지 않았다. 나는 하이케가 최대한 천천히 낫기를 바랐다. 적어도 내 화가 가라앉을 때까지는 아프기를 바랐다. 어쩌면 영원히 화가 풀리지 않을지도 모르지만. 나는 그녀를 때리고 싶었다. 벌주고 싶었다.

하지만 내가 무슨 자격으로 그럴 수 있겠는가. 내가 하이케보다 나은 것도 없었다.

아무도 엘프리데를 대신하러 오지 않았다. 레니 옆 엘프리데 자리는 비어 있었다. 내 침대 옆에 있던 그녀의 침대도 마찬가지였다. 시키는 대로 하지 않으면 어떤 최후를 맞이하는지 알려주기 위한 본보기로 일부러 비워둔 것일 수도 있다. 아니면 총통이 다른 일로 바빠서 미처 신경을 못 쓴 것일지도 모른다. 군대가 섬멸당하고 있는 판에 자기 음식을 맛보는 여자 한 명 줄어든 게 무슨 대수겠는가.

히틀러의 부재로 일하러 가지 않은 어느 날 오후 빨래를 널고 있는데 헤르타가 내게 다가왔다. 빨랫비누 냄새가 역하게 느껴졌다. 중천에 떠 있는 해도, 손가락에 서늘하게 와닿는 눅눅한 빨래의 감촉도 마찬가지였다.

집에서는 라디오 소리가 들렸다. 열린 창문을 통해 독일 어머니날을 기념하는 음악과 말소리가 들려왔다. 총통이 총사령부를 비운 건 그날 행사 때문이었다. 그는 다산한 어머니들에게 명예 십자 훈장을 수여하러 베를린으로 갔다. 벌써 8월 12일이라니. 빨랫줄에 식탁보를 널면서 나는 생각했다. 시간 개념이 없어져서 날짜 가는 줄도 몰랐다. 37년 전에 죽지 않았더라면 그날은 히틀러의 어머니인 클라라의 생일이었을 것이다. 클라라가 죽었을 때 아돌프는 완전한 어른이 아니었다. 약간의 정서불안 증세가 있는, 엄마를 잃은 아들이었다.

헤르타는 나를 도와주지도 않고 꼼짝하지도 않았다. 뭔가 할 말이 있어 보였지만 입 밖으로 꺼내지는 않고 라디오만 듣고 있었다. 총통은 자식을 여덟이나 낳은 가장 훌륭한 어머니들에게 금십자 훈장을 수여할 것이다. 그 후에 그중 몇 명이 굶주려 죽거나, 수염이 나거나 브래지어를 착용하기도 전에 발진에 걸려 죽더라도 상관없었다. 또 다른 자식들이 전쟁에서 사망해도 어쩔 수 없다. 사망자 대신 전선에 내보낼 징집병이 더 있으면 상관없다. 다시 임신할 여자들이 있으면 된다. 아우구스티네는 이제 소련군이 들이닥칠 날이 얼마 남지 않았다고 했다. 그들이 우리를 임신시킬 거라고 했다. 미국인을 모시고 사느니 차라리 이반 상병이 배 위에 올라타는 게 낫지. 울라가 말했다.

하늘을 바라보았지만 미군 비행기도 소련군 비행기도 지나가지 않았다. 얇은 거즈 같은 구름 사이로 햇볕이 간간이 쏟아져내렸다. 헤르타는 공습이 시작되면 먹을 것과 밤에 덮을 이불을 챙겨서 숲으로 도망가자고 했다.

그로스-파르치에는 대피소가 없었다. 마을 주민을 위한 벙커도, 피신할 터널도 없었다. 헤르타는 우리 집 지하창고 대신 나무뿌리를 베고 자는 게 더 편할 것 같다고 했다. 지하창고에 들어갈 생각만 해도 숨이 막힌다고 했다. 나는 그러자고, 그녀가 원하는 대로 하자고 했다. 공습 이야기가 나올 때마다 말은 그렇게 했지만 속으로는 집에 남기로 마음먹었다. 사방에서 폭발음이 들려도 아버지처럼 베개로 귀를 막고 돌아눕기로 마음먹었다.

게다가 라디오 방송을 듣고 있자니 내 모든 우려가 부질없게 느껴졌다. 왜 하필 오늘 같은 날 불길한 생각이 드는 걸까? 오늘은 축일인데. 제3제국의 자식들을 위한 축제일인데. 알다시피 독일인은 아이들을 사랑한다. 나도 그런가? 노력은 했지만 재능이 부족한 여자들도 있었다. 아이가 여섯이면 은십자 훈장밖에 못 받는다. 그것도 괜찮다. 훈장을 받으면 더 열심히 노력해서 다음 해에는 등급을 올릴 수 있을 것이다. 포기란 없다. 총통은 그렇게 가르쳤다. 아이를 겨우 네 명밖에 못 낳은 여자들은 동십자 훈장으로 만족해야 할 것이다. 그 이상을 요구하지 못할 것이다. 우리 시어머니만 해도 그렇다. 헤르타는 아무리 상을 받고 싶어도 받지 못할 것이다. 임신을 세 번밖에 못 한 데다가 그중 둘은 어렸을 때 죽고 나머지 한 명마저 실종됐으니 말이다. 독일인은 아이들을 사랑한다. 땅속에 묻힌 아이도 실종된 아이도 똑같이 사랑한다. 하지만 나는 아이를 한 명도 못 낳았다.

"생리 거른 지 얼마나 됐니?"

나는 젖은 행주를 빨래통에 떨어뜨리고 빨래집게를 꼭 쥐었다.

"모르겠어요." 날짜를 헤아려봤지만 기억이 나지 않았다. 나는 시간 개념을 잃어버렸다. 앞으로도 그럴 것이다. 그저 뭐라도 붙잡고 매달리고 싶은 마음에 나는 떨어뜨렸던 젖은 행주를 다시 집어서 빨랫줄에 걸었다. "왜요?"

"얼마 전부터 생리대를 빨지 않은 것 같아서. 생리대 너는 것을 못 봤거든."

"제가 그랬나요?"

헤르타가 손을 내밀어 내 배를 어루만졌다.

"뭐 하시는 거예요?" 나는 뒤로 물러섰다. 빨랫줄을 놓는 순간 쓰러질 것 같았다.

"너야말로 뭐 하는 거니? 무슨 짓을 한 거니?"

입술이 바르르 떨리고 콧구멍이 씰룩거렸다. 헤르타는 두 팔을 쭉 내민 채 내 앞에 서 있었다. 존재하지 않지만 이제 곧 부풀어오를지도 모르는 커다란 배를 받치려는 것 같았다.

"저는 아무 짓도 안 했어요."

치글러의 아이를 가진 걸까?

"그런데 왜 그렇게 놀래?"

아이를 지워야 할까? 하이케가 한 것처럼 말이다. 하지만 이제는 엘프리데도 없었다.

"전 아무 짓도 안 했어요."

헤르타는 아무 말도 하지 않았다. 나는 항상 아이를 원했다. 아이를 가지지 못한 건 그렇게 떠나버린 그레고어 탓이었다. 헤르타가 다시 손을 뻗었다. 아이를 낳고 싶어지면 어떡하지?

　내가 외쳤다. "대체 뭘 묻고 싶으신 거예요?"

　잠시 후 창가에 요제프가 모습을 드러냈다. "무슨 일이야?" 요제프가 라디오를 껐다.

　나는 헤르타가 대답하기를 기다렸지만 그녀는 아무 일도 아니라는 손짓을 했다. 엘프리데가 사라진 후 나는 우울증을 앓았다. 시시각각 기분이 변했다. 요제프도 이미 그 사실을 알고 있었다. 나는 내 방으로 달려가 다음 날 아침까지 방에서 나오지 않았다. 나는 그날 밤을 뜬눈으로 지새웠다.

　치글러와 관계를 맺었던 지난 몇 달 동안 나는 내 몸을 처음 보는 사람처럼 관찰하곤 했다. 변기에 앉아서 사타구니에 잡힌 주름과 허벅지 안쪽 살과 엉덩이 피부를 찬찬히 살피곤 했다. 그럴 때마다 내 몸이 생소하게 느껴졌다. 내 몸이 아닌 것 같았다. 타인의 몸인 양 내 호기심을 자극했다. 대야에 물을 받아 몸을 씻으면서 나는 내 가슴의 무게를 가늠해보았다. 내 몸의 골격을 살펴보기도 하고 발바닥이 바닥에 닿을 때 밀착감을 느껴보기도 하고 치글러가 맡을 거라고 생각하면서 내 체취를 맡아보기도 했다. 그는 내 체취가 어머니의 체취와 비슷하다는 사실을 몰랐다.

　우리는 꿈결에 서로에게 결속됐다. 우리는 잠을 자는 대신 서로를 택했다. 그러는 동안 각자의 사정은 잠시 접어두었다. 우리는 현실을 회피했다. 우리는 잠시 현실을 멈출 수 있을 거라 믿었다. 우리는 그 정도로 어리석었다. 내가 임신할 거라고는 한 번도 생각해본 적이 없었다. 내가 원한 것은 그레고어의 아이였다. 하지만 그레고어와 함께 엄마가 될 가능성도 사라져버렸다.

가슴이 부풀어 오른 데다 아팠다. 어두워서 유두 모양이나 색깔이 변했는지는 보이지 않았지만 젖샘을 만져보니 밧줄 매듭처럼 딱딱하게 뭉쳐 있었다. 전날만 해도 아랫배가 아프지 않았는데 갑자기 등 아래쪽이 채찍질을 당한 것처럼 화끈거렸다.

전 세계가 폭탄을 쏘아대고 있었고, 히틀러는 시간이 지날수록 점점 더 효과가 뛰어난 대량 학살 무기를 만들고 있었다. 그동안 알베르트와 나는 꿈속에서 사는 사람들처럼 서로의 몸을 끌어안았다. 현실과는 멀리 떨어진 평행 우주에서 잠든 듯한 느낌이었다. 나치를 껴안고 나치의 자식을 낳는 데 합당한 이유란 있을 수 없다.

그러다가 1944년 여름이 끝나갈 무렵 치글러가 나를 만지지 않은 후로 나는 내 존재감이 희미해져가는 것을 느꼈다. 그가 손길을 거두자 내 몸은 초라한 본모습을 드러냈다. 부패를 향한 멈출 수 없는 질주가 시작된 것이다. 그것은 내 몸의 운명이자 육체를 가진 모든 이들의 운명이었다. 썩어 문드러질 것이 뻔한 인간의 육신을 어떻게 욕망할 수 있겠는가. 그것은 부패된 시체에 생길 벌레를 사랑하는 것이나 마찬가지인 행위였다.

그런데 그 육신이 다시 생명력을 얻은 것이다. 이번에도 이제는 내 곁에 없고 그립지도 않은, 치글러 덕분이었다. 내게 아이가 생겼다. 생긴 아이를 왜 낳지 말아야 한단 말인가. 하지만 그러다가 그레고어가 돌아오기라도 하면? 그렇다면 그레고어가 돌아오지 않는 편이 나을 수도 있다. 만약 그런 일이 생긴다면 그레고어의 목숨을 내 아이의 목숨과 바꿀 것이다. 내가 지금 대체 무슨 말을 하는 거지? 하지만 내게는 아이를 가질 권리가 있다. 내 아이를 구할 권리가 있다.

병영으로 돌아가기 위해 집을 나설 때 헤르타는 빨래를 걷고 있었다. 내가 널다 만 빨래를 헤르타가 다 널어놨던 것이다. 빨래는 벌써 다 말라 있었다. 나를 태우러 온 버스와 함께 일요일도 끝났다. 나는 그날 밤을 크라우젠도르프에서 지낼 것이다. 다음 주 금요일까지 집에 돌아가지 않아도 된다.

나는 벽 쪽 침대에 누워 엘프리데의 침대를 향해 팔을 뻗었다. 그녀의 침대는 비어 있었다. 순간 위가 요동쳐왔다. 내가 해결방안을 고민하는 동안 레니는 잠들어 있었다. 한 주 내내 나는 그 생각뿐이었다. 치글러에게 모든 것을 털어놓고 그의 도움을 받아야 하나? 그는 임신을 중단해줄 의사를 찾아줄 것이다. 어쩌면 총사령부 안에 있는 군의관에게 부탁을 할 수도 있다. 치글러가 비밀을 지키는 대가로 돈을 지급하면 그는 병영 화장실에서 맡은 임무를 수행할 것이다. 그러다가 아파서 소리를 지르면 어떡하지? 화장실 타일에 피가 묻으면 어떡하지? 병영은 일을 치르기에 적합하지 않았다. 치글러는 나를 차에 태우고 볼프스샨체로 데리고 갈 것이다. 나를 군대용 담요로 여러 겹 싸서 트렁크에 숨길 것이다. 하지만 친위대원들은 담요 밖으로 새어 나오는 내 체취를 맡고 모든 것을 눈치챌 것이다. 그들은 완벽하게 훈련받은 경비견이나 마찬가지였다. 그런 그들을 속일 수는 없을 것이다. 그보다는 치글러가 의사를 숲으로 데리고 오는 편이 낫다. 나는 손을 배에 얌전히 올린 채 숲에서 그들을 기다릴 것이다. 배가 아직 부풀어 오르지는 않았지만 임신이 분명했다. 나는 하이케처럼 나무를 붙잡고 아이를 몸 밖으로 밀어낼 것이다. 하지만 하이케와는 달리 내 곁에는 아무도 없을 것이다. 치글러는 빨리 자리를 뜨고 싶어서 안절부절못하는 의사를 데려다주러 가버릴 테니까. 나는 자작나무 아래 구멍을 파서 아이를 묻고 그 위에 흙을 덮을 것이다. 나무줄기에 십자가를 새겨넣을 것이다. 아이의 이름의 첫 글자는 새겨넣지 못할 것이다. 내 아이는 이름이 없을 테니까. 태어나지도 않은 아이에게 이름을 붙이는 것은 무의미한 일이니까.

아니면 의외로 치글러가 아이를 낳자고 할 수도 있다. 집을 한 채 샀어. 그가 말할 것이다. 여기 그로스-파르치에 우리가 살 집을 마련했어. 나는 이곳에서 살고 싶지 않아. 나는 베를린에서 살고 싶어. 여기 열쇠가 있어. 치글러가 내 손에 열쇠를 쥐어주며 말할 것이다. 오늘 밤은 같이 자자. 오늘 밤 나는 병영에서 잘 거야. 어제도 그랬고 그제도 그랬고 내일도 그럴 거야. 언젠가는 이 전쟁도 끝날 거야. 치글러가 말할 것이다. 나는 그런 그의 희망이 너무나 순진하다고 생각할 것이다. 어쩌면 치글러는 나를 속이려 할지도 모른다. 내게 아이를 낳게 한 뒤 뮌헨으로 데려가려는 속셈일지도 모른다. 그는 내게서 아이를 빼앗아 자기 아내가 키우게 하려는 것이다. 아니다. 치글러 같은 사람이 그의 가족과 친위대 앞에서 자신이 사생아의 아버지라는 사실을 인정할 리 없다. 그는 나와의 관계를 끊으려 할 거다. 당신이 알아서 해. 그 애가 진짜 내 애인지 어떻게 알아?

나는 혼자였다. 헤르타에게도 요제프에게도 친구들에게도 사정을 털어놓을 수 없었다. 설령 그렇게 하더라도 아무도 나를 도와줄 수 없을 것이다. 그래서 치글러와 동맹을 맺어야겠다는 생각까지 하게 된 것이다. 나는 제정신이 아니었다. 미칠 것만 같았다. 그레고어가 있었더라면. 나는 그와 이야기를 하고 싶었다. 괜찮아. 그레고어는 나를 안아주며 말할 것이다. 꿈을 꾼 거야.

나는 드디어 벌을 받았다. 내 벌은 독도, 죽음도 아니었다. 신은 사디스트예요, 아빠. 신은 다른 것도 아닌 생명으로 내게 벌을 주고 있어요. 신은 내 소망을 이뤄주고는 저 높은 곳에 앉아 나를 비웃고 있어요.

다음 주 금요일 집에 돌아왔을 때 헤르타와 요제프는 이미 저녁 식사를 마치고 잠자리에 들 준비를 하고 있었다. 기온이 쌀쌀해져서 헤르타는 어깨에 카디건을 걸치고 있었다. 그녀는 마지못해 내게 인사를 했다. 요제프는 평소와 다를 바 없이 다정했지만 자기 아내의 냉정한 태도에 대해서는 특별히 묻지 않았다.

그날 밤 나는 경련 때문에 침대에서 몸부림쳤다. 아랫배가 화끈거리고 누가 왼쪽 가슴을 바늘로 쉴 새 없이 찌르는 것 같았다. 누군가 내 가슴을 바늘로 꿰매서 묶어버리려는 것 같았다. 너는 아이에게 젖을 주지 못할 거야. 그래도 아이를 낳고 싶으면 크뤼멜의 우유를 훔쳐야 할걸? 머리가 겹자 사이에 낀 것처럼 욱신거렸다. 그날 아침 나는 멍한 상태로 잠에서 깼다. 눈을 비비다 침대시트에 묻은 시꺼먼 얼룩이 눈에 들어왔다. 더러워진 것은 잠옷도 마찬가지였다. 출혈의 흔적이었다. 유산이다! 나는 무릎을 꿇고 침대에 얼굴을 파묻었다. 치글러의 아이를 잃은 것이다. 나는 아이를 붙잡아두려고 배를 껴안았다. 가지 마. 다른 사람들처럼 떠나가버리지 말고 내 곁에 있어줘.

가슴을 만져보니 말랑말랑하고 아프지 않았다. 아랫배에서는 감지하기 힘들 정도로 희미한 불쾌감만 느껴질 뿐이었다. 익숙한 느낌이었다.

치글러의 아이를 임신한 것이 아니었던 거다.

그럴 수도 있어. 엘프리데라면 그렇게 말할 것이다. 그런 것도 모르다니 정말 놀랍다, 베를린 토박이. 속상한 일이 있거나 너무 피곤해서 몸이 지쳐 있거나 배만 고파도 생리를 건너뛸 수 있어. 나와 달리 너는 배고파하지도 않지만 나도 여기에 와서 생리를 건너뛰었어. 레니 말처럼 우리 모두 생리주기가 같아진 거야.

나는 침대 매트리스에 뺨을 파묻고 침대시트가 흥건히 젖을 때까지 엘프리데를 생각하며 흐느껴 울었다. 버스 경적이 울릴 때까지 계속 울었다. 나는 생리대를 옷핀으로 고정시키고 급히 옷을 입은 뒤 침대시트에 묻은 새빨간 얼룩을 헤르타가 볼 수 있게 일부러 이불을 걷어놓고 나왔다.

버스에서 나는 유리창에 이마를 대고 영영 가지지 못할 내 아이를 그리며 하염없이 울었다.

41

베아테의 예언은 빗나가지 않았다. 상황은 히틀러에게 불리하게 돌아가고 있었다. 7월에는 자기 부하들에게 배신당해 목숨을 잃을 뻔하더니 그로부터 채 한 달이 지나기도 전에 동부전선에서 50만에 달하는 병력을 잃었다. 가뜩이나 주둔지와 대포가 모자란 마당에 파리까지 해방됐다. 서부전선에서는 스탈린의 군대가 확실히 우세를 보였다. 소련군은 루마니아를 점령하고 핀란드를 함락하더니 전쟁을 공식적으로 끝내기 위해 불가리아까지 밀고 내려와 발트해 지역에 주둔 중이던 독일군 50여 사단을 포위했다. 스탈린은 히틀러를 향해 다가오고 있었다. 장군들은 끊임없이 히틀러에게 그 사실을 주지시키려 했고 합참의장급 지휘관들은 히틀러를 설득하려다가 심한 질책을 받았다. 히틀러는 도무지 상황을 이해하려 들지 않았다. 프리드리히 2세의 말대로 그의 군대는 적군이 지쳐 항복할 때까지 싸울 것이었다. 독일군은 적군을 쓰러뜨리고 조국의 명예를 빛낼 것이다. 히틀러는 자신의 목숨이 붙어 있는 한 1918년의 굴욕은 반복되지 않을 거라고 했다. 그는 오른손으로 가슴을 치고 다짐하면서 수전증 증세가 있는 왼손은 뒤로 숨겼다. 모렐 박사도 아직 그 증세에 맞는 처방을 해주지 못했다. 러시아의 이반 놈들이 조국의 문턱까지 들이닥쳤다는 바보 같은 말은 이제 그만하라! 다 거짓말이다.

당시 국민들은 그런 상황을 잘 몰랐다. 적군의 라디오 방송을 듣는 것은 금지되어 있었다. 요제프가 이따금씩 영국 방송이나 프랑스 방송 주파수를 잡아내기는 했지만 내용을 알아듣기는 힘들었다. 하지만 히틀러가 우리를 속이고 있다는 사실은 분명했다. 우리는 그가 통제력을 잃고 실패했지만 그 사실을 인정하느니 차라리 온 국민을 자신과 함께 파멸의 구덩이로 끌고 들어가려 한다는 사실을 알고 있었다. 그때부터 많은 독일인은 그를 증오하기 시작했다. 우리 아버지는 처음부터 그를 싫어했었다. 우리는 나치가 아니었다. 우리 가족 중에 나치는 나밖에 없었다.

11월에 나는 다시 교장실로 호출되었다. 이번에는 나를 불러내기 위한 특별 전략은 없었다. 경비병이 나를 매우 조심스럽게 불러냈기 때문에 다른 사람들은 내가 화장실에 간다고 생각했을 것이다. 마지막으로 치글러와 대화를 나눈 지 몇 달이 지난 후였다. 이제 와서 치글러가 내게 무엇을 원하는지 알 수 없었다. 나는 화가 나서 주먹을 꼭 쥐었다.

그가 내민 종이쪽지를 거부한 밤 이후 복도나 식당에서 그와 몇 번 마주친 적이 있었지만 그날은 평소와는 달라 보였다. 그새 이마가 조금 넓어진 것 같았다. 피부가 푸석푸석하고 콧방울과 턱 주변이 번들거렸다.

나는 여차하면 나갈 수 있게 문손잡이에 딱 달라붙어 있었다.

"도망가."

치글러에게서도 도망치지 못했는데 누구를 피해 도망치란 말인가.

치글러는 책상에서 일어나 내게서 2미터 정도 떨어진 곳에서 멈춰 섰다. 조심하려고 일부러 간격을 유지하는 것 같았다. 그는 팔짱을 끼더니 소련군이 오고 있다고 했다. 그들이 닥치는 대로 약탈하고 집을 부술 거라면서 이곳을 떠나야 한다고 했다. 총통은 마지막까지 반대했다. 동부전선에서 멀어지고 싶지 않았던 것이다. 그는 자신이 동부전선 군인들에게 등대와도 같은 존재라고 했다. 하지만 적군의 비행기가 쉴 새 없이 볼프스샨체 상공을 비행하는 마당에 이곳에 남는 것은 미친 짓이었다. 며칠 후 히틀러가 자신의 비서진, 요리사, 몇몇 참모 들과 함께 베를린으로 떠나면 다른 사람들도 차례로 떠날 것이다. 벙커와 병영을 폭파시킨 후 결국에는 전원이 퇴각할 거라고 했다.

"나보고 어떻게 하라는 거야? 히틀러에게 가는 길에 나도 좀 태워달라고 부탁해볼까?"

"그만해, 로자. 부탁이야. 모든 게 끝났어. 모르겠어?"

드디어 종말이 왔다. 그동안 나는 아버지와 어머니와 동생과 남편과 마리아와 엘프리데를 잃었다. 명단을 채우자면 보르트만 선생님도 잃었다. 나만 혼자 무사히 살아남았다. 그런데 이제는 정말 모두 끝난 것이다.

"히틀러는 오는 20일 독일군 총사령부와 출발할 거야. 하지만 이곳에서 일하는 민간인들은 떠나기 전에 뒷정리를 해야 해. 그들은 서류와 군수품을 정리한 다음 며칠 후에 기차를 탈 거야. 당신은 그 사람들이랑 떠나."

"그 사람들이 왜 나를 기차에 태워주겠어?"

"당신을 숨길 방법을 찾아볼게."

"언제 내가 숨겠다고 했어? 그러다가 발각되면 어떡해?"

"그 방법밖에 없어. 선택의 여지가 없다는 사실을 깨닫는 순간 사람들은 이곳을 떠날 거야. 당신은 지금 떠날 수 있어. 그것도 기차를 타고."

"나는 기차에 탈 생각 없어. 나를 어디로 보내려는 거야?"

"베를린으로. 말했잖아."

"내가 당신을 어떻게 믿어? 다른 친구들은 다 여기 있는데 왜 나만 살아남아야 해? 단지 당신과 잤다는 이유만으로?"

"당신이니까. 당신이니까 살아남아야 해."

"그건 옳지 않아."

"살다 보면 옳지 않은 일도 일어나는 법이야, 로자. 하지만 적어도 이 일만큼은 내가 정한 게 아니야."

모든 일이 다 옳은 것은 아니다. 사랑조차도. 히틀러를 헌신적으로 사랑한 사람들도 있었다. 그의 어머니와 누이와 그의 조카인 겔리와 에바 브라운이 그랬다. 내게 키스를 가르쳐준 사람은 당신이오, 에바. 히틀러가 말했다.

나는 짧게 숨을 들이마셨다. 입술이 찢어지는 느낌이 났다. 치글러가 내게 다가와 내 손을 어루만졌지만 나는 그의 손을 거칠게 뿌리쳤다.

"우리 시부모님은?"

"아무나 다 숨겨줄 수 없어. 정신 좀 차려."

"그분들 없이 떠날 수 없어."

"고집 좀 그만 부려. 이번만은 제발 내 말 좀 들어."

"당신 말을 들었는데 결과가 안 좋았잖아."

"나는 당신을 도와주고 싶은 것뿐이야."

"이렇게 죽지 못해 살 수는 없어, 알베르트. 이제는 나도 제대로 살고 싶어."

"그러기 위해서라도 떠나."

나는 한숨을 내리쉬고 말했다. "당신도 함께 가는 거야?"

"그래."

뮌헨에는 그를 기다리는 사람이 있었지만 베를린에서 나를 기다리고 있는 사람은 아무도 없었다. 포화 속에서 내 몸뚱이 하나 편히 뉠 곳 없이 나는 홀로 남게 될 것이다. 그런 내 삶의 하찮음에 나는 마음이 상했다. 그런 삶을 지키기 위해 뭐 하러 아등바등해야 한단 말인가. 살아남는 게 무슨 의무라도 되는 것처럼. 대체 누구에 대한 의무란 말인가.

그건 거부할 수 없는 생리적 본능이야. 그레고어는 그다운 상식적인 대답으로 내 말에 반박했을 것이다. 당신만 예외라고 생각하지 마.

나를 제외한 전 인류가 정말로 죽음 대신 비참한 삶을 사는 것을 선호하는지는 잘 모르겠다. 목에 바위를 매단 채 모이 호수 바닥에 가라앉는 대신 궁핍하고 외로운 삶을 선택할지는 모르겠다. 나를 제외한 전 인류가 전쟁을 자연스러운 본능이라고 생각하는지도 잘 모르겠다. 인간은 미친 종족이다. 그런 종족의 본능을 충족시켜서는 안 된다.

요제프와 헤르타는 나를 몰래 나치 기차에 태워주는 사람이 누구인지 묻지 않았다. 어쩌면 벌써부터 모든 것을 알고 있었을지도 모른다. 나는 그들이 나를 말려주기를 바랐다. 여기 남으렴. 속죄를 해야지. 하지만 헤르타는 내 뺨을 쓰다듬어주었다. "조심하렴, 우리 아가."

"두 분도 함께 가요." 어떻게든 치글러를 설득할 수 있을 것이다. 그들을 숨길 방법을 찾을 수 있을 것이다.

"난 너무 늙었단다." 헤르타가 말했다.

"두 분이 안 가시면 저도 여기 있을래요. 두 분만 두고 가지 않겠어요." 프란츠 생각이 났다. 유체이탈을 겪은 후에 놀라서 잠에서 깰 때 동생이 내 손을 잡아주면 따스한 온기에 마음이 진정되곤 했다. 나는 프란츠의 침대에 들어가 그 애의 등에 달라붙었다. "두 분만 놔두고 가지 않을 거예요." 헤르타와 요제프의 집은 내 동생처럼 따스했다.

"준비되는 대로 떠나거라." 요제프가 지금껏 듣지 못했던 엄한 목소리로 결론을 내렸다. "너는 살아남아야 할 의무가 있어." 요제프는 꼭 자기 아들이 말하는 것처럼 말했다.

"그레고어가 돌아오면 네가 필요할 게다." 헤르타가 말했다.

"그이는 돌아오지 않을 거예요!" 나도 모르게 날카롭게 외치고 말았다.

헤르타의 얼굴이 일그러졌다. 그녀는 내게서 멀어져 의자에 쓰러지듯 주저앉았다. 요제프는 입을 꾹 다문 채 추위도 아랑곳하지 않고 뒤뜰로 나가버렸다.

나는 요제프를 따라가지도, 헤르타를 보살피러 가지도 않았다. 그 순간 우리가 이미 헤어졌음을 깨달았다. 각자의 방식으로 우리는 이미 혼자였다.

요제프가 다시 문 앞에 나타났을 때 나는 사과했다. 헤르타는 고개를 들지 않았다.

"죄송해요." 나는 다시 사과했다. "두 분과 함께 지낸 지 1년이나 된 데다 두 분은 제게 남은 유일한 가족이세요. 두 분을 잃을까 봐 두려워요. 두 분이 안 계시면 겁이 나서 못 살 것 같아요."

요제프는 불을 살리기 위해 장작을 벽난로에 던져 넣고 자리에 앉았다. 우리 셋은 아직 함께였다. 그레고어의 휴가에 맞춰 크리스마스 만찬을 준비할 상상을 하던 때처럼 우리는 난롯불에 뺨이 달아오른 채 함께 앉아 있었다.

"그레고어와 함께 놀러오려무나." 헤르타가 말했다. "약속해다오."

나는 고개를 끄덕일 수밖에 없었다.

차르트가 내 다리 위로 폴짝 뛰어오르더니 등을 한껏 웅크리고 기지개를 폈다. 허벅지 위에 올려놓고 예뻐해주자 녀석은 작별인사라도 하듯 한참을 그르렁거렸다.

사흘 후부터 버스가 오지 않았다. 히틀러가 떠난 것이다. 친구들은 그가 다시는 돌아오지 않을 거라는 사실을 몰랐다. 나는 레니에게도 다른 친구들에게도 작별인사를 하지 않았다. 그럴 수밖에 없었다. 그로스-파르치에서 보낸 마지막 일주일 동안 나는 추위를 핑계로 거의 집을 나가지 않았다.

어느 날 밤 손톱으로 유리를 긁는 소리에 잠에서 깨어났다. 가스등을 켜고 창가로 가보니 치글러가 창문 가까이에 서 있었다. 불빛 때문에 유리 위 내 얼굴이 그의 얼굴 위로 겹쳐 보였다. 나는 코트를 걸치고 밖으로 나갔다. 그는 다음 날 몇 시에 어디서 슈바이크호퍼 박사를 만나야 하는지 일러주었다. 믿을 만한 사람이라며 그가 모든 것을 다 알고 있다고 했다. 그는 내가 제대로 이해했는지 확인하고 예전처럼 어깨를 한 번 으쓱해 보이는 것으로 서둘러 작별인사를 했다.

"내일 봐." 내가 말했다. "기차역에서 만나."

그가 고개를 끄덕여 보였다.

다음 날 오후 현관 앞에서 헤르타는 나를 꼭 껴안아주었다. 요제프는 쑥스러운 듯 우리 곁으로 다가와서는 헤르타와 내 어깨에 손을 올리더니 두 팔로 우리를 감싸주었다. 포옹을 푼 다음 헤르타와 요제프는 내가 걸어서 그로스-파르치의 굽이길 너머로 사라지는 모습을 마지막으로 바라보았다.

11월 말이었다. 나는 괴벨스의 기차를 타고 베를린으로 떠나게 됐다. 하지만 괴벨스는 기차에 오르지 않았고 알베르트 치글러 역시 나타나지 않았다.

42

나는 괴벨스의 기차가 크뤼멜이 묘사한 아메리카 열차나 브란
덴부르크 열차 같을 거라 생각했다. 크뤼멜도 그날 저녁 나와 같
은 기차로 떠나는 걸까? 승강장에서 그와 마주치게 되지는 않을
까? 그럴 리 없다. 그는 분명 히틀러와 함께 벌써 떠났을 것이다.
크뤼멜이 아니면 누가 히틀러에게 세몰리나로 만든 파스타를 준
비해준단 말인가. 총통은 항상 배앓이를 했다. 평소에도 여행 중
에는 신경이 날카로워졌는데 전쟁에서 지고 있는 지금은 오죽하
겠는가. 하지만 세몰리나는 만병통치약이다. 크뤼멜은 히틀러를
보살펴줄 것이다.

나는 치글러의 말대로 슈바이크호퍼 박사를 만나기 위해 저녁
여섯 시 정각에 그로스-파르치에 있는 이름 모를 바로 갔다. 바
안에는 아무도 없었다. 가게 주인만 손바닥으로 탁자 위에 흩어
진 설탕을 쓸어 모아 다른 한 손에 담고 있었다. 그는 설탕을 다
쓸어 담은 후에야 내가 주문한 차를 내왔다. 나는 찻잔에 손도 대
지 않았다. 치글러는 콧수염으로 박사를 알아볼 거라고 했다. 수
염이 히틀러와 똑같다고 했다. 언젠가 치글러가 단둘이 헛간에
있을 때 주변 사람들이 히틀러에게 콧수염을 자르라는 말을 종
종 한다는 이야기를 들려준 적이 있다. 그럴 때마다 히틀러는 자
기 코가 너무 커서 수염을 자를 수 없다고 반박했다고 한다. 하지
만 슈바이크호퍼 박사는 콧날이 날렵했다. 콧수염 색깔은 옅었
는데 담배연기에 변색된 것처럼 색이 약간 노랬다. 박사는 바에

들어오면서 빈 탁자를 재빨리 훑어보다 나를 발견하고 내게 다가왔다. 그는 내 이름을 말했고 나는 그의 이름을 말했다. 내가 손을 내밀자 그가 다급히 악수를 했다. "그만 일어납시다."

차를 타고 가면서 박사는 그 시간에는 자기가 잘 아는 사람이 경비를 선다고 했다. 그 사람이라면 신분증을 확인하지 않고 나를 볼프스샨체 기차역에 들여보내줄 거라고 했다. "역에 들어가면 두리번거리지 말고 나만 따라와요. 빨리 걷되 불안한 기색은 보이지 말아요."

"누가 멈추라고 하면요?"

"어두운 데다 역 안이 혼잡해서 약간의 행운만 따라준다면 우리에게 별 신경을 쓰지 않을 겁니다. 그래도 만약 누가 불러 세우면 당신을 내 간호사로 소개할게요."

그제야 알베르트가 나를 직접 기차역까지 바래다주지 못한 이유를 깨달았다. 나는 그가 비겁해서 나오지 않은 거라고 생각했었다. 볼프스샨체에서 일하지도 않았고 그곳에서 살지도 않았던 나를, 억지로 그곳 사람들과 함께 떠나게 하면서 와보지 않은 것도 그가 겁이 많아서 그런 거라고 생각했다. 한때 자기 연인이었던 사람이 괴벨스의 기차에 타는데 나와보지도 않는 그를 겁쟁이라고 생각했다. 그런데 박사와 이야기를 나눠보니 나를 그에게 맡긴 것은 다 계획이 있어서였다. 치글러는 나를 박사와 함께 일하는 의료진으로 위장시킬 생각이었다. 그럴듯한 계획이었다.

추위에 떨면서 경비 초소에 있던 경비병은 나를 보는 둥 마는 둥 지나가게 해주었다. 기차역에 들어가니 사람들이 크고 작은 나무상자를 기차에 싣느라 분주히 오가고 있었다. 친위대원들과 군인들은 지침 사항을 큰 소리로 외치며 물건을 살피고 인부들을 감시했다. 기차는 떠날 준비를 마치고 정류장에 서 있었다. 기차 머리가 이미 마을 반대편을 향하고 있었다. 벌써 총사령부를 외면한 것이다. 모든 패배의 흔적이 그렇듯 기차 옆에 그려진 나치 십자가가 우스꽝스러운 레이스 장식처럼 보였다. 기차가 빨리 출발하고 싶어서 안절부절못하는 것 같았다. 내 눈에는 그렇게 보였다. 괴벨스는 없었다. 이제 기차는 괴벨스의 명을 따르는 대신 생존본능만을 따를 뿐이었다.

슈바이크호퍼 박사는 내가 뒤에 잘 따라오는지 확인하지도 않고 한참을 성큼성큼 걸었다.

"어디로 가는 건가요?" 내가 물었다.

"가방 안에 덮을 이불이라도 있나요?"

가방에는 겨우 스웨터 몇 장과 이불 한 장이 들어 있을 뿐이었다. 몇 달 후에 내 물건을 가지러 다시 돌아올 수 있을 거라고 생각했기 때문이었다. 나는 돌아와서 베를린으로 같이 가자고 헤르타와 요제프를 설득할 생각이었다. 이불을 챙기라고 귀띔해준 사람은 알베르트였다. 헤르타는 긴 여행을 대비해 샌드위치를 준비해주었다.

"있어요. 그런데 신분증도 없는데 선생님 간호사라고 말해도 되나요? 서류를 보여달라고 하면 어쩌죠?"

그는 대답하지 않고 걸음을 재촉했다. 나는 그와 속도를 맞추려 애썼다.

"객차를 지나쳤는데 어디로 가는 건가요?"

"승객용 객차를 지나친 거죠."

박사가 나를 승객들로 분주한 승강장에서 한참 떨어진 기차 맨 뒤 짐칸에 오르게 하고 나서야 나는 그의 말을 이해했다. 그는 내가 짐칸으로 굴러 들어갈 수 있도록 등을 밀어준 뒤 자기도 기어 올라왔다. 그는 기가 막힌 표정으로 자신을 바라보는 나를 개의치 않고 상자 몇 개를 밀치더니 내가 있을 만한 자리를 골랐다. 그러고는 트렁크 더미 뒤에 있는 손바닥만 한 빈 공간을 가리켜 보였다.

"트렁크들이 추위를 막아줄 거요."

"대체 무슨 말씀이세요?"

알베르트의 계획은 전혀 그럴듯하지 않았다. 그는 얼어 죽을 위험에도 불구하고 춥고 어두운 짐칸에서 나 혼자 며칠을 보내게 할 생각이었던 것이다. 나는 여전히 치글러의 체스 말에 불과했다.

"이런 곳에 있을 수는 없어요."

"마음대로 하시오. 나는 내 의무를 다했소. 중위에게 당신을 무사히 기차에 태워주기로 약속했고 이 정도가 내가 할 수 있는 최선이었소. 미안하지만 승객실에 탈 수 있는 사람들의 명단에 당신의 이름을 넣지는 못했소. 승객실은 이미 꼭 차서 그곳에 탄 사람들도 서서 가거나 바닥에 앉아서 가야 돼요. 마을 전체를 다 싣고 갈 수는 없잖소."

그는 짐칸에서 뛰어내리더니 바지에 손을 닦고 내가 내려오는 것을 도와주기 위해 손을 뻗었다. 그 순간 남자 목소리가 그를 불렀다.

"숨어요. 어서!" 그는 내게 말하고 자기를 부른 남자를 향해 말했다.

"안녕하십니까, 소위님. 귀중한 의료기기들을 제대로 실었는지 확인차 나와봤습니다. 파손된 것이 없는지 확인하려고 말입니다."

"그걸 어떻게 확인한다는 거요? 상자들은 다 밀폐되지 않았소?" 남자 목소리가 점점 더 뚜렷해졌다.

"그렇죠. 사실 바보 같은 생각이었죠. 하지만 그래도 확인해보고 싶었습니다." 박사가 대답했다. "짐칸에 안전하게 실렸다는 사실을 확인만 해도 마음이 놓일 것 같아서 말입니다." 박사는 이렇게 말하고 애써 웃었다.

친위대 소위가 예의상 짧게 웃어주는 소리가 들렸다. 그가 다가오는 동안 나는 트렁크 뒤에 숨어 있었다. 발각되면 무슨 일을 당할까? 그가 무슨 짓을 하든 나는 더 이상 잃을 게 없었다. 베를린으로 떠나라고 고집을 부린 사람은 치글러였다. 나는 떠나고 싶지 않았다. 살려고 발버둥 치는 일도 이제는 지쳤다. 하지만 친위대원의 존재는 처음 크라우젠도르프의 식당으로 불려 갔을 때와 똑같이 위압적이었다.

소위가 펄쩍 뛰어서 기차에 오르는 순간 짐칸 바닥이 진동했다. 그가 상자들을 손바닥으로 두드려보는 소리가 기차 안에 울렸다. 나는 숨을 죽였다.

"내가 보기엔 일을 제대로 한 것 같은데. 군이 한 일을 의심하다니 기분이 좋지는 않군요."

"무슨 말씀을. 미리 조심하려던 것뿐이오……."

"걱정 마시오, 의사들이 원래 유별나다는 건 알고 있으니." 그가 다시 한 번 웃음을 터뜨리는 소리가 들렸다. "긴 여행이 될 테니 그만 가서 쉬시오. 몇 시간 후에 출발할 거요."

소위가 승강장으로 뛰어내리자 바닥이 다시 진동했다. 나는 팔로 다리를 꼭 끌어안고 무릎 사이에 고개를 파묻었다.

금속 부딪히는 소리와 함께 주변이 깜깜해지더니 짐칸은 이내 어둠에 잠겼다. 나는 벌떡 일어나 출구를 찾았다. 희미하게나마 빛줄기가 새어 들어올 틈을 찾는데 붙잡을 것이 아무것도 없어서 몸이 휘청거렸다. 유체이탈이 일어날 때처럼 목소리가 나오지 않았다. 그러다가 트렁크에 걸려서 넘어지고 말았다.

일어나서 상자들을 헤치고 문으로 달려가 주먹으로 문을 세게 내리치며 악을 쓸 수도 있었다. 그러다 보면 누군가가 듣고 문을 열어주었을 것이다. 발각되면 무슨 일을 당할까? 상관없었다. 나는 죽고 싶었다. 지난 수개월 내내 나는 죽고 싶었다. 하지만 나는 일어나는 대신 바닥에 엎드린 채 가만히 있었다. 불안해서 그랬을 수도 있고 두려워서 그랬을 수도 있다. 아니면 영원히 고갈되지 않는 생존본능 때문이었을지도 모른다. 그렇게 살고도 더 살고 싶었던 것이다.

손을 배에 갖다 대니 배가 따스해졌다. 그 정도만으로도 충분했다. 그 온기 앞에 나는 또다시 굴복하고 또다시 체념했다.

43

시끄러운 소리에 잠에서 깼다. 누군가 짐칸 문을 열었다. 나는 네 발로 기어서 상자 뒤에 있는 빈 공간 속으로 들어가 몸을 웅크렸다. 희미한 불빛과 함께 사람들이 차례로 들어왔다. 정확히 몇 명인지는 알 수 없었지만 그들은 짐칸에 오르며 자기들을 그곳까지 데려다준 사람에게 고맙다고 했다. 그들은 알아들을 수 없는 말로 뭐라고 투덜거리며 상자들 사이에 자리를 만들었다. 그들이 내 존재를 눈치챈 것은 아닌지 의심스러웠다. 용기를 내서 트렁크 손잡이를 잡고 일어나려던 참에 짐칸 문이 요란하게 닫히자 모두들 입을 다물었다. 몇 시 정도 됐을까? 기차는 언제 다시 출발할까? 나는 배가 고팠다. 너무 피곤해서 눈꺼풀이 납덩이처럼 무거웠다. 어둠 속에 묻혀 있다 보니 시공간 감각을 잃어버렸다. 냉기가 목과 허리 아래의 살점을 사납게 물어뜯고 있었고 방광은 터질 것 같았다. 누군가 속삭이는 소리가 들렸지만 보이지는 않았다. 나는 흑백의 꿈속에서 유영하고 있었다. 그것은 마음만 먹으면 깨어날 수 있는 혼수 상태나 나른한 고립 상태 같았다. 외로움은 아니었다. 이 세상에 나를 포함한 그 무엇도 존재하지 않는 것 같은 느낌이었다.

나는 방광에 힘을 풀고 옷을 입은 채로 오줌을 쌌다. 따스한 물줄기가 내게 위안이 되어주었다. 소변이 다른 승객들의 발치까지 흘러갈 수도 있고 냄새가 날 수도 있었다. 오줌 냄새에 내 길동무들은 대체 저 트렁크에는 무엇이 들어 있나 의아하게 여기다가 아마도 소독약 냄새라고 생각할 것이다.

나는 허벅지를 적신 채 다시 잠이 들었다.

절망적인 울음소리가 들려왔다. 눈을 뜨니 보이는 것이라고는 암흑밖에 없었다. 아이 울음소리였다. 울음소리가 기차 덜컹이는 소리에 뒤섞여 들려왔다. 보이지는 않았지만 엄마가 아이를 꼭 껴안아주었는지 흐느낌 소리가 엄마 품속으로 사그라졌다. "왜 그러니? 이제 그만해. 그만 울어. 배가 고파서 그래?" 아버지가 아이에게 속삭였다. 엄마가 아이에게 젖을 물리려 해봤지만 소용이 없는 듯했다. 시끄럽게 덜컹거리는 기차 안에서 나는 이불을 꺼내 어깨에 둘렀다. 여기는 어디일까. 몇 시간이나 잠들었던 걸까. 끼니를 걸러서 배가 고팠지만 식욕은 없었다. 내 몸은 잠을 통해 스스로를 보호했다. 아이의 고통이 그 끈적한 나른함을 할 퀴기만 할 뿐 찢지 못했기 때문에 나는 일종의 환각 상태에 빠져들었다. 그래서인지 노래를 부르면서도 나는 그것이 내 목소리인지 몰랐다. 꾸벅꾸벅 졸 때나, 옷을 입은 채 오줌을 쌀 때나, 허기를 느끼되 식욕이 없을 때와 비슷한 상태였다. 그것은 태어나기 이전의 상태였다. 시작도 끝도 없는 그런 상태였다.

나는 하이케 집에서 우르줄라에게 불러주었던 노래를 불렀다. 헛간에서 알베르트에게도 불러주었던, 아버지가 가르쳐준 노래였다. 어둠 속에서 아이 울음소리와 기차 덜컹거리는 소리를 들으며 나는 거위를 훔친 여우에게 말했다. 사냥꾼에게 혼쭐이 날 거야. 여우에게 일러주면서도 나는 내 노랫소리에 사람들이 놀랄 거라는 생각은 미처 하지도 못했다. 대체 누구지? 아기 아빠는 아마도 이렇게 말했을 테지만 나는 그의 목소리를 듣지 못했다. 아기 엄마는 아이의 얼굴을 가슴에 묻고 아이의 자그만 머리를 쓰다듬어줄 것이다. 내 사랑스러운 작은 여우야. 구운 거위 요리를 먹고 싶은 건 아니지? 내가 노래를 불렀다. 생쥐 고기로 만족하렴. 아기가 울음을 멈췄고 나는 동요를 처음부터 다시 불렀다. 나와 함께 노래 부르자, 우르줄라. 이제는 너도 가사를 다 외웠잖아. 이불 밑에서 내가 계속 노래를 부르자 아기는 잠이 들었다. 어쩌면 깨어 있지만 더 이상 절망하지 않는 것일 수도 있다. 아기는 자기가 살아 있다는 사실을 증명해 보이려고 울었던 거다. 모든 반항의 이유는 결국 똑같지 않겠는가. 그러다가 그 역시 굴복하고 포기한 거다.

나는 노래를 멈추고 샌드위치를 찾기 위해 가방을 뒤졌다.

"거기 누구 있어요?" 여자 목소리가 물었다.

희미한 불빛이 바닥에 그림자를 드리웠다. 나는 그 그림자를 따라 천천히 구석에서 빠져나와 상자 더미 뒤에서 얼굴을 내밀었다.

담요로 겹겹이 싼 아이가 보였다. 아기 아빠가 켠 성냥의 작은 불빛에 아기 엄마의 얼굴이 일렁거렸다.

크리스타와 루돌프는 아이를 진정시켜줘서 고맙다고 했다. 대체 어떻게 한 거죠? 아이 이름은 토마스였다. 생후 6개월밖에 되지 않은 갓난아기였는데 놀랐는지 젖을 먹지 않으려 했다.

"베를린에 기다리는 사람이 있나요?" 가장 먼저 머릿속에 떠오른 질문이었다.

"아뇨. 베를린은 처음이에요. 하지만 이 방법밖에는 없었죠." 루돌프가 말했다. "가면 어떻게든 되겠죠."

기다리는 사람이 없는 것은 나도 마찬가지였다. 베를린에 도착하면 나도 루돌프가 하자는 대로 해도 될 것 같았다. 그러면 내가 무엇을 해야 할지도 알려줄 수 있을 것 같았다. 크리스타는 접은 담요를 쌓아올려 만든 침대에 아이를 내려놓았다. 아이가 드디어 잠이 든 것이다. 그러는 동안 성냥이 꺼지는 바람에 루돌프는 새 성냥을 켰다. 우리는 각자 가져온 음식을 꺼내놓았다. 우리는 아직은 인간다운 식사를 함께하는 것이 가능하다는 사실을 증명하듯 두 장의 행주 위에 가져온 음식을 펼쳐놓고 함께 먹었다. 짐을 실을 용도로 만들어놓은 짐칸에 갇힌 사람들끼리도 인간다운 식사가 가능하다는 사실을 증명하려는 것처럼. 친구란 그렇게 되는 것이다. 세상과 격리된 상태에서 말이다.

그 여행에 대한 기억은 별로 없다. 짐칸에는 바늘구멍만 한 틈조차 없어서 기차가 도시를 지나는지 숲을 지나는지 아니면 들판을 지나는지 알 수 없었다. 어디까지 왔는지는 고사하고 낮인지 밤인지조차 알 수 없었다. 그러다가 눈 속에 갇힌 듯한 정적이 흘렀다. 보지는 못했지만 어쩌면 정말 눈이 내린 것일 수도 있었다. 우리는 몸을 덥히기 위해 나란히 웅크려 누웠다. 우리는 지루하거나 때로는 불안한 마음에 한숨을 내쉬기도 했다. 잠든 아이의 가벼운 숨소리를 들으면서 나는 파울리네 생각을 했다. 파울리네는 어디에 있을까? 지금쯤 얼마나 컸을까? 베를린에 가면 그 애를 다시 볼 수 있을까? 우리는 이불 속에서 함께 추위에 떨고 함께 목마름에 시달렸다. 물이 거의 다 떨어져서 입술만이라도 축일 수 있게 물통 가장자리를 핥는 정도로 만족해야 했다. 우리는 성냥이 몇 개비 남았는지 세어보았다. 루돌프는 크리스타가 아이 기저귀를 갈 때만 성냥을 켰다. 똥이 묻은 면기저귀는 돌돌 말아 구석에 쌓아두었다. 우리는 악취에 익숙해졌다. 어둠 속에 몸을 숨긴 채 우리는 이야기를 나누었다. 가끔은 토마스와 놀아주기도 했다. 아이 웃음소리를 들으려고 간지럼을 태우기도 하고 우는 아이 때문에 녹초가 된 크리스타 대신 아이를 안고 어르기도 했다. 나는 아이 머리를 내 어깨 위에 올리고 아이를 어르거나 배를 어루만져주었다. 그 여행에 대해서 기억하는 것은 어둠 속에서 한입씩 씹으며 음미하던 샌드위치의 맛, 손가락 사이로 목걸이 알 빠져나가듯 오줌이 흘러넘치던 크리스타의 양철 항아리, 부덴가세의 대피소를 연상시키는 톡 쏘는 악취, 도착지에 도달할 때까지 소변 외에 다른 신체적 욕구를 참아낸 우리들 각자의 존엄성뿐이다. 똥은 신이 존재하지 않는다는 증거야. 언젠가 그레고어는 그렇게 말했다. 하지만 나는 내 길동무들의 육체에 대해 한없는 연민을 느꼈다. 죄 없는 육체의 씻어낼 수 없는 비천함에 연민을 느꼈다. 당시에는 그 비천함이야말로 그들을 사랑할 수 있는 유일하고 진실한 이유처럼 느껴졌다.

기차가 다시 정차했을 때 우리는 그곳이 기차의 마지막 종착역인지 몰랐다. 그곳은 베를린이었다. 드디어 도착한 것이다.

3부

44

　기차역은 시끄럽고 혼잡하다. 사람들 걸음걸이가 어찌나 빠른지 부딪혀서 넘어질까 두렵다. 내 뒤에서 걷던 사람들은 나를 앞질러 갔고 나를 향해 걸어오던 이들은 마지막 순간에야 엉덩이를 틀어 아슬아슬하게 나를 피해 갔다. 나는 자동차 불빛에 넋이 나간 길고양이처럼 길 한가운데에 멈춰 선다. 가방 무게 때문에 걸음걸이가 오른쪽으로 기울어졌지만 그래도 가방 손잡이를 꼭 쥐고 있으면 왠지 모르게 의지가 되고 마음이 안정된다.

　나는 화장실부터 찾는다. 기차에서 일을 보고 싶지 않아 버텼더니 이제는 도저히 참을 수 없다. 화장실 줄이 별로 길지 않아서 내 차례가 빨리 왔다. 일을 본 후 거울을 보니, 거뭇한 다크서클 내려앉은 것이 마치 움푹 파인 웅덩이 속에 눈동자가 둥둥 떠다니는 것처럼 보인다. 얼굴 위로 한바탕 산사태가 휩쓸고 지나가서 난리 통에 한참을 헤매던 눈동자가 웅덩이 속으로 가라앉은 것 같았다. 나는 이마 옆에 꽂은 머리핀을 고쳐 꽂고 손가락으로 머리를 빗은 후 창백한 얼굴이 조금이라도 밝아지게 입술에 립스틱을 바른다. 너는 허영심이 많은 아이로구나. 언젠가 헤르타가 말했었다. 하지만 오늘은 중요한 날이니 립스틱 정도는 발라도 괜찮다.

인파는 나를 혼란스럽게 한다. 기차를 타지 않은 지 너무 오래됐다. 나는 기차 여행이 두려웠다. 하지만 이번에는 기차를 타야만 했다. 아마도 마지막 기차 여행이 될 것이다.

목이 말랐지만 여기도 줄이 있다. 그래도 나는 줄을 선다. "이리 오셔요, 부인. 제 앞에 서세요." 어떤 여자가 말한다. 서른도 채 안 되어 보이는 여자다. 얼굴과 가슴과 팔이 온통 주근깨로 뒤덮였다. 여자의 말에 주변 사람들이 내 쪽을 돌아본다. "그러세요, 부인." 어떤 남자가 말한다. "제 앞으로 오셔요." "부인께 자리를 양보해드리면 어떨까요?" 주근깨 여인이 소리 높여 묻는다. 나는 가방에 매달린다.

"그럴 필요 없어요." 내가 말한다. 하지만 여인은 벌써 내 등을 떠밀며 나를 앞쪽으로 바래다주고 있다. 사람들 눈에 나는 얼굴은 푹 꺼진 데다 쇠꼬챙이처럼 가녀린 팔을 가진 노파인 거다.

물을 마시고 고맙다고 한 후 나는 출구를 찾는다. 햇살이 따갑다. 기차역 밖으로 펼쳐진 도시의 윤곽을 지워버릴 만큼 햇살은 유리창 위로 사납게 내리쬔다. 나는 문턱을 넘으며 손으로 눈을 가린다. 광장이 뚜렷이 보일 때까지 계속해서 눈을 깜빡여본다. 어디서 택시를 타야 하나. 아담한 아치가 일렬로 늘어선 기차역 건물 정면 모서리마다 붙어 있는 시계들이 일제히 1시 40분을 가리킨다.

하노버 기차역은 예뻤다.

나는 택시기사에게 목적지의 주소를 주고 창문을 내린 후 좌석에 머리를 기대고 스쳐 지나가는 도시 전경을 바라본다. 그때 라디오 뉴스에서 오늘이 동유럽, 프랑스, 벨기에, 룩셈부르크, 네덜란드 간에 솅겐조약이 체결되는 날이라는 방송이 나온다.

"솅겐이 어디죠?"

"아마 룩셈부르크일 거예요." 택시기사가 대답한다. 그는 별다른 말을 덧붙이지 않는다. 대화할 마음이 없기는 그도 마찬가지인 것이다. 백미러에 얼굴을 비춰보니 입술이 터서 립스틱 라인이 삐뚤빼뚤했다. 손톱으로 얼룩진 부분을 지워본다. 단정한 모습으로 그를 만나고 싶다. 라디오에서는 1990년 이탈리아 월드컵 관련 소식이 나온다. 그날 오후 동독은 밀라노에서 콜롬비아와 맞붙게 될 것이다. 축구 이야기를 해도 되겠다 싶었다. 그는 축구를 좋아하지 않았고 나 역시 축구의 '축'자도 모르지만 월드컵은 다르다. 월드컵을 안 보는 사람은 없다. 게다가 처음 만나면 무슨 말이라도 해야 하지 않나.

택시가 멈춰 서고 택시기사가 가방을 내려주기 위해 차에서 내린다. 그가 내게 가방을 건네준다. 건물로 들어가려던 참에 유리문에 비친 내 얼굴이 또다시 눈에 들어온다. 창백한 안색에 비해 빨간색이 튀어 보이는 데다 립스틱 라인이 입술 라인과 어긋나 있었다. 나는 주머니에서 휴지를 꺼내 빨간 립스틱이 완전히 지워질 때까지 입술을 닦는다.

엘리베이터 문이 열리는 순간 나는 아그네스의 옆모습을 알아본다. 아그네스는 자판기에서 따뜻한 음료가 나오기를 기다리고 있다. 그녀는 나보다 열 살 어렸는데 배가 조금 나온 것만 빼면 그보다 훨씬 젊어 보였다. 배 때문에 바지가 올라가서 푸른색 바지의 무늬가 살짝 뒤틀려 있다. 하지만 얼굴은 아직도 매끄러운데다 주름 하나 없다. 아그네스는 컵을 꺼내 후후 불은 후에 설탕을 섞기 위해 플라스틱스푼으로 커피를 젓는다. 그러다가 비로소 내 모습을 발견한다.

"로자! 드디어 오셨군요!"

나는 짐 가방을 든 채 자동차 불빛에 놀란 고양이마냥 우두커니 서서 말한다.

"안녕하세요, 아그네스."

"오셔서 정말 기뻐요. 여행은 어땠나요?" 그녀는 김이 나는 컵이 내게 닿지 않도록 주의하며 나를 껴안는다. "이게 얼마 만이죠?"

"글쎄요." 그녀에게서 몸을 떼며 내가 말한다. "너무 오랜 세월이 흘렀죠."

"가방을 주시겠어요?" 아그네스가 컵을 들지 않은 손을 내민다.

"아네요. 그냥 들고 있을게요. 무겁지 않아요. 고마워요."

아그네스는 바로 나를 데려다주지 않고 가만히 서 있는다.

"어떻게 지냈어요?" 내가 묻는다.

"이런 상황에 맞게 지냈죠." 그녀는 잠시 시선을 내리깐다. "당신은요?"

그녀는 컵을 들고만 있을 뿐 마시지는 않는다.

내가 컵을 물끄러미 바라보자 내게 컵을 내민다. "드릴까요?"

그러고는 바로 자기 행동을 후회하고 자판기 쪽을 향한다. "그러니까 마실 것을 좀 드릴까요? 목이 마르거나 배가 고프지 않으세요?"

나는 고개를 설레설레 젓는다. "난 괜찮아요. 고마워요. 마르고트와 비프케는요?"

"한 애는 학교에 아이를 데리러 갔어요. 조금 이따 올 거예요. 다른 애는 오늘은 못 온대요."

아그네스는 커피를 마시지 않는다. 나는 목이 마르지도 배가 고프지도 않다.

"그이는 어떤가요?" 잠시 후 내가 묻는다.

아그네스는 어깨를 으쓱하며 미소를 지어 보인 뒤 시선을 음료에 고정시킨다. 나는 그녀가 음료를 다 마실 때까지 기다려준다. 아그네스는 컵과 플라스틱스푼을 휴지통에 버리고 손을 대충 바지에 닦는다. "가시겠어요?" 그녀가 말한다.

나는 그녀의 뒤를 따라 간다.

그는 링거를 맞고 있다. 튜브 두 개가 콧구멍에 연결되어 있다. 삭발을 한 머리였다. 어쩌면 머리카락이 몽땅 빠져버린 것일지도 모른다. 그는 눈을 감고 있다. 휴식을 취하는 중이다. 창문을 통해 쏟아지는 6월의 햇살 때문에 얼굴 윤곽이 희미해 보였지만 그래도 나는 그를 알아볼 수 있다.

아그네스는 내게 짐 가방을 병실 구석에 내려놓게 하고 침대 쪽으로 가다가 허리를 굽힌다. 벨트 때문에 뱃살이 두 겹으로 접힌다. 그래도 그녀의 손은 매우 곱다. 아그네스는 그 고운 손으로 침대시트를 쓰다듬는다.

"여보, 자고 있어?"

그녀는 내 앞에서 그를 여보라고 부른다. 내가 듣는 데서 그를 그렇게 부른 것이 그때가 처음은 아니었지만 너무나 먼 옛날 일이라 적응이 되지 않았다. 그녀가 '여보'라고 부르자 그가 잠에서 깬다. 그의 눈동자는 푸른색이다. 살짝 바란 듯한 눈빛은 촉촉하게 젖어 있다.

아그네스는 녹아내릴 듯 부드럽게 말한다. "당신을 찾아온 손님이 있어." 그러고는 그가 베개에서 머리를 들지 않고도 나를 볼 수 있게 살짝 비켜준다. 그의 푸른 눈동자가 내게서 멈추는 순간 나는 붙잡고 매달릴 것이 아무것도 없음을 깨닫는다. 그가 나를 향해 미소를 지어 보인다. 나는 침을 꿀꺽 삼키고 입을 연다.

"안녕, 그레고어."

45

아그네스는 내가 왔으니 자기는 커피라도 한잔 마시고 오겠다며 자리를 피해주었다. 방금 막 커피를 마셨으니 우리 둘만 있게 해주기 위한 핑계임이 분명했다. 나는 그녀가 내가 민망해할까 봐 그렇게 해주는 건지 아니면 죽어가는 남편의 전 부인과 셋이 함께 같은 공간에 있기가 민망해서 그러는 건지 궁금했다.

병실을 나가기 전에 아그네스는 그레고어에게 물을 먹여주었다. 한 손으로 그레고어의 고개를 받쳐주자 그는 아직 컵으로 물 마시는 법을 배우지 못한 아이처럼 컵에 입술을 댔다. 물 한 줄기가 흘러내려 그의 잠옷을 적시자 아그네스는 침대 머리맡 탁자 위에 있는 두루마리 휴지를 찢어 목을 닦아주었다. 그녀는 베개 모양을 잡고 침대시트를 정돈해준 뒤 그레고어의 귀에 무언가를 속삭였다. 그때 그녀가 그레고어에게 무슨 말을 했는지 나는 평생 모를 것이다. 아그네스는 그의 이마에 입을 맞추고 햇빛에 눈이 부시지 않게 블라인드를 조정해준 뒤 우리에게 인사를 하고 밖으로 나갔다.

다른 여자가 그레고어를 돌봐주는 모습을 보고 있으려니 기분이 묘했다. 그가 한때 내 남편이어서 그런 게 아니었다. 전쟁이 끝난 지 1년 만에 그레고어가 집으로 돌아왔을 때 나 역시 그에게 음식을 먹이고, 씻기고 그의 몸을 따스하게 해주었던 기억 때문이었다.

그레고어가 돌아온 날 나는 안네의 부엌에서 감자를 삶고 있었다. 당시 나는 안네와 그녀의 딸 파울리네와 같이 살고 있었다. 그날도 지금처럼 여름이었다. 안네와 내가 일을 마치고 집에 돌아와 음식을 하는 동안 파울리네는 폐허가 되어버린 부덴가세에서 숨바꼭질을 하고 놀았다. 내가 살던 아파트는 아직 사람이 살 수 있는 상태가 아니었기 때문에 나처럼 남편을 잃은 안네는 나를 자기 집에서 지낼 수 있게 해주었다. 우리 셋은 한 침대에서 잤다.

나는 감자가 다 익었는지 확인하기 위해 포크를 꽂아보았다. 언제나처럼 발이 아팠다. 집에서 직장까지는 빠른 걸음으로 한 시간 반 거리였다. 그나마 다행인 것은 매일 저녁 식사 후에 안네 덕분에 발찜질을 할 수 있다는 점이었다. 우리 둘은 물집투성이 발을 대야에 집어넣고 한숨을 쉬곤 했다. 하지만 파울리네는 도무지 지칠 줄을 몰랐다. 우리가 고작 시간당 70페니히와 특별 식량 쿠폰을 받으려고 하루 종일 양동이를 나르고 수레를 끌고 벽돌을 쌓는 동안 그 애는 다른 아이들과 폐허 사이를 뛰어다녔다.

감자가 다 익은 것을 확인한 후 불을 끄는데 파울리네가 밖에서 나를 불렀다. "로자 이모!"

"무슨 일이니?" 내가 창밖을 내다보며 물었다.

파울리네는 가냘파 보이는 남자를 부축하고 있었다. 남자는 발을 저는 것 같았다. 나는 그가 누군지 알아보지 못했다.

그때 그가 들릴락 말락 한 소리로 말했다. "나야." 그 순간 심장이 무너져내렸다.

침대 맡에 앉아 깍지 낀 손을 배 위에 올려놓았다가 무릎에 올려본다. 그러다가 허벅지 밑에 깔린 치마를 정돈하고 다시 깍지를 낀다. 손을 어디에 둬야 할지 알 수 없지만 그의 몸에 손을 댈 엄두는 나지 않는다.

"와줘서 고마워, 로자."

그가 꺼져가는 목소리로 말한다. 44년 전 어느 날 저녁 안네 집 창가에서 들었던 것과 같은 목소리다. 피부가 쪼그라들어 코가 더 커 보이고 얼굴뼈가 튀어나와 보인다.

나는 검지로 남아 있는 립스틱 자국을 마저 지운다. 그에게 흐트러진 모습을 보이고 싶지 않았다. 바보 같은 생각일지 모르지만 내 심정은 그랬다. 나는 그레고어가 아그네스에게 자기 병실에 서 있는, 눈이 움푹 들어간 데다 주름이 자글자글한 저 여자가 누구냐고 물을까 봐 두려웠다. 하지만 그는 바로 나를 알아보고 미소를 짓는다.

"당신을 꼭 만나고 싶었어." 내가 말한다.

"나도 그랬어. 큰 기대는 안 했지만."

"왜?"

그레고어는 대답하지 않는다. 나는 내 손톱과 손끝을 향해 시선을 떨군다. 립스틱 자국은 없었다.

"베를린에서는 어떻게 지내고 있어?"

"잘 지내고 있어."

아무리 머리를 짜내보아도 베를린에 대해서는 특별히 할 말이 없다. 그곳에서의 내 생활에 대해서도 할 말이 없다. 그레고어도 입을 다문다. "프란츠는 잘 지내?" 그가 묻는다.

"요즘은 손녀들 때문에 정신이 없어. 프란츠의 아들이 방학 동안 딸들을 독일에 데리고 왔대. 손님들 면도를 하고 이발을 해주는 동안 그 애들을 가게에 두나 봐. 손님들이 예의상 몇 살이고 이름은 뭐냐고 물으면 아이들은 영어로 대답한대. 프란츠는 손님들이 그 애들 말을 이해 못 하는 게 재미있나 봐. 자기 손녀들이 외국어를 한다는 사실을 자랑스러워해. 할아버지가 되더니 바보가 됐어."

"아니야, 당신 동생은 원래 이상했어."

"그래?"

"그렇다니까, 로자. 몇 년 동안이나 가족들에게 편지 한 장 안 보냈잖아."

"그랬지. 프란츠 말로는 그때 자기는 독일과 인연을 끊을 생각이었대. 1차 세계대전 패배 이후 독일인에 대한 인식이 너무 나빠져서 성까지 바꾼 사람들도 있었다나. 그러던 중에 미국이 참전하자 잡혀갈까 봐 매일 불안에 떨어야 했으니까."

"그래. 나도 알아. 그 논란의 음식 이름이 뭐였더라? 기다려 봐……"

"논란의 음식? 아! 사워크라우트!" 나는 웃음을 터뜨린다. "사워크라우트를 리버티캐비지(자유 배추절임Liberty Cabbage이라는 뜻으로 미국 병사들이 독일에 대한 반감을 가지고 이름을 바꿈)로 바꿔 불렀대. 적어도 프란츠 말에 의하면 그래."

"맞아. 사워크라우트." 그도 함께 웃는다.

그레고어가 기침을 한다. 가래가 잔뜩 낀 깊은 기침 때문에 그레고어는 고개를 들어야 했다. 머리라도 받쳐주어야 할 것 같았다. 도움이 필요한 것 같았다. "도와줄까?"

하지만 그레고어는 목을 가다듬고 아무렇지도 않게 말을 잇는다. "당신 동생이 보낸 전보 기억해?"

그는 기침을 하는 데 익숙했다. 지금 그는 이야기가 하고 싶을 뿐이다. "그걸 어떻게 잊어?" 내가 말한다. '누구 살아 있는 사람 있어?' 전화번호와 주소를 빼면 그 한 문장뿐이었지."

"맞아. 당신은 장난인지 아닌지 확인하려고 전화해본 거잖아."

"그래. 내 목소리를 듣자 프란츠는 말을 못 이었지."

그레고어가 다시 웃음을 터뜨린다. 그와 이렇게 편하게 대화할 수 있을지 몰랐다.

"손녀들이 이달 말에 피츠버그로 가버리고 나면 프란츠는 많이 힘들어할 거야. 하지만 베를린으로 돌아오기로 결심한 건 그 애야. 언젠가는 떠나왔던 곳으로 되돌아가지 않고는 못 배기는 사람들이 있는 것 같아. 대체 그 이유가 뭘까?"

"당신도 베를린으로 돌아왔잖아."

"나는 어쩔 수 없이 그로스-파르치를 떠났어. 내 경우는 예외야."

그레고어는 말을 잇지 못하고 창문 쪽으로 고개를 돌린다. 부모님 생각이 난 듯했다. 그들은 그레고어를 못 보고 죽었다. 나 역시 다시는 그들을 보지 못했다.

"나도 두 분이 그리웠어." 내가 말한다. 하지만 그레고어는 대답이 없다.

그는 긴팔 잠옷을 입은 채 이불을 가슴 중간까지 끌어내리고 있었다.

"더워?"

그는 아무 말도 하지 않는다. 나는 손깍지를 긴 채 의자에 앉아 가만히 있는다. 내 생각이 틀렸다. 그와의 만남은 쉽지 않았다.

"당신이 여기까지 온 걸 보니……" 그가 잠시 후에 말한다. "죽을 날이 머지않았나 봐."

이번에는 내가 아무 말도 하지 못한다.

그레고어가 나를 도와준다. "하지만 이렇게 당신이 돌아왔으니 내가 죽을 리 없지."

나는 미소를 지어 보인다. 눈물이 앞을 가린다.

이렇게 살아 돌아왔으니 죽을 리 없어. 나는 그레고어가 약한 모습을 보일 때마다 그렇게 말했다. 이제 와서 죽을 수 없어. 미안하지만 내가 용납 못 해.

그레고어는 떠나기 전에 비해 몸무게가 15킬로그램이나 덜 나갔다. 포로수용소에 갇혀 있는 동안 굶주림에 시달린 데다 폐렴까지 걸렸기 때문이다. 그 과정에서 그는 만성적으로 허약해졌다. 게다가 한때 정신이 나가 병원에서 도망치는 바람에 다친 부위를 제대로 치료받지 못해서 한쪽 다리를 절었다. 옆 병상에 있는 사람들이 하나같이 사지가 잘려 나갔기 때문에 자기 다리도 절단할 거라 믿었던 거다. 하지만 고통 때문에 빨리 달리지 못해 쉽게 붙잡혔다. 나는 그가 그런 짓을 했다는 사실을 믿을 수 없었다. 그레고어답지 않았다.

"내가 장애인이 돼서 돌아왔으면 어떻게 하려 했어?" 언젠가 그가 물은 적이 있다.

"당신이 돌아왔다는 것만으로도 만족했을 거야."

"크리스마스를 함께 보냈어야 했는데. 약속을 지키지 못했어."

"쉿, 이제 그만 자. 몸을 추슬러야지."

장이 감염돼서인지 아니면 소화기관이 수개월 동안 고초를 겪어서인지 그레고어는 아무것도 먹지 못했다. 어렵게 구한 고기로 수프를 끓여줘도 몇 숟갈 못 뜨고 바로 토해냈다. 그는 초록빛이 감도는 물똥을 쌌는데 거기서는 사람의 몸에서 날 수 있다고는 상상도 못 할 악취가 났다.

우리는 그레고어를 파울리네 방에서 지내게 했다. 나는 그의 침대맡 의자에 앉아 밤을 꼬박 새우고는 했다. 가끔 파울리네가 잠에서 깨서 내게 오곤 했다. "나랑 같이 잘래요?" "이모는 그레고어 아저씨와 함께 있어줘야 한단다, 아가." "그렇지 않으면 아저씨 죽어요?" "내가 있는 한 절대 죽지 않을 거야." 가끔 아침 햇살이 눈꺼풀을 찔러 잠에서 깨어 보면 아이가 그레고어 위에 웅크리고 누워 있었다. 파울리네는 우리 친딸이 아니었다. 하지만 지금도 마음만 먹으면 잠든 아이의 숨소리를 헤아릴 수 있을 것 같다.

기력을 잃은 그레고어의 육체는 내 남편의 육체와 닮은 점이 하나도 없었다. 살 냄새마저 달랐다. 하지만 파울리네는 그 사실을 알 리가 없었다. 당시 내 삶의 유일한 의미는 그를 살리는 것이었다. 나는 그에게 밥을 먹이고 발찜질통에 물을 받아 천을 적셔 그의 얼굴과 팔과 가슴과 성기와 고환과 다리와 발을 닦아주었다. 그레고어를 혼자 놔두지 않기 위해 고물 수집도 하러 가지 않았기 때문에 이제는 안네 혼자만 저녁에 그 통으로 발찜질을 했다. 나는 그레고어의 손톱을 깎아주고 면도를 해주고 머리카락을 잘라주었다. 그가 일을 보러 갈 때마다 같이 가서 닦아주었다. 그는 자기도 모르게 구역질을 하거나 기침을 하기도 하고 내 손에 침을 뱉기도 했다. 그래도 나는 그가 역겹지 않았다. 나는 그를 사랑했다. 그걸로 충분했다. 그레고어는 내 아이가 됐다.

그가 일어나면 파울리네도 같이 잠에서 깼다. 아이는 그레고어가 못 듣게 조그만 소리로 말했다. "로자 이모, 우리가 있는 한 아저씨는 절대 안 죽을 거예요."

그레고어는 죽지 않았다. 그는 기력을 회복했다.

"당신이 온다는 소식을 아그네스가 전해줬을 때 전쟁에서 있었던 일이 생각났어. 어쩌면 편지에 이미 썼을지도 몰라."

"아닐걸?" 나는 짐짓 원망조로 말한다. "당신은 전쟁 이야기는 거의 쓰지 않았잖아."

그는 내 거짓투정을 알아듣고 웃음을 터뜨린다. "아직까지도 그 이야기야? 너무하잖아!" 그레고어는 웃다가 기침을 한다. 이마의 주름이 깊어지고 얼굴에 핀 검버섯이 떨린다.

"물 좀 줄까?" 침대맡 탁자에 반 쯤 찬 물컵이 있다.

"당시에는 어디까지 이야기를 해도 되는지 몰랐어. 사기를 잃은 것처럼 보이면 위험하기 때문에 조심해야 했는데 그때 나는 정말 힘들었거든."

"그래, 알아. 걱정하지 마. 농담이었어. 그래서 무슨 이야기였는데?"

"두 여자 이야기야. 어느 날 두 여자가 자기 남편들을 찾아왔었거든. 그들은 수백 킬로미터를 걸어왔어. 눈길을 걷고 한데서 자면서 말이야. 그런데 막상 와보니까 자기 남편들이 없는 거야. 그때 그 여자들 표정을 당신도 봤어야 했는데."

"그럼 어디에 있었는데?"

"나도 몰라. 아마 다른 수용소에 있었겠지. 이미 독일로 수송됐든지 아니면 죽었든지. 그걸 어떻게 알겠어. 어쨌든 그들은 우리 포로가 아니었어. 결국 그녀들은 온 길을 다시 돌아가야 했어. 남편 소식은 듣지도 못한 채 올 때와 똑같이 눈길을 걷고 한데서 자면서."

그레고어는 말을 많이 하면 힘들어했다. 그를 조용히 시키는 게 나을 수도 있다. 할 수만 있다면 그의 손을 잡고 그와 함께 조용히 있어주는 편이 좋을 것 같았다.

"그런데 그 이야기가 왜 지금 생각났어? 내가 눈길을 걸어온 것도 아닌데."

"그러고 보니 그러네."

"게다가 당신은 이제 내 남편도 아니고."

얼마나 서글픈 말인가. 그에게 차갑게 굴려던 것은 아니었다.

나는 자리에서 일어나 병실을 거닐었다. 병실에는 작은 옷장이 있었다. 아그네스는 그 안에 수건이며 그레고어가 갈아입을 잠옷이며 그에게 필요한 모든 물건들을 넣어두었을 것이다. 그녀는 왜 돌아오지 않는 걸까?

"어디 가?" 그레고어가 묻는다.

"아무 데도 안 가. 여기 있을 거야."

의자에 앉기 전 침대 발치에 놓아둔 그레고어의 슬리퍼에 걸려 발을 헛디뎠다.

"눈길을 걸어오지는 않았지만 당신도 내게 작별인사를 하러 3시간 30분은 족히 되는 길을 왔잖아."

"그렇긴 하지."

"당신은 왜 사람들이 작별인사를 한다고 생각해?"

"무슨 말이야?"

"당신도 나랑 작별인사를 하려고 일부러 하노버까지 온 거잖아. 그러니 그 이유 정도는 알고 있을 거 아냐."

"글쎄…… 매듭짓지 못한 문제를 남기기 싫어서가 아닐까?"

"그러니까 당신도 매듭을 지으러 온 거야?"

그레고어의 질문에 뒤통수를 한 대 얻어맞은 것 같았다.

"나는 당신이 보고 싶어서 온 거야. 말했잖아."

"로자. 우리 사이에는 매듭짓지 못한 문제가 남아 있어. 그것도 40년 동안."

우리는 합의하에 헤어졌다. 그것은 너무나 고통스러운 일이었다. 사람들은 이별의 과정이 고통스럽지 않았다거나 덜 고통스러웠다는 의미로 '합의하에 헤어졌다'라는 표현을 쓰지만 그것은 사실이 아니다. 물론 당사자 중 어느 한쪽이 포기를 못 하거나 상대방에게 일부러 상처를 줄 경우 이별이 더 힘들어질 수도 있다. 하지만 그런 경우가 아니더라도 이별은 아프다. 특히 낮은 확률을 뚫고 두 번째 기회를 가졌던 사람들이 헤어질 경우 더 그렇다. 우리 둘은 헤어졌다가 전쟁이 끝난 후 다시 만났다.

우리는 3년을 함께 살다 헤어졌다. 나는 어차피 오래전에 끝난 사이였다는 말을 이해할 수 없다. 결혼생활이 정확히 언제 끝났는지 말하기는 힘들다. 결혼이란 부부가 함께, 아니면 적어도 둘 중 한 명이 끝내기로 결정할 때 끝나는 법이니까. 결혼이란 파도처럼 유동적이어서 언제든 끝날 수도 있고 다시 시작할 수도 있다. 결혼은 선형적인 동선을 따르지도 않고 꼭 논리적인 방향으로 진행되지도 않는다. 결혼생활에 있어서 최악의 상황이 반드시 파국으로 연결되지는 않는다. 나락으로 떨어졌다고 생각하는 순간 어찌된 영문인지 하루 만에 관계가 회복돼서 왜 헤어지려 했는지 이유조차 기억하지 못하기도 한다. 결혼은 단순한 찬반 문제나 덧셈뺄셈이 아니다. 모든 결혼은 언젠가 결국 끝날 수밖에 없는 운명이지만 인간에게는 그 결혼을 유지해야 할 권리와 의무가 있기도 하다.

우리의 결혼생활은 한동안 감사한 마음 덕분에 연명되었다. 우리에게 일어난 일은 기적이었고 그 기적에 흠집을 내고 싶지 않았다. 우리는 선택받은 자들이었다. 우리는 운명의 짝이었다. 하지만 기적의 희열도 조금씩 사그라지는 법이다. 우리는 온몸을 던져 관계 재건이라는 목표를 이뤄야 했다. 재건이야말로 당대의 지상 과제였다. 과거는 묻어두고 잊어야 했다. 하지만 나는 단 한 순간도 과거를 잊지 못했고 그것은 그레고어도 마찬가지였다. 서로의 과거를 공유했더라면 어땠을까. 가끔 그런 생각을 해보기도 한다. 하지만 우리는 그럴 수 없었다. 과거를 이야기하는 순간 기적이 손상될 것 같았다. 우리는 기적을 지키고 싶었다. 서로를 지켜주고 싶었다. 서로를 보호하는 데 집중한 나머지 함께했던 마지막 해에는 서로에 대한 장벽밖에 남지 않았다.

"안녕, 아빠."

가운데 가르마를 탄 긴 생머리의 젊은 여자가 병실에 들어왔다. 그녀는 어깨 끈이 달린 밝은색 리넨 드레스 차림에 샌들을 신고 있었다.

"안녕하세요." 내 모습을 발견하고 여자가 말한다.

나는 자리에서 일어난다. "안녕, 마르고트." 그레고어가 말한다.

여자가 내 쪽으로 다가온다. 내가 막 내 소개를 하려는 참에 아그네스가 들어온다. "왔니? 아이는 어떻게 하고?"

"시어머니께 맡겼어요." 그레고어의 딸은 숨이 찬 듯했다. 이마에 땀이 송글송글 맺혀 있다.

"이분이 로자야." 아그네스가 말한다.

"잘 오셨어요." 나는 마르고트가 내민 손을 힘주어 잡는다. 그레고어와 눈매가 닮았다.

"고마워요. 만나서 반가워요." 내가 미소를 지어 보인다. "갓난아이 때 사진에서 봤어요."

"아빠는 허락도 안 받고 마음대로 내 사진을 보내신 거예요?" 그녀가 농담을 하며 그에게 키스를 한다.

그레고어는 내게 상처가 될 거라고는 생각하지 못하고 자기 딸 사진을 보냈었다. 그것은 애정의 표시였다. 그는 여전히 내가 자기 인생의 일부라는 사실을 느끼고 싶어 했다. 진심 어린 애정에서 우러나온 행동이었지만 나를 보호해주지는 못했다. 그레고어는 이제 나의 보호막이 되어주지 않았다. 그는 그러는 법을 잊어버렸다. 그는 아그네스와 결혼했다. 나는 그의 결혼식에도 참석하고 둘의 행복을 기원해주었다. 진심이었다. 베를린으로 돌아오는 기차에서 우울하긴 했지만 그건 중요하지 않았다. 그레고어가 혼자가 아니라고 내 외로움이 더 커지지는 않았다.

기차가 볼프스부르크에 정차했을 때 나는 깜짝 놀랐다. '볼프스부르크, 볼프스부르크 역입니다'라고 안내방송이 흘러나왔다. 갈 때는 왜 몰랐던 걸까? 아마도 잠이 들었나 보다. 내 남편과 완전히 이별하러 가던 길에 나는 늑대의 도시(볼프스부르크의 '볼프스Wolfs'는 늑대를 뜻함)를 거쳐 갔던 것이다.

"드릴 선물이 있어요."

마르고트가 가방에서 사각형으로 접은 종이를 꺼내 그레고어에게 건넨다.

"기다려." 아그네스가 말한다. "내가 펴줄게."

크레파스로 그린 그림이었다. 대머리 아저씨가 분홍 구름이 가득한 하늘 아래 침대에 누워 있었다. 침대 밑에는 무지갯빛 꽃이 피어 있었다.

"아빠 손자가 드리는 선물이에요." 마르고트가 말한다.

그의 가까이에 있던 나는 그림에 쓰인 글씨를 읽지 않을 수 없

었다. 그림에는 '할아버지, 보고 싶어요. 빨리 나으세요'라고 쓰여
있었다.

"마음에 드세요?" 마르고트가 묻는다.

그레고어는 말을 잇지 못한다.

"벽에 붙일 수 있을까요, 엄마? 그림을 붙여놓을까요?"

"음…… 압정이나 스카치테이프가 필요하겠구나."

"아빠는 왜 아무 말씀 안 하셔요?"

그레고어는 너무나 감동한 나머지 대답을 못 하고 있었다. 딱
보면 안다. 나는 있어서는 안 될 자리에 있는 것 같았다. 나는 내
가족이 아닌 사람들 틈에 끼어 있었다. 나는 그들에게서 떨어져
창가로 다가가 블라인드 틈새로 뜰을 내다본다. 간호사들이 밀
어주는 휠체어를 탄 환자들도 있고 벤치에 앉아 있는 사람들도
있다. 멀리서 봐서는 환자인지 건강한 사람인지 구별하기 쉽지
않다.

오랜 시간이 흐른 후 그레고어가 처음으로 다시 나와 사랑을
나누려 했을 때 나는 몸을 사렸다. 싫다고 하지도 않고 변명거리
를 만들어내지도 않았다. 말 그대로 몸이 굳어버렸다. 그레고어
는 내가 부끄러워서 그러는 거라고 생각하고 내 몸을 부드럽게
쓰다듬어주었다. 우리는 너무나 오랫동안 이성으로서 서로의 몸
에 손대지 않았다. 내게 그의 육체와의 접촉은 습관이 되어버렸
다. 나는 그의 몸을 능숙하고 효율적으로 다뤘다. 전쟁은 내게 귀
환병의 육체를 되돌려주었고 나는 그 몸을 돌볼 수 있을 정도로

젊고 기운이 넘쳤다. 하지만 우리에게 서로의 몸에 대한 욕망은 없었다. 욕망은 내게 잊혀진 감정이었다. 우리는 천천히 단계별로 연습하면서 처음부터 다시 배워나가야 했다. 그레고어 생각은 그랬다. 하지만 나는 친밀감은 욕망에 의해 생기는 거라고 생각했다. 경련이 이는 것처럼 순간적으로 생겨나는 감정이라 믿었다. 물론 그 반대도 가능할지 모른다. 친밀감에서부터 시작할 수도 있을 것이다. 친밀감을 완전히 회복하면 욕망을 붙잡을 수 있을지도 모른다. 느낌만 기억날 뿐 아무런 장면도 생각나지 않는, 방금 막 꾸었는데도 벌써 아련해진 꿈을 붙잡을 때처럼. 어쩌면 가능한 일일 수도 있다. 다른 아내들은 해냈으니까. 하지만 그들이 어떻게 했는지는 모르겠다. 어쩌면 우리 방법이 잘못됐었는지도 모른다.

46

의사는 안경을 쓰고 있지 않았다. 의사가 들어올 때 시계를 보니 벌써 오후가 한참 지난 시각이었다. 아그네스와 마르고트는 월드컵 이야기와 그레고어의 손자 이야기로 잠시 의사와 수다를 떨었다. 듣자 하니 의사는 병실에서 그레고어의 손자를 본 적이 있는 듯했다. 그는 매우 상냥했다. 운동선수 같은 몸매에 목소리는 바리톤 같았다. 아무도 나를 의사에게 소개해주지 않았고 의사 역시 특별히 내게 신경을 쓰는 것 같지 않았다. 그는 그레고어를 검사해야 한다면서 우리에게 자리를 비켜달라고 했다.

"우리 집에서 자고 갈 거죠?" 복도에서 아그네스가 물었다.

"고마워요. 하지만 숙소를 이미 예약해두었답니다."

"대체 왜 그랬어요. 방도 남는데. 함께 있으면 저도 외롭지 않아서 좋아요."

물론 그럴 수도 있을 것이다. 하지만 나는 혼자 사는 데 익숙하다. 다른 사람과 공간을 나누고 싶지 않다.

"폐를 끼치고 싶지 않아요. 정말이에요. 이미 예약을 해두었는걸요. 게다가 이 근처라 편할 거예요."

"생각이 바뀌면 언제든 환영이에요. 전화하면 바로 데리러 갈게요."

"엄마, 혼자 계시기 싫으면 우리 집에 와서 주무세요."

왜 마르고트는 저런 식으로 말하는 걸까? 내게 죄책감을 느끼게 하려는 걸까?

의사가 우리 쪽으로 온다. 검사를 끝낸 거다. 아그네스가 그레고어의 상태를 묻는다. 마르고트도 집중해 들으며 질문을 한다. 가족의 일원이 아닌 나는 병실로 되돌아간다.

그레고어는 소매를 내리려고 낑낑대고 있다. 그의 오른팔은 링거를 꽂느라 소매를 말아 올려 맨살이 드러나 있었고 왼팔은 푸른 면 옷으로 덮여 있었다. 아그네스가 푸른색을 좋아하는 모양이다. 간지러워서 소매를 걷었는지 건조해 보이는 피부에 허옇게 손톱자국이 나 있었다.

"우리 사이에 특별히 매듭짓지 못한 일은 없어." 나는 자리에 앉지도 않고 말한다. "우리 나름대로 노력했잖아. 진전이 있었고."

그레고어는 계속해서 낑낑대기만 할 뿐 소매를 내리지 못한다. 하지만 나는 그런 그를 도와주지 않는다. 그의 몸에 손을 댈 엄두를 내지 못한다.

"당신이 돌아왔고 나는 당신을 돌봤어. 당신은 완쾌됐고, 우리는 함께 건축사무소도 다시 열고 집도 지었어. 진전이 있었던 거야."

"그 말을 하려고 여기까지 온 거야?" 그는 포기하고 잠옷을 내버려둔다. "그게 당신의 작별인사야?" 그가 거칠고 쉰 목소리로 말한다.

"당신은 동의하지 않아?"

그가 한숨을 내쉰다. "우리 사이는 예전 같지 않았어."

"전쟁 후에도 예전과 똑같이 사는 사람이 어디 있어? 그런 사람이 어디 있어?"

"그런 사람들도 있어."

"그러니까 당신은 그들이 우리보다 더 낫다는 거야? 아니, 나보다 더 나은 사람들이라는 거야? 당신이 그렇게 생각할 줄 알았어."

"누가 더 낫고 못하고의 문제가 아니야. 그런 식으로 생각해본 적 없어."

"당신 생각이 틀렸어."

"내가 틀렸다는 말을 하려고 여기까지 온 거야?"

"나는 특별히 할 말이 있어서 온 게 아니야, 그레고어!"

"그럼 대체 여기 왜 왔어?"

"내가 오는 게 싫었으면 싫다고 말하지 그랬어! 당신 부인에게 전화하라고 말하지 그랬어." 화를 내면 안 된다. 다 늙은 노인네가 화를 내면 비참해 보일 뿐이다.

그레고어의 아내가 나타났다. 경계하는 표정이다. 그녀가 급히 병실로 들어온다.

"로자." 그녀가 모든 질문이 담긴 투로 내 이름을 말한다.

그녀는 그레고어에게 다가가 잠옷 소매를 내려준다. "괜찮아?" 그녀가 묻는다.

그러고는 내게 말한다. "둘이 언성 높이는 걸 들었어요."

소리를 지른 사람은 나뿐이다. 그레고어의 폐로는 소리를 지르고 싶어도 못 지른다. 아그네스는 내 목소리를 들은 거다.

"무리하지 마." 자기 남편을 향한 말 같지만 사실 아그네스는 내게 말하고 있다. 내가 그레고어를 무리하게 만들었다.

"미안해요." 나는 이렇게 말하고 병실에서 나온다.

나는 인사도 하지 않고 의사와 마르고트를 지나쳐 정처 없이 복도를 걷는다. 병원 네온불빛 때문에 머리가 아프다. 계단을 내려가다 넘어질 뻔했을 때 나는 난간 대신 블라우스 안에 있던 목걸이를 꺼내 주먹을 꼭 쥐었다. 손 안에서 차갑고 단단한 금속의 감촉이 느껴진다. 계단을 다 내려간 후에 나는 손바닥을 펴본다. 목걸이에 달려 있던 결혼반지 때문에 손바닥에 두 개의 동그라미 모양 자국이 찍혀 있었다.

나는 한 번도 그녀의 집에 가본 적이 없었다. 문을 밀자 손쉽게 집 안으로 들어갈 수 있었다. 좁은 창문 하나밖에 없는 어두운 방이었다. 방 안에는 탁자와 작은 소파가 있었다. 의자란 의자는 몽땅 깨진 접시와 컵 파편 가운데 뒤집어져 있었고 식기진열장 서랍들은 죄다 바닥에 떨어져 있었다. 어슴푸레한 빛 아래 서랍이 있던 식기진열장의 빈 공간은 주인을 기다리는 공동묘지의 못자리처럼 보였다.

친위대원들은 방을 엉망으로 만들어놓았다. 그들은 그런 식으로 유대인들을 근절시켰다. 남아 있는 거라고는 그녀의 소지품뿐이었다. 사라져버린 엘프리데 대신 그녀가 썼던 물건이라도 만지고 싶었다.

심호흡을 한 번 하고 앞으로 나아가다 커튼 앞에 멈춰 섰다. 엘프리데의 사생활을 침범하는 것 같아 망설이다가 커튼을 젖혔다. 빨래와 옷가지가 나무바닥에 흩어져 있었다. 매트리스는 찢어져 있었고, 누더기가 된 침대시트 위로 솔기가 찢겨나간 베개가 아슬아슬하게 걸쳐져 있었다.

엘프리데가 사라진 후 이 세상은 망가져버렸다. 이번에도 나는 애도를 표할 시체조차 없이 홀로 이 세상에 남겨졌다.

나는 옷 무더기 위에 무릎을 꿇고 앉아 엘프리데의 옷을 쓰다듬었다. 그동안 한 번도 그녀의 차가워 보이는 얼굴을 만져본 적이 없었다. 그녀의 광대뼈도, 나 때문에 생긴 다리의 멍도 어루만진 적이 없었다. 네 곁에 있어줄게. 병영 화장실에서 약속한 순간 고등학교 여학생 같던 우리의 흥분도 가라앉았다.

나는 바닥에 엎드려 엘프리데의 옷을 끌어모아 얼굴을 파묻었
다. 그녀의 옷에서는 아무런 냄새가 나지 않았다. 엘프리데의 체
취를 느낄 수 없었다. 어쩌면 그새 그녀의 체취를 잊었던 건지도
모른다.

누군가를 잃었을 때 느끼는 고통은 순전히 자기 자신을 위한
감정이다. 다시는 그 사람을 못 보고, 다시는 그 사람의 목소리를
듣지 못할 거라는 생각을 못 견디는 자기 자신 때문에 힘든 거다.
고통은 이기적인 감정이다. 내가 화가 난 이유는 바로 그런 이유
때문이었다.

하지만 엘프리데의 옷 무더기 위에 쓰러져 있다 보니 그녀에게
일어난 거대한 비극이 오롯이 느껴졌다. 그것은 고통마저 무더
질 정도로 너무나도 엄청나고 견디기 힘든 감정이었다. 엘프리데
에게 일어난 비극은 온 우주를 꽉 채울 정도로 팽창해서 모든 고
통을 압도했다. 인류가 어떤 일까지 저지를 수 있는지 보여주는
증거였다.

나는 내 피를 보지 않으려고 엘프리데의 검붉은 피를 바라봤었
다. 다른 사람 피를 보는 건 괜찮아? 엘프리데가 내게 물었었다.

갑자기 산소가 모자랐다. 나는 몸을 일으켜 마음을 안정시키려
고 엘프리데의 옷을 줍기 시작했다. 옷을 탈탈 털어서 옷 주름을
편 다음 제자리에 걸어놓았다. 엘프리데가 돌아올 것도 아닌데
그래야 하는 것처럼 방 정리를 했다. 무의미한 일이었다. 그래도
나는 빨래를 개켜서 옷장 서랍 안에 넣고 침대시트를 매트리스
위에 곱게 접은 뒤 운 나쁘게 화를 입은 베개 모양도 잡아놓았다.

그것을 발견한 것은 베개 솜의 숨을 죽이기 위해 베갯잇 안에 손을 집어넣었을 때였다. 뭔가 차갑고 딱딱한 것이 만져졌다. 까끌까끌한 양털 속에서 손에 잡힌 것을 끄집어내 보니 금반지가 나왔다. 결혼반지였다.

나는 소스라치게 놀랐다. 엘프리데도 결혼을 했었나? 그녀가 사랑한 남자는 누구였을까? 왜 내게 말해주지 않은 걸까?

우리 사이에는 비밀이 너무나 많았다. 좋아하는 사람끼리 서로를 속이는 것이 가능할까?

나는 한참 동안 엘프리데의 반지를 바라보다가 침대 머리맡 탁자 위에 놓여 있던 빈 보석상자에 떨궜다. 열린 서랍 안에는 금속으로 만든 상자가 하나 빠끔히 튀어나와 있었다. 담배케이스였다. 열어보니 아직 담배 한 개비가 남아 있었다. 엘프리데가 미처 피우지 못한 그녀의 마지막 담배였다. 나는 담배를 꺼내 들었다.

손가락 사이에 긴 담배를 물끄러미 바라보다가 약지에 끼고 있던 반지가 눈에 들어왔다. 5년 전 어느 날 그레고어가 끼워준 결혼반지였다. 담배를 바라보고 있자니 엘프리데가 검지와 중지 사이에 담배를 끼우고 손을 입으로 가져가던 모습이 떠올랐다. 그녀는 입에 담배를 물고 잠시 손을 뗀다. 그동안에도 언제라도 다시 담배를 집을 수 있게 손가락은 가위 모양을 하고 있다. 휴식 시간의 뜰에서도 그랬고 함께 같은 화장실 칸에 들어가 문을 잠갔을 때도 그랬다. 그때 엘프리데의 손에 결혼반지는 없었다.

참을 수 없을 정도로 산소가 모자라서 그곳에서 나가야만 했다. 나는 충동적으로 엘프리데의 결혼반지를 집어 들고 주먹을 쥔 채 그녀의 방에서 뛰쳐나왔다.

47

병실로 돌아가보니 다시 그레고어는 혼자다. 그는 눈을 감고 있다. 나는 먼 옛날 파울리네의 방에서 밤새 그의 곁을 지켰던 것처럼 그의 곁에 앉는다. "미안해. 당신을 화나게 하고 싶지는 않았어." 그가 눈을 감은 채 말한다.

나라는 걸 어떻게 알았을까?

"신경 쓰지 마. 오늘따라 내가 감정이 복받쳐서 그래."

"나를 보러 여기까지 와주었는데. 당신은 나와 평화로운 시간을 보내고 싶었을 거야. 하지만 죽을 날이 얼마 남지 않았다는 사실을 아는 건 쉬운 일이 아니야."

"유감이야."

그를 만지고 싶다. 내 손으로 그의 손을 감싸주고 싶다. 그러면 내 온기를 느낄 수 있을 텐데. 그것만으로 충분할 텐데.

그레고어는 눈을 뜨고 고개를 돌린다. 심각한 건지 넋이 나간 건지 아니면 절망한 건지 구분이 안 됐다. 나는 이제 그를 이해하지 못한다.

"그거 알아? 그때 나는 당신에게 다가가기가 힘들었어." 그가 최대한 부드럽게 미소를 짓는다. "다가갈 수 없는 사람과 사는 건 힘든 일이야."

나는 손톱이 손바닥을 살을 파고들 정도로 주먹을 힘껏 쥐고 입을 꾹 다문다.

언젠가 어떤 소설에서 독일처럼 가족끼리 지독하게 침묵을 지키는 나라는 없다는 문구를 읽은 적이 있다. 전쟁이 끝난 후에도 나는 히틀러를 위해 일했다는 사실을 털어놓을 수 없었다. 만약 그랬다면 대가를 치러야 했을 것이다. 어쩌면 살아남지 못했을지도 모른다. 나는 그레고어에게조차 그 사실을 말하지 않았다. 그를 못 믿어서가 아니었다. 나는 그를 믿었다. 그것은 당연한 일이었다.

하지만 나와 함께 매일 음식을 먹었던 사람들에 대한 이야기를 빼놓고 크라우젠도르프의 식당 이야기를 할 수는 없었다. 안면 홍조가 있어서 볼이 항상 발그스레했던 어린 소녀와 어깨가 넓고 입이 걸었던 여자, 낙태를 한 여자와 자신을 마녀라고 불렀던 여자, 영화배우 이야기에 집착하던 여자와 유대인 여자. 나는 그레고어에게 엘프리데에 대해 털어놓을 수밖에 없었을 것이다. 내 죄를 고백할 수밖에 없었을 것이다. 그것은 내 죄와 비밀을 기입해두는 장부에 적힌 모든 죄를 압도할 만한 죄악이었다. 내가 나치 중위를 믿었다는 말까지 털어놓을 수는 없었다. 엘프리데를 강제노역수용소로 보낸 장본인이자 내가 사랑했던 그 나치 중위 말이다. 나는 지금껏 그 모든 일에 대해서 한마디도 하지 않았고 앞으로도 그럴 작정이다. 살면서 유일하게 배운 것이 있다면 그것은 생존하는 법뿐이었다.

"내가 당신에게 다가가기 힘들다고 할수록 당신은 점점 더 몸을 움츠렸어. 지금도 그렇고." 그레고어는 또다시 기침을 한다.

"부탁이니 물 좀 마셔."

나는 컵을 그의 입가에 가져다 댄다. 먼 옛날 파울리네의 방에서도 나는 지금과 똑같은 일을 했었다. 그때 그레고어의 두려움에 가득 찬 시선이 떠올랐다. 그레고어는 유리잔에 입술을 갖다 댄다. 힘에 겨운지 그 행동에 온 신경을 집중한다. 그러는 동안 나는 그의 머리를 받쳐준다. 머리카락이 없는 그의 머리를 만지는 것은 처음이다. 그토록 오랜 세월 동안 나는 내 남편을 만지지 않았다.

턱에 물이 흐르자 그는 컵을 밀쳐낸다.

"더 안 마셔?"

"목이 마르지 않아." 그가 손으로 입술을 닦는다.

나는 주머니에서 휴지를 꺼내 그의 턱 주위를 가볍게 두드려준다. 그레고어는 처음에는 흠칫 놀라다가 이내 내가 그렇게 하도록 내버려둔다. 휴지에 피가 묻는다. 그 사실을 알아챈 그레고어가 애달프기 그지없는 눈으로 나를 바라본다.

48

저녁 식사를 운반하는 카트의 바퀴 소리와 음식 냄새가 복도를 가득 채운다. 병원 직원들이 병실로 들어오자 그들 뒤로 아그네스가 모습을 나타낸다. 직원들이 쟁반을 내밀자 그녀는 쟁반을 탁자 위에 올려놓으며 고맙다고 한다. "당신을 찾았어요, 로자. 괜찮아요?" 병원 직원들이 다음 병실로 가자 아그네스가 말했다.

"그럼요. 머리가 조금 아플 뿐이에요."

"마르고트가 급히 가야 해서 가기 전에 인사드리려고 했거든요. 어차피 잠시 후에는 우리 모두 나가야 해요."

그녀는 화장지 한 장을 찢어서 턱받이처럼 그레고어의 푸른색 파자마 목 주변에 둘러주고 침대에 아주 가까이 앉아 천천히 음식을 떠먹여준다. 가끔 그의 입을 닦아주기 위해 스푼을 내려놓는다. 그는 후루룩 소리를 내면서 수프를 마시다가 이따금 베개에 머리를 파묻고 휴식을 취한다. 그는 먹는 것도 피곤해했다. 아그네스가 닭고기를 잘게 자르는 동안 나는 그녀 맞은편에 앉는다.

그레고어가 배부르다는 표시를 하자 아그네스가 말한다. "화장실 가서 손 좀 씻고 올게요."

"그래요."

"그러고는 집에 가려고 해요. 정말 같이 안 가시겠어요? 저녁이라도 함께해요."

"고맙지만 배가 고프지 않아요."

"혹시 나중에라도 배가 고프면 병원에 구내식당이 있어요. 의사나 간호사가 식사를 하는 곳인데 환자 친척들도 먹을 수 있어요. 가격도 저렴하고 맛도 괜찮답니다."

"나중에 어디에 있는지 알려주세요."

나는 그레고어와 단둘이 남는다. 몹시 피곤하다.

창밖의 하늘은 역동적인 장면을 연출하고 있었다. 석양은 느릿

느릿 진행되다가 갑자기 빨라지더니 결국 해가 완전히 졌다.

"만약에 내가 전쟁에서 죽었다면 우리의 사랑은 계속됐을 거야."그가 말한다.

나는 그의 말이 사실이 아니라는 것을 안다.

"우리가 헤어진 게 사랑 때문인 것처럼 말하네."

"그게 아니라면 무엇 때문이었는데?"

"나도 잘 모르겠어. 하지만 방금 당신이 한 말은 바보 같은 말이야. 늙으니까 당신 상태가 영 안 좋아졌어."

기침을 하는 줄 알았는데 그레고어는 웃음을 터뜨렸다. 그의 웃음에 나도 덩달아 웃는다.

"우리는 최선을 다했지만 해내지 못했어."

"그래도 몇 년은 함께 살았잖아. 그것만 해도 대단한 거야. 그리고 당신은 가정을 이뤘고."나는 미소를 지어 보인다. "살아남길 잘한 거야."

"하지만 로자, 당신은 혼자잖아. 이렇게 오랜 시간 동안."

그의 뺨을 쓰다듬어준다. 피부가 사포처럼 까끌까끌하다. 어쩌면 내 손이 거칠어서 그런 걸지도 모른다. 나이가 들어서는 한 번도 내 남편을 쓰다듬어본 적이 없어서 그 느낌이 어땠는지 기억나지 않았다.

나는 손가락 두 개를 그의 입술에 갖다 댄다. 조심스레 그의 입술 선을 따라가다 입술 가운데서 움직임을 멈추고 살짝, 아주 살짝 그의 입술을 누른다. 그레고어가 입을 벌린다. 그는 입술을 살짝 벌리고 내 손가락에 입맞춤한다.

병원 뷔페는 꽤 풍성했다. 당근, 감자, 시금치, 줄기콩 같은 야채를 삶은 요리와 호박을 볶은 요리도 있었다. 베이컨을 넣고 볶은 완두콩 요리와 콩스튜도 있었다. 돼지정강이 요리와 그릴에 구운 닭가슴살 요리도 있었다. 수프와 감자 퓌레를 곁들이면 어울릴 듯한 빵가루를 묻혀서 익힌 넙치구이도 있었다. 과일샐러드와 요구르트도 있었고 건포도가 든 달콤한 빵도 있었다. 하지만 나는 그날 이후로 건포도를 입에 대지 않았다.

나는 배가 고프지 않아 줄기콩 요리 한 접시와 물 한 병, 그리고 사과 하나만 달라고 한다. 계산대에 서니 포크, 나이프와 함께 곡물빵 두 조각과 작은 일회용 버터도 준다. 나는 앉을 곳을 찾는다. 빈자리는 많았다. 가운을 입은 남자들과 여자들이 손에 쟁반을 든 채 고무 나막신을 질질 끌며 빛바랜 청녹색 합성수지로 만든 빈 탁자 사이를 느릿느릿 배회하고 있었다. 탁자는 음식 부스러기가 떨어진 데다 기름때가 묻어 지저분하다. 그들이 어디에 앉는지 먼저 확인하고 자리를 잡기로 한다. 나는 그들로부터 멀리 떨어져 있는 자리 중에서 그나마 깨끗한 자리를 찾아낸다.

멀리 있는 것이 잘 안 보이는 눈으로 나는 식당에 앉아 있는 사람들을 훔쳐본다. 오늘 저녁, 내 음식과 똑같은 음식을 먹는 사람이 있을까? 사람들 앞에 놓인 접시를 일일이 훔쳐보다가 드디어 나와 같은 요리를 먹는 사람을 발견한다. 갈색 머리카락을 말총머리로 묶은 젊은 여자가 제 몫의 줄기콩 요리를 맛있게 먹고 있다. 나도 내 접시에서 포크로 음식을 조금 떠서 맛을 본다. 심장박동이 느려지는 것이 느껴진다. 나는 위가 묵직해질 때까지 조금씩 음식을 입속으로 집어넣는다. 속이 약간 메스껍다. 하지만 별일 아니다. 정말이다. 나는 손바닥으로 배를 감싸고 따뜻하게 한다. 그 상태 그대로, 앉은 자세로 가만히 머문다. 주변에는 사람이 거의 없다. 가벼운 웅성거림만이 들려올 뿐이다. 나는 잠시, 아마도 한 시간 정도 기다리다가 자리에서 일어난다.

옮긴이의 말 ─────────────

2차 세계대전과 제노사이드의 상처를 다룬 이탈리아 소설은 많다. 파시즘의 광기 앞에 무너지는 유대인 상류층의 이야기를 다룬 조르조 바사니의 《핀치콘티니가의 정원》과 《금테 안경》, 엘사 모란테의 《역사》 등이 그 대표적인 예라 할 수 있다. 다만, 비슷한 소재를 다룬 《히틀러의 음식을 먹는 여자들》의 특이점은 이탈리아 작가인 포스토리노가 이탈리아인이나 유대인이 아닌 독일인의 관점으로 2차 세계대전을 다뤘다는 점이다. 열다섯 명의 히틀러의 '시식가' 중 마지막 생존자였던 마고 뵐크는 96세의 나이에 젊은 시절 겪었던 나치의 만행을 폭로했는데 그녀의 증언을 신문기사로 읽고 충격을 받은 작가는 언젠가 꼭 이 이야기를 소재로 글을 쓰기로 결심한다. 이후 포스토리노는 유대인은 아니지만 여러 면에서 사회적 약자였던 주인공, 즉 여성이고 가족을 잃었으며 이방인이었던 로자에게 자신의 이름을 부여하고 (실제 이탈리아어로 '로셀라'는 '로자'의 애칭이다) 1인칭 시점으로 소설을 서술해나간다.

《히틀러의 음식을 먹는 여자들》의 도입부는 강렬하다. 영문을 모르고 SS친위대에게 끌려온 주인공 로자를 포함한 열 명의 여인들 앞에 진수성찬이 차려진다. 그들은 공포를 압도하는 허기에 못 이겨 눈앞에 놓인 음식을 먹어치운다. 극한의 상황에서도 식욕이라는 일차적인 본능은 이성을 이기고 입에 침이 고이게 만든다. 포스토리노는 전쟁이라는 비인간적이고 비이성적인 상황 속에서 주인공 로자와 그녀의 동료들이 겪는 일을 담담하지만 흡입력 있는 문체로 묘사한다. 살기 위해 히틀러의 음식을 먹어야만 하는 여자들은 매일 세 번 죽음과 마주한다. 소설 속 열 명의 여자들은 짐승을 살육하는 야만적 행위를 혐오하는 채식주의자 히틀러를 위해 도살장에 끌려온 짐승처럼 독이 들었을지도 모르는 음식으로 사육당하며 생명을 부지하고, 주인공 로자는 증오의 대상이었던 나치 장교에게 사랑을 느끼며 삶의 의미를 찾는데 이처럼 아이러니한 일련의 상황들은 독자들로 하여금 전쟁의 비극을 다시 한 번 되돌아보게 만든다.

히틀러의 독 감별사라는 소재는 참신하다. 하지만 언뜻 이 책이 전쟁 속에 싹트는 사랑과 우정만을 다룬다고 생각한다면 이 작품을 식상하다고 느낄 수도 있을 것이다. 그러나 이 작품은 사랑, 자유, 믿음, 국가와 개인, 삶과 죽음, 역사적 책임, 인간의 존엄성 등 인간의 본질에 대한 묵직한 질문을 던지며 단순한 스토리 그 이상을 보여주고 있다.

전쟁이라는 상황 속 주인공의 심리를 바라보는 작가의 시선은 결코 단순하지 않다. 주인공 로자는 나치에 동조하지는 않았지만 가해자인 독일인으로 태어났다는 '원죄의식'을 지닌 인물이다. 비록 자발적인 선택은 아니지만 그녀는 히틀러의 시식가가 됨으로써 그의 생존을 돕는다. 그녀는 히틀러의 시식가로서 끊임없이 죽음의 위험에 노출되는 '희생양'이자, 모든 이들이 굶주리는 전쟁 통에서 히틀러 덕분에 호의호식하는 '전체주의의 수혜자'라는 양면적 특징을 가진 인물이다. '비자발적인' 죄악의 산물인 히틀러의 음식이 체내에 쌓여가는 동안 그녀는 일련의 '자발적인' 죄도 저지른다. 그녀는 공동체의 일원으로 받아들여지기 위해 도둑질을 하고, 진실을 은폐함으로서 친구를 배신하고, 무엇보다도 나치 장교를 사랑함으로써 남편을 배신한다. 로자는 그런 자신에게 모멸감을 느끼며, 살아남기 위해 인간은 과연 어떤 선택까지 할 수 있는지 자문한다.

적응력은 인간 최고의 능력이라지만 적응을 하면 할수록 내 인간적인 면이 사라지는 것 같았다. (246쪽)

로자의 죄책감은 결국 생존 자체에 대한 죄책감이다. 살아남았다는 것은 비인간적인 시스템에 적응했다는 의미이기 때문이다. 주인공 로자는 나치 추종자는 아니지만 나치 체제하에서 살아남았다. 히틀러의 음식을 먹으며 목숨을 연명하는 것도 모자라 친위대 장교와 사랑에 빠진 그녀 앞에 죽은 아버지의 환영이 나타났을 때 로자는 자신은 정치에 관심이 없었다고, 히틀러를 뽑은 것은 자기가 아니라고 변명한다. 그런 그녀에게 아버지는 이렇게 말한다.

> 일단 용인하면 그 정권에 대한 책임은 네게도 있는 것이다. 모든 인간은 각자가 속한 국가 체제 덕분에 존재할 수 있는 것이다. (중략) 네게는 정치적 죄악에 대한 면죄부가 없다, 로자. (195, 196쪽)

아버지의 말에 로자는 "인간은 무엇 때문에 독재에 순응하는가"라고 자문한다. 이런 로자의 모습을 보고 독일계 유대인 정치철학가 한나 아렌트가 떠오르는 것은 결코 우연이 아닐 것이다. 미국에서 유대인 학살의 잔혹함을 접한 한나 아렌트는 대체 어떻게 괴테와 칸트의 나라인 독일이 나치즘이라는 전체주의를 승인했는지 자문한다. 그녀는 자신의 저서 《전체주의의 기원》에서 국가가 어려움에 처해 민중이 절망에 빠졌을 때 달콤한 미래를 말하는 지도자가 나타나 선동하면 대중은 전체주의를 받아들이게 된다고 했다. 그녀는 히틀러 치하의 독일 국민이 다양한 개성과 사고를 포기하고 한 사람처럼 움직이는 폭력적 군중으로 변했다고 하고 이들을 폭민이라 정의했다.

1차 세계대전 패전 후 독일은 베르사유 조약으로 엄청난 규모의 전쟁배상금을 포함해 무려 448개나 되는 벌칙을 받아들여야 했다. 여기에 1929년 대공황까지 겹치자 경제는 파탄 났고 거리에는 실업자들이 넘쳐났다. 히틀러가 등장한 것은 바로 그 무렵이었다. 그는 최고 인종인 독일 민족이 단결하면 불황을 극복할

수 있을 뿐 아니라 세계를 지배할 수 있다는 허황된 미래를 패배
감에 빠진 독일 국민들에게 제시했다. 더 나아가 위대한 독일 국
민들이 이러한 역사관은 받아들이고 실현시키는 주체가 되어야
한다는 허위의식을 심었다. 이로써 새로운 지도자를 열망하고
있던 독일인들은 순식간에 국가주의를 받아들이고 히틀러에게
열광하게 된다.

《히틀러의 음식을 먹은 여자들》에도 이러한 시대적 배경이 잘
묘사되어 있다. 로자는 1차 세계대전 후 독일 전체에 만연했던
패배감에 대해서 이야기한다. 나치 추종자가 아니었던 그레고어
가 군에 자원하게 된 것도 당시의 치욕을 기억했기 때문이었다.

소설은 그레고어뿐 아니라 나치 체제하의 다양한 인간 군상들
을 보여준다. 여기에는 테오도라나 크뤼멜처럼 무작정 히틀러를
추종하는 자들도 있고 치글러처럼 유대인을 특별히 증오한 것은
아니었지만 주어진 임무에 충실하기 위해서 명령을 수행하는 이
들도 있다. 이 중 치글러는 한나 아렌트의 《예루살렘의 아이히
만》을 떠오르게 하는 인물이다. 나치 전범인 아이히만의 재판에
참관한 아렌트는 600만 명의 유대인들을 학살한 살인마라고 믿
기 힘들 정도로 너무나 평범한 그의 모습에 충격을 받는다. 아렌
트의 눈에 비친 아이히만은 근면 성실한 군인이자 아버지였다.
그는 조국이 내린 명령이었기에, 그것이 자신의 임무였기에 유대
인 소각 명령을 충실히 수행했을 뿐이다. 한나 아렌트는 그런 아
이히만의 모습에서 '악의 평범성'을 목격한다. 치글러도 마찬가
지다. 그는 특별히 유대인을 증오하지도 혐오하지도 않는다. 그

저 본인의 임무에 충실할 뿐이다. 하지만 그렇다고 그가 나치가 저지른 만행에 대해 책임이 없다고는 볼 수 없다. 한나 아렌트가 아이히만을 '무사유' 혹은 '생각의 무능'을 이유로 단죄한 것처럼 로자 역시 규칙에 따라 엘프리데를 유대인 수용소로 보낸 치글러에게 책임을 묻는다.

《히틀러의 음식을 먹는 여자들》은 생존에 대한 소설이다. 암흑에서 살아남기 위해 몸부림치는 인간의 이야기다. 로자와 그녀의 친구들에게 암흑은 매일 죽음을 강요당하는 히틀러의 식당이다. 암흑은 나치즘의 광기이자, 전쟁이자, 홀로코스트다. 히틀러의 시대가 암흑이다. 우리가 살아가는 이 세상이 곧 암흑이다.

크라우젠도르프의 병영에서 우리는 매일 죽음을 마주해야 했다. 하지만 우리가 직면하는 위험은 살아 숨 쉬는 모든 인간이 일상적으로 직면하는 위험 그 이상도, 그 이하도 아니었다. (73쪽)

이렇게 포스토리노는 히틀러의 식당을 전 세계로 확장시킨다. 그렇다면 신의 존재마저 의심스러운 암흑의 시대에서 인간이 살아남아야 할 이유는 무엇인가. 실제로 소설 전반에서 신은 심술궂은 시선으로 인간을 멀리서 바라만 보는 존재로 묘사된다. 신은 인간으로 하여금 똥이라는 혐오스러운 물질을 배출하게 만드는 변태적인 존재일 뿐이다. 신이 존재하지 않는 히틀러의 식당은 결국 우리가 살고 있는 세계다. 이는 곧 세상 자체가 독이 든 음식임을 의미한다. 그리고 인간은 독이 든 음식인 이 세상을 자양분 삼아 살아가고 있다. 그레고어는 로자와 자녀 낳는 것을 거부하며 한 생명을 세상에 내보내는 것은 결국 사망 선고를 내리는 것이나 마찬가지라고 한다. 작가는 이러한 인물들의 대사를 통해 죽음의 위험이 내재된 세상에서 삶은 무엇을 의미하는지 되묻는다. 독이 든 것을 알면서도 음식을 먹을 수밖에 없는 이 상황에서 어떻게 미치지 않고 살아갈 수 있는지 자문한다. 그리고 그 답은 사랑이라고 말하고 있다. 서로에 대한 믿음이라고 답한다. 사랑과 연민이 있어야만 이 세상을 독이 들어 있지 않은 음식으로 인식할 수 있는 것이다. 오직 타인에 대한 믿음을 통해서만 광기의 시대에서 살아남을 수 있는 것이다. 그레고어에 대한 로자의 사랑, 로자를 향한 치글러의 사랑이 결국 그들을 살렸고 그 참혹한 현실을 이겨낼 수 있게 해준 것이다. 엘프리데를 비롯해 자신과 음식을 나눈 여인들에 대한 로자의 연민이 결국 그녀로 하여금 절망적인 상황을 이겨낼 힘을 준 것이다.

수많은 식사 장면이 나왔던 이 소설에서 가장 인상적인 식사 장면은 히틀러의 식당이 아닌 베를린으로 향하는 기차에서 펼쳐진다.

우리는 각자 가져온 음식을 꺼내놓았다. 우리는 아직은 인간다운 식사를 함께하는 것이 가능하다는 사실을 증명하듯 두 장의 행주 위에 가져온 음식을 펼쳐놓고 함께 먹었다. 짐을 실을 용도로 만들어놓은 짐칸에 갇힌 사람들끼리도 인간다운 식사가 가능하다는 사실을 증명하려는 것처럼. 친구란 그렇게 되는 것이다. 세상과 격리된 상태에서 말이다. (중략) 나는 내 길동무들의 육체에 대해 한없는 연민을 느꼈다. (중략) 당시에는 그 비천함이야말로 그들을 사랑할 수 있는 유일하고 진실한 이유처럼 느껴졌다. (372, 373쪽)

똥오줌 냄새가 진동하는 어두운 기차 짐칸에서 로자는 자기처럼 몰래 기차에 오른 젊은 부부와 빈약한 식사를 나눈다. 가장 비참한 상황에서 그들은 그렇게 서로에 대한 연민을 바탕으로 인간으로서의 존엄성을 지켜낸다.

《히틀러의 음식을 먹는 여자들》은 잘 만든 역사소설이다. 이 작품은 픽션과 논픽션을 균형 있게 다루며 살아 숨 쉬는 듯한 인물들을 통해 교과서는 보여줄 수 없는 역사의 단면을 독자들에게 보여준다.

작가인 로셀라 포스토리노는 1978년 이탈리아 남부 레조디칼라브리아 태생이다. 포스토리노는 전신마비 상태의 아버지와 살아가는 소녀의 성장기를 다룬 《위층 방 La stanza di sopra》(2007)으로 이탈리아 주요 문학상인 라팔로 신인작가상을 수상하며 데뷔했다. 이후 비극적인 사건으로 인해 고향을 떠났다가 어떠한 계기로 과거와 다시 대면하게 된 가족의 이야기인 《신神을 상실한 여름 L'estate che perdemmo Dio》(2009), 교도소에서 태어난 여자의 이야기인 《길들여진 몸 Il corpo docile》(2013)을 통해 끊임없이 존재와 구원에 대한 이야기를 다뤘고, 이탈리아의 크고 작은 문학상을 휩쓸며 필력을 인정받았다. 그리고 2018년 포스토리노는 《히틀러의 음식을 먹는 여자들》로 스트레가상, 반카렐라상과 함께 이탈리아 3대 문학상으로 꼽히는 캄피엘로 비평가상을 수상하며 작가로서의 전성기를 맞이했다. 담담하면서도 절제된 문체와 세심한 심리묘사, 흡입력 있는 서사 속에 내재된 묵직한 주제는 그녀의 다음 작품을 기대하게 한다.

옮긴이 **김지우**

이탈리아에서 어린 시절을 보냈고 한국외국어대학교 이탈리아어과를 졸업했다. 동 대학교 국제지역대학원에서 유럽연합지역학으로 석사학위를 받은 후 현재 이탈리아대사관에서 근무하고 있다. 주요 번역 작품으로는 엘레나 페란테의《나의 눈부신 친구》《새로운 이름의 이야기》《떠나간 자와 머무른 자》《잃어버린 아이 이야기》《버려진 사랑》《잃어버린 사랑》《성가신 사랑》, 파올로 발렌티노의《고양이처럼 행-복》과 발렌티나 잘넬라의《우리는 모두 그레타》가 있다.

히틀러의 음식을 먹는 여자들

1판 1쇄 발행   2019년 12월 20일
1판 5쇄 발행   2024년 7월 1일

지은이 로셀라 포스토리노 | 옮긴이 김지우
펴낸곳 (주)문예출판사 | 펴낸이 전준배
출판등록 2004. 02. 11. 제 2013-000357호 (1966. 12. 2. 제 1-134호)
주소 04001 서울시 마포구 월드컵북로 21
전화 393-5681 | 팩스 393-5685
홈페이지 www.moonye.com | 블로그 blog.naver.com/imoonye
페이스북 www.facebook.com/moonyepublishing | 이메일 info@moonye.com

ISBN 978-89-310-2105-9 03880

◦ 이 도서의 국립중앙도서관 출판시도서목록(CIP)은 서지정보유통지원시스템
(http://seoji.nl.go.kr)과 국가자료공동목록시스템(http://www.nl.go.kr/kolisnet)에서
이용하실 수 있습니다. (CIP제어번호 CIP2019047018)

◦ 잘못 만든 책은 구입하신 서점에서 바꿔드립니다.